RETRIBUTION
by Jilliane Hoffman
translation by Toshiko Yoshida

報復

ジリアン・ホフマン

吉田利子［訳］

ヴィレッジブックス

一度も疑ったりしなかった
心から愛するリッチに、
それからいつも信じてくれた
アマンダとカタリナに

目次

報復

Retribution

おもな登場人物

C・J・タウンゼンド（クローイ・ラーソン）	マイアミ・デード郡地方検事局の検事補
ドミニク・ファルコネッティ	フロリダ州法執行局の特別捜査官
マニー・アルヴァレス	マイアミ市警の刑事
エディ・ボウマン	マイアミ・デード郡警察の刑事
クリス・マスターソン	フロリダ州法執行局の特別捜査官
マーク・グラッカー	FBIマイアミ支局長
ジェリー・ティグラー	マイアミ・デード郡地方検事。C・Jの上司
マリソル・アルフォンソ	C・Jの秘書
ウィリアム・ルーパート・バントリング	キューピッドとして捕らえられた男。家具のバイヤー
ルアド・ルビオ	バントリングの弁護人
ヴィクター・チャヴェス	バントリングを逮捕したマイアミ・ビーチ市警の警察官
レオポルド・チャスケル3世	判事
トム・ド・ラ・フローズ	南部地区担当連邦検事
ジョー・ニールソン	監察医
グレゴリー（グレッグ）・チェンバース	C・Jかかりつけの精神科医
マイケル・デッカー	C・Jの学生時代の恋人。弁護士

第一部

1

一九八八年六月、ニューヨーク

クローイ・ラーソンは例によって大あわてにあわてていた。ブロードウェーで大ヒット中、向こう一年分のチケットは完売した「オペラ座の怪人」を見に行くというのに、観劇にふさわしい服に着替えて、化粧を直し、六時二十二分ベイサイド発の電車に乗るまで、あと十分しかない。マンションからベイサイド駅へは車で三分だから、正味は七分。乱雑に詰め込まれたクローゼットを——冬のうちに片付けておくつもりだったんだけど——手早くあさって、黒いクレープのスカートにジャケット、ピンクのキャミソールを引っ張り出す。片手に靴をつかみ、マイケルったらもう、と腹立ちまぎれにつぶやきつつ、靴の山のなかから、もう片方を必死で探す。やっと黒の合成皮革のパンプスの一方が見つかった。

パンプスを履きながらバスルームに走る。こんなはずじゃなかったわ。長いブロンドを振り下ろしてブラシをかけ、同時に歯を磨きながら考える。なんの心配も不安もなく、期待にわくわくしながら、うっとりと彼の決定的な言葉を待ち受けるはずだった。それなのになんでこんなにせっぱつまった時期、受験勉強もいよいよ大詰めで、ろくに眠る時間もなしに集中講義からグループ学習へと走り回っているときなのよ。いまはニューヨーク州司法試験で頭がいっぱい、ほかのことなんか考えてる場合じゃないのに。マウスウォッシュを吐き出し、シャネルの五番をスプレーして、玄関に猛ダッシュした。あと四分。四分で着かなかったら次は七時二十二分発、開幕に間に合わない。めかしこんだマイケルが、手には薔薇《ばら》を一本、ポケットには小箱を秘めて、マジェスティック劇場の前に立ち、不安げに腕時計をちらちらと見ている姿が浮かんできた。

こんなはずじゃなかったわ。もっと心の準備ができてるはずだった。

前庭を車へと急ぎながら、ナイトスタンドから拾い上げてきたイヤリングをつけた。二階からの視線を感じる。ひきこもりの変な住人が毎日リビングからこちらを見つめている。彼女が前庭を通って忙しい世界へ、日々の営みへと出かけていくのをただじっと見つめているのだ。ぞっとしたが、いやな気分をあわてて振り払い、車に乗った。マーヴィンのことなんか考えるのはやめよう。司法試験も、模擬試験講座も、グループ学習もとりあえずはおあずけ。今夜きっと彼が口にするはずの、あらゆる疑問に終止符を打つ問いかけへの返事だけを考えていればいいのよ。

三分。あと三分しかない。角の一時停止を無視して、信号が変わる前にノーザン・ブールヴアードに突っ込む。

駅の階段を一段おきに駆け上がって行くと、発車のベルが響き渡っていた。待っていてくれた車掌にありがとうと手を振って乗り込んだとたんに、ドアが閉まる。破れかけた赤いビニールのシートに腰を下ろした。息があがっている。駐車場から階段へ走った、走った。動きだした電車は駅を出てマンハッタンへ向かう。ふう、なんとか間に合ったわ。

さあ、あとは落ち着いてリラックスするのよ、クローイ。たそがれの光のなかで通り過ぎていくクイーンズの街に目をやりながら、彼女は自分につぶやいた。いよいよだわ。今夜はとびきり特別な夜になる。彼女はそう信じきっていた。

2

一九八八年六月、ニューヨーク

風が出て、男が身を潜めている常緑樹の茂みがざわざわと揺れはじめた。西の空、輝くマンハッタンの夜景の向こうに青白い稲妻が走る。かなりの雨になりそうだ、それもじきに。暗い茂みのなかに深くうずくまって、男は強く歯を嚙みしめ、雷鳴に首筋をこわばらせた。これもかえっておもしろいじゃないか、え？　こうやって、嵐のなかであの女の帰宅を待ってるのもさ。

マンション前庭の生垣のなかにはかすかな風さえなく、重い道化師のマスクをかぶってしゃがんでいる男は熱気で息がつまり、顔の肉が溶けてマスクに張りつく気がした。緑の芳《かんば》しさよりも朽ちかかった葉や湿った土の匂いが重苦しく、呼吸をできるだけ浅くする。耳元で何かがもぞもぞ動く。この瞬間、虫が身体を這《は》いまわり、袖を伝い、作業ブーツのなかに潜り込んでいるかもしれないなんてことは考えないほうがいい。手袋をした指でのこぎり刃のナイフをいらいらともてあそぶ。

前庭はひっそりして、まったく人の気配がなかった。あたりは静まり返り、聞こえるのはカシの枝を揺すって通り抜ける風の音と、頭上の窓敷居に危なっかしく設置された一ダースあまりのエアコンの低い機械音だけだ。繁茂した生垣は建物の一方の壁をおおい、窓からのぞく者があっても見咎《みとが》められる心配はない。男は身体を起こし、小さな音をたてて足元の雑草や朽ち葉を踏みながら、ゆっくりと彼女の部屋の窓に近づいた。

ブラインドは開けっ放しだった。生垣ごしに射し込む街灯の明かりが寝室に薄い光の縞模様をつくっている。部屋のなかは暗く、静かだった。ベッドは乱れたまま、クローゼットのドアも開いている。クローゼットの床には靴――ハイヒール、サンダル、スニーカー――の山。テレビの横のごたごたと散らかったドレッサーのうえには、縫いぐるみのクマのコレクション。たくさんの黒い目が窓から入る琥珀《こはく》色の明かりを受けて光り、男を見返している。目覚まし時計の赤い数字は午前十二時三十三分を示していた。

男は目を向けるべき場所を正確に知っていた。ドレッサーを素早く眺め下ろし、乾いた唇をなめた。開いた引き出しから色とりどりのブラやレースのパンティがはみ出している。

男はジーンズの前に手をやり、息を吹き返したかのように甦《よみがえ》って屹立《きつりつ》したものに触れた。視線はロッキングチェアにかかっている白いネグリジェにせわしく移動する。目を閉じて股間をせっせとこすり、昨夜の彼女の姿態をありありと心に描く。白いシースルーのネグリジェを着たまま、ボーイフレンドとセックスしていた彼女。大きく上下する引きしまった豊かな尻。きわまった彼女は頭をのけぞらせ、ふっくらとカーブした唇が悦《よろこ》びに大きく開く。ブラインドを開けたままだなんて、悪い娘《こ》だ。ほんとうに悪い娘だ。男の手はさらに激しく動く。今度は、長い脚を腿までストッキングに包み、クローゼットにあるハイヒールを履いた姿を想像する。手でその黒いヒールをつかみ、彼女の脚を高く高く空中に持ち上げ、それから大きく押し開くと、悲鳴があがるだろう。最初は恐怖の悲鳴、それから歓喜の叫び。ブロンドの豊かな髪はベッドに広がり、彼女の両腕はヘッドボードに固く縛りつけられている。愛らしいピンクのレースのパンティに包まれた両脚の付け根を口で押し広げ、濃いブロンドの茂みをむさぼる。ううむ、うまい、いい味だぞ！　男は頭のなかで大きなうめき声をあげ、歪んだ笑みを浮かべた赤い唇の裂け目から低く息を押し出した。達する前に空想を中止し、目を開ける。少し開いた寝室のドアの向こうも暗くがらんとしている。汗が男の顔を伝った。ラテックスがぺったりと皮膚に張りつく。また雷鳴が轟《とどろ》いた。男はズボンのなかのものがゆっくりとしなびていくのを感じた。

　彼女はもうとっくに帰宅しているはずだった。毎週水曜日、必ず十時四十五分には帰ってくる。それなのに、今夜、今夜にかぎってまだ帰らないとは。下唇を嚙みしめると、一時間前に嚙んでつけた傷口がまた開き、塩辛い血の味が口中に広がった。男はうわあーっと叫びだしたい衝動をかろうじてこらえた。

　くそったれのろくでなし女が！　失望せずにはいられなかった。あれほど興奮し、スリルを感じ、一分一分を数えていたのに。十時四十五分、彼女は男の前を、ほんの数歩先を、ジム用のスリムな服で通り過ぎる。頭上で明かりがつく。男はゆっくりと立ち上がって窓に近づく。ブラインドは開いていて、男はなかをのぞく。彼女は汗まみれのTシャツを頭から脱ぎ、ぴったりしたショーツを裸の脚にすべらせる。男が見ている前で、彼女はベッドに入る支度をする。おれのための支度だ！

初めてのデートに浮かれる少年のように、男は茂みのなかでくっくっと笑い声をあげた。今夜はどこまでにしようかね、え？　一塁までか？　二塁か？　それともずっと行っちまうか？ところが最初の興奮のひとときはとうに過ぎて、男はまだ待ち続けていた。二時間——ホームレスのようにうずくまる男の身体を得体のしれない虫が這いまわり、耳のなかに卵を産みつけたかもしれない。男を昂《たかぶ》らせ、妄想を煽《あお》っていた期待は消えた。失望がじわじわと怒りに変わり、怒りは刻一刻と激しくなっていく。男は歯を食いしばり、低くうめいた。男はもう昂ぶってはいなかった。スリルも消えた。不安でならなかった。

男は唇を噛みながら座り続けた。一時間もたったような気がしたが、ほんの数分だったかもしれない。稲妻が光り、雷鳴はさらに大きくなって、男は引きあげ時だと考えた。しぶしぶ道化師のマスクをはずし、用意の道具を入れたバッグを引き寄せ、藪《やぶ》から出る。チャンスはきっとまたある。

ちょうどそのときヘッドライトが暗い通りを照らし、男はあわててコンクリートの通路から生垣に退却した。シルバーのＢＭＷのなめらかな車体が敷地に滑り込んできて、男が潜む生垣からほんの一〇メートル足らずのところに二重駐車した。

何分かが何時間にも思えたが、やがて助手席のドアが開き、黒い合成皮革のパンプスを履いた長くてきゃしゃな色っぽい脚がひらりと現れた。男はすぐに彼女だと気づき、不思議と気持ちが落ち着いてくるのを感じた。

これこそ、運命というものだ。

道化師は再び生垣に身を沈めた。あとは待つだけだ。

3

タイムズスクエアと四十二番ストリートはこんな時間になってもネオンが明るく輝き、ただの水曜日の真夜中過ぎなのにさまざまな活気に満ちあふれている。クローイは神経質に親指の爪を嚙みながら、マンハッタンを縫うように三十四番ストリートへ、そしてミッドタウン・トンネルへと向かうＢＭＷの助手席から窓の外を見つめていた。

今夜、出かけてくるべきではなかったのだ。頭のなかで小さな声が一日中、出かけちゃいけないと囁《ささや》いていたのに、彼女は耳を貸さなかった。司法試験まであと四週間を切ったいま、猛勉強しているべき一夜をロマンスと情熱の一夜と取り換えてしまった。それでも予想どおりにいけばそれだけの価値はあったかもしれない。だが結局はたいしてロマンティックな夜にはならず、いま彼女は激しい焦りを感じ、試験の不安に押しつぶされ、みじめな気持ちになっていた。マイケルはあいかわらず厳しい企業社会の愚痴をこぼし続け、彼女のみじめさにも不安にも頓着なく、彼女が上の空で聞いていないことにすら気づいていなかった。あるいは気づいていても気にかけなかったのか。

マイケル・デッカー、クローイのボーイフレンド。まもなく元カレになるかもしれない。少壮の法廷弁護士で、ウォール街の法律事務所でも名門中の名門、ホワイト・ヒューイ・アンド・ロンバードでパートナー弁護士への出世街道を驀進《ばくしん》中。おととしの夏、クローイが商務訴訟部門でマイケルのアシスタントとして雇われたときに出会った。彼女はすぐに、マイケルはイエスという返事を求めているときにノーと言われてもけっして引き下がらないことを知った。勤務初日、彼は担当の裁判記録をもっと綿密に読めとクローイを怒鳴りつけ、翌日にコピールームで激しいキスをした。ハンサムで頭がよいマイケル。そのロマンティックな謎めいた雰囲気がどこからくるのか、クローイには説明できず、さりとて無視することもできなかった。そこで彼女はその新しい仕事を続け、ロマンスが花開き、そして今夜、最初の本物のデートからちょうど二年目の記念日を迎えた。

この二週間、クローイは記念日のデートを司法試験のあとまで延ばしてほしいとマイケルに頼み、懇願した。それなのにマイケルは今日の午後いきなり電話してきて、「オペラ座の怪人」の今夜のチケットが取れたよ、と言った。マイケルはすべての人の弱点を知っていたし、知らなければ調べ上げた。だから初め断られると、たちまち彼女の罪悪感に攻撃の焦点を絞った。罪悪感はアイルランド系カトリック教徒の家庭で育ったクローイの良心に深く埋め込まれた帰巣本能のようなものだ。ぼくたち、このごろほとんど会えないじゃないか、クローイ。きみはいつも勉強、勉強だ。今夜一緒に過ごすぐらい、何がいけないんだい。そうだよ、会わなくちや。ぼくたちにはそれが必要なんだよ、ベイビー。きみに会わずにはいられない等々。はては弱みのある顧客からチケットを事実上脅し取ったんだとまで言うマイケルに、クローイもついに根負けし、しぶしぶＯＫしたのだった。クイーンズにある予備校のグループ学習をキャンセルし、模試のあと大急ぎで着替えてマンハッタンに駆けつけるまで、ちくちくと責め続ける内心の声に耳をふさいでいたのだが、その声がとつぜん無視できないくらい大きくなっていた。

結局、カーテンコールの十分前に年かさの親切そうな顔をした案内係にメモを渡され、そのメモにマイケルが急な会議で抜けられず遅刻すると記されていたのだが、クローイはあんまり驚かなかった。あのときすぐに立ち去るべきだったのだ。だけど……そうはしなかった。そしていま、イースト・リバーをくぐるトンネルで、ＢＭＷの窓外を流れる黄色くにじんだ明かりを見つめている。

マイケルはカーテンコールの最後で薔薇を一本手にして現れ、彼女が一発お見舞いする前におなじみの言い訳を並べだした。くだくだと謝りたおしたあげくに、またも彼女の罪悪感をついて夕食をともにすることを承諾させ、気づいたときには二人とも通りを渡ってカーマインに向かっていた。わたしはいつからこんな根性なしになったの、と彼女は密かに首をかしげた。アイルランド系カトリック教徒の家庭で育ったことがどんなにくやしかったか。罪悪感にひきずられた行動はまるで巡礼のようだ。

そこで終わっていれば、今夜もまだましだっただろう。だがヴィール・マルサラのお皿とクリスタルのボトルを前に、マイケルは今夜最強のパンチを繰り出した。クローイがやっと少しくつろいで、シャンペンとロマンティックな雰囲気を楽しむ気分になったとき、マイケルは小さな箱を取り出したのだが、彼女はすぐに、その箱が予想ほど小さくはないことに気づいた。「記念日、おめでとう」マイケルが完璧な微笑を穏やかに浮かべ、セクシーな茶色の瞳をロウソクの明かりにきらきらさせると、流しのヴァイオリン弾きが撒き餌を嗅ぎつけたサメのように近づいてくる。「愛しているよ、ベイビー」

だけど、結婚するほどは愛してないってことね。クローイは考えながら、特大の白いリボンがついた銀紙包みの箱を見つめた。開けるのが怖かった。何が入ってないかを知るのが怖かった。

「さあ、開けてごらんよ」マイケルは二つのグラスにシャンペンを注ぎ足して笑った。ひとりでいい気分になっているのだ。アルコールとなんでもいいから宝石、それだけで遅刻なんか帳消しさ、と考えて。この瞬間、自分が大きな勘違いをしていること、元に戻るには地図とサバイバルキットが必要なことなんか、まるでわかっていない。それとも勘違いをしているのはわたし？　びっくりさせようと、箱のなかにもっと小さな箱を入れてあるの？

だが、そうではなかった。箱に入っていたのは、からみあう二つのハートの真ん中に輝くダイヤをはめこみ、きゃしゃな金色のチェーンがついたペンダントだった。美しいペンダントだ。だけど丸くて指にはまるものとは違う。そんなふうに考える自分がいやで、クローイは涙を押し戻そうと瞬きした。そのあいだにマイケルは立ち上がってクローイの背後にまわり、肩にかかる長いブロンドをかき分けてペンダントをつけ、うなじにキスした。彼女の涙をうれし涙と誤解したらしい。それとも無視したのか。彼は「すごくよく似合うよ」とクローイの耳に囁いた。それから席に戻ってティラミスを注文した。五分後、ティラミスはキャンドルとともに現れ、三人のイタリア人が歌いだした。まもなく向こうでパーティが始まったのに気づいてヴァイオリン弾きは歩み去り、イタリア語で「結婚記念日、おめでとう」と歌う声や楽器の音が湧き起こった。今夜はうちにいればよかった、とクローイは思った。

車はいまロングアイランド・エクスプレスウェーをクイーンズに向かっていて、マイケルはクローイが話を聞いていないのにまだ気づいていなかった。雨が降りはじめ、空が光った。サイドミラーに映るマンハッタンの夜景がルフラク・シティとレゴ・パークの向こうにどんどん小さくなっていき、視界からほとんど消えた。二年もつきあっていて、マイケルはクローイが何を欲しがっているかをよく承知していたし、それはペンダントではなかった。なんて人なの。それでなくたって、司法試験を前にストレスでつぶれそうになっているのに。こんな肩すかしをくって、気持ちをかき乱されるなんてあんまりだわ。

クリアヴュー・エクスプレスウェーへの出口が近づいてきた。クローイは二人の未来について——それとも未来のなさについて——話し合うのは司法試験が終わってからにしようと考えた。こんな大事なときに彼との破局の痛みまで背負いこむなんて冗談じゃない。ストレスは一つでたくさん。それでもずっと押し黙っている自分を見て、彼が何か感じてくれはしないか、と思わずにはいられなかった。

「問題は保証金のことだけじゃないんだ」マイケルはまるで気づいてない顔で話し続ける。

「出生年月日だの社会保険番号だのといったつまらないことを調べるのに、いちいち判事の許可証をもらいに行かなきゃならないんだったら、今度の事件は裁判所の許可証の山に埋もれてわけがわからなくなっちまう」

車はノーザン・ブールヴァードに入り、信号で止まった。こんな時間のこととて、ほかに車の影はみあたらない。ようやくマイケルは口をつぐみ、黙りこんでいるクローイに探るような視線を向けた。「だいじょうぶかい？　カーマインを出てから、いやにおとなしいね。まさか、まだ遅刻したことを怒ってるんじゃないよな。すまなかったって、謝っただろ」彼は両手でレザーのハンドルを握りしめ、車内の不穏な空気に身構えた。偉そうで言い訳がましい口調になって、「法律事務所がどんなところかくらい、わかっているよね。ほいほい抜けるわけにはいかないんだよ。そういうことさ。ぼくが立ち会わなければ取引は進まない」。

小さな車のなかの沈黙は耐えきれないほどに重くなった。クローイの返事を待たずに、彼は口調も話題も変えた。手を伸ばしてクローイの首にかかっているハートのペンダントを指でなで、「これ、特別につくらせたんだ。気に入った？」と甘い声で誘いかける。

いや、いや、いや。その手には乗らない。今夜はいやよ。わたしは答えを拒否します、弁護士さん。自分を罪に陥《おとしい》れる恐れがあるからです。

「考えごとをしてたのよ」クローイは首に触れながら、さりげなく答えた。「これ、きれいだわ」きっとリングをくれるのよと友人や家族、親戚に言いまくっていたのに、予想がはずれてすねているわがまま女。そう思われたってかまうもんか。これから何日か、わたしの言葉を嚙みしめてみることね。信号が変わり、無言のまま車は発進した。

「わかってるよ。きみが何を考えているか、よくわかっているさ」マイケルはおおげさにため息をついて運転席によりかかり、片手でハンドルをばんと叩いた。「司法試験のことだろ？　だけどクローイ、もう二カ月もほとんど休みなく勉強、勉強じゃないか。そりゃ、気持ちはよくわかるよ。ほんとうだ。だけど、たった一晩誘っただけだよ……一晩じゃないか。それなのにようやく大変な一日を終えて会ってみれば、夕食のときもずっと妙な雰囲気だなんてさ。さあ、少しはリラックスしようよ。ぼくにはきみが必要なんだ、すごく必要なんだから」こんなやりとりをするのさえわずらわしいというようすに、クローイはまた思い切りひっぱたいてやりたくなった。「経験者の言うことを聞けよ。司法試験のことは心配するな。きみはクラスでもトップじゃないか。それに研修の成績だってとてもいい――だいじょうぶ、パスするって」

「大変な一日のあとだったのに、せっかくの夕食が楽しくなくて悪かったわね。ほんと、すみませんでした」冷ややかで皮肉な口調だった。「でも言わせてもらうけど、あなた、短期記憶が壊れてるんじゃないの。昨夜も一緒だったのを忘れた？　あなたをほったらかしにしてたなんて言われたくないわ。それに今夜だって、わたしは延期してって頼んだのよ。それなのに聞いてくれなかったんじゃないの。それでも、あなたが二時間も遅れたりしなければ、もう少し気分よく楽しめたかもしれないけど」やれやれ。デザートでもたれている胃を罪悪感がさらに締めつけ、頭がずきずきと痛みはじめる。

車はマンションの敷地に入り、マイケルは駐車場所を探した。

「ここで下りるわ」クローイはぴしゃりと言った。

マイケルはびっくりしたらしく、クローイの部屋の前で二重駐車した。

「どうして？　今夜は部屋に入るなって言うの？」驚き、傷ついたという顔だ。いい気味だわ。これで、おあいこよ。

「疲れているのよ、マイケル。こんな言い合いをしてたって始まらないし、よしましょう。それに今夜はエアロビクス、欠席しちゃったから、明日、学校に行く前に早朝のクラスに出ようと思って」

沈黙が広がった。マイケルは窓の外を見つめ、クローイはジャケットとバッグを手に取った。「なあ、クローイ、今夜のことはほんとうに悪かったよ。すまなかった。特別な夜にするつもりだったのに、うまくいかなかったな。そのことは謝る。それから司法試験の心配をしているのは無理もないと思う。さっきみたいな言い方をするんじゃなかったよ」マイケルは先ほどよりはずっとやさしく、真面目な口調になっていた。この〝繊細な思いやり〟戦術に、クローイはちょっと不意をつかれた。

座席にもたれたマイケルは、指でクローイのうなじから顔に触れた。頬骨のあたりに彼の手を感じながら、クローイは視線を膝に落としてバッグのキーを探った。彼の指の感触を無視しようと必死だった。彼はハニーブロンドの髪に手を差し入れてクローイを引き寄せ、耳の近くに唇をつけながら低く囁いた。「ジムなんか必要ないじゃないか。運動ならぼくがさせてやるのに」

マイケルはクローイをめろめろにしてしまう。あのコピールームの出来事以来ずっとそうだった。ノーと言うのはほとんど不可能。甘く温かな彼の息。背中を滑り下りる力強い手。振り回されちゃいけないと、頭のなかではわかっている。わかっているけれど、心はまたべつだった。自分でもどうしようもなく彼を愛していた。だけど今夜は――今夜だけはそうはいかない。いくら腑抜けだって、限度があるのよ。クローイはドアを開けて車を下り、息を整えた。車のなかをのぞきこんで、いかにもさりげない調子で言う。

「今夜はよしとくわ、マイケル。わたしも寄ってってもらいたいけど、でももう一時だもの。明日八時四十五分にマリーが迎えに来るの。もう遅刻はできないし」ドアをばたんと閉める。

マイケルはエンジンを切って車から下りた。「そうかい、そうかい、わかったよ。まったく、なんという晩だろ」ふくれっ面で、彼もドアをばたんと閉める。クローイは彼をにらみつけてから背中を向け、前庭をロビーへ向かった。

「ちょっとちょっと」小走りになったマイケルは入り口近くで追いつき、クローイの手をつかんだ。「待てよ。ちょっと待ってくれよ。確かにぼくはいらついていた。それに無神経なとんまだった。認めるよ」この調子でいいかなと確かめるように、マイケルは彼女の瞳をのぞきこんだ。まだ危険信号がともっていたが、クローイが身を振りほどかないのは望みがあるサインだと思ったらしい。「な、言っただろう。ぼくが馬鹿だった。今夜のことはみんなぼくの責任だ。だからさ、赦《ゆる》してくれよ。ね」囁き声になる。「こんな別れ方はよそう」手をクローイの首に巻きつけて引き寄せ、唇を重ねる。彼のキスはじつに甘かった。

一瞬おいてクローイは後ずさりし、唇を軽く手で押さえた。「いいわ。赦してあげる。でも、今夜はだめよ」冷たい言葉だった。

今夜は一人になりたいのだ。考えたい。ベッドはいいけれど、その先にはいったい何があるの？　街灯が歩道に長い影を落としている。風が強くなって、まわりの木々や生垣がざわざわと騒いでいた。遠くでイヌの鳴き声が聞こえ、空に雷鳴が響く。

マイケルは空を見上げた。「今夜は本格的に降りそうだ」ぽつんとつぶやき、力なく手をこすりあわせる。二人はそのまま黙ってマンションの入り口まで歩いた。外階段で彼は微笑み、軽く言った。「あーあ、うまくいったと思ったんだけどな。きみたち女性はデリケートな気遣いに弱いと思ってたのに。平気で泣いて気持ちをむきだしにする男なら、きっとウケると思ったんだ」彼は笑った。明らかにクローイも笑ってくれるのを期待している。それから彼女の手をとって頬にやさしく口づけし、そのまますずらして唇に唇を重ねた。クローイは目を閉じ、かすかに唇を開いた。「今夜のきみはほんとうにすてきだ。このまま帰れなんて言われたら、ぼくは泣いちゃうな」一度失敗したら……何度でもやってみろ。マイケルの両手はクローイの背中をスカートへと滑り下りていく。クローイは動かなかった。「わかってるだろう。気持ちを変えるなら、まだ間に合うよ」つぶやいて、マイケルは指でクローイの身体をまさぐった。

「車を移動させてくれればいいんだ」

マイケルの愛撫は彼女をしびれさせる。ようやく彼女は身体を引き離して、マンションのドアを開けた。今夜は負けないわよ。たとえ欲望がつきあげてきたって、決心は変わらないんだから。

「おやすみなさい、マイケル。明日、電話するわ」

マイケルは腹に強烈なパンチをくらったような顔をした。腹ではなくて、べつのところか。

「記念日、おめでとう」彼はドアの向こうに消えるクローイに静かに呼びかけた。ガラスのドアが音をたてて閉まった。

キーを手に、マイケルはのろのろと車に戻った。ちぇっ。今夜はだいなしだ。なんてこった、まったく。車に戻って見上げると、リビングの窓からクローイが手を振って、うちのなかは異常なしよと知らせていた。まだ機嫌を直していないらしい。カーテンが閉まり、姿が見えなくなった。マイケルはBMWに乗ってエクスプレスウェーからマンハッタンへ戻りながら、どうやって彼女との仲を修復しようかと思案した。明日、花束を贈ろうか。そうだ、それがいい。真っ赤な薔薇に謝罪の言葉。そして「愛しているよ」の一言。それでこの面倒は解決し、また彼女のベッドに戻れる。さっきより雷鳴が近くなり、嵐が迫るなかで、彼はクリアヴュー・エクスプレスウェーに入り、ベイサイドをあとにした。

4

彼女の色っぽい脚がBMWから下りてくるのを、道化師はかきわけた枝のあいだからぎらぎらする目で見つめていた。日焼けした長い脚。たぶん贅沢《ぜいたく》な日焼けサロンで焼いたのだろう。短いぴったりした、そう、はちきれんばかりにぴったりした黒いスカートに、つんと張った大きな胸を強調するピンクのキャミソール。腕にはスカートにあわせた黒いスーツ・ジャケット。ピンクは彼女の好きな――それに男の好きな――色だ。今夜、ピンクを着てくれてよかった、と男は思った。うーむ、むむ……なんてピンクが似合うんだ！　男の顔にゆっくりと笑みが広がる。今夜は――やっぱり、そうついていないわけでもなさそうだ。それどころか、じつにいい具合に進みはじめたじゃないか。男はこみあげる笑い声を洩らすまいと、手を口に押し当てた。

腰まである長いブロンドの巻き毛が背中に揺れている。男は湿った夜気に漂う甘くセクシーな香水を嗅いだ。すぐに彼女の大好きな香水だとわかる――シャネルの五番。男の首筋に汗が滴《したた》り、背中と腋の下を濡らした。

プレッピーのボーイフレンドといつまでしゃべり続けているんだ。彼女はあんまり楽しそうではなかった。べちゃくちゃべちゃくちゃ……。いま何時だと思ってる？　もう、おうちに帰る時刻だぜ。ベッドに入る時刻なんだよ。男はいらいらと黒いナイロン・バッグを指で叩いた。道具の入ったバッグだ。

彼女が助手席のドアをばたんと閉めた。ボーイフレンドもすぐに車から下りて、ドアをばたんと閉めた。彼女の手をつかみ、何か言い合っているが、聞こえない。ボーイフレンドが彼女の唇にキスした。手をつないでマンションの入り口に歩いていく。ハイヒールがコンクリートの歩道にこつこつと音をたて、手を伸ばせばくるぶしをつかめるほどすぐそばを通る。男はまたパニックになった。やつも入る気か？　それじゃ、何もかもだいなしじゃないか。プレッピー野郎は昨晩いい思いをしたんだ——今夜はおれの番だぞ。

入り口の外階段で二人はまたキスしたが、なかへ入ったのは彼女だけだった。今夜はあんまりついてないようだな、え、プレッピーさんよ？　道化師は声を押し殺して笑った。

プレッピーがうつむいて引き返してきて、キーをじゃらじゃらさせながら車にゆっくりと歩み寄った。しつけのいい親切なボーイフレンドらしく、頭上の明かりがついて、彼女がリビングの窓から手を振るのを見届けてから、夜のなかへ車で消えていく。

道化師はにやりとした。へっ、お笑いだよ！　プレッピー野郎、入り口まで送っておやすみのキスをしやがった。悪い虫に噛まれたら大変だからね！　それから、うちのなかにもあやしいやつが潜んでいないことを確認してから帰っていきやがる。笑っちゃうぜ、まったく！

五分後、寝室の明かりがついて、生垣に光がこぼれてきた。男はさらに深く身を潜めた。頭のうえでエアコンが動きだし、室外機の滴《しずく》が男の頭に落ちてきた。彼女が部屋を歩きまわるにつれて、影が生垣のうえで躍る。やがて彼女はブラインドを下ろし、部屋は薄暗くなった。

男はすべての明かりが消えてからさらに二十分、じっと動かなかった。雨が降りだした。最初は小雨だったが、そのうち雨脚は強くなるだろう。風も勢いを増し、生垣は大きく揺れて、ほの暗い街灯のなかで奇妙なダンスを踊り続けている。嵐はすぐそこまで来ていた。彼女はあやういところで家にたどりついたのだった。

男は道具を入れたバッグをつかみ、足音をたてずにマンションの角を曲がって、掛け金が壊れているリビングの窓の真下までやってきた。午前一時三十二分、道化師はすっぽりとマスクをかぶった。立ち上がり、いまはぴちぴちにきつくなったジーンズの汚れをはらって、暗い部屋の窓を音もなく開け、雨の戸外からするりと滑り込む。

5

クローイはマイケルがうなだれてのろのろと車へ戻るのを窓から見ていた。気のない調子で手を振り、まだ彼が手を振り返しているうちにわざとカーテンを閉める。どう、これでわかったでしょ。

リビングに立った彼女はあたりを見まわした。室内はしんと静かで、耐えがたいほど暑かった。ささやかな勝利の喜びは生まれるとすぐに消えた。彼を泊まらせればよかったともう後悔しかけている。

早朝のジムなんて見え透いた口実だった。誰をごまかそうというのか？　明日六時起きしてエアロビクスになんか行くはずがない。それに、あと二週間は「わたしたち、これからどうなるの？」という話題を持ち出さないのなら、今夜、彼を泊めたって何も不都合はなかったではないか。

だって、大事な記念日だというのに期待したものをもらえなかったので、頭にきてたんでしよ。だから、彼が欲しがるものをやらないと決めたんだわ。

あーあ、きまぐれな良心まで、おまえはなんていやな女なのと言いだす。だが彼女にはわかっていた。マイケルを泊まらせたとしても、午前三時には同じように自問自答を繰り返したに違いない。そのときは、わたしはなんて気が小さくて都合のいい女なの、という自問自答だっただろうが。マイケルを泊めても自己嫌悪、泊めなくても自己嫌悪。こんなふうじゃ、はてしなく疲れて落ち込むのもあたりまえだ。タイレノールを二錠のんだら頭痛がおさまるかしら。

マンションのなかはまるでオーブンだった。一日中窓を閉め切っていたので、何もかもが焼けつくように熱い——家具にまで熱がこもっている。玄関の郵便受けに詰め込まれた郵便物をまとめて取り出し、彼女はキッチンに入った。

スイッチを入れると、キッチンが明るくなった。散らかったテーブルに、ため息が出る。今朝の食事の皿と昨夜の夕食の皿が出しっぱなしで、インコの餌用の種と羽毛が散らばっていた。インコのピートはいきなり明るくなったのに目がくらみ、どさっと止まり木から籠の床に落ちた。

彼女は皿を運んですでに満杯になっているシンクに重ね、皿小鉢の山に洗剤の緑色の液を垂らして上から水を流した。そのあいだにピートがなんとか威厳をとりつくろって止まり木に戻り、クローイに向かってぎゃあぎゃあと喚《わめ》きたてる。緑と白の羽毛が舞い上がり、ふわふわとテーブルに下りてきた。歯軋《はぎし》りしたい思いで、タオルをピートの籠にかけた。もう一度キッチンを見まわして明かりを消し、明日メリー・メイド緊急クリーニング・サービスに電話しようと心にメモする。タイレノールを二錠とついでに制酸剤のマイランタをのみ、やっとエアコンのきいた寝室に逃げ込んだ。

郵便物をベッドに放り出して、エアコンの目盛りを強にし、引き出しをかきまわしてこの二年にマイケルからプレゼントされたヴィクトリアズ・シークレットの薄いランジェリーの数々を押しのけ、大好きな着心地のいいピンクのパジャマを探す。パジャマはいちばん下の引き出しに入っていた。だぶだぶのコットンで、まるでセクシーじゃないパジャマ。寝室の窓をこする生垣の枝が悲鳴のように甲高い音をたてて、雨粒が点々とガラスを濡らしていた。今夜は風雨が激しいという予報だった。彼女は窓辺に立って、風に吹きあおられて木々がストローのように折れ曲がるのを眺めたが、すぐにブラインドを閉め、気持ちをまぎらわすためにテレビをつけた。ずっと昔の「愉快なブレディ一家」の再放送をやっている。

ベッドに乗り、郵便物を手に取りながら、留守録装置のボタンを押した。請求書、請求書、ダイレクトメール、『ピープル』、また請求書、請求書ばっかり。

機械が告げた。「新しい録音はありません」

クローイは電話機を見つめた。おかしい。留守録には3という赤い字が点滅している。メッセージが三つあるということだ。それに今日は出かける前に留守録をセットしなおしていったのに。メッセージ再生ボタンを押してみる。

メッセージは三つです。

最初のメッセージ――今日の午後七時十九分。母親の心配そうな声。「クローイ、お母さんよ。今夜は出かけてるのね」罪悪感がまた胃を締めつけた。

「戻ったら電話してちょうだい。来月、そっちに行く予定のことで話があるの。パパと話したんだけど、ホテルに泊まろうと思うのよ。あなたのマンションは狭いでしょ。どこかマンハッタンでいいホテルはないかしら。あんまり高くなくて、落ち着いた安全なところがいいわ。電話してね」

高くなくて、落ち着いた安全ないいホテル、マンハッタンで探すのは容易じゃないわね。

続けて郵便物を開ける。また請求書。こんなに請求書がくるほど買い物をする時間なんて、どこにあったのかしら。

次はクレジットカードの勧誘。もっと買い物をして請求書を受け取れますよってことね。数えきれないほどの請求書の下から、ようやく、見慣れた無骨な手書き文字が記された象牙《ぞうげ》色の封筒が出てきた。クローイは微笑んだ。ロースクールに入学してカリフォルニアからニューヨークに移って以来、父は週に一度は必ず手紙をくれる。温かくてこっけいな父の手紙を読むのは、最高の気晴らしだった。何ページもあるときもあれば、ほんの数行のこともあるが、いつも同じ挨拶で始まっている。「やあ、ビーニー！　大都会に出たぼくの娘は元気かな？」ビーニーというのは、ジェリー・ビーンズが大好きだというのでつけられた、五つのころからのクローイのニックネームだった。二十四歳になったいまでも、父にとってはあいかわらずかわいい小さな娘なのだ。クローイはひとまず手紙を置いて『ピープル』をぱらぱらとめくった。

二つ目のメッセージ。今日の午後八時十分。マリーだった。「今夜はさぼってくれてありがとう、クローイ。すごかったんだから。ほんとよ。あなた、財産権不当引延処分禁止則のディスカッションに参加しそこなったわ。こっちのほうが『オペラ座の怪人』よりよっぽどおもしろかったわよ。明日は各州共通訴訟手続きよ、忘れないで。だから八時四十五分じゃなくて、八時三十分に迎えにいくわ。遅れないでね！　そうだ……八時のほうがいいかな。じゃあね」しまった。訴訟手続きの演習のことを忘れていた。これもマイケルのせいだわと、ますます腹が立つ。

三番目のメッセージ。今日の午後十一時三十二分。長い沈黙。受話器の向こうで、紙を引き裂くような音がくぐもって聞こえた。やがて男の声が低く歌うように呼びかけた。「クローイ、クローイ、どこにいるんだい、クローイ？」機械音。一瞬、息遣いが聞こえたと思ったところで電話は切れた。

奇妙な電話。クローイは数秒、電話機を見つめていた。

再生は終わりました。

きっとグループ学習の仲間の男の子だわ。いつもずいぶん遅くまで勉強しているし。たぶんロブかジムがふざけてかけてきたのよ。いまごろは帰宅して、よろしくやってるんだろうよ、こっちは勉強してるってのにさってことね。で、勉強をさぼった仕返しに、あらぬ姿勢をとっているはずの彼女に妙なメッセージを聞かせようという魂胆《こんたん》だったのだろう。そうよ、きっとそうだわ。クローイは留守録のボタンを押した。

メッセージは消去されました。

ベッドカバーの下に入り、枕を背中にあてて父の手紙を取り上げた。クローイは一人っ子だったから、セント・ジョンズ大学に進学したときは両親とも大ショックだった。このあいだ、もうそっちには戻らないと告げたときは、もっとショックだったに違いない。両親はどちらもニューヨークが好きではなかったし、信用もしていなかった。クローイはカリフォルニア中部の小さな町で育った。コンクリートの道路でイヌを散歩させ、地上五十階もの高さの、しかも隣のビルの部屋から一〇メートルも離れていない部屋で暮らす街なんて、両親にとっては氷のイグルーで暮らすのと同じくらい違和感があるのだ。母親は窃盗、強姦、強盗、かっぱらいの巣である大都会でクローイがどの被害にもあっていないことを確かめるために、週に二、三回電話をかけてくる。父はもちろん手紙を書いてよこす。

クローイは残った郵便物をナイトテーブルの司法試験受験講座の教材の上に放り投げ、メガネを取った。封筒を振って、眉をひそめる。

封筒の上部がきれいに切り取られ、手紙はなくなっていた。

6

クローイはベッドに起き上がった。身体が冷たくなって、腕といわず背中といわず鳥肌が立った。とっさに浮かんだのは、マーヴィンだった。クローイは天井を見上げた。壁にも目があるような気がして不安になり、夜具を引き寄せて身体に巻きつけた。

マーヴィンはクローイの真上の部屋の住人で、仕事もせずにひきこもっている変わり者だ。二、三年前に引っ越してきたクローイより前からここにいるのだが、どう考えても変なやつだった。誰に聞いたっておかしいと言う。マーヴィンは毎朝、リビングの窓から前庭を眺める。格子縞のローブの前をはだけ、ベルトをだらりと両脇に下げて、中年男の毛むくじゃらの腹をまるだしにして。窓の下の見えない部分で何をむきだしにしているかわかったものじゃない。窓敷居ってものがあって、ほんとによかった。むくんだあばた面はいつも白髪交じりの茶色の無精髭でおおわれ、黒いプラスチックの黒縁メガネをかけた眼は真ん中に寄りすぎている。片手には必ず黒いコーヒーカップ。もう片方の手で何をしているのか考えたくもない、とクローイは思う。

ランドリー・ルームで聞いた噂では、マーヴィンは精神的に不安定で、障害年金と老いた母親の援助で暮らしているのだとか。マンションの住人は陰で彼をノーマンと呼び、だいぶ前から姿の見えない母親はどうなったのだろうといろいろ噂している。クローイはマーヴィンを無害な変人と考えていた。ときどき廊下やロビーで出会っても笑顔ひとつ見せないが、通り過ぎるときに何かぶつぶつ挨拶らしいものを口にしているらしかったし。

ところが二カ月前、クローイは前庭を通りながら、いつものように窓辺で張り番をしているマーヴィンにおはようと手を振ってしまった。それが間違いだった。その晩マーヴィンは彼女の郵便物をもってロビーで待ち受けていた。そして黄色い小さな歯を見せて歪んだ笑みを浮かべ、もそもそと「郵便屋が間違えたらしい」と言い、また足をひきずりつつリビングの領内見張り台へと戻っていった。

それ以来どじな郵便屋は少なくとも三度は配達間違いをし、マーヴィンはなぜかちょうどクローイが学校から帰る時刻にロビーで植木に水やりをする新しい習慣を身につけた。朝、駐車場に急いでいるときにもじっと見られているのを感じるし、晩にロビーでもそのねばりつくような視線を感じた。安物のカーアクセサリーのように丸い頭をぴょこぴょこさせて、マーヴィンはクローイを頭から爪先までじろじろと見る。クローイは最近、裏のランドリー・ルームを通って出入りするようになった。

二週間前からはいたずら電話が始まった。受話器を取ると切れてしまう。受話器を戻すとき、頭上でマーヴィンがうろうろ歩きまわる音が聞こえてくる。今夜の留守電もマーヴィンかもしれない――やっと声を出す勇気を奮い起こしたのか。

それに昨日だ。乾燥機に洗濯物を入れたまま部屋に小銭を取りに帰ったクローイがランドリー・ルームへ戻ろうとしたとき、ロビーにマーヴィンがいて植木に水をやるふりをしていた。そのあと部屋に洗濯物を持ち帰って見ると、パンティが二枚なくなっていた。

そして今度は封筒の手紙が抜かれている。頭上の部屋のベッドでマーヴィンがパンティをもてあそびながら手紙を読み、太った身体でオナニーをしている姿が浮かんできて、クローイは吐き気をもよおした。司法試験が終わったら、新しい住まいを探さなければならない。ニューヨークでは容易なことじゃないが、もうこれ以上あの変態と同じマンションで暮らすのはいや。今夜のことがなければマイケルとの同棲も考えられたけれど、でもいまは……。

いろいろな考えが渦巻いて頭痛がますますひどくなった。何時間たったら、またタイレノールをのんでもいいのだろう？　ベッドから出たクローイはリビングを通って、入り口の戸締りを確かめに行った。のぞき穴から外を見るとき、裸体のマーヴィンが片手にコーヒーカップ、片手に植木をもってしゃがんでいるのではないかとどきどきした。だがロビーはがらんとして誰もいなかった。

ドアの鍵が二重にかかっていることを確認してから、幅の広いビニールテープで郵便受けの内側をふさいだ。これでマーヴィンが太った指を差し込んで郵便受けの蓋を押し上げても、なかをのぞくことはできない。朝になったら郵便受けに板を打ちつけて、郵便物を局留めにする手続きをしなくちゃ。

涼しい寝室に戻ってドアを閉めた。天井を見上げて、マーヴィンが大工仕事などという新しい趣味を開拓していないことを確かめる。穴は開いてなかったし、べつにおかしなようすもなかったので、しばらくテレビを見ながら、頭痛がおさまるのを待った。外で雷鳴がとどろき、明かりがちらちらした。かなりひどい嵐になりそう——今夜は停電するかもしれない。テレビと明かりを消して横になると、窓やエアコンにあたる雨の音が耳に入ってくる。いまはまだ小雨らしいが、じきに土砂降りになるだろう。涼しくなっていいかもしれない。このところの熱波で何もかも焼け焦げそうだったから。

気持ちも身体もくたくたで、クローイはやがてぐっすりと寝入った。入り組んだへんてこな司法試験の夢を見ていたとき、すぐ頭の上でこもった耳障りな声がした。

「やあ、ビーニー。大都会に出たぼくの娘は元気かな？　どうだい、楽しいことをしたくはないかね？」

7

男は掛け金の壊れたリビングの窓からやすやすとマンションに入り込んだ。あいにく大降りになった雨で、ずぶ濡れだった。カーテンがひいてあるなかは真っ暗で何も見えない。だが不安はなかった。このマンションならすみからすみまで知っている。二部屋向こうでキッチンの時計がかちかちと音をたてていた。男は慎重に、木と金属でできた角のとがったサイドテーブルや、三日分の新聞が散らかったガラス天板のコーヒーテーブルをよけて進んだ。

ここにはもう何度も来ている。リビングに立って彼女の新聞や雑誌を読み、法律関係の書籍に触れてみた。留守電を聞き、手紙を読み、請求書を見て、サイドテーブルがピアワンインポートで買ったものであることも、代金の支払いがまだ終わってないことも知っていた。ほっそりした彼女の服のサイズは4。ドレスに手を触れ、シルクのブラウスをまさぐり、タイド・アンド・スナッグルの柔軟剤の香りが残る洗濯物を嗅いだ。冷蔵庫の食べ残しのピザ——彼女の好きなソーセージとミートボールにエクストラ・チーズのピザ——をこっそり食べたこともある。彼女はパンテーン・シャンプーとダイアル・ソープを使っていて、香水はシャネルの五番。薄いグリーンとクリーム色のバスルームの鏡の前に立ち、裸になってバス・アンド・ボディ・ワークスのフリージアの香りのする官能的なボディローションをたっぷりとすり込んだときは、夢が叶《かな》って彼女の手がついに自分のペニスに触れる瞬間を想像した。あのときは何日もその香りを洗い落とさずに楽しんだものだ。いつも彼女の香りが身近にあっていい気分だった。彼女の母親の結婚前の名前がマーリーン・タウンゼンドであることも、小さな町の新聞社で働いている父親の所属部署も知っている。クローイ・ジョアンナ・ラーソンについて知れる限りのことはすべて知っていた。

いま男はひっそりとリビングに立ち、彼女の香りをじかに嗅いでいた。指でカウチや装飾用のクッションに触れ、カウチからその晩着ていたジャケットを拾い上げて、マスクの小さな空気穴ごしに鼻にあてた。それからゆっくりと短い廊下の先にある彼女の寝室へ向かう。

ふいにキッチンでピートが羽をばたつかせた。金属製の籠から聞こえる物音が静かなマンションにうつろに響きわたる。男はぎょっと足を止め、彼女が目を覚まさないかと聞き耳を立てた。マスクの下の顔にびっしりと汗の球が浮かぶ。呼吸が速く荒くなったが、しかし男は平静さを失わなかった。不意打ちで驚かすのが肝心なのに、いま起きてこられてはだいなしだ。予定が狂う。キッチンで安っぽいグレーの時計の秒針がかちかちと時を刻んでいる。男は動かなかった。十分もたったかと思われたが、マンションのなかはあいかわらず静かだった。

廊下のつきあたりが寝室だ。男は興奮を抑えきれない気がした——ついにこの日が来たのだ。室内でエアコンが風量を調整し、機械音が低くなった。古めかしい丸いガラスのノブをつかんだまま数秒間じっとして、血管がどくどくと音をたて、熱い興奮が身体中を駆け巡るのを味わう。

おれは三番のドアを選ぶよ、ボブ！

マスクの下でゆっくりと笑みが広がり、道化師はかすかにきしむドアを開いて、静かに寝室に入っていった。

8

言葉にならないパニックがクローイの身体をつらぬいた。司法試験会場に五分遅刻して、入れてくれと試験官と押し問答をしている夢を見ていたときだった。一瞬目が開かず、脳は夢のなかの出来事といま聞こえた言葉の辻褄をあわせようと半狂乱になった。

次の瞬間、冷たくなめらかなゴムの感触を顔に、ラテックスの手袋のざらざらした苦味を唇に感じた。胸にとほうもない重圧がかかって、息が押し出されて肺がつぶれたかと思う。叫ぼうとしたが声にならない。すべすべした柔かいものが咽喉《のど》の奥まで押し込まれていた。

恐怖で目をいっぱいに見開き、真っ暗な部屋で何が起こっているのか必死に見定めようとする。顔にもっていこうとした両手をつかまれ、頭上の金属製のヘッドボードにきつく縛られてしまった。足もつかまれて大きく押し広げられ、ベッドの両端の金属製の柱に縛りつけられた。

こんなことが起こるはずはない。きっと悪夢よ。ああ、神さま、目を覚まさせてください！

早く、目を覚まさせて！

ものの四十秒もしないうちに、クローイはまったく身動きがとれなくなっていた。目が部屋の暗さに慣れてくる。激しく頭を左右に振って犯人を探す。

ベッドの足元にうずくまった人影が、クローイの左足首の紐を固く縛っていた。恐怖に胃が縮んだ。犯人の頭も顔も目覚まし時計の薄い光のなかで不気味に白々として、頭の両側から赤毛が一房ずつぴょこんと飛び出している。男が顔をあげると、大きく笑った真っ赤な唇と丸い鼻が見えた。道化師の顔。マスクをかぶっているのだ。右手には大きなナイフが握られている。

お金が目当てかも。もってってよ、テレビでもステレオでも！　バッグはリビングのコーヒーテーブルにあるわ！　クローイは叫びたかったが、口がふさがれて声が出ない。

男は鋭いのこぎり刃のナイフを手袋をはめた手でゆっくりとなでながら、ベッドの裾を回ってきた。片時もクローイから目を離さず、マスクに小さく開いた黒いのぞき穴からじっとこっちを見ている。クローイは男の視線を感じ、息遣いを聞き、汗の匂いを嗅いだ。夢中になって手足をばたばたさせて紐をほどこうとするのだが、動けなかった。紐は足首の皮膚に食い込み、血が通わなくなって指がじんじん痺《しび》れてくる。口のなかのものを吐き出して悲鳴をあげようとしても、舌を動かせない。クローイがベッドでのたうちあがいているあいだに、男はさらに近づき、ベッドの裾の右側の柱のそばに立った。

男は指でクローイの爪先に触れ、それからゆっくりと、やけにゆっくりとふくらはぎから膝へ、膝から腿へ、そしてパジャマの上着の裾へとなであげた。なでまわされてクローイは身をよじった。だが、どうにもならない。心臓が爆発しそうに高鳴っている。

エアコンがまた風量調節をして、音が低くなった。本降りになった雨が窓と室外機を叩いているのが聞こえる。とうとう嵐になったらしい。激しい雷鳴と稲光がし、ブラインドを通して射し込んだ光に男の姿が浮き上がった。もじゃもじゃの赤い眉、唇の黒い縁取りが見えた。マスクの下の裸の襟首に白っぽいブロンドがのぞいている。

男はふいにクローイから離れてナイトテーブルに近づき、ナイフを置いた。引き出しを開けて、使いかけのココナツの香りのロウソク二本とマッチを取り出す。男がロウソクに火をつけると、炎が部屋をぼんやりと照らし、繊細な香りが漂った。男は何分か黙ってクローイを見つめた。ゴムのマスクの小さな穴を通した呼吸が荒くなっていく。ロウソクが大きく歪んだ影を壁に投げかけている。

「やあ、クローイ」にたにた笑いを浮かべたゴムのマスクがクローイを見下ろしている。マスクの裂け目から押し出される声はかすれていた。のぞき穴から冷ややかな青い目が見えた気がした。

「心配したんだぜ、クローイ。今夜は戻らないのかと思ったよ」男は振り向いてナイトテーブルからナイフを取り上げ、またクローイのほうへ向き直った。「ジムをさぼって、ボーイフレンドと遊んでいたのかい？　いけないいな。悪い娘だ。いかんねえ」

冷や汗がじっとりと噴き出た。男は名前を知っている。エアロビクスのクラスに出なかったことも知っている。ジムで働いているのだろうか？　声に聞き覚えはないかとクローイは必死で記憶を探った。マスクの裂け目から発せられる、こもった低音がひびく声。かすかに訛《なまり》があるような気がする。訛を隠そうとしているのか。イギリス訛？

男はベッドの横で身をかがめ、ゴムのマスクをかぶった顔をクローイの耳元に近づけ、頬の乱れた髪をかきあげた。マスクのゴムの匂いに混じって、クオラムの香りがした。クリスマスにマイケルにプレゼントしたことがあるコロンだ。息は饐《す》えたコーヒーの匂いがした。

「今夜は彼氏を泊まらせりゃよかったな」道化師は右の耳に囁きかけた。外でまた稲光が走って、寝室が明るく照らし出され、男がいきなりナイフを彼女の腹部の十数センチ上に振りあげたのが見えた。クローイの目がますます大きくなった。

男は笑って身を起こした。指でクローイの身体を腕から肩へ、そしてパジャマの胸へとたどる。男の手の動きにつれて、ナイフも動く。「クローイちゃんみたいなかわいい娘を一人で放っておいちゃいけないんだよ」男はとつぜんナイフでパジャマの上着のいちばん下のボタンを削ぎ落とした。

「大都会にいるお嬢ちゃんには、どんなことが起こるかわからないからねえ」次のボタンもナイフで切り取られた。外では激しい雷鳴、そして稲光。遠くで車の警報装置が鳴りだす。

「だけど、心配しなくていいんだよ、ビーニー。おれがお嬢ちゃんの面倒を見てやるからな。これから楽しく笑わせてやるよ」また一つ、ボタンが飛ぶ。

クローイは激しく震えた。ああ、神さま、この男はわたしのニックネームを知っている。

男はマスクの穴からふんふんとおおげさに息を吸った。「ううむ、シャネルの五番だな。いい匂いだ。おれのためにつけてくれたんならうれしいね。おれもこいつが好みなんだよ」

男はクローイの好きな香水も知っている。

「今夜はほかに、何を身につけているのかな？」最後のボタンが切られて床に滑り落ちた。ボタンがカーペットに当たって鈍い音が聞こえた。ナイフの刃先がパジャマの前を開いた。じわじわと片側を開かれて、パジャマはらりとベッドに落ちた。ナイフの刃先はあらわになった腹部から臍《へそ》へ移動し、残ったパジャマの前をかきわけて両方の乳房をむきだしにした。その胸を男はじっと見下ろす。息がさらに荒くなる。

男はナイフでゆっくりと片方ずつ乳房をなで、乳首をたたせ、それから首筋へ刃先をむけた。クローイはデリケートな皮膚を滑る冷たく鋭い刃を感じた。刃は皮膚に食い込んだが、切れはしなかった。咽喉元のハートのペンダントまできて、男はためらった。ペンダントの下にナイフを差し入れてぐっと引く。ペンダントは首からはずれてベッドに滑り落ちた。男は手を止めた。男が身体を上から下へとじろじろねめまわしているのが手にとるようにわかる。

ああ、神さま、お願い、やめさせて。

ナイフは荒々しく脚へ動き、残ったピンクのパジャマを引き裂いた。クローイの裸の脚がのたうち、足首を縛った紐が引っ張られる。男は次に爪先から始めてふくらはぎへ、それから足首から腿の内側とたどっていく。ナイフはだんだん強く深く押しつけられるが、まだ皮膚を切り裂くまでにはならない。男はパンティのストラップをナイフで引き裂き、クローイの下半身をあらわにした。

「なんてきれいなんだ。食べてしまわなくちゃ」男は咽喉にからむ声で言った。

ああ、神さま、やめて、やめて、やめて！　悪夢よ。悪夢だわ！　クローイは父の声が聞こえるような気がした。よくよく気をつけるんだよ、クローイ。ニューヨークは大都会で、いろんな人間がいるんだ。いい人間ばかりじゃないんだからね。

なんとかして口のなかのものを吐き出そうと必死になる。激しい動悸《どうき》で心臓が爆発しそうだ。縛《いまし》めをはずそうと手をねじり続けているうちに、手首がすりむけるのがわかった。

ベッドでのたうち暴れるクローイを男は見下ろしていた。それからナイフをドレッサーに置き、黒いTシャツを脱いだ。よく日焼けした胸は体毛がなくつるつるしていて、筋肉は鍛えられてたくましく、腹部も引き締まっている。ジーンズのジッパーをおろした男は、片足ずつていねいに脱ぎ、きちんと畳んで椅子の背にかけた。クローイは左腕、手首のすぐ上に醜いジグザグの傷跡があるのに気づき、なぜか「この先カーブあり、危険」という標識のようだと思った。

「だが、よかったなあ、クローイ。帰りがあんまり遅くならなくて」男は言った。「まだ、時間はたっぷりある」最後にパンツを脱ぐと、勃起したペニスが現れた。

細かいところよ、クローイ。細かなことを覚えておくの。この声、男の服。傷跡は、ほくろは、刺青《いれずみ》は。何でもいい、できるだけ覚えておくの。

「そうだ、忘れるところだったよ。大事な道具をもってきていたんだ！　おもしろいゲームができるようにと思ってね」男は床に手を伸ばして、黒いナイロンのバッグを開いた。取り出したのはねじったハンガー、黒いガラス瓶、絶縁テープ。男は部屋を見回した。「コンセントがいるなあ」

クローイは頭のなかであらん限りの悲鳴をあげ、さらに激しく身体をのたうたせた。

「さあ、いい娘にするんだ、クローイ。道化師のおじさんが存分に楽しませてやるからな」男は舌なめずりするようにつぶやいた。そしてクローイにのしかかり、夜が明けるまで暴行を加えた。

9

男は口笛を吹きながら、クローイのバスルームの清潔な白いシンクでナイフの血を洗い流していた。シンクのはしにある緑色の磁器のコップに彼と彼女の歯ブラシが仲良くたててあり、反対側にはフリージアの香りのボディローションが置いてあった。ナイフの血を流した水が赤い川になって排水口に吸い込まれていく。道化師はぐるぐる回りながら吸い込まれていく水をうっとりと見つめた。最初は真っ赤だったのがだんだん薄くなってピンクになり、透明になる。

男はみなぎる力を感じた。その夜は上首尾で、二人ともじつに楽しいひとときを過ごした。彼女ですら、それは認めた。あの女のかわいい赤い唇からシルクのパンティを取り出してやったら、感謝するどころか、やめてと泣いたり喚いたりしやがったが。それを聞いて男は苛立った。ひどく苛立った。しかし、またナイフにものを言わせてやったら、もう騒がなくなった。それどころか、もっとして、と頼んだくらいだ。ところが少ししたらまためそめそ泣きだしたので、うんざりしてまたパンティを口に突っ込んだのだ。

男はレースのついたミントグリーンの客用タオルでナイフを拭き、洗ったほかの道具と一緒にナイロンのバッグにていねいにしまった。マスクもはずし、手袋をした手をきれいに洗い、冷たい水を顔や首に浴びせてからタオルで拭いた。鏡に映る引き締まってがっちりした自分の身体を感動して眺める。彼女の歯ブラシで手早く歯を磨き、きれいになったのを確認した。それからまたマスクをかぶり、ひっそりした寝室に戻った。

彼女はぐっしょり血に濡れたシーツに安らかに横たわっていた。目を閉じて、まるで天使のようだ。男はジーンズとTシャツを身につけ、鼻歌交じりに作業用ブーツを履いて靴紐を二重結びにした。彼女の口にはまだパンティが詰め込まれているが、声一つたてず、めそめそした泣き声ももう聞こえない。妙なもんで泣き声が聞こえないとかえって寂しいじゃないか、と男は思った。

残ったロウソクの火は吹き消した。彼女の顔のほうへかがんで、マスクの小さな裂け目から唇を突き出して頬にキスし、舌を出して最後にもう一度、汗で塩辛い柔らかな彼女の肌をなめた。

「じゃあな、かわいいビーニー。あんたはほんとに美人だ、クローイ。楽しかったよ」

首のわきのシーツに切れたハートのペンダントが落ちている。男はペンダントを拾い上げ、ジーンズのポケットに入れた。

「今夜の記念にもらっとくよ」

投げキスをしてから、後ろ手で静かに寝室のドアを閉めた。バスルームに寄ってナイロンのバッグをつかみ、短い廊下を通ってもう一度キッチンをのぞく。ピアワンのサイドテーブルにある小さな翡翠《ひすい》の三猿の像が目にとまった。それぞれ目と耳と口を手でおおっている。悪いことは見ざる、聞かざる、言わざる。この猿たちは迎え入れられた家を守り、幸運をもたらしてくれるということを男は知っていた。先日クローイの両親が東洋に旅行したときの土産であるという言い伝えがあるそうな。今夜はそうはいかなかったようだな。道化師は考えて、にやりと笑った。猿の横には、エンパイア・ステート・ビルで撮った幸せそうなクローイとボーイフレンドのプレッピー野郎の写真。男は立ち止まり、写真をなでてから、自分もこの夜の光景のスナップを心に刻んだ。

そのあと、男は静かにリビングの窓を開け、嵐は通り過ぎたがまだ濡れそぼっている生垣のなかへ飛び下りると、誰にも気づかれぬまま藍色の夜にまぎれて消えていった。空にはかすかにオレンジ色の光が射しそめて、がらんと人気《ひとけ》のないニューヨークの街はまさに夜が明けようとしていた。

10

マリー・キャサリン・マーフィーはＩＢの部屋の前にたたずんで、何かあったに違いないと考えた。もう九時十分前だから遅刻だし、今日は各州共通訴訟手続きの演習があるというのに、いくら呼んでもクローイは出てこない。もちろんクローイが遅刻するのはめずらしくないし、そんなところが意気投合した理由でもあったが、クローイは最後にはきっと現れた。たいていはパジャマ姿だったけれど、何か立派な言い訳があったし、淹《い》れたての大きなコーヒーカップを二つと、ステラ・ドロ・ブレックファースト・トリートのクッキーの箱をもって出てくる。二人はこの三年、交互に車に乗せあってセント・ジョンズ・ロースクールに通ってきたが、クローイにすっぽかされた記憶は一度もない。どんなにマリーが遅くなっても、クローイは待っていてくれた。

マンションの表のドアは年配の女性が開けて入れてくれたが、マリーはもう五分もクローイの部屋の前で待っていた。昨夜はマイケルとデートだったことを知っていたので、彼が泊まっていて、二人で寝坊したのかと思った。それでマリーはちょっとためらい、マイケルが下着姿でドアを開けたらどうしようと考えた。コーヒーはあってもなくてもいいが、マイケルのそんな姿は見たくない。しかし五分もベルを鳴らし続けても返事がなく、マリーの不安はつのった。郵便受けからのぞいてみたのだが、何かで内側からふさがれている。

ひとまず外へ出て、マリーはタバコに火をつけた。上の階の窓辺ではクローイの奇妙な隣人が黒いコーヒーカップを手に、前庭のマリーを見下ろしている。まったく変なやつだ、半分裸で分厚いメガネをかけて、いつも妙なせせら笑いを浮かべている。マリーは背筋がぞっとした。クローイの部屋のカーテンはひいてあって、寝室のブラインドもおろしてある。車はいつもの駐車場所になかったし、マイケルのBMWも見当たらなかった。

落ち着くのよ、あわてちゃいけない。きっと、なんでもないわよ。

マリーはレンガの建物をまわって、クローイのキッチンのほうへ行ってみた。窓は閉まっているが、カーテンは開いている。だが窓の高さは一メートル六〇センチ足らずのマリーの身長よりさらに二五センチほど上だ。ため息が出た。午後には仕事があるので、スカートに六センチもあるハイヒールを履いている。ハンドバッグを置き、パンツスーツとぺたんこ靴にするんだったと口のなかでぶつくさ言いつつ、タバコをもみ消して、キッチンの窓と地下室への階段のあいだにあるレンガの低い塀に上った。さらにゴミバケツに足をかけて小太りの身体でよいしょと窓枠に背伸びして、危なっかしくバランスをとりつつ、なかをのぞく。すぐそこのキッチンテーブルにピートの籠が、まだおおいがかかったまま乗っているのが見える。左側のシンクには汚れた皿の山。開いたドアの向こうは玄関ホールとリビングで、そっちのテーブルには新聞が積み重なっている。マリーはほっとした。マンションのなかがきれいに片付いていたら、それこそ一大事だ。だがこのようすだと、クローイは昨夜、帰ってこなかったらしい。

きっとマイケルのところに泊まって、わたしに電話するのを忘れちゃったんだわ。今朝はミスター・ドーナツの熱いコーヒーとボストン・クリーム・ドーナツを手にマイケルに送ってもらって、いまごろは司法試験に合格して弁護士になるための勉強をしているかもしれない。なのにわたしったら、こんなところでスカートを風にはためかせながら、汚いキッチンをのぞいているなんて、馬鹿みたい。

腹立たしかった。もう演習に遅刻だ。ゴミバケツを足がかりに気をつけて下りたところで、はっとした。クローイが昨夜戻らなかったのなら、誰がピートの籠におおいをしたの？　それからほかにも何かひっかかることがある気がしてためらった。キッチンのすぐ向こうの廊下、何だっけ？　どうしても気になって確かめたくなった。もう一度ゴミバケツに上がり、窓に顔を寄せた。両手でメガネを作って、室内に目を凝《こ》らす。

そこに見えている黒いしみが足跡だと気づくまでに数秒かかった。それが血でできた足跡だと気づくまでに、さらに数秒。

そこでマリー・キャサリン・マーフィーはゴミバケツから転げ落ち、あらんかぎりの悲鳴をあげはじめた。

11

「脈はまだあるぞ」暗闇で声がする。「心臓も動いている」

「呼吸は?」べつの声。

「虫の息だ。酸素を補給している。ショック状態だな」

「なんてありさまだ。そこらじゅう、血だらけじゃないか。こんなに大量の血、いったいどこからの出血だろう?」さらにべつの声。

「出血していないところがあるか、って意味かね? 身体中だよ。だが、ほとんどは性器からのようだな。狂人だよ、まったくひどいことをしてくれたもんだ。かわいそうに」

「その紐を切れよ、メル」

四人目の声。ニューヨーク訛のよく響く声だ。「気をつけろよ、そのロープは証拠だ——結び目を切るな。手袋をはめろ。犯罪現場は保存して、記録しておかなきゃならん」どうやら部屋には大勢の人間がいるらしい。

「こりゃあ、手首が裂けてしまってるじゃないか」声は嫌悪と衝撃に震える。

警察無線の機械音に人声が混じる。甲高いサイレンの音がいくつも遠くから近づいてくる。カメラのシャッターの音。フラッシュのはじける音。

声に怒りがこもった。「ほらほら、気をつけろってば！　ていねいにしろよ！　おい、メル、おまえ、我慢できないんなら、さっさと外に出てろ。おたおたしている場合じゃない」

部屋は数秒静かになり、それからまた最初と同じ声がした。「点滴を始める。それからモルヒネだ。五分五分ってところかな。いや十に一つ、十五に一つか。ジャマイカ病院の重症担当に電話して、患者だと知らせろ。白人女性、二十四歳、複数の刺し傷、内臓出血の恐れあり、性的暴行を受けているとみられる、ショック状態とな」

「わかったわかった。さあ、そうっともちあげるんだぞ。ゆっくりだ！　三つ数えるからな。いち、にい、さん」

全身を激痛が走った。

「まったく、なんてひどいことをするんだ。かわいそうに。誰か、名前を知ってるか？」

「外にいる友だちが、クローイだと言ってました。クローイ・ラーソン。セント・ジョンズのロースクールの学生です」

声は遠くなり、彼女は闇に包まれた。

12

クローイはそっと瞼《まぶた》を押し開けたが、ぎらぎらする明かりにたちまち目がくらんだ。わたしは死んだ、ここは天国で、じきに神さまと会うんだわ、と一瞬思う。

「この光を見てください」ペンライトがクローイの顔を照らしている。消毒薬と漂白剤のむっとする匂いに、病院だと気づいた。

「クローイ？　クローイ？」白衣を着た若い医師がまたペンライトを彼女の目に向けた。「気がついてよかった。気分はどうです？」クローイは名札を見た。ローレンス・ブローダー医学博士。

なんて馬鹿げた質問だろう。クローイは答えようとしたが、口のなかが渇いて、舌がもつれた。ようやくかすれ声が出る。「よくないわ」

どこもかしこも痛かった。両腕を見ると、どちらも真っ白な包帯が幾重にも巻かれていて、あちこちに点滴の注射針が差し込まれている。いちばんひどいのは腹部で、どくんどくんと波打つ激痛は一刻一刻とひどくなるようだった。

部屋のすみの椅子にマイケルが座っていた。前かがみになって膝に肘をつき、両手に顎をのせている。不安そうな表情だった。窓の外に見えるピンクとオレンジ色に染まった空が少しずつ色あせていく。夕方らしい。

もうひとり、緑色の手術衣を着た男性が無言でドアの横にいる。彼もたぶん医師だろう。

「ここは病院です、クローイ。あなたの傷はそうとうにひどかったんです」ブローダー医師は部屋を見回し、三人の男性は落ち着かなげな視線を交わした。「どうしてここにいるのか、わかりますか、クローイ？　何があったのか、覚えていますか？」

クローイの目に涙があふれて転がり落ちた。ゆっくりとうなずく。いきなり道化師の顔が甦った。

「あなたは昨夜、襲われた。性的暴行にあったのです。今朝、お友だちがあなたを発見し、救急隊員がここに、クイーンズのジャマイカ病院に運んできました」医師は口ごもり、いかにも言いにくそうに足をもぞもぞさせたが、すぐに続けた。「かなり重い傷が何カ所かありました。子宮は裂傷がひどく、出血していました。あなたは大量の血を失っていたんです。お気の毒だが、出血を止めるために、ここにいるルーベンス先生が緊急に子宮摘出手術をしなければなりませんでした」彼は緑色の手術衣を着た医師を指した。指された医師はうつむいてクローイの目を避け、ドアのそばから動かなかった。「だが、それが最悪で、あとはそれほどひどくはありませんでした。身体のあちこちに切創があったので、形成外科医を呼んで縫合《ほうごう》してもらい、手当てしました。ありがたいことに、そちらは生命にかかわる傷ではありませんから、じきに全快しますよ」

それが最悪で、あとはそれほどひどくはありません。そういうことです、みなさん。クローイは部屋の三人の男性を見回した。マイケルを含め、みんながクローイの視線を避けて、不安そうに目配せしたり、床を見つめたりしている。

クローイの声はほとんど聞き取れないくらいだった。「子宮摘出?」口から出ると、その言葉はいっそう痛切に響いた。「それじゃ、もう子どもは産めないんですか?」

ローレンス・ブローダー医師は足を踏み換えて、眉をひそめた。「そう、もう妊娠は無理ですね」はい、おしまい。この話はそれで終わりにしたいと思っているのがありありと伝わってくる。

医師はペンライトをバトンガールのように手でひねりまわしながら、急いで続けた。「いずれにせよ、子宮摘出は大手術です。したがって、少なくともあと二日は入院が必要でしょう。回復期間はだいたい六週間から八週間ですね。明日から限定的な理学療法を開始しますが、焦らず時間をかけましょう。おなかは痛みますか?」

クローイはびくりとし、うなずいた。

ブローダー医師が不機嫌そうな顔をしたルーベンス医師を呼んだ。医師はベッドの周囲のカーテンを引いてマイケルを締め出し、シーツをめくった。腹部から胸にかけて巻かれている白い包帯がクローイの目に入った。ルーベンス医師が静かに腹部を触診すると、火の玉のような激痛が身体をつらぬいた。

医師はクローイにではなくブローダー医師に向かってうなずいた。「通常の腫れです。縫合もうまくいっているようだ」ルーベンス医師は言った。

ブローダー医師はうなずき返し、クローイに微笑んだ。「点滴のモルヒネを増やすよう、看護師に言っておきます。それで、もう少し楽になるでしょう」医師はもとのようにシーツをクローイにかけて、また足を踏み換えた。「刑事が話を聞きたいと外で待っていますが、話ができそうですか？」

クローイはためらったが、うなずいた。

「じゃ、入ってもらいますよ」医師はまたカーテンを開いた。とりあえず役目は終わったと明らかにほっとしているブローダー医師と、まだ視線を床に落としたままのルーベンス医師は、足早にドアに向かった。ブローダー医師はドアを開けたところで立ち止まった。「大変な目にあいましたね、クローイ。みんな、あなたを応援していますよ」穏やかに微笑みかけて、医師は立ち去った。

性的暴行の被害者。子宮摘出。子どもが産めない。悪夢でなく、現実なのだ。何もかもが一時に押し寄せて、クローイには把握しきれなかった。歪《ゆが》んだ笑みを浮かべた道化師の顔、その裸体、のこぎり刃のナイフ、すべてがいっせいに甦ってくる。犯人はクローイのすべてを知っていた。ニックネームも、好きなレストランも、ジムをさぼったことも。いつだって見ている、と犯人は言った。

心配しなくていいんだ、クローイ。おれはいつでもそばにいる。いつでも、ずっと見ているからな。

目を閉じてナイフを思い出し、そのナイフが彼女の身体を最初に切り裂いたときの痛みを思い出した。マイケルがそばへ寄ってきて、クローイの手を取った。

「だいじょうぶだよ、クローイ。ぼくはここにいるから」マイケルは静かに言った。目を開けたクローイは、マイケルが自分を見ようとせず、どこかあらぬかたを、壁の一点を見つめているのに気づいた。「きみのお母さんに連絡した。ご両親でかけつけてくるところだよ。今夜には着くだろう」マイケルは声をつまらせ、長く深いため息をついた。「夕べ、ぼくを泊まらせてくれさえしたらよかったんだ。泊まっていればよかったと思う。ぼくがいたら、そいつをぶっ殺してやったのに。ぼくがいたら……」マイケルは唇を嚙み、糊のきいた白いシーツに包まれたクローイの身体を目でたどった。「まったく、なんというひどいことを……変態野郎が……」言葉は尾を引いて消え、マイケルは両手で固い握り拳《こぶし》をつくると背を向けて、窓の外を見つめた。

ぼくを泊まらせてくれさえしたらよかったんだ。

軽いノックの音がして、ドアがゆっくりと開いた。廊下はざわざわとあわただしかった。面会時刻なのだろう。ちりちりの赤毛で流行おくれの赤と黒のパンツスーツを着た小柄な女性が部屋に入ってきた。目の下の隈《くま》を隠した白いコンシーラー以外は化粧っけがなく、三十五歳くらいだろうに、年齢にしては皺が多すぎる感じだ。そのあとから安っぽいブルーの背広を着たぬっと大きな、女性より少なくとも三〇センチは背が高い年かさの男性が入ってきた。もう停年に近いのか、白髪がだいぶ薄くなっている。饐えたタバコ臭さがクローイの鼻をついた。ふたりはどちらも疲れているようで、ホットドッグとハンバーガーみたいな奇妙なコンビだった。

「こんにちは、クローイ。わたしはエミー・ハリソン刑事。クイーンズ郡特別被害者対策課の者です。こちらは同僚のベニー・シアーズ刑事。辛いでしょうけれど、昨夜の事件の記憶がはっきりしているうちに、いくつかお尋ねしたいことがあるの」

ハリソン刑事はまだ窓辺に立っているマイケルをちらりと見た。間があいた。

マイケルは近づいて、手を差し出した。「マイケル・デッカー。クローイのボーイフレンドです」

ハリソン刑事はマイケルの手を握り、うなずいてから、クローイを見た。「クローイ、そのほうが話しやすければ、マイケルにいてもらってもいいのよ。ただし、あなたがいてもらいたいと思えば、ですが」

「もちろんぼくはいますよ、当然でしょう」マイケルは鋭い語調で言った。

クローイは力なくうなずいた。

シアーズ刑事はクローイに微笑みかけ、マイケルのほうへ挨拶代わりにうなずいてから、鼻を鳴らし、ごりごりと音をたてて顎を動かして、メモ帳とボールペンを取り出した。シアーズ刑事がベッドの足元に立ち、ハリソン刑事は椅子を引き寄せてクローイのそばに座った。これで二人の身長差は六〇センチ以上になった。

ハリソン刑事が始めた。「最初に聞いておきますが、犯人を知っていますか？」

クローイは首を振った。

「犯人は一人でしたか、それとも複数？」

のろのろと「一人」

「もう一度見たら、犯人だとわかります？　警察の似顔絵画家を連れてきてるんだけど……」

クローイの頬を涙が伝わった。首を振って答える声はほとんど聞き取れなかった。「いいえ、マスクをかぶってました」

マイケルが馬鹿にしたように鼻を鳴らし、抑えた声でつぶやいた。「くそったれ野郎が……」

「ちょっと、デッカーさん……」ハリソン刑事が厳しく制した。

シアーズ刑事は無表情だった。「どんなマスクを？」

「ゴムの道化師のマスクです。顔は見えなかった」

ハリソン刑事は穏やかに続けた。「いいのよ、クローイ。覚えていることだけ、話してちょうだい。急がないで」

とめどなく涙があふれて流れた。身体が初めは小刻みに、そのうち抑えようもなく激しく震えだした。「眠っていたんです。夢のなかで声が聞こえて、ビーニーって呼ばれたような気がした。目を覚まそう、覚まさなくちゃ、と思ったわ」

両手を顔にあてようとしたら、手首に巻かれた包帯が見えた。それで手を縛られていたことを思い出し、すくんだ。「でも両手をつかまれて、縛りあげられて、身動きできなくなって……身動きできなかった。息もできなかった。声もあげられなかった……何かを口に突っ込まれていて」クローイは指で唇に触れた。まだ舌を押しつぶす乾いた柔かいシルクの感触が残っていた。いまも口がふさがれているようで、息苦しかった。

「何かを口に突っ込まれて、それに両手両足を縛られて、どうしても動けなかった。動けなかったの……」クローイはハリソン刑事から目をそらし、震えながらマイケルの手を求めた。だがマイケルは背を向け、両手を握りしめて窓辺に立っていた。

ぼくを泊まらせてくれさえしたらよかったんだ。

ハリソン刑事はちらっとマイケルのほうを見てから、クローイの腕にやさしく触れた。「レイプの被害者はたいてい自分を責めるものなの、クローイ。でも、それは間違いよ。あなたが悪いんじゃない。あなたのしたこと、しなかったことのせいで、こうなったわけではないんです」

「犯人はいろんなことを知っていたわ。ロウソクが引き出しにあるってことも。わたしのロウソクに火をつけて、でも、わたしは……わたしは動けなかったのよ！」

「犯人は何か言いましたか、クローイ？　犯人の言葉を何か、覚えていますか？」

「ええ、ええ、ええ。いちばん恐ろしかったのはそれ。犯人はわたしのことをよく知っているみたいに、しゃべり続けた」どうしても震えが止まらない。クローイは肩を震わせてしゃくりあげた。「なんでも知ってたわ。なんでも。いつも見ているって、いつもすぐそばにいるって言っていた。いつもよ。去年、休みにメキシコ旅行したことも、火曜日にマイケルが来ることも、母の名前も、わたしの好きなレストランも、その日ジムをさぼったことも知っていた。なんでも知っていたわ！」引き裂かれるような痛みが胸を走り、クローイは原因を思い出した。「ナイフをもっていた。それでパジャマを切り裂き……わたしを切った。身体を切られるのを感じても、わたしは動けなかった。それから、のしかかってきて、そして……。マイケル、お願い。わたし、動けなかったのよ！　必死に抵抗しようとしたけど、どうしても動けなかった。どうしても、抵抗できなかった！」クローイは声が嗄《か》れるまで絶叫した。

ハリソン刑事がため息をつき、ゆっくりとクローイの腕をなでながら、あなたが悪いんじゃない、と繰り返した。シアーズ刑事も重い吐息をついて、首を振った。それからメモ帳のページを繰った。

クローイは泣きながらマイケルを目で探したが、彼は窓辺から動かず、両手を握りしめてかたくなに背を向けていた。

13

クローイがジャマイカ病院から退院することになった火曜日の午後は土砂降りだった。意識を失って担架で運び込まれてからわずか五日後、見舞いの花があふれる病室にブローダー医師が笑顔でやってきて、もうクローイは〝快《よ》く〟なったから、その日の午後に退院だと告げた。退院の知らせにクローイは怯えた。一日中、震えが止まらず、退院時刻が近づくにつれて、動悸はさらに激しくなった。

クローイの母はついに助言を受け入れて『ニューヨーク・タイムズ』の不動産広告を無視し、死亡記事のほうを集中的に調べた。そして二日もすると、クイーンズとナッソーの郡境のすぐ北側にあたるレイク・サクセスの高層ビル、ノース・ショア・タワーズの十八階に、ワンベッドルームのマンションを見つけてくれた。九十歳の未亡人が十七歳の老いたネコのティビーと住んでいた部屋だった。ティビーにとってはかわいそうなことに、老婦人のほうが先にあの世に行ってしまったのだ。クローイはすぐに新しい一〇〇ドル札二枚の威力で、その部屋を手に入れた。母はいいところだと言った。ニューヨークのマンションにしては、だが。ロッキーヒル・ロードＩＢには死んでも戻りたくなかった。絶対にいやだ。ベイサイドも二度と見たくないし、インコのピート以外は前の住まいのものすべて、とりわけ寝室のものを目にしたくなかった。病院にいるあいだに、一切合財売り払うか焼くか捨てるかしてちょうだいと両親に頼んだ。どんな方法で処分してもかまわない。とにかく品物も人間も、マイケルや両親を含めて全員が前のマンションから新しい住まいに直接移動することさえなければ、あとはどうでもよかった。

マイケルが自分のことをかなり妄想が入っていると思っているのはわかっていた。レイプ犯がクローイの移転先をつきとめようとして見張り、待ち伏せしてあとをつけてくるなんて、マイケルに言わせれば妄想以外の何ものでもなかった。彼はベイサイドから引っ越すことには賛成したが、あっさり自分のところに来ればいいのに、なぜそうしないのかわからない、と言った。そして、自分がマンハッタンのマンションから移ることは断固として拒否した。

「クローイ、いまは一九八〇年代だぜ、適正家賃のマンションを見つけるのがどんなに難しいか、わかっていないんじゃないか？」彼は言った。「ここを見つけるまでに一年半もかかったんだ」

マイケルに気持ちを説明しようとするのは、ほとんど屈辱的でさえあった。「マイケル、犯人は何もかも知ってるのよ。わたしのことも、あなたのことも。あなたの住まいからわたしをつけてきたかもしれないし、うちからあなたを尾行したかもしれない。あなたの近所の人間で、あなたのマンションからつけてきたかもしれないのよ。あなたは一九八〇年代には見つけるのが難しい適正家賃住宅が大事で、一か八かの賭けをする気かもしれないけど、わたしはいやよ。もう決してあそこへは行かないわ。絶対にいや。どうしてわかってくれないんだろう、信じられないわ」

激しい言い合いになった。クローイは興奮して泣きだし、マイケルは聞こえよがしのため息をついた。彼はクローイをなだめるために「できるだけのことはしてみる」と約束したが、すぐに転居するのは論外だった。それから彼は、ベイサイド以外の場所に新しくクローイの住まいを探そうと提案した。それから電話をかけに病室を出て、十分後に戻ってくると、事務所に帰らなければならないと宣言した。二時間後に、「愛をこめて、マイケル」とだけ書いたカードつきの花束が届いた。それが金曜日で、マイケルは週末ずっと仕事だった。

それでクローイの母が、はるか高いところに窓があるマンション、ノース・ショア・タワーズを見つけた。ニューヨークに単身で住む女性としては最高の設備が整っていた。ドアマンに二重ロックのドア、侵入監視装置つきの警報システム、デラックスなインターフォン。両親は日曜日にテレビとキッチンテーブルと椅子、それにピートを運んだ。あとはすべてシアーズで新品を調達した。月曜日、ロッキーヒル・ロードに救世軍の大きな赤いバンがやってきた。屈強な二人の男が両脇の柱から犯罪現場立ち入り禁止の名残《なごり》である黄色いテープがさがったドアを通ってＩＢの部屋に入り、クローイの生活用品をあらいざらい、喜んで運び出していった。

空っぽのリビングの床には救世軍の受領書が残された。そして雨のそぼ降る灰色の月曜日の午後、数人の隣人の好奇の目にさらされつつ、クイーンズ地区ベイサイドのクローイの暮らしは静かに終わりを告げた。父はクローイに上階の住人マーヴィンがお大事にと言っていたと伝えた。

もちろん、両親はカリフォルニアに戻れとクローイを説得しようとした。カリフォルニアならどこでもいい。いや、西部ならどこでもよかった。ニューヨーク以外ならどこだってかまわない。クローイはそれについてもマイケルと話したが、マイケルは即座に拒否した。自分のキャリア、法律事務所、家族、人生はみんなここに——人ものもすべてニューヨークにある、というのだ。そこでクローイは両親に嘘をついた。そのことは二人で考えているけれど、まずニューヨークの司法試験を受けて、内定している法律事務所で働くことにする、と。それから、今度の事件で進路を歪められ、ニューヨークから追い出されたりしてはいけないのよ、と大演説をぶった。あれこれと並べたてながら、クローイは本気らしく聞こえればいいと願った。

ほんとうのところ、クローイは自分が何を望んでいるのかもうわからなかった。わずか五日前まではあれほど大切だと思ったことが、いまではどうでもよかった。司法試験、新しい勤務先、婚約。病室のベッドでテレビを見ながら、何事もなかったように世の中が進行していくのがくやしく、腹立たしくてたまらなかった。みんないつもどおり朝のラッシュアワーにもまれて勤めに出かけ、また夕方のラッシュアワーにおしあいへしあいしつつ帰途につく。テレビではニュースキャスターが忙しげに、まるで報道するに価《あたい》する重要事であるかのように世界の出来事を報じている。

本日、ロングアイランドに出かける方、ロングアイランド・エクスプレスウェーは工事中ですし、グランド・セントラル・パークウェーは混み合うので避けたほうがいいでしょう。ハリウッドでは封切り初日に大勢集まったスターのなかにトム・クルーズの姿も見られました。フロリダ州キー・ウェストの沖合いで、またキューバ人難民の乗った船が発見されました。世界の飢えた子どもたちのためにお力を。残念ですが週末も嵐が続きそうです。海で遊ぶ方にはお気の毒ですが、次の週末は晴れ間が出るでしょう。

見ていると、大声で喚《わめ》きたくなった。

病室の入り口についていた護衛は二日でいなくなった。たぶん次の犠牲者の護衛にまわされたのだろう。シアーズ刑事は、もうクローイには〝切迫した危険〟があるとは考えられないので護衛は引き揚げたと言った。警察は〝積極的に犯人を捜査〟し、〝あらゆる手がかりを追って〟いたが、毎日病室を訪れていたハリソン刑事も月曜日には来なくなり、代わりに一日に一回電話でようすを聞くだけになった。その電話も数日のうちには間遠になるだろう、とクローイは思った。クローイの事件は次々に起こる新しい事件に押しやられてしまうのだ。

病室には友人知人仲間たちが贈ってくれた心づくしの香り高い花の籠がたくさん置かれていたが、クローイは誰とも会うどころか、電話で話す気にもなれなかった。マリーのほかは、友だちには誰も会いたくなかった。包帯姿の自分を見られたくなかったし、あんな姿になるなんていったいどんな目にあったのだろうと想像されたくなかった。あの夜のことは口にするのもいやだったし、だからといって軽い世間話などしたくない。だいたい、もう話したいことなんかないのだ、とクローイは気づいた。いつかはもとの自分に、あたりまえの問題やつまらない用事に追われるふつうの日々に戻りたい。だがそれはもう不可能だろうとクローイは思った。マイケルをいちばん憎らしいと思うのもそれだった。彼はふつうに暮らしているのに、自分はどうすればふつうの暮らしを取り戻せるのかわからない。

マイケルは仕事に戻ったきりで、月曜日の昼食時間に一時間だけ見舞いに来た。病院にいると落ち着かないマイケルの気持ちはよくわかった。包帯だらけで点滴をしているクローイの姿や、出入りする看護師や医師、理学療法士を見ていると、苛立ちと無力感に襲われるのだ。今度の出来事（と彼は呼んだ）のすべてに、彼は腹を立てていた。だがクローイは、マイケルがどう感じているかなんか、じつはどうでもよくなっていた。それにマイケルが何事もなかったようにあたりまえに暮らしていることを考えると、怒りどころではないものを感じた。実際には二人にとってすべてが崩れ落ちてしまい、もう二度と元どおりにはならないというのに。

そして火曜日、ついにクローイは退院することになった。退院したかったはずなのに、ブローダー医師に退院を通告されて以来、震えが止まらなかった。退院するときにはマイケルが来てくれるはずだったが、午後はずっとややこしい証言録取で抜けられないという。それで母とマリーに車椅子を押してもらってロビーに下りることになった。すぐ外では父がレンタカーで待っている。歩けないことはなかったが、車椅子で移動するというのが病院の方針だった。

一階ロビーでエレベーターのドアが開き、マリーがクローイの車椅子を押して混雑したホールへ出た。いたるところに人があふれていた。すみのベンチには老人たちがいて、受付デスクの付近には警官がぶらぶらしている。取り乱した親たちが泣き喚く子どもを抱きかかえ、看護師や病院関係者が忙しげに行き交う。

クローイはあわただしくロビーに目を走らせ、犯人の気配を探した。好奇心をむきだしにして車椅子の彼女を見る人たち。クローイはその人々の目を見返し、身体の動きを見つめた。話し合っている者も、新聞に顔を埋めている者もいるし、何を見るでもなくぼんやりと宙を眺めている者もいる。クローイは狂おしい気持ちであたりを探った。動悸がいっそう速まり、アドレナリンが増える。だが、ほんとうのところ、見つめる目のどれもが犯人のそれでありえた。それが絶望的な真実。マスクをとった犯人の顔はわからないのだ。

車椅子から車へはほんの一歩なのに、クローイの腹部は焼けつくように痛んだ。処方された薬の入ったショッピングバッグをもって、母とマリーの手を借りながらそっと後部座席に乗り込んだ。雨に洗われている窓ごしに広い駐車場のほうを見る。次の交差点は交通量の多いノーザン・ブールヴァードで、その先がロングアイランド・エクスプレスウェー、そちらもいつもびっしりと車が走っている。たくさんの顔。たくさんの見知らぬ人間たち。犯人はどこにいても不思議ではなかった。そのへんの誰が犯人でも不思議ではない。

「用意はいいかい、ハニー」間があって、「ビーニー?」明らかに返事を待っている調子で、父が呼びかけた。

「ええ、パパ。用意はいいわ」それからためらったが、すぐに付け加えた。

「パパ、もうその名前では呼ばないで」

父は悲しげだった。それから静かにうなずき、疲れた顔を窓のほうへ向けている娘を見やった。フォード・トーラスは発進し、屋根の張り出した病院の入り口から混み合った駐車場を通り抜け、アトランティック・アヴェニューへ入った。クローイはレイク・サクセスの新しいマンションまで行くあいだ、じっと外を見つめていた。外にはたくさんの車や人々。篠《しの》つく雨のなかで、ジャマイカ病院はしだいに遠ざかっていった。

14

クローイは毎朝、鏡に向かって自分を励まそうとした。とにかく今日一日がんばろう、そうすればきっと明日はもう少し楽になる。ところが翌日になっても事態はますます悪くなるばかりだった。外側の傷が癒《い》え、傷跡が薄れても、内側では恐怖が悪性腫瘍のように増殖し続けた。夜は不眠に苛《さいな》まれ、昼はどうしようもない疲労感に苛まれる。

医療過誤訴訟専門の前途有望な新人弁護士としてスタートを切るはずだったフィッツ・アンド・マーティネリ法律事務所からは、ようすを尋ねる心配そうな電話がかかってきて、九月から予定どおり勤務できるのか、それとも回復にもっと時間が必要かと聞かれた。もう元気になりました、とクローイは答えた。すべて順調ですし、予定どおり三週間後には司法試験を受けます。ご心配いただいて恐れ入ります。

クローイは自分の言葉を信じていた。毎日みんなに同じことを言った。それなのに、ふと前触れもなく説明のできない恐怖の長い爪につかまれ、その場に凍りついてしまう。実際、嗅ぎとれるほど生々しい恐怖だった。呼吸さえ苦しくなって喘《あえ》いだ。部屋がぐるぐる旋回しはじめる。地下鉄でいきなりあの声を、汗の匂いを、むかつくココナツのロウソクの匂いを感じる。車に乗っているとき、バックミラーで道化師が不気味に嗤《わら》う。とたんにあの夜に引き戻される。とにかく予定どおりに行動して、以前と同じようにふつうに暮らそうとした。だが一日たち二日たち、一週間二週間が過ぎていくうちに、堅固に見えた表面にごく小さな亀裂が入り、それがだんだんと大きく広がって、そのうちきっと無数のかけらとなって砕け散るに違いないという気がしてきた。

両親はニューヨークに二週間滞在していたが、とうとう荷造りをしてサクラメントに引き揚げた。クローイがつくり笑顔で繰り返した強がりが魔法のような効果を発揮し、両親は彼女を抱きしめてさよならとキスしたが、エレベーターを待つあいだにまた、カリフォルニアに戻っておくれと懇願した。

わたしはだいじょうぶ。どんどん快《よ》くなっているし、二週間後には予定どおり司法試験を受けるわ。

閉まりかけるエレベーターのドアの向こうで涙ぐんでいる母に、笑顔で手を振ってみせた。それから身を翻《ひるがえ》して部屋に駆け込み、鍵をかけ、床にぺったり座り込んで三時間泣いた。

受験勉強は自宅で続けた。講義に出席するなんてとんでもなかった。浴びせられるに決まっている見知らぬ大勢の学生の視線が怖かったし、善意の友人たちの質問も恐ろしかった。予備校では受験コースのビデオテープを送ってくれた。毎日朝から晩までリビングに法律書を広げ、ノートを手にぼんやりとビデオを見ていた。講師がぱくぱく口を動かしているのは見えても、言葉はまるで理解できなかった。ぜんぜん集中できず、試験に失敗するのは目に見えていた。

試験前日はマイケルが泊まり込み、午前七時にマンハッタンにある試験会場ジェイコブ・ジャーヴィス・センターに車で送ってくれた。三千人の受験生に混じって受験手続きをして、決められた座席に座り、午前八時には配られた分厚い共通試験の問題を受け取った。会場には静かな緊張感がみなぎっていた。八時五分、クローイは後ろを振り返り、隣席に目をやり、正面を見た。知らない顔、顔、顔、解答用紙に屈みこんでいる者、絶望的なおももちであたりを見回している者。不安と恐怖が高まった。頭がずきずきし、身体が細かく震えて、冷や汗が噴き出した。吐き気がする。クローイは手を挙げ、係員に付き添われてトイレに行った。よろよろと個室に入り、嘔吐した。それから冷たい水で顔と首を冷やし、トイレのドアを開けて出て、そのまままっすぐに会場を離れた。八時二十六分、タクシーで帰宅。

もうハリソン刑事の電話はかかってこなかったが、クローイは毎日電話して捜査の進展状況を尋ねた。答えはいつも同じだった。

「心配しないで、クローイ。鋭意、捜査を進めていますからね。まもなく容疑者がつかまると期待しています。ご協力いただいて感謝していますよ」

きっと「未解決事件の被害者をなだめる警察官の模範回答」とでもいうカードを読み上げているのだとクローイは思った。事件後何週間かたち、クローイの事件はじわじわと迷宮入りのコースをたどっているのだろう。犯人の人物像もわからなければ指紋もなく、物理的証拠もいっさいないのだから、よほどの幸運と犯人の自白がなければ事件が解決するはずがないのだ。それでもクローイは毎日、ハリソン刑事に電話をかけた。どんなにうるさがられても、自分はそう簡単には事件を忘れないことを伝えたかった。

司法試験の失敗のあと、マイケルとの関係はますます悪くなった。努力もせずに試験を放棄したことにマイケルが腹を立てているのはわかっていた。〝あの出来事〟（いまだにマイケルはそう呼ぶ）のあとセックスは途絶えていたが、いまでは手を触れ合っただけでもクローイはびくっとし、いたたまれなくなった。マイケルも毎晩ではなく週末に来るだけになった。それにクローイが外に出たがらず、夕食に出るのさえいやがることに苛立ちをつのらせた。言葉にならない冷たい空気が二人をますます遠ざけ、どちらもどうすればもとの二人に戻れるのかわからなかった。自分が戻りたいと思っているという確信も、クローイにはなかった。マイケルが事件のことで密かに彼女を責めているのを感じた。自分を見るときのマイケルの目、それに直視できずに視線をそらすときの目に、クローイは非難を読み取った。それが赦せなかった。

夕べ、ぼくを泊まらせてくれさえしたらよかったんだ。

たぶん、どちらも二人はもう終わりだと悟っているのに、自分からは最後の言葉を切り出せないのだ、とクローイは思った。マイケルは勇気を奮って言いだしても、あとできっと罪悪感に襲われるとわかっているから怖いのだろう。では自分はどう感じるだろう。きみを愛しているが、しかし妻にはしたくない、いい友だちでいようとマイケルが言いだしたら。そのとき感じるのは安堵か、罪悪感か、怒りか、哀しみか？　二人の関係はそのままで、なんとなく夏が過ぎ、秋になって、会う回数はますます減っていったが、どちらも物足りないとは思わなかった。

フィッツ・アンド・マーティネリは二月の受験を勧め、それまでのあいだは事務員として働かないかと申し出てくれた。だがクローイは断った。ウォータークーラーのまわりの雑談で、〝レイプの被害者〟として噂されるに決まっている。しかもいままでは、〝レイプの被害者で、司法試験から逃げ出した人〟というおまけまでついてしまった。

手術後三カ月の検診のとき、産婦人科医にカウンセリングを勧められた。「レイプの被害者は、外からは見えない傷を負っています」と医師は言った。「楽になるためには心理カウンセリングを受けたほうがよろしい」

わたしはだいじょうぶです。どんどん快くなっているし、予定どおり司法試験を受けなかっただけ。ご心配いただいてありがとうございます。診察室を出たクローイは二度と来るものかと思った。

十月、彼女はラ・ガーディア空港のマリオット・ホテルで夜間の予約係の仕事に就いた——何百人もの人が働いている忙しい大ホテルでは、誰もクローイを知らない。奥まった部屋でヘッドフォンをつけて、人目を避け、好奇の目にさらされることもなく働いた。法律事務所のパートナーへの道が開けるわけでもなく、両親が知って自慢に思う仕事でもなかった。マイケルは彼の言う〝野心のなさ〟にあきれはてたらしかった。だがここなら恐ろしい夜の時間に大勢にまぎれて安心していられるし、誰も素性を知らないからあれこれ詮索されることもない。それにお金になった。勤務時間は午後十一時から午前七時まで。

就職してわずか四週間目に電話を受けたときだった。そろそろ六時、勤務時間の最後の一時間に入ろうとしていた。

「マリオット・ラ・ガーディアです。ご予約ですか？」

「そうなんだ。予定の飛行機に乗り遅れてしまった。アメリカン航空じゃ、明日の朝まで便がないと言うんだよ。部屋をとらなくてはならない。空いているかね？」受話器の奥で、バッハの〈羊たちは安らかに草を食《は》み〉が静かに流れているのが聞こえた。

「少々お待ちくださいませ。マリオット・クラブのメンバーでいらっしゃいますか？」

「いや、違う」

「ご希望はシングルですか、ダブルですか？」

「シングル」

「おタバコはお吸いになりますか？」

「いや、禁煙を頼む」

「おひとりでご宿泊ですね？」

「一人だけだ。しかし、きみが一緒に泊まってくれるんならべつだがね、クローイ」

心臓が止まった。ヘッドフォンをむしりとって床に投げつけ、ゴキブリでも見るような目で見つめた。マネージャーのアデールがとんできて、あとから何人かのフロント係もやってきた。床のヘッドフォンから小さな声が聞こえている。「もしもし？　もしもし？　誰かいないのか？」

「どうかしたの？」アデールが聞いた。クローイは触られまいと飛びのいた。

いま聞こえたのは現実なの？

ひび割れは全面に広がっていた。表面が剝《は》げ落ちる。クローイはアデールがヘッドフォンを拾い上げるのを凝視していた。

「もしもし？　失礼いたしました。予約担当のアデール・スペーツです。ご希望をどうぞ」

クローイは後ずさりしてドアに向かい、アデールが応答しているあいだにテーブルのバッグをつかんだ。部屋がぐるぐると旋回している。頭のなかで声がこだましていた。

クローイちゃんみたいなかわいい娘を一人で放っておいちゃいけないんだよ。

なんてきれいなんだ。食べてしまわなくちゃ。

夕べ、ぼくを泊まらせてくれさえしたらよかったんだ。

心配しないで。鋭意、捜査を進めていますからね。

クローイは悪魔に追われるようにマリオットの駐車場を夢中で走った。コートを忘れてきたので、冷たい秋風が肌を刺した。グランド・セントラル・パークウェーを時速一一〇キロで走りながら、何度も何度も後ろをチェックした。後ろの車から道化師のマスクがのぞいているのではないか、ヘッドライトを点滅させてウィンクを送ってくるのではないかと不安でたまらなかった。

マンションに車を入れて、ロビーでうたた寝しているガードマンの前を通り過ぎ、エレベーターに駆け込んだ。部屋に入って明かりを全部つけ、警報装置を再セットして、入り口のドアは二重に施錠した。

かつてなかった恐怖がクローイを引き裂いていた。身体の震えが止まらない。部屋から部屋へ走り、戸棚という戸棚を開け、ベッドの下をのぞき、シャワーカーテンの裏を見た。寝室のナイトテーブルから、父がカリフォルニアに戻る前に買ってくれた二二口径の小型拳銃を取り上げ、弾丸が装塡《そうてん》されていることを二度も確認した。

リビングでは侵入警報装置の赤と緑が点滅している。

拳銃を膝に置いてリビングのカウチに座り、汗ばんだ手で黒い銃把をつかんで人差し指を引き金にかけた。ネコのティビーが腕の下にもぐりこみ、胸にすりよって甘え声をたてる。朝日が上りはじめ、カーテンの隙間から黄色い光が射し込んできた。天気予報では今日も晴天だろうという。クローイは真っ白な入り口のドアを見つめて待った。

とりつくろっていた表面はついにひび割れて壊れ、無数の破片となって飛び散った。

第二部

15

二〇〇〇年九月

かつては愛らしかったいくつもの顔が、生気のないうつろな目で彼を見つめ返していた。深い海のような緑の瞳、かすみがかかったスミレ色の瞳、長い睫《まつげ》はまだマスカラでくっきりとしているが、その目はもう何も見てはいない――生気のないうつろな目、目、目。つややかな紅に彩《いろど》られていた豊かな口許には、いまは歪んだ暗い穴がぽっかりと開いているだけ。彼女たちが最後に見つめたのは筆舌につくせぬ恐怖。声なき悲鳴を永遠にあげ続けている口。

フロリダ州法執行局（FDLE）の特別捜査官ドミニク・ファルコネッティが一人で座っているのは、もとは会議室だった灰色の部屋だ。視線の先には〝壁〟を飾る写真の数々。彼は両手で頭を挟み、絶え間なくずきずき痛むこめかみを人差し指で静かにもんでいた。事件関連の記録、緑色のフォルダーに入った捜査報告書、調書などが、長方形のサクラ材の会議用テーブルに散らばっていた。何時間も前のスターバックスの紙コップ入りコーヒーと空《から》になったバーガー・キングの茶色の紙袋の向こうのどこかで、タバコがくすぶっている。雑然とした部屋のすみでは、おぞましいビデオを再生し終えたテレビの画面が白くなってざあざあと音をたてていた。頭上のぎらぎらした蛍光灯の明かりが、目の前のテーブルにきちんと並べた五枚の新しい陰惨な写真を照らしている。〝壁〟にまた新しく女性被害者が加わったのだ。

行方不明になった十一人の若い女性の家族たちは、身元確認に使える新しい写真を提出してくださいと言われていた。卒業パーティの写真や高校、大学卒業時の写真、卒業アルバムの写真、それにプロが撮ったポートレートが、捜査員がただ〝壁〟と呼んでいる茶色のコルクボードのそれぞれの場所からドミニクを見下ろしている。捜査本部には一人につき三枚から五枚、ときには十枚もの写真が提供されていた。殺人事件捜査官として十七年の経験があるドミニクには、母親に娘の思い出のすべてを凝集した写真を一枚選べとか、いつまでも覚えておきたい姉や妹の写真を一枚選べと言っても無理な話だとわかっていた。そんなことを頼むのはほとんど冒瀆《ぼうとく》だ。だから、最も特徴的な写真を選んで〝壁〟に貼り、あとは黙って保管しておいた。十一人の愛らしい顔がコルクボードに順番に並べられている。行方不明になった順番で、最終的に遺体が発見された順番ではない。

そのすぐ下に貼ってあるのは、幸せそうなスナップとは衝撃的な対照をなす九人の女性の最期の写真、傷つけられねじれた裸の死体の写真だ。さらにいまでは部屋いっぱいに広がった茶色のコルクボードには、各殺人現場の写真と解剖写真が五枚ずつ、蛍光色の押しピンでとめてある。身の毛のよだつような悲惨な事件前及び事件後のフォトアルバムだ。生前の写真と死後の写真に挟まれているのは、それぞれの女性の氏名と年齢、主な肉体的特徴、それに行方不明になった場所を記した五インチ×七インチのカード。最後の行には遺体発見の日時と場所、そしておしまいに、検死官が推定した死亡日時。死因を記入する必要はなかった。〝壁〟の強烈なカラー写真を見れば一目瞭然《いちもくりょうぜん》だったからだ。

ドミニクは冷え切ったコーヒーをすすり、もう何百ぺん見たかしれない、かつては無邪気だったがいまは恐怖にひきつっている女性たちの死に顔の目を、もう一度見つめた。この目は短い生涯の最後の五分間に、すべてが慈悲深い闇に消える前に、いったい何を見たのだろう？どの女性も若かった。たいていは二十代初め、三人はかわいそうに二十歳にもなっていなかった。十一人の最年長でも二十五歳、最年少は十八歳になったばかりだ。生前の写真の明るい微笑は愛嬌《あいきょう》たっぷりで、いたずらっぽく唇を突き出している。肩に広がるブロンドの巻き毛、プラチナブロンドを短く切ったボブスタイルもある。それから腰までのまっすぐなハニーブロンド。みんなブロンドで、生きているときはとても美人だった。とにかく美人揃いだったから、〝壁〟にはプロが撮ったポートレートが六枚もあった。

この一年半に十一人の女性が常夏《とこなつ》のマイアミの夜に消えていた。オーシャン・ドライヴやワシントン・アヴェニューのヤシ並木の下や、人気の高いサウス・ビーチのナイトクラブの人ごみ、金持ちや有名人や美男美女が浮かれ騒ぐホットスポットから、彼女たちは消えた。そして何週間か、場合によっては何カ月もたってから、九人の女性の裸の惨殺死体がマイアミ・デード郡郊外の人気《ひとけ》のない場所で発見された。発見現場はあちこちに散らばっていて、予測がつかなかった。エヴァーグレーズの古い精糖工場、リバティ・シティの真ん中の抵当流れの廃屋、ケンドールのつぶれたスーパーマーケット。殺人者は死体も犯行も隠す気がないらしかった。それどころか明らかに発見されるのを楽しんでいた。遺体が発見されてみれば、この残酷な殺人が被害者の失踪と同じく丹念に計画されたものであることは明白で、その残虐さは年季の入ったベテラン捜査官ですら気分が悪くなるほどのものだった。

無残な暴行を受けた遺体には、連続殺人者の恐るべき署名が刻まれていた。心の歪んだ当人にしかわからぬ理由で、無差別に人間の獲物を襲う犯人。この連続殺人者は傲岸《ごうがん》にも何百人もの目撃者の前で被害者を選び出していた。この残虐きわまる殺人犯を、人々はキューピッドという不気味なニックネームで呼ぶようになった。

被害者は文字通り切り裂かれていた。咽喉から腹部まで縦に、それから胸の下を真横に切り開かれ、胸骨は何かわからぬ凶器で砕かれ、肋骨も折れ曲がっている。そして一人残らず心臓が抉《えぐ》り取られてなくなっていた。心臓はいまも未発見のままだ。屠《ほふ》られた胸はぽっかりと開き、心臓があったところには血まみれの黒々とした穴が残っているだけだった。被害者はすべて裸で、おぞましい性的なポーズをとらされ、生前に膣と肛門に未知の物体もしくは複数の物体で性的暴行を受けた形跡があり、一部は死後にも暴行を受けたとみられていた。

現在は五つの警察から十二人の捜査官、刑事が派遣されて、専従でキューピッド事件の捜査にあたっていた。マイアミ・ビーチ市警（ＭＢＰＤ）、マイアミ市警（ＣＭＰＤ）、マイアミ……

ミ・デード郡警察（MDPD）、ノース・マイアミ市警（NMPD）。それにブッシュ知事の要請で州の犯罪捜査局であるフロリダ州法執行局（FDLE）が、当初から捜査本部としてマイアミ地域活動センターの会議室と犯罪分析官、コピー機、ファックス、パートタイムの事務員を提供していた。コルクボードが最初に設置されたのは、捜査本部となったこの会議室だ。初めは九〇センチ×六〇センチくらいの標準サイズのボードだった。八カ月たち、六人の女性が失踪して、三人が死体で見つかったが、まったく手がかりがつかめなかったので、FDLEはさらに特別捜査官ドミニク・ファルコネッティを提供することにした。ドミニクの最初の仕事は、もっと大きなコルクボードを入手することだった。

安っぽい木製本棚二つとファイルキャビネット一つは部屋のすみに押しやられた。代わりにコピー機とコンピュータ三台が配置されて、壁際にはたくさんの段ボール箱がうずたかく積み重ねられた。それまで会議室を飾っていた盾やトロフィー、賞状、写真は〝壁〟の場所をつくるために下ろされて、本棚の上に伏せて重ねておいてあった。段ボール箱には分厚い報告書や情報カード、手がかり、面接調査の結果などの詰まった捜査記録用の緑色のフォルダーがぎっしり入っている。捜査報告書と面接調査の結果報告書は、被害者それぞれの最後の数カ月、数日、数分の詳細を明らかにするものだ。別の箱には被害者の金銭関係の記録や日記、手帳、手紙、アルバム、eメールが入っている。きわめて個人的で私的な所有物、きわめてひそやかな思いや事実の詳細——それがフロリダ州の永久的な公的記録の一部と化していた。

ドミニクはすみのファイルキャビネットの上の、これも置き捨てられたセブン‐イレブンのコーヒーカップの横に、押しピンの箱を見つけた。派手なピンクの押しピンを一本ずつ五枚の写真に通して、マリリン・シバン、十九歳と記されたカードの下にとめていった。

カードがなければ犯罪現場の写真と生前の写真を組み合わせるのは不可能だっただろう。かつては非の打ちどころがなかった美しい顔は、いまは無残に腫れあがっていた。クリーム色のなめらかな肌は血の気を失って青白くくすみ、ところどころ青黒く崩れかかっている。色白の明るい微笑みを浮かべていた口許には蛆《うじ》が湧いて、黒く腫れあがった舌がのぞく。金色の巻き毛やプラチナ色の髪の束には乾いて黒ずんだ血がこびりついていた。湿度が高くて暑いフロリダでは腐敗が進むのは速く、多くの場合、死体の身元は歯科医の記録でやっと確認できる。

ドミニクの目はそこに見えないものを求めて〝壁〟に向けられた。ニコレット・トレンス、二十三歳。アンドレア・ギャラガー、二十五歳。ハンナ・コードヴァ、二十二歳。クリスタル・ピアス、十八歳。シンディ・ソレンソン、二十四歳。ジャネット・グリーダー、二十歳。トリシャ・マッカリスター、十八歳。リディア・ブロントン、二十一歳。マリリン・シバン、十九歳。〝壁〟のはしから、さらに二枚のポートレートが微笑みかけていて、カードにはまだ空欄が残っていた。モーガン・ウェバー、二十一歳は、二〇〇〇年五月二十日にマイアミ・ビーチのクリーヴランダー・バーで最後に目撃され、アンナ・プラド、二十四歳は二〇〇〇年九月一日にサウス・ビーチのナイトクラブ、レヴェルで目撃されていた。行方不明者がもう二人。たぶん死亡しているだろう二人の女性。

ドミニクはくすぶっていたタバコで一服してから、もみ消した。数年前に禁煙したのだが、先月の一週間にシンディ・ソレンソンとリディア・ブロントンの死体が相次いで発見されて以来、ここで二本、あそこで二本とこっそり吸っている。彼は部屋にたった一つある小さな窓から外を眺めた。隣接する証拠品保管倉庫を囲む金網のフェンスに街灯の光があたり、FDLEのがらんとした駐車場に奇妙なジグザグの影を投げている。誰も彼ももう何時間も前に帰宅してしまってビルは空っぽだったし、外は真っ暗だ。目の前の会議用テーブルには茶色のアコーディオン・フォルダーが置いてあって、散らばった調書やメモの上に中身があふれ出ている。フォルダーは新しかった。表紙に書かれた文字はマリリン・シバン、生年月日一九八一年四月六日、失踪日時二〇〇〇年七月二十八日、DOD二〇〇〇年九月十八日。

DODというのは発見日時の略。マリリンの死体は腐敗がひどかったので、監察医は死亡日時を正確に推定できなかった。たぶん四週間前から二週間前までのあいだだろうという。それなら、キューピッドは最終的に彼女の息の根を止めるまで、少なくとも三週間は生かしておいたことになる。フォルダー右肩のまるで囲んだ四十四という手書きの文字は、解剖及び発見現場の写真が四十四枚あるという意味だ。そのなかから選んだ五枚はすでに〝壁〟に貼ってあった。

昨日の夜明け前、SWAT訓練中のマイアミ・デード郡警察が、フロリダ・シティの西、エヴァーグレーズ国立公園の近くにある元アメリカ海軍所属ミサイル格納庫兼倉庫の廃屋で、十九歳の女性の死体を発見した。捜索訓練で手順どおり格納庫の金属製のドアを蹴破ったとき、間違いようのない腐敗臭が鼻をついた。人気のない格納庫の奥のすみに、ナイロン・ロープを張って三方に汚い古ぼけた毛布やシーツをかけた縦横一・五メートルくらいのにわか作りのテントができていた。警官たちはホームレスのキャンプか、あるいは子どもたちが古い建物に入り込んで砦《とりで》を作ったのだろうと考えた。異臭は動物の死骸ではないか。だがシーツをかきわけて発見したのは美人モデルの死体だった。

裸体のマリリンは汚れたコンクリートの床に、錆びついた古い石油缶によりかかるかたちで座らされていた。ポニーテールに結んだアッシュブロンドの長い髪が石油缶の上にテープで止められ、首を伸ばして軽く仰向いた格好になっている。目と口は大きく開いていた。皮膚は暑さで腐乱して泡を吹いてはがれ、黒く腐敗した組織や筋肉が見えていた。脚は付け根からはずれてグロテスクに広げられ、両腕は前に重ねられて、骨がのぞく指が恥部に置かれている。そしてこれまでの被害者と同じく、死体にはいまではよく知られたキューピッドの特徴的なサインが残されていた。胸が大きく切り裂かれ、胸骨がへし折られてぽっかりと穴が開いている。死体が発見されたコンクリートの床に大きな血溜まりができていて、ぶら下げたシーツにも血が飛び散っていたことから、殺害場所は発見現場と推定された。死因は大動脈切断と心筋除去に起因する大量出血による失血死。監察医は死亡時にマリリンの意識があったかどうかはわからないが、現場に残された血の状態からみて、心臓を抉られたときには生きていただろうと判断した。

マリリンは二カ月前の金曜日の晩に、サウス・ビーチにあるクラブ・リキッドから姿を消した。当日、混雑したナイトクラブに一緒にいた四人の友人は、マリリンが飲み物を取りにメインバーに行ったまま帰らなかったと証言した。誰かと出会って一緒に出かけたのだろうということで、当座は失踪とは思われていなかった。三日後、昼間はウェイトレスとして働いていたマリリンが職場に現れなかったので、初めてマイアミ・ビーチ市警に捜索願が出された。両親が警察に提出した写真はキーズの中古車ディーラーの宣伝用で、行方不明になるわずか二日前のものだった。

鑑識がこれから五日かけて格納庫兼倉庫をしらみつぶしに調べる予定だったが、ドミニクはあまり期待していなかった。これまでの八件と同じだとしたら、指紋も精液も毛髪も不審なDNAも何ひとつ発見されないだろう。キー・ウェストから出かけたFDLEの鑑識がMDPDの鑑識と一緒に、タイヤ跡、足跡、タバコの吸殻、衣服、凶器などが見つからないかと二日かけて付近一帯を探しまわったが、空手で戻ってきた。どの主要道路からも遠く、広大なエヴァーグレーズに近接した旧軍事施設では、目撃者があるはずもなかった。いちばん近いガソリンスタンドでも五マイル以上離れている。めぐらした金網のフェンスのあちこちに〝立ち入り禁止〟の札がかかっていて、二歳の子どもでもこじ開けられそうな簡素な鉄柵の門があるだけの場所だ。

まったく腹立たしかった。特別捜査本部に加わって八カ月たつのに、まだ一歩も犯人に近づいていない。単独犯なのか複数犯なのかさえわからない。しかも失踪と殺害はペースを速めていた。遺体に加えられた暴力もエスカレートしてますますどぎつく派手になり、そのうえやたらに手際がよくて周到だ。どの犯行現場からも、犯人がいっそう大胆になり自信を深めている徴候がうかがえた。どうだ、見つかるまい、と警察を挑発している。被害者の一部は発見現場で殺されていたが、他の被害者はべつの場所で傷《いた》めつけられて殺害されてから運ばれ、これみよがしに置き去りにされていた。どうして一方は殺害現場で発見され、一方は運ばれているのか？　どの現場も念入りに選ばれ、注意深く舞台装置が作られている。なぜだ？　犯人は何を伝えようとしているんだ？　最初のころの被害者であるニコレット・トレンスとハンナ・コードヴァの遺体は、監察医の推定死亡時刻から数日以内に発見されている。どちらも行方不明になってから一週間足らず。だが被害者が増えるにつれてキューピッドはいっそう時間と手間をかけて嬲《なぶ》るようになったらしい。失踪から死体発見まで何カ月もかかっている。

この連続殺人事件はひっきりなしにはなばなしく報じられ、マスコミは手加減をしなかった。どの現場も報道関係者のバンやブーム・マイク、ストロボで上を下への大騒ぎになった。全米どころか世界中のマスコミがマイアミに取材拠点を設置し、〝警察が手も足も出ない残虐な連続殺人〟を報道した。厚かましい記者たちはスクープを狙って我先に死体袋に殺到し、全米向けテレビニュースで、キューピッドの被害者がまた発見されたと興奮を抑えきれない表情で告げた。

ドミニクは濃い黒髪を両手で梳《す》きあげ、コーヒーの残りを飲み干した。この二日をあわせても眠ったのは四時間足らず。肘をついた手に顎をのせ、生やしはじめた白髪交じりの短い顎鬚《あごひげ》をしごく。このごろでは白い部分のほうが多いくらいだ。外見はまだまだ元気そうだと自分でも思うが、三十九歳という年齢は争えず、身体のなかからじわじわと疲れがにじみ出る。

仕事がこたえていた。この事件がこたえていた。生気を絞り尽くされる感じだった。いくら事件と距離を置こうと思ってもそうはいかなかった。若く美しくて初々《ういうい》しい被害者の顔を見るたびに、彼女たちは誰かの娘、ガールフレンド、姉妹なのだと思わずにはいられなかった。生気を失った瞳を見ていると、ついこのあいだまでロングアイランドの田舎町でタイヤのブランコで遊んでいたのに、いつの間にか娘盛りの十八歳になってコーネル大学に進学した姪を思い出した。ドミニクが殺人事件の捜査に携《たずさ》わるようになってから十七年たつ。最初の四年はブロンクスのニューヨーク警察、あとの十三年はＦＤＬＥの暴力犯罪課特別捜査官として。今年限りでこんな仕事は辞めようと毎年考える。詐欺係への転属を願い出ようと毎年思う。あそこはいつも静かだし、捜査員はみんな五時に帰宅するんだ。そうやって何年も過ぎたが、まだ彼は同じ仕事をしていた。あいかわらず死体と午前三時の捜査令状を相手に奮闘している。どういうわけか、この仕事が辞められなかった。すべての殺人犯が逮捕され、すべての被害者の復讐《ふくしゅう》を果たすまでは逃げるわけにはいかないと感じた。残念ながら、そんなときはけっして来はしないのだが。

どの犯人にも必ず手抜かりがある。一人残らずだ。連続殺人犯といえども手がかりを残している。ドミニクはゲインズヴィルのダニー・ローリングとマイアミのタミアミ絞殺魔を含め、何人かの連続殺人犯を扱ったことがあった。歴史的に見ても、有名な連続殺人犯が逮捕された後、最初の犯行現場に戻ってみることができれば、そこにきっと明らかな手がかりがある。どこに目をつけるべきかさえわかればいいのだ。サムの息子、ボストンの絞殺魔、ジョン・ウェイン・ゲイシー、テッド・バンディ、ジェフリー・ダーマー、みんなそうだ。

どこに目をつけるべきかさえわかればいいのだ。

ドミニクは〝壁〟を見つめて、誰にも見えない消えたパズルのかけらを探そうとした。赤と青の押しピンを刺したサウス・ビーチとマイアミ・デード郡の航空写真が〝壁〟の反対側の壁面を占領している。ＳｏＢｅとして知られる華やかなサウス・ビーチに集中している赤い押しピンは被害者が失踪した場所を示す。青いほうの押しピンはマイアミ全土に広がっていた。

午後九時になろうとしていた。蛍光灯の明かりの下でドミニクはメガネに手を伸ばし、生きているマリリン・シバンを最後に見た証人の一人、シェリー・ホッジスの調書を再び読みはじめた。「すごく混んでたんで、ウェイトレスがなかなか飲み物をもってきてくれませんでした。やたらに時間がかかったの。マリリンは、メイン・バーのほうに知ってる人たちがいたような気がするんで、マティーニを取りに行ってくる、って言いました。それがマリリンを見た最後です」

知ってる人たち？　すると犯人は複数なのか？　連続殺人は単独犯行であるのがふつうだが、著名な例外もあった。ヒルサイドの絞殺魔はカリフォルニアの従兄弟どうしだった。犯人が複数だと仮定すると、マリリンは犯人たちを知っていたか、一緒にバーを出るほど信用していたに違いない。かなり前から、被害者はみな犯人と知り合いだったのではないかと推測されていた。そうでなければ、混んだバーに友だちを待たしているのに、犯人について行ったりするだろうか？

被害者が犯人と知り合いなら、少なくとも何人かの被害者に共通の友人知人がいるはずだった。だが、これまでの捜査では被害者たちにはまったくつながりがなかったし、交友関係もぜんぜん重ならなかった。複数の被害者がモデルとして一緒に仕事をした形跡もないし、所属の斡旋《あっせん》機関も違った。なんのつながりも見つからない。堂々巡りのあげく、またドミニクはコルクボードに目を向けた。

どこに目をつけるべきかさえわかればいいのだが。

さて、帰るとするか。今夜はもうすることもないし、誰も残っていない。テーブルの報告書を集めて新しいアコーディオン・フォルダーに収め、マリリン・シバンの発見現場のビデオを抜き出し、ノートパソコンの電源を切った。そのとき携帯電話が鳴りだした。

「ファルコネッティだ」

「ファルコネッティ捜査官、マイアミ・ビーチ市警のルー・リベロ巡査部長です。捜査本部のみなさんにすごいニュースがあるんですよ。どうやら、あんたがたが探しているキューピッドをとっつかまえたらしい。それがなんと、いちばん新しい被害者を運んでるところでした」

16

ドミニクは青い回転灯をつけながらドルフィン・エクスプレスウェーを東のマイアミ・ビーチに向かって、午後九時になってもまだ混雑している車を縫って走っていた。サウス・フロリダのドライバーは最悪だった。掛け値なしの最悪だ。ニューヨーカーもかぶとを脱ぐだろう。彼らは制限スピードを三〇キロもオーバーして飛ばすか、三〇キロも遅いかどちらかだ。あいだというものがない。もちろんウサギがカメに追いついて、交通渋滞で否応なくブレーキを踏まされ、赤いブレーキランプの点滅と事故が何キロも続くという状態になるまでの話だが。

マッカーサー・コーズウェーに入る395インターセクションの渋滞で、車は完全に止まってしまった。西向き道路の前方でおびただしい数の青や赤の回転灯がまたたいているのが見える。コーズウェーは水路の上で二つの長い橋に分かれている。泳いででもいかない限り、東向き道路から西向き道路に移ることはできない。ドミニクは場所もあろうにマッカーサー・コーズウェーなんかで不審車両を停止させた大馬鹿野郎の警官を密かに罵《ののし》りつつ、東向き道路の右端の緊急車両用レーンによって、渋滞車両の野次馬を尻目に一キロほど走った。ウサギもカメもいっせいに窓から乗り出して首を長く伸ばし、前方ではさぞひどい事故があったのだろうと目を凝らしている。左手の西向き道路に十五台から二十台の警察車両が集まっているのが見えてきた。同じ路上からマイアミ市警のヘリが飛び立とうとしている。フロリダ・ハイウェー・パトロールの車両が道路を両方向とも通行止めにしており、どっち側でも下劣な好奇心をむきだしにした連中が、最前列の車の屋根やボンネットに上って目の前に展開される光景を眺めていた。先が見えなくて苛立ったドライバーはしきりにクラクションを鳴らしている。

フロリダ・ハイウェー・パトロールのバリケードを通り過ぎたドミニクはコーズウェーのはしまで走った。そこで東向き道路を出て西向き道路に入ろうとしたが、なにしろインターセクションまでびっしり車がつながっているのでどうにもならない。無線でハイウェー・パトロールを呼び出し、自分がコーズウェーに入って戻れるだけ車を開けてくれと助けを求めた。

ようやくコーズウェーの西向き道路に入ったドミニクは、また野次馬やハイウェー・パトロールのバリケードを横目に緊急車両用レーンを突っ走って、マイアミ・デード郡のあらゆる警察から派遣されてきたらしい、少なくとも十台もの警察車両が集まっている後ろに、覆面パトカーのグラン・プリを停めた。西向き道路の右側二車線に反射板つきのロープが張られ、そばかすだらけでせいぜい十九歳ぐらいのハイウェー・パトロールが、再開された左側レーンに進めと野次馬たちを促している。

警察車両の列の前に救急車と消防車が停車し、パトカーの青い回転灯に混じって赤と白の回転灯がまたたいている。その先にマイアミ・デード郡監察医と横っ腹に黒い文字で記された白いバンがぽつんと停まっていた。それには回転灯はついていない。ドミニクが事情を知らなかったら、死者が多数出た多重衝突事故かと思っただろう。

ドミニクは青い回転灯のついた無人の警察車両のそばを通り過ぎた。緊急車両用レーンのコンクリートのガードレール際に黒いジャガーXJ8があり、これも無人のパトカーに囲まれている。なんてことだ。ありとあらゆる連中が出張ってきてるじゃないか。またマスコミが大騒ぎするぞ。

すぐ後ろには水路に面してマイアミ・ヘラルドのビルがそびえており、張り出した十階の窓はコーズウェーと触れそうな近さにあった。やれやれ。あそこの記者連中はオフィスを離れなくても一面トップ用の写真が撮れるってわけか。見上げると、明かりを背に点々と黒い人影が見えた。この瞬間にも見習い記者が望遠レンズでおれの鼻毛まで撮影しているかもしれんぞ。

ジャガーには誰も乗っておらず、トランクが大きく開いていた。トランクのなかで白いシーツが水路から吹いてくる海風にかすかに揺れているのが見える。ジャガーの四、五メートル後方にいろいろな制服を着た警察官たちが固まって、はからずもトランクを守るようなかたちになっていた。警察無線が何台もガーガーと音をたて、それぞれが聞き取りにくい警察用語で交信しあっている。

コーズウェーのはしのさらに西にはマイアミの美しい夜景が広がり、ホットピンクや玉虫色のブルー、それに街を一周するモノレールのイエローが輝いていた。反対側に目をやると、マイアミ・ビーチを縁取る高層ビルの白い明かりがきらめいている。

ぴかぴかの新しいジャガーの真後ろにマイアミ・ビーチ市警のパトカーが停まっていた。運転席と金属の格子で隔てられた後部座席に黒い人影が一つ見えるのにドミニクは気づいた。

彼は集まっている警官に近づき、ちらりとバッジを見せた。「ビーチのリベロ巡査部長はどこにいるかな？」

マイアミ・ビーチ市警の制服を着た、これも十九歳ぐらいの警官がうなずいて、ＭＤＰＤ鑑識班のバンの陰にいる数人の警察官たちを指した。そっちを見ると三人の制服警官が、サングラスこそかけていないがダークスーツを着た、ブルース・ブラザースの代役みたいな二人組と話していた。ダークスーツは熱心に耳を傾けながらメモをとっている。その一人がＦＢＩの捜査官だと気づいて、ドミニクは思わず渋面になった。

近づくとジャガーの前の人だかりが割れたので、ドミニクはトランクのそばへ寄った。トランクのライトがシーツを照らし、厚手の生地を通して赤いしみが広がっているのが見える。カーキ色のズボンのポケットからゴム手袋を取り出したとき、でかい手がずしりと肩に置かれたのを感じた。

「晩飯はまだだろうな、あんた。かなりひどいぞ」

振り向くと、マニー・アルヴァレスという去年から捜査本部に派遣されているマイアミ市警の刑事がタバコをくゆらしながら立っていた。くたびれたワイシャツの袖をまくりあげ、黒い体毛がもしゃもしゃと生えた腕にやけにたくさんの金のブレスレットをつけていて、腋の下に大きな汗じみが広がっている。サイズ18のカラーのボタンは半分はずれ、マイアミ・ドルフィンズのオレンジ色と白のよれよれのタイに印刷されたダン・マリノのモノクロ写真がドミニクに笑いかけていた。「ところで、いままでいったいどこにいたんだね？」

「いまいましいコーズウェーで立ち往生していたのさ、ずっとね」ドミニクは首を振ってあたりを見回した。「どうも、何もかもばればれらしいな、マニー。なんて騒ぎだよ」

クマ《ザ・ベア》という愛称のあるマニーは、身長一九四センチ体重一一三キロある。身長一八〇センチ体重八六キロのドミニクを簡単に押しつぶしそうだ。ごつい身体全体を黒い濃い体毛がおおい、腕から手の甲、指にまで剛毛が生えている。黒くて濃い口髭を蓄え、顎にはふつうの人間なら立派に髭として通りそうな無精髭が伸びている。襟元からさえ体毛がのぞいて、マニーはどこもかしこも毛むくじゃらだった。ただし頭だけはべつで、いつもビリヤードの球みたいにつるつるに剃り上げている。恐ろしげなキューバ人バージョンのミスター・クリーンといった風貌だ。

「しょうがないじゃないか。パーティに呼ばれたら、ケーキがなくならないうちに駆けつけたほうがいいだろうが。そうだ、あんた、ヘラルドの新しいお友だちに挨拶はしたかね？」マニーは背後のビルに向かっておおげさに手を振った。明日の一面を彼の写真が飾るかもしれない。

「わかった、わかったよ。もういい。で、どういうことなんだ？」

マニー・アルヴァレスはコンクリートのガードレールにもたれて、ぷかぷかとマルボロを吹かした。一二メートル下では、水路に波がひたひたと打ち寄せている。「今夜八時十五分ごろ、ビーチ警察のチャヴェスって新人警官が、ワシントン・アヴェニューをマッカーサー・コーズウェーに向かって走っている黒いジャガーを発見したんだ。五〇キロ制限のところで六、七〇キロくらい出していたらしい。３９５インターセクションまで追っていってみると、テールランプが一つ壊れていた。それで、停車させたんだ。車には男が一人乗っていた。で、免許証、登録証を拝見、とやったわけだ。

チャヴェスが言うには、そいつは涼しい顔をして落ち着き払っていたそうだ。汗もかかず、表情もぴくりとも動かない。フロリダの免許証に書いてあった名前はバントリング、ウィリアム・バントリングだった。住所はビーチのラゴース・ドライヴ。チャヴェスはそのとんちきに違反切符を切ろうとパトカーに戻りかけたが、変な匂いがするのに気づいた。トランクかららしい。それでバントリングに、トランクを見てもいいかと聞いた。相手はノーと断った。

怪しい、とチャヴェスは考えた。そうだろ、なんでトランクを見せないんだ？　それで、応援とＫ９ユニットの警察犬を呼び、男を連れ出して、応援の騎兵隊が来るまでつかまえておいた。二十分後、Ｋ９ユニットが到着し、ただちにトランクを調べた――わかるだろ、ひっかいたり、吼《ほ》えたり、まあ一通りやったわけだ。コカインじゃないかと疑ったんだろうな。おっさんがトランクにコカインを隠し持ってると思ったのさ。で、トランクを開けたら……なんと、なんと！　出てきたのは女の死体だった。しかもその死体は切り裂かれて、心臓がなくなってたのさ。

一同、ぶったまげちまった。無線ががなりたてた。気づいたときには、ありとあらゆる警察の巡査部長殿が集合してたって始末さ。まったく大騒ぎよ。なんせピーク時にはうちの署長までヘリでお出ましになったんだぞ。あんた、惜しいところですれ違ったけどな。署長は知事の資金集めパーティかなんかにご出席遊ばしてた。で、この話を聞きつけて、わしもぜひ行かにゃならんとおっしゃった。バルティモア・ホテルから車で二十分走るよりは、ってんで、ヘリで飛んだのさ。知事も乗っけてね。ヘリが着陸できるように、コーズウェーを上下線とも通行止めにしなきゃならなかった。署長が太ったけつを運んできて現場をのぞき、それから知事にごまをすりつつ、ヘリでまたステーキとポテトの晩餐に戻るためにな。いやになるよ。信じられるかね?」マニーはうんざりしたという顔で首を振り、左車線をのろのろ通り過ぎる見物渋滞の車めがけてタバコの吸殻をぴんとはじいた。吸殻が命中して開いた窓から飛び込んでもかまうものか。血に飢えた野次馬の膝に落ちて金玉を焦がそうものなら、いい気味ってことよ。

　ドミニクは鑑識班のバンのほうへうなずいてみせた。「あのスーツ連中は何者だ?」

　マニーはずるそうな笑みを浮かべた。「言うにゃ及ぶだろ?　頼りになるわれらがお友だち、FBIさ。手をつけてもいない事件解決の手柄をかっさらうために、わざわざ出かけてきたんだよ」マニーは目玉をぎょろぎょろさせた。「スティーヴンスとカーメディだ。ビーチの坊やたちとご機嫌よくお話し中だから、ことの詳細は全部、やつらが明朝開くに決まってる記者会見でとくとくと発表されるだろうよ」

「どうやっておれより早く嗅ぎつけたのかね?」ドミニクはあたりを見回して首を振った。

「冗談じゃないぜ、マニー。誰も彼も一人残らず集まってるじゃないか」

「ＦＢＩのマイアミ支局長がパーティに出席してたんだよ。だが、おれの知ってる限りじゃ、いつもつつましいＦＢＩの連中は自分で車を運転してやってきたらしいがな。ほかのやつらは、そうだな、歴史的瞬間ってやつに立ち会いたいと思ったんだろうさ」

ドミニクはまた首を振った。ＦＢＩのマイアミ支局長はマーク・グラッカーという。グラッカーとはキューピッド事件のはるか前につきあったことがあった。マフィアにからむ殺人事件をグラッカーら連邦捜査官が引き継いだときのことだ――それも都合よくドミニクが事件を解決し、容疑者をつきとめたあとに。閉じたドアの奥で行われたＦＤＬＥとＦＢＩの協議の席で、ドミニクは容疑者の名前を極秘裏に明かした。そして次に気づいたときには、グラッカーが容疑者に手錠をかけ、同時にチャンネル６でジュリア・ヤーボローのインタビューを受けているニュースを、ぽかんと口を開けて眺めていた。十日後、ＦＢＩはグラッカーをマイアミ支局長に任命した。

ＦＢＩは英雄になれるチャンスを虎視眈々《こしたんたん》と狙っている。ウェイコ事件やルビー・リッジ事件のあとでは、マスコミ受けする手柄はなかなかなかった。だがマリリン・シバンの遺体が連邦政府の土地で発見され、この事件は連邦政府機関の管轄にもなったわけで、おまえらはすっこんでいろとグラッカーに言えなくなったことをドミニクは知っていた。彼はトランクを見下ろした。「被害者の素性はわかったのか？」

「アンナ・プラド、レヴェルから消えたお嬢さんだよ。失踪してまだ二週間かな。だが死体はまだよくかたちを保っている。死後一日以上はたっていないだろう。まったく惜しい話だよ。美人だったのになあ」

ドミニクはゴム手袋をして白いシーツをめくった。生気のないうつろな目が二つ、また無力に彼を見上げていた。瞳はベビーブルー。

「誰も動かしてないな？　触った者はいないだろうな？」

「いない。このままの状態だったよ。スーツ野郎ものぞいたが、それだけだ。おれがベビーシッターをしてたからな。『あんたら、触らんようにな。いい子にして、あっちの警官と遊んでな！』ってさ。ただし、鑑識が写真を撮影した。十分ほど前に終わったところだ」

アンナ・プラドの裸体は仰向けに、膝を折って足を折り畳んで横たわっていた。両手は頭上でナイロン・ロープで縛られ、その下で長いプラチナブロンドがひとつにまとめられている。胸は十字に切り開かれて、胸骨がきれいにへし折られていた。心臓はない。死体の下に血が溜まっていたが、たいした量ではなかった――殺されたのはべつの場所らしい。

「やつはどこか人気のない場所に運んで、またファックするつもりだったんだろう。で、二カ月くらいして、われわれがシンクの蛇口か何かを突っ込まれた彼女の骸骨を発見するという寸法だ……ちょうどクリスマス・シーズンが始まるころかね。なあ、ドミニク、そんなことはよくわかっているだろうが、この世にはじつにむかつくやつがいるもんだぜ」マニーはガードレールから離れて、新しいタバコに火をつけ、速度を落として通っていく車に中指を上げて笑いかけた。「あの蛆虫どももそうだがな。おもしろがってのぞいていきやがる」

「死後そう時間がたっていないようだな、マニー」ドミニクが触れてみると、死体の腕はかちかちになってはいなくて動いた。皮膚は冷たい。死後硬直が起こって消えたのは、そう前のことではないらしい。一日は経過していないのではないか、とドミニクは考えた。トランクから離れようとしたとき、何かを踏んだような音がした。拾ってみると、赤いテールランプのかけららしい。彼はそのかけらをポケットに入れた。「トランクを開けるのに、何を使った？」

「たぶんメタル・ジャッキだろ。トランクを開けてから、触ったのはビーチ市警のリンデマンだけだ。監察医が遺体を運び出したら、すぐに鑑識が仕事にかかることになっている。だがその前に、あんたに現場を見せたいと思ってね」

「バントリングってのは何者なんだ？　前科はあるのか？」ドミニクはマイアミ・ビーチ市警のパトカーを振り返った。後部座席の人影はじっと姿勢よくすわっているが、暗くて表情は見えない。

「いや。調べたが何も見つからなかった。捜査本部に派遣されている分析官のジャニーに電話しといたから、彼女、いまごろはやつが最初にパンツにうんちを洩らしてからこの前お洩らしをしたときまで、ささやかな人生をしらみつぶしに調べているだろうよ。朝食のころには結果が出るんじゃないか」

「何をしているやつだ？　どこから来た？　バントリングなんて名前は聞いたことがないな。うちのどのリストにも上がっていないよな？」

「ない。年齢は四十一歳で、トミー・タン・デザイン家具のバイヤーだそうだ。ビーチの大物デザイナーだよ。しょっちゅう南米やインドに旅行しているらしい。チャヴェスにとっつかまったときは、空港へ行く途中だと言っていた。とにかく無口なやつでな。一部隊をやつの家に行かせて、近所で聞き込みをさせている。あとは令状を待つばかりだよ。いまんところはお決まりの話しか聞けていないがな。『とてもいいひとのように見えましたけど、でもどっか変なところがありましたねえ』ってな具合だ。明日になれば、ジェリー・スプリンガー・ショーでご近所さんが、自分たちにはわかっていた、警察は馬鹿ぞろいだと騒ぎたてることだろうよ。

地方検事には連絡済みで、捜査本部のマスターソンとボウマンが令状を取りに行っている。地方検事局のC・J・タウンゼンドをつけてくれたから、みんなしてクッキーとミルクとサインをもらいに判事のうちに向かってるはずだ」

「バントリングはほかに何か言ったか？」

「いや。口をきかないんだ。チャヴェスにトランクを見ていいかと聞かれて、ノーと言って以来、一言もしゃべらん。マイクを仕掛けてあるルー・リベロのパトカーの後ろに乗っけて、聞き耳をたてているんだがね、息遣いさえひっそりしてやがる。やつには誰も近づくなと言っておいた。うちで扱えるようにな。FBIのお友だちもやつとは話をしていない。とにかく、いまのところはな。もちろん、やつらは尋問する気でいるに決まってるが」

「わかった。鑑識に仕事を始めていいと言ってくれ。死体は監察医に引き渡せ。動かす前に必ず両手の指紋をとっといてくれよ」ドミニクは路肩にいる捜査員や鑑識員のほうへうなずいた。みんなさりげなさそうにしているが、青いジャケットの背中には黄色い蛍光塗料で警察とか監察医事務所と書いてある。合図とともに、シロアリのようにいっせいに車のトランクに群がってきた。

ドミニクはそばを通るとき、まだ車を取り巻いている警官たちに軽くうなずいた。頭上でまたヘリの音が聞こえたと思ったら、ぎらぎらした光が降ってきて目がくらんだ。

「おい、マニー、あんたんとこのボスが二度目のツアーにやってきたらしいぞ」

マニーはまぶしげな目で頭上を見つめた。それから、うんざり顔で首を振った。「いや、そうじゃなさそうだ。ありゃあ十時のチャンネル7トラウマ・ニュースの連中だよ。さあ、おれたちもはなばなしいデビューを飾ろうや。十一時のニュースに出るぞ、きっと。ほら、にっこりしろって」

「くそっ。どやどやと押しかけてきやがる。ようし、やつを本部に連れていって、フロリダには死刑があることに気づいて弁護士だの市民の自由同盟だのと泣き言を言いだす前に、口を割らせようや。FBIのお歴々とは本部に戻ってから話すが、しかし、やつがうちの容疑者だってことははっきりさせとこう」

ドミニクはマイアミ・ビーチ市警のパトカーのドアを開けて、後部座席をのぞいた。男はまっすぐ前を見つめている。車内灯の明かりで男の右目が腫れ上がり、頰に深い傷がついて血が滴っているのが見えた。首筋には赤いミミズ腫れ。たぶんパトカーに移るときに転倒したのだろう。容疑者の不器用さに、ドミニクはいつも驚かされる。とくにマイアミ・ビーチでは顕著だ。男は両手を後ろにまわされ、手錠をかけられていた。

「バントリングさん、わたしはフロリダ州法執行局の特別捜査官でドミニク・ファルコネッティという者だ。一緒に来てもらうよ。いくつか聞きたいことがある」

ウィリアム・バントリングは無表情に前を見つめたまま、一度だけ瞬きをした。

「ファルコネッティ捜査官、あんたのことは知っている。それからあんたのところへ一緒に行っても、どこだって同じだが、話すことは何もない。わたしは黙秘権を行使する。弁護士を呼んでもらいたい」

17

マリソル・アルフォンソは、マイアミ・デード郡地方検事局の二階エレベーター前でいらいらとボスを待っていた。ピンクのメモ用紙を手に、ずんぐりした身体で廊下を行ったり来たりと落ち着かない。午前九時二分、公式にはマリソルが勤務について一時間二分たっているはずだが、じつのところ、マリソルは八時十五分にやっと出勤してくる。その彼女は怒り狂っていた——もう、我慢がならない。こんなことをさせられるほどの給料はもらってないわよ。

ドアが開き、マリソルは出てきた人々にさっと目を走らせた。ぞろぞろと出てくる制服姿やビジネススーツの警察関係者の後ろに、サングラスをかけ、ぱりっとしたグレーのスーツを着たボスの姿があった。

「どこにいたんですか?」マリソルは語気荒く話しかけた。「あたしが出勤してからだけで、三十件もの電話がかかってるっていうのに?」マリソルはおおげさにピンクのメモを繰ってみせながら、ガードマンのいる入り口を通り過ぎ、こぢんまりした重大犯罪課のオフィスへ、獲物のあとを追った。行く先のドアには、C・J・タウンゼンド司法官、検事補副主任と記されている。マリソルはさらにメモを頭上で振り回した。「ほら、これがみんな、あなた宛なんですからね！」

C・J・タウンゼンドが毎朝いちばん会いたくないと思う人間は、根性悪の秘書のマリソルだった。マリソルの顔を見たとたんに、今日はいい日になるかなという期待があえなくつぶされる。今日もまた例外ではなかった。彼女はデスクに載せたブリーフケースを開け、サングラスをはずして、長い爪にパールのマニキュアを塗り、化繊のホットピンクのTシャツに二サイズは小さすぎ一〇センチは短すぎる花模様のスカートをはいた小太りの女性をぐっと見返した。

「この前確認したときには、電話の応答と伝言もあなたの職務内容に入っていましたけどね、マリソル」

「でも、こんなに大量だなんて冗談じゃないわ。ほかの仕事が手につきゃしない。あたしに電話をして、この人たちにどう言えばいいか、教えといてくれればいいじゃないですか」

まるで、ほかの仕事をする気があるような言い草だ。歯噛みしながらも、C・Jは笑いたくなった。「その人たちにコメントはありませんと伝えて、伝言を聞いておいてちょうだい。必要がある人にはこちらから電話します。いまから十時の審問の準備をしなきゃなりません。だから、邪魔をしないで」それだけ言って、彼女はブリーフケースからファイルを取り出しはじめた。

マリソルは大きな音をたてて舌打ちし、ばしっとメモをC・Jのデスクに叩きつけると、ピンクのハイヒールで回れ右をして足音荒く部屋から出ていった。スペイン語で腹立たしげにぶつくさつぶやきながら。

C・Jはハイヒールで危なっかしく秘書課のほうへ歩いていくマリソルを見送った。たぶんこれから二時間は秘書たちのあいだを回って今朝の出来事を吹聴《ふいちょう》し、ひどいボスにあたったものだと嘆き続けるだろう。ドアを閉めた彼女はゆっくりとため息をついた。できるものなら彼女をどこかべつのフロアのべつの課へ、望むらくは街の反対側にある児童支援センターにでも転勤させたい。だが、それは容易な仕事ではなかった。十年も勤務しているマリソルは、もうここの主になっている。地方検事が勇気を奮って彼女をクビにするよりも、ピンクの服に包まれた太った身体が死体袋に入れられて引きずり出される公算のほうがまだしも大きそうだ。

C・Jはメモをざっと見た。NBCチャンネル6、WSVNチャンネル7、CBSチャンネル、トゥデー、グッドモーニング・アメリカ、テレムンド、『マイアミ・ヘラルド』、『ニューヨーク・タイムズ』、『シカゴ・トリビューン』、ロンドンの『デイリー・メール』まであった。伝言は果てしなく続くらしかった。

今朝早くキューピッド事件の容疑者が逮捕されたというニュースは、マスコミ関係者に燎原《りょうげん》の火のように広がり、それから始まった騒ぎはひどくなるいっぽうだった。オフィスの窓から眺めれば、通りの向こうの刑事裁判所に続く階段にもう報道関係者のキャンプ村ができて、ニューヨークやロサンゼルスの系列局への衛星中継の準備が整っているのが見える。

C・Jは去年、地方検事じきじきにキューピッド事件捜査本部支援を命じられていた。彼女は現場に赴き、何度か解剖に立ち会い、さまざまな令状請求に目を通し、監察医にブリーフィングし、警察の調書や研究所の報告書をあさり、証人の証言を取った。それに警察関係者と一緒に、毎日のように捜査の進展のなさを批判するマスコミの槍玉にもあげられた。ブルーの制服を着た警官たちとの献身的なつきあいがついに報われて、マイアミの歴史上最も悪名高い連続殺人犯の訴追という超弩級《ちょうどきゅう》のご褒美《ほうび》を手にすることになったのだ。これでマスコミから〝今日の有名人〟扱いされるのは間違いない。それこそC・Jがいちばん恐れていたことだった。

地方検事局に入ってから十年間は、禁漁期間中にやせたエビを獲っていた漁民から、十七歳の非行少年グループが犯した三重殺人までなんでも扱った。判事に罰金や地域奉仕活動、保釈金、実刑、死刑を要求した。いまから五年前、ほぼ全部の裁判で有罪判決を勝ち取った実績をひっさげて重大犯罪課勤務に昇進した。地方検事局で最も優秀な十人の検察官で構成されている専門的な小さな部署で、ここでC・Jは同僚とともに、地方検事局の残る二百四十人の検察官に比べれば数こそ少ないが、最も立証が困難な最悪のタイプの犯罪を担当することになった。ほとんどは第一級殺人で、どれもが凶悪犯罪であり、すべて報道される価値があると地方検事局が判断する事件だった。被告人は全員、死刑判決を下される可能性があった。マフィアによる暗殺、児童殺害、ギャング仲間の処刑、解雇されて腹が立ったというだけでろくでなしが犯した事実上一家皆殺しの大量殺人――どれをとってもマスコミで大騒ぎされて不思議ではなかったが、一部は一面のニュースになり、べつのものは地方版の数行の三面記事で終わった。それにもっと残虐な事件やハリケーンの襲来、あるいはドルフィンズがジェッツにべた負けした試合などの陰に隠れて、報道されずじまいだった事件もある。

重大犯罪課で五年間仕事をして、C・Jもそれなりに取材されることがあったが、注目されるといつも少なからず落ち着かなかったし、インタビューはそれ以上にいやだった。仕事をするのは有名になったりスポットライトを浴びるためではなく、もう何も言えなくなった草葉の陰の被害者のため、それに硝煙がおさまりカメラがよそを向いたあとに取り残されて、どうしてこんなことになったのかと嘆くよりほかない無辜《むこ》の友人や家族のためだった。自分の仕事によって遺された人たちが多少なりとも無念を晴らし、やりきれない状況のなかでいくらかでも力を取り戻した気になれるのではないかとC・Jは感じていた。だが今回のまぶしいスポットライトはこれまで以上に気が重かった。地元の報道陣だけではなく全国、それどころか国外のマスコミまで相手にするのは初めてだ。昨夜、自宅にマニー・アルヴァレスから電話があって、キューピッドの容疑者を捕らえたと知らされたときから、こうなることは予想できた。たぶん彼女にとっては生涯に一度の大事件だ。

昨夜の半分は、マイアミ・ビーチにあるウィリアム・ルーパート・バントリングの自宅と所有する二台の自動車の捜索令状をとるのに費やした。それからあとの半分は、今日十時に予定されているバントリングの最初の審問の準備にかかった。この二つの仕事のあいだを縫って、マッカーサー・コーズウェーの現場へ赴き、監察医事務所に立ち寄って死体を見てきた。それに不安げな地方検事ジェリー・ティグラーからの三度の電話にも応じなければならなかった。

地方検事はマイアミ市警察署長やFBI特別捜査官と同じく知事の資金集めパーティに出席していたのに、ほかの大物と違ってコーズウェーの二次会に招かれなかったらしく、大変ショックを受けていた。彼はC・Jに、どうして自分が軽視されたのかをつきとめさせたがった。それやこれやで、眠ることなんかすっかり忘れてしまった。

バントリングは逮捕後二十四時間以内に、判事による形式的な審問を受け、アンナ・プラドに対する第一級殺人で逮捕されるに相当する理由があったかどうかを判断されることになる。彼が訴えられている犯罪を犯したと思われるかどうか？　どう考えても、トランクに惨殺死体を入れて運んでいれば、相当な逮捕理由があることは歴然としている。それに一般的には、二分もかからない最初の審問にはたいした意味はなかった。審問は有線テレビを介して行われ、一方のモニターには通りの向こうの郡刑務所にいる被疑者が、もう一方には小さな法廷に二百件からの軽犯罪や重罪事件の最初の審問リストを抱え、過重労働で不機嫌そうな判事が映し出される。

つっけんどんな判事は逮捕状に目を通し、罪状を声に出して読み上げて、相当な逮捕理由があると宣言し、保釈を認めるか否かを決める。そして刑務所にずらりと並ばされている次の被疑者の番になる。それだけのこと。あっという間に終わってしまうから、被疑者は自分の名前が呼ばれたのさえ気づかなかったりする。刑務所の所定の位置に立たされ、うすぼんやりとあたりを見回しているうちにもう押し出され、各房にぞろぞろと向かう被疑者の仲間入りだ。検察官と公選弁護人は判事とともに法廷にいるが、お飾りにすぎない。証人もいなければ証言もなく、判事が逮捕状を次々と読んでいくだけなのだ。そして、つねに相当な逮捕理由があると判断される。つねに、である。おもしろくもおかしくもない——昔ながらの南部の迅速な刑事手続きを踏むというだけ。

だが今回は——今回だけは違った。今日、被疑者は通りの向こうの刑務所から連れ出されて、特別の法廷で特別に開かれる特別の最初の審問のために、矯正局係官に付き添われて出廷する。弁護人、検察官、それに今日ばかりはさほど不機嫌ではない判事、それに前夜のうちにそろって裁判所の階段に陣取った記者や、運よく傍聴席に入れた記者たちが審問を見届けるのだ。さらにこのささやかな手続きは全米から世界の一部にまで生中継されて、何百万人もの目にさらされる。その光景は五時、六時、十一時のニュースでも繰り返し放映されるだろう。

それに今日は二分では終わらないだろう、とC・Jは思った。

最初の審問の担当は、マスコミ大好き人間のアーヴィング・J・カッツ判事だ。気難しい老人で、彼の職場である裁判所がマイアミに建設されるよりもはるか前から判事だった。おもしろくないことに、裁判所長官は彼にはもう裁判を担当させず、代わりに最初の審問だけをやらせた。特筆すべきことなど起こらない単調な仕事だ。そこへ今日のような事件が降ってきた。カッツ判事は舌なめずりをしているに違いない。C・Jは、カッツ判事が冒頭の五分間は黙したまま、激しい侮蔑を込めてバントリングを睨み続けるだろうと予想した。次にカメラを見る。それからおもむろに廷吏に逮捕状をもってこさせ、ゆっくりと一語一語に蔑《さげす》みと嫌悪をみなぎらせて読み上げる。昨夜のバントリング逮捕の事実を記した逮捕状を初めて読むようなふりをするだろうが、もちろんじつは控え室で少なくとも十回は読んであるはずだ。次に皺だらけの老いた顔にショックとおぞましさを隠しきれないという表情を浮かべる。バントリングに罪状を認めるかどうかを問うかもしれない。それは三週間後の罪状認否手続きまでは必要ないのだが。そして厳しい調子で劇的なスピーチを行う。C・Jの予想ではこんな具合だ。「この残虐にして野蛮かつ凶悪きわまる行為があなたの手になるものでないことを祈りますぞ。ミスター・ウィリアム・ルーパート・バントリング。もし、これがあなたの行為であるなら、神の慈悲を願うがいい。あなたは必ずや地獄の火に焼かれるに違いない！」まあ、当たらずとも遠からずというところだろう。マイアミ・ヘラルドの明朝の見出しはこうなる。「キューピッドは地獄の火に焼かれると判事！」もちろん判事は相当の逮捕理由があると判断するはずだ。C・Jが発言する必要はないだろう。とはいえ、バントリングの弁護士と議論になった場合に備えて、彼女は事実関係を充分に頭に叩き込んでおくつもりだった。

昨夜の当番はロドリゲス判事で、午前五時にバスローブ姿でバントリングの住まいと車の捜索令状に署名してくれた。いまごろは少なくとも四つの警察機関がバントリングの暮らしのすみからすみまで引き剝がして調べているだろう。だが八時半の報告では〝決定的な証拠〟は何も発見されていないということだった。隠し部屋に盗まれた心臓をしまった箱があって、被害者の写真を飾った鏡に、〝おれがやった。こいつらには当然の報いだ！〟と書いたメモがテープでとめてある、という具合にはいかないらしい。

そこがどうにも厄介な点だった。なぜ厄介かといえば、バントリングが昨夜、黙秘権と弁護士に相談する権利を行使して、まったく口をつぐんでしまったからだ。アンナ・プラドの死体以外に、ほかの九人の女性の死亡とバントリングを結びつける証拠が必要になる。

さらに厄介なのは、ウィリアム・バントリングがじつはただの模倣犯で、本物のキューピッドは今朝自宅で新聞を読み、熱いコーヒーとクロワッサンを手に腹を抱えて笑っている、という可能性も充分に考えられることだった。

18

C・Jは警察の調書とピンクの逮捕状をもう一度読み直してから、腕時計を見た。九時三十分をまわっている。最後にいくつかメモを走り書きしてから、ウェスト社のペーパーバック版フロリダ刑事手続き規則を取り上げ、書類をブリーフケースに戻して裁判所に向かった。地方検事局でも通りの向こうの裁判所の階段でも、マスコミが手ぐすね引いて待っていることがわかっていたから、裏の階段を使って横の出口から出た。こっそり裁判所地下の駐車場を通り、退屈そうなガードマンに上の空で手を振って挨拶して、エレベーターに乗り込む。

四階でエレベーターのドアが開いたとたん、C・Jは予想の何倍もの大騒ぎになっているのを悟った。思ったとおり無遠慮なカメラマンや興奮したレポーターが四‐一号法廷の外でいまかいまかと待ち受けていた。照明がセットされ、マイクがチェックされ、手早く口紅が塗りなおされる。

C・Jは心持ちうつむいて無愛想に切りそろえたダークブロンドの髪に顔を半ば隠し、大きなマホガニーのドアを目指してまっすぐに歩いた。まわりの狂騒にはいっさい関心がなかった。

準備不足の未経験なレポーターが大慌てで囁き交わしている。「あれがそう?」「彼女が検察官?」「タウンゼンドってあの人?」もっと周到なレポーターは、ほかの連中がマイクをセットするより早く飛び出して近づいた。

「ミズ・タウンゼンド、ウィリアム・バントリングの自宅ではどんな証拠が見つかったんですか?」

「ノー・コメント」

「ミスター・バントリングはおたくの容疑者リストに載ってたんですか?」

「ノー・コメント」

「ほかの九人の殺人についても訴追するんですか?」

「ノー・コメント」

「検察は死刑を求刑しますか?」

こう聞かれて、C・Jは思わずきつい視線を、つぶらな瞳をしたレポーターに向けた。馬鹿な質問をするものだ。C・Jの背後で重い音をたててドアが閉まった。

ウォルナット材のパネルを張った法廷の前方に歩いて検察席に座った。もちろんカッツ判事はこの審問のために裁判所でもいちばん立派な法廷を選んでいた。天井の高さが六〇メートルもあって、マホガニー作りの玉座のような裁判長席は弁護人や検察官の席よりどう見ても一・

五メートルは高く、証人席よりも一メートル高い。一九七二年製と麗々しく記された金属のドーム型シャンデリアが対角線に配置されて下がっている。

法廷はすでに傍聴人でいっぱいだった。ほとんどはレポーターで、考えうるあらゆるアングルに三脚つきカメラがセットされている。法廷の周辺は制服姿のマイアミ・デード郡警の警察官が固め、入り口は緑と白の制服を着た矯正局係官が警備している。刑務所から被疑者が護送されてくる連絡通路に通じる奥の出入り口には、さらに四人の警備員が立っていた。奥の判事控え室に通じる別の入り口にも四人。傍聴席の最前列に地方検事局の同僚が何人かいるのに気づいて、C・Jは軽くうなずいた。

ブリーフケースを開き、左側に目をやる。三メートルほど隔てた弁護席にいるのは、著名な刑事弁護士ルアド・ルビオだった。黒いテーラード・スーツにグレーの絹のネクタイ、銀のカフスをつけて隣に座っているのが、彼女の依頼人ウィリアム・ルーパート・バントリング。スーツはアルマーニ、タイはヴェルサーチらしい。バントリングは白髪交じりのブロンドをきれいになでつけ、日焼けした顔に高そうなイタリア製のメガネをかけていた。メガネの奥でも目立つ黒い痣《あざ》はマイアミ・ビーチ市警に歓迎してもらったせいだろう。横顔しか見えないが、しかしハンサムな男だというのはわかる。高い頰、端整な顎。なるほどね。身なりのいいハンサムな連続殺人者か。明日の午後には、デード郡刑務所に心の歪んだ孤独な女性たちのラブレターが届きはじめるでしょうよ。

C・Jは被疑者の手錠をした手首にロレックスがはまっていて、左耳に大きなダイヤがついているのに気づいた。隣にルアド・ルビオがいるのも、それでうなずける。彼女は優秀な弁護士だが、金がかかるのだ。手錠は金属の鎖で足枷と結ばれている。刑務所の連中はカメラを意識して、最高度の拘束具で飾り立ててやったらしい——ほんとうなら「羊たちの沈黙」のハンニバル・レクターのようなマスクをつけたかったのではないか、とC・Jは思った。そのときバントリングがルビオに顔を寄せ、微笑みかけた。じつにきれいな歯並びをしている。目のまわりの痣がなければ、文句のつけようのないハンサムだ。とても連続殺人犯には見えないが、テッド・バンディだってそうだった。それに小児性愛者はたいてい地元のキワニス・クラブで会長を務めるような親切なおじいさんで、最も悪質な家庭内暴力（DV）加害者はフォーチュン500に入る大企業のCEOだったりする。物事というのは、決して見かけどおりにはいかない。たぶんそれで、バントリングは被害者の女性たちをうまくナイトクラブから連れ出せたのだろう。被害者たちは、連続殺人犯のキューピッドはきっと不気味な三つ目の脂ぎった怪物で、ナイフを手に悪臭を漂わせていて、見ればすぐわかるとでも考えたのだ。悪者はどこからみても悪者だと。まさかアルマーニを着て、歯並びが美しく、ロレックスにジャガーの新車という魅力的な優男《やさおとこ》だとは思ってもみなかったに違いない。

「全員起立！」廷吏が奥のドアを開け、カッツ判事が決然とした表情で入ってきた。判事がまずしたことは、ウィリアム・バントリングのほうへ不機嫌な視線を投げることだった。

階段を上って、裁判長席に着く。それからメガネを取り出して、鼻の先にかけた。あいかわらずしかめ面だ。

「開廷します！」廷吏が叫ぶ。「担当裁判長はJ・カッツ判事です！　着席して、静粛にしてください！」

カッツ判事は無言のまま、わが領土を軽蔑的な目で眺めまわした。廷内は数分間、緊張に静まり返り、ときおり書類をいじる音や押し殺した咳払いが聞こえるだけになった。そんな状態がしばらく続いたところで、やっとカッツ判事が咳払いして述べはじめた。「フロリダ州対ウィリアム・ルーパート・バントリングの審問を開始します。事件番号F二〇〇〇‐一七四一九。念のために、検察官と弁護人は姓名を明らかにしてください」

「州側、検察官はC・J・タウンゼンドです」

「弁護人はルアド・ルビオです」

判事は続けた。「罪状は第一級殺人。ミスター・バントリング、フロリダ州法の定めにより、当法廷であなたの最初の審問を行い、右罪状について逮捕に相当の理由があったかどうかを審理します。相当の理由があると判断された場合には、あなたは裁判のためにデード郡刑務所に勾留され、保釈は認められません。それでは本事件の逮捕状を読みます。廷吏、逮捕状をもってきてください」

カッツ判事の言葉は終始きびきびと明快で、流暢《りゅうちょう》だった。ニュースではさぞ映《は》えるだろう。ほかの日なら、これだけの時間があれば十人分の審問が終わっていたはずだ。判事が逮捕状を読むふりをしているあいだ、ひそひそと囁く声が湧き起こった。カメラが回る音、画家がスケッチをする音も聞こえる。

「静粛に！」廷吏の叫びに、法廷はしんとした。

眉をひそめてたっぷり五分、三ページの逮捕状に目を通していたカッツ判事が目を上げた。軽蔑をみなぎらせた大声で宣言する。「逮捕状は読みました。本件の被疑者ウィリアム・ルーパート・バントリングをミズ・アンナ・プラドの第一級殺人罪で逮捕する相当の理由があると認めます。本件については保釈は認められません。被疑者は矯正局によって勾留されます」そこで間をおいた判事は、芝居っけたっぷりにバントリングのほうへ身を乗り出した。「ミスター・バントリング、本法廷はただ――」

ルアド・ルビオが立ち上がった。「裁判長、発言してよろしいでしょうか。お言葉の途中ですが、本法廷は被疑者側の主張を聞かずに結論を出そうとしていると思われます。

裁判長、依頼人は社会の立派な一員であります。犯罪の前科もありません。六年前からマイアミで暮らし、当地に根を下ろしております。仕事も住まいもあります。本事件が決着するまではパスポートを裁判所に預けることもやぶさかでなく、電子監視装置つきブレスレット装着のうえでの自宅軟禁に応じつつ、弁護人の準備に協力する意志をもっております。したがって、法廷におかれましてはこれらの要素にご配慮のうえ、保釈を認めて保釈金を決定していただきたく、お願いいたします」

C・Jは対抗して抗弁しようと立ち上がったが、すぐにその必要はないと気づいた。カッツ判事ははげ頭を真っ赤にして怒り狂い、ルアド・ルビオをにらみつけた。ルビオは判事のせっかくの完璧なパフォーマンスに水を差したのだ。「あなたの依頼人は野蛮きわまる凶悪な殺人の被疑者ですぞ。女性の惨殺死体をトランクに入れてマイアミを乗りまわしておった。サウス・ビーチのナイトライフを楽しんではめをはずした旅行者とは違うのです。ミズ・ルビオ。被疑者は明らかに社会にとって危険な存在だ。保釈は認めません。弁護人への協力は刑務所ですればよろしい」

カッツ判事はルアド・ルビオをじろじろと眺めまわし、相手が女性であることに初めて気づいたという顔をした。彼は低い声で付け加えた。「いずれ、わたしの判断に感謝するときが来ることでしょうな、弁護人」それから身を乗り出して、再び結論にとりかかった。「さて、ミスター・バントリング、わたしはただ、あなたが訴追されているこの恐るべき犯罪を行ったのではないことを願うのみです。なぜなら、もしあなたが有罪であるなら――」

ふいにバントリングが立ち上がって身を引いたので、座っていた椅子が倒れて木の手すりにぶつかり、大きな音をたてた。バントリングは怒りもあらわにカッツ判事に怒鳴った。「そんな馬鹿な話があるか！　裁判長、わたしは何もしていない！　何もしていないんだ！　あんな女は見たこともない！　こんなふざけた話があるか！」

C・Jはバントリングを見つめた。目の前がくるくると旋回しはじめる。バントリングはルアド・ルビオのほうへ向き直り、手錠をはめられた手で彼女の肘を引っ張った。「なんとかしろ！　なんとかしてくれ！　おれは無実だ！　刑務所になんか行くものか！」C・Jの口のなかがからからに渇いた。硬直して身動きできず、三人の矯正局係官が飛び出してバントリングを席に座らせるのを見ていた。判事が槌《つち》で裁判長席のテーブルを叩く。レポーターが立ち上がる。カメラが回る。それらの光景をC・Jはテレビの実況中継のように見ていたが、耳には何も聞こえていなかった。先ほどのバントリングの声が頭のなかで鳴り響いていた。「なんとかしろ！　なんとかしてくれ！　おれは無実だ！」

バントリングはルビオのジャケットをつかんでいる。その左腕、手首にはめたロレックスのすぐ上に、C・JはS字型のジグザグの傷跡を見た。この声をわたしは知っている。法廷でのその恐ろしい瞬間に、C・Jはウィリアム・ルーパート・バントリングが何者であるかを悟った。彼女は全身をがたがたと震わせ、男が連絡通路に通じる奥のドアへ、なんとかしてくれとまだルアド・ルビオに訴えながらひきずられていくのを見ていた。男が消えてからもずっと、彼女には幻が見えていた。裁判長席から彼女の名前を大声で呼んでいるカッツ判事の声も耳に入らなかった。

傍聴席の最前列から、がっしりした両手が伸びてC・Jの肩に置かれた。FDLEのドミニク・ファルコネッティ捜査官だった。ドミニクはそっとC・Jを揺すった。C・Jはぽかんとドミニクを見返し、自分の名を呼んでいる彼の口許を見た。まだ声は聞こえず、法廷のなかは真空になったようで、いまにも気絶するかと感じた。そのとき、いきなり頭のなかでいろんな音が聞こえだした。

「C・J？　C・J？　だいじょうぶですか？　裁判長が呼んでますよ」

波のように現実の音が押し寄せてくる。「ええ、ええ、だいじょうぶです、ええ」C・Jは口ごもった。「ちょっとショックだっただけ」

「だいじょうぶのようには見えない」ドミニクが言った。

判事は湯気がたちそうに真っ赤になっていた。せっかくの舞台がだいなしだ。だいなしじゃないか。「ミズ・タウンゼンド、検察官の職務に立ち返る用意がありますか？　もう、くだらぬ騒ぎはたくさんですからな！」

「はい、はい、裁判長。失礼いたしました」C・Jは裁判長と向きあった。

「それはけっこう。検察側として何か付け加えることがありますか、と聞いたのです。なければ本日は閉廷します」

「いいえ、ありません。裁判長」上の空で答えながら、彼女はルビオの隣の空席を見ていた。ルビオはいぶかしげにC・Jを見返した。裁判所の書記も廷吏も不思議そうな顔をしている。

「よろしい。では、審問を終わります」カッツ判事はもう一度じろりと法廷を見渡してから、荒々しく裁判長席を下り、ばたんと大きな音をたててドアを閉めて出ていった。

報道陣がコメントを求めて法廷の前方へなだれ込み、C・Jの面前にマイクをつきつけた。C・Jはブリーフケースを片付け、レポーターたちを押し分けた。質問は聞こえていなかった。とにかく法廷から、裁判所から出なければならない。ここでなければどこでもいい。どこでもいいから、逃げなくては。

エレベーターを待っていられなくて、エスカレーターに向かって走り、ぺちゃくちゃとしゃべりながらエスカレーターに乗っている被告人や被害者や弁護士を押し退けて一段おきに降りた。背後でドミニク・ファルコネッティが呼ぶ大声が聞こえたが、そのままロビーを突っ走り、裁判所の表のガラスのドアを開けて、マイアミの暑い日射しのなかへ飛び出した。
だがどこにも逃げ場はなかった。再び悪夢が甦ったのだ。

19

C・Jはグレアム・ビルディングにある自分のオフィスへと通りを走った。あとからレポーターの一団がわらわらと追ってくる。ノー・コメントのしるしに片手を挙げながら、ロビーのチェックポイントで警備員に制止されて喚きたてるレポーターを振り切り、裏の階段を一段おきに二階へ駆け上がった。トイレに飛び込んで、ずらりと並んだ個室を下からのぞき、誰もいないこと、誰も聞いていないことを確かめた。それからブリーフケースを床に投げ出して、胃の中にあった朝食に別れを告げた。

めまいが止まらないので、そのまま個室で目を閉じ、胃薬のペプトビズモルみたいなむかつくピンク色のタイルの壁に額をつけて冷やした。そのあと外へ出てメガネを額に押し上げ、シンクに顔を突っ込んで両手で冷たい水を顔や首に浴びせた。頭が五〇〇キロもあるかと思うほど重く、両肩の上に乗っけているだけでも容易ではないという気がした。がらんとしたシンクの上のむかつくピンク色の壁に、すみからすみまで長い鏡がはめこまれている。その鏡に映る自分を見つめた。

青白く怯えた顔の女性がこちらを見返していた。あれから十二年になるが、彼女は年齢以上に老《ふ》けていた。ブロンドは肩の長さにばっさりと切り落とし、横わけにしている。栗色のリンスを使っているので、ハニーブロンドがくすんだ冴えないブロンドに変わった。クリップでとめるか、ポニーテールにしていなければ、すぐに顔に落ちかかる。その髪を始終いじっては、耳の後ろにかきあげるのは、あのあとに身についた神経質な癖の一つだった。煙突のようにタバコを吸い続ける習慣もその一つ。

C・Jは髪を耳の後ろにかきあげ、シンクに乗り出して鏡の自分をじっと見た。額に不安そうな皺が刻まれ、緑の目を縁取るカラスの足跡は割れかけた皿のひびみたいに広がっている。コンシーラーを塗った目の隈は、いまも悪夢や不眠が続いていることを物語る。いつもだったら目の隈はシンプルな金縁のメガネに隠れている。唇は豊かだったが、深刻そうに引き結ばれて、気がつけば口許にも小皺が広がりはじめている。この皺を笑い皺と呼ぶのはなんて皮肉だろう。化粧っけはほとんどなく、わずかなマスカラだけ。イヤリングもネックレスも指輪もブレスレットもしていない。宝石類はいっさいつけていなかった。グレーのパンツスーツは垢抜けてはいるが地味で、裁判のとき以外はほとんどスカートははかない。人目を引くものはまったくなかった。ごくごく平凡でまったく目立たない。名前まで含めて、彼女のすべてに特徴がなかった。

あの声を彼女は知っていた。すぐに気づいた。十二年たったいまでも、あの声は毎晩悪夢のなかで囁きかけてくる。咽喉にからんだようなかすれたバリトンが、かすかなイギリス訛を響かせて、彼女の頭のなかでしつこく囁く。

それが自分の想像ではないこと、人違いでウィリアム・バントリングをそうだと思い込んだのではないこともわかっていた。あの声は、のこぎり刃のナイフのように彼女の脳髄《のうずい》を切り裂き、激しく警報ベルを鳴らしたから、法廷であることもかまわず絶叫したくなったくらいだ。あの男を指さし、「こいつよ！ こいつだわ！ 誰か助けて！ 誰か、こいつをつかまえて！」と叫びたかった。だが彼女は身じろぎすらしなかった。動けなかったのだ。麻痺して、法廷内で繰り広げられている光景をテレビ画面のように見ているだけだった。うちの居心地のよいカウチに座って、テレビのなかの俳優に叫んでいるかのように。なんとかしなさい、そこにぼやっと突っ立ってちゃだめ！ だが声は俳優には届かず、画面では何も知らないつぶらな瞳の被害者が、ホッケー・マスクをかぶった狂人に肉切り包丁で切り裂かれる。

あの声を聞いたとたん全身が総毛立ち、鳥肌が立った。一瞬のうちにあいつだと確信した。十二年たったが、きっとあの声をまた聞くことがあるとどこかで思い続け、待ち続けていた。左腕のぎざぎざに盛り上がったS字型の傷跡はだめ押しの証拠にすぎなかった。

だが、男のほうは彼女に気づいたようすはなかった。それどころか、あれほどの目にあわせたのに、彼女からすべてを奪ったのに、法廷で彼女のほうを見ようともせず、存在に気づいてすらいないようなのは、考えてみればこっけいだった。もちろん彼女はあのころとはすっかり変わっている——別人だ。以前の彼女のぼんやりした影みたいなものだ。鏡のなかの女性は瞬きして、こみ上げる熱い涙を押し戻した。ときには自分でも自分だとわからなくなる。

あの恐ろしい夜から十何年もたっているというのに、いまだに時は彼女の傷を癒《いや》しきってはいなかったし、記憶も薄れてはいなかった。いまでもすべてを、一瞬一瞬を、細大洩らさず、言葉の一つ一つまで思い出すことができる。少なくとも表面的には彼女の人生は続いていた。だがどんなに努力しても、どうしても過去にしてしまえないことがあり、今日一日をどうすればやり過ごせるかとたまらない思いに駆られることも多かった。あの晩それまでの人生が終わり、安心だの安らぎだのというものはすべて剝ぎ取られた。身体の傷の大半は治ったけれど、つねに恐怖と背中あわせに生きるのは辛かった。過去は過去として前進しなさいと自分に言い聞かせても無駄だった。ギアはニュートラルに入ったままで、戻ることもできず、前進もできない。それが人間関係を邪魔していることもよくわかっていたが、やっぱり彼女は重い荷物を抱えて生き続けていた。高い料金を取るニューヨークのセラピストに何年も前に預けてしまうべきだった荷物。

精神的に破綻《はたん》して二年間集中的なセラピーを受けたのち、彼女はずっと恐れていた事実を直視するほかなくなった。自分に力があるなんて幻想だ。あの晩、彼女は自分の人生を、自分の暮らしをコントロールする力を失った。そして、それから何年もかけて、もともとそんな力はなかったのだと悟った。人生なんてひねくれた運命に振りまわされているにすぎない。そうでなければ、どうしてある人は他人の葬式の帰りにバスに轢《ひ》かれ、ある人は二度も宝くじに当たるのか。バスに乗り遅れたときに大事なのは、暗い通りを避けることだ。

彼女はマイケルが事件を〝あの出来事〟と言っていたのを思い出した。ボーイフレンドだった身勝手男のマイケルは、結局痩せっぽちの赤毛の秘書と婚約した。彼女の精神が壊れたとき、傷が癒えるには時間とスペースが必要だと彼はうなずいた。きみが〝このことから立ち直るまで〟、いつまでかかっても待っているよ、と約束した。だが、いつまでもというのは待つには長すぎたらしく、二人が別れてから一週間後には、ニューヨークのタヴァーン・オン・ザ・グリーンで赤毛とデートしていた。六カ月後、二人は結婚した。以来、マイケルからは音沙汰がない。数年後には『ウォールストリート・ジャーナル』の短い記事で二人が離婚したことを知った。その後、図々しいブロンドと化した元赤毛の痩せっぽちは、マイケルからありったけ奪ってやろうと裁判を起こしたらしいが、そのころマイケルの資産はそうとうなものになっていた。

しかしこの十二年、最悪の部分はわからないということだった。襲った犯人が誰でどこにいるかがわからない。つきまとう恐怖はかたときも薄れることがなかった。同じ地下鉄に乗っているのだろうか？　レストランに？　銀行に？　ルームランナーの上を走っているあの男、食料品店のレジで並んでいるあの男か？　それともかかりつけの医師か、会計士か、友人か？

心配しなくていいんだ、クローイ。おれはいつでもそばにいる。いつでも、ずっと見ているからな。

ニューヨークではそんな思いから逃れられなかったので、二年後、これ以上がんばっても無駄だと決心した。それで名前を変え、フロリダ州の司法試験を受けて、マイアミに移った。別人になって知らない土地に来たことで、前よりは眠れるようになった。ぜんぜん眠れない日もあったが。検察官になれば、コントロールが利かなくなった世界、不条理な混沌と化した世界で、少しは力があると感じられるかもしれないと思った。無力感へのささやかな復讐だ。だがそれも幻想だったことが、たったいま明らかになった。

あの晩の光景がストロボに照らされた連続写真のように次々と脳裏に甦った。今度は道化師のマスクに隠されていた顔が見えた。その顔には名前があった。さあ、冷静になって、これからどうすべきかを考えなくてはいけない。地方検事のジェリー・ティグラーに告げるべきか？あのときの刑事、シアーズとハリソンに連絡すべきか。いまもニューヨークにいればだが。捜査本部の人々に話すべきか？　マイアミでは精神科医以外は誰も彼女の過去を、あの事件を知らなかった。

さあ、ほかの事件と同じように順序だてて考えるのよ。

C・Jは鏡に向かってゆっくりと息を吐いた。まずバントリングの前科を完全に洗い出す必要がある。それからニューヨークに連絡して、向こうの犯罪人引渡し方針がどうなっているかを調べる。保釈の可否を審理するアーサー・ヒアリングまで、バントリングは厳重な警戒のもとに勾留されるはずだ。ということは、少なくとも二週間は時間がある。アーサー・ヒアリングでは、バントリングが殺人罪で有罪であるという〝明白な証拠と充分なる推定〟があるかどうかを決定するために、判事が証言を聞く。あると判断されれば、公判期日がいつに決まるにしても、それまで判事は保釈を認めない。それまではバントリングはどこへも行きはしない。

何が起ころうとも。

筋道をたどって徹底的に考え抜く必要があった。時間がいる。今度こそ事件をうやむやに終わらせてはならなかった。裁判所や捜査本部に真実を告げなかったと非難されたら、最初は確信がなかったのだと答えればいい……。

いきなりトイレのドアが開いた。C・Jは急いでメガネをかけた。不運なことに、入ってきたのはマリソルと秘書仲間だった。マリソルは片手に光るピンクの化粧品入れを、もう一方の手にスプレーをもっていた。

「あら、マリソル」C・Jはジャケットを直してブリーフケースを拾い上げた。「審問は終わりました、もちろん。だけど、やっておかなければならないことが山のようにあります。だから、今日は電話を取り継がないで。とくにマスコミはお断り」自分でも声が少し震えているのがわかる。髪を耳の後ろにかきあげ、ドアを開けたところで振り返った。「そうそう、ジェームズ・タッカー事件の弁護人に電話して、証言録取の期日を変更しておいて。バントリングの事件が入ったから、最低でもあと二週間は準備期間が必要だし、そうね、証言録取は次の水曜日くらいがいいでしょう」

マリソルはおおげさにむっとした表情をつくった。

「何か？」

「いいえ、べつに」マリソルは甲を見せて片手を挙げると、いちばん端の洗面台に向かって歩きながら、秘書仲間に向かって「何さまだと思ってるのかしらね、まったく！」という顔をした。

C・Jはトイレを出て避難所である自分のオフィスに向かった。まだ十一時前だが、もうへとへとだった。まず地方検事局捜査課のホアンに電話して、ニューヨークのものを含めたバントリングの前科の完全な記録をもらおう。午後にドミニク・ファルコネッティに頼めば、公的記録を全部拾い出すオートトラックでバントリングの人生の記録を手に入れられるかもしれない。あれならバントリングが過去十年のあいだ、いつどこで暮らし、働き、自動車を登録したかがわかるはずだ。ドミニクはきっともう調べているだろうから、FDLEの捜査本部に寄って資料をもらおう。それから早引きして帰宅し、考えをまとめる。必要だったらニューヨークにはうちから電話をかければいい。あとはオフィスに置いてきたハンドバッグとキューピッド関連のファイルを取ってくるだけ。

オフィス前の廊下には、マクドナルドとタバコの匂いが重苦しく漂っていた。閉じていたドアを開けたとたん、C・Jは早退計画が水の泡になったことを悟った。

彼女のデスクの前にドミニク・ファルコネッティとマニー・アルヴァレスが背中を向けて座っていて、二人の足元には新しいファイルボックスが置いてあった。

20

マニー・アルヴァレスはC・Jのデスクに身を乗り出して、朝食のブリトーを食べ、カフェオレを飲みながら、デスクいっぱいに広げた『ヘラルド』を読んでいた。ドミニクは携帯電話をかけている。ドアが開いて、振り向いた二人はC・Jと向かい合った。

マニーは口を動かしながら、にやりと笑いかけた。「お帰り、検察官！　どうかしたんですか？　さっきは心配しちまいましたぜ」

ドミニクはC・Jを見て、携帯電話の相手に「じゃ、切るぞ。検察官が法廷から戻ったからな」と告げた。電話を切った彼はC・Jを見つめた。本気で心配している顔だった。「ぼくたちをほっといて、どっかへ消えてしまったんじゃないかと思いましたよ」

マニーは小さな発泡スチロールのカップ入りの熱いキューバ・コーヒーを差し出した。立ち上るこくのあるカフェインの香りに、C・Jは一瞬しゃんとなった。「カフェオレはどうです？　あなたの分も買っといたんだ。それと、グアヴァジャムつきのペストリーもありますよ」彼はピンクの甘いジャムが滴るキューバ風デーニッシュをC・Jのデスクの正面に置き、「そうそう」とブリトーにかぶりつきながら続けた。「それにプラドの解剖写真もありますがね。そっちはペストリーを食べ終わるまで、待ったほうがいいっすよ」

C・Jはわざとどさりと音をたてて、ファイルキャビネットの上にブリーフケースを置いた。「お二人とも、どうやって入ったんですか?」

「秘書のマリソルが入れてくれたんですよ、さっき」マニーは卵黄とベーコンを口髭からぬぐいながら答えた。「ねえ、検察官、彼女、ぴちぴちしてなかなかイケてるじゃないですか。今度、紹介してもらえないですかね?」

C・Jはマニーを殺人課刑事として高く評価していたが、その言葉で評価はがた落ちになった。ダウ・ジョーンズ株式指数なら、株価急落で今日は取引停止になるところだ。彼女は質問を無視して、マニーを見つめた。

「で、さっきの法廷では何があったんですか?」ドミニクはせっついた。心配しているようすは見せまいとしている。「よっぽどショックを受けたようでしたが?」

「あいつは最低の下衆《げす》野郎だよ、おれに言わせりゃな」マニーが口を挟んだ。「本気で保釈が認められると思ってやがったんだ——トランクに女の死体を入れて走りまわってたってのに、判事が即刑務所送りにしないとでもいうのかね。いやいや、そうはいくもんか、アミーゴ。二〇〇ドル工面する必要なんぞありゃしないのさ。いまごろ刑務所でさぞ女みたいに喚いているだろうよ」マニーは声音を変えて、甲高い調子で叫んだ。「いや! 監獄はいや! ぼくを入れないで——監獄なんか行きたくない！　何かの間違いだ！　裁判長、彼女の心臓を取り出すつもりはなかったんです。ただ、ぼくのかわいいお手々からナイフが滑って、彼女の胸にささっちゃっただけなの！」マニーはブリトーを食べ終え、同時に物まねも終えた。「監獄で、新しいでっかいお友だちに会うまで待ってるがいいさ。そのときこそ、ほんとうにほえ面かくかrらな」

ドミニクはまだC・Jを見つめている。ドミニクがマニーの無駄口にも気をそらしてはいないのをC・Jは感じた。

「確かに、おかしなやつだ。あんなふうにキレるとは思わなかったな」ドミニクはC・Jのそばまで寄ってきて、視線をあわせようとした。「だが、あなただっておかしなやつは大勢、見てきているはずだ、C・J。あそこで、あなたがあんなふうにぶっ飛んでしまうとは思いませんでしたよ」

C・Jはドミニクを避けて、散らかったデスクに目を向けた。自分の声が意図どおりに自信ありげであればいいのだが。「ちょっと意表をつかれたのよ。まさか、あんなふうに叫びだすとは思わなかった」そこで話題を変えながら、ドミニクのわきを通り過ぎてデスクの向こうへまわった。「今朝、監察医のほうはどんな具合でした？」

デスク・カレンダーの上に広げられた『マイアミ・ヘラルド』に目をやると、一面に仰々しく並べられた被害者十人の生前の顔写真が飛び込んできた。その下にあるのはマッカーサー・コーズウェーで警察官に取り囲まれたバントリングの黒いジャガーの、五インチ×七インチのもっと大きなちょっとぼけた写真。ジャガーの写真の反対側には、ハンサムで日焼けしたこぎれいなバントリングが上半身裸でビールを手に笑っている写真が掲載されている。逮捕時の写真でないことは明らかだった。このカラー写真のコラージュの上に、大見出しの黒い文字が躍っている。「キューピッド連続殺人事件の容疑者逮捕！　トランクに十番目の被害者の惨殺死体！」マニーはその新聞の上に食い散らかしている。

「ニールソンによると、プラドは死後十四時間、長く見積もっても十五時間くらいしか経過していないそうです。むしろ十時間のほうに近いと。トランクに入れられたのは、発見されるせいぜい数時間前じゃないかってことでした。死因は大動脈切断。肺に残っていた空気の量からみて、生きているあいだに切断されたのだろうと、ドクターは言ってましたよ、検察官」

ジョー・ニールソンはマイアミ・デード郡の監察医で、地方検事局では高く評価されている。C・Jはゆっくりと息を吐いて、一列に並べられた美しい被害者たちの写真を見下ろした。「同じ犯人かしら、それとも彼は模倣犯なの？」

ドミニクはデスクの前に腰を下ろし、足元のファイルボックスの蓋を開けて、茶色のアコーディオン・ファイルから十枚のポラロイド写真を取り出した。「切り傷はそっくりです。まず鋭い刃物、たぶんメスのようなもので胸骨を縦に切り下ろしている。次に胸骨の下を真横に切り裂いている。大動脈を切断する手口も同じ。なまはんかな手際じゃないですよ」

「切り傷が同じナイフでつけられたものか、確認できる？」ポラロイド写真からアンナ・プラドの蒼白な顔がC・Jを見上げていた。プラチナブロンドはきれいに後ろに梳《と》かしあげられ、ストレッチャーに横たえられている。胸部のクローズアップ写真は縦横の深い切り口とへし折られた胸、そして心臓があったはずの場所の空洞を見せていた。ほかの被害者と同様に傷口はなめらかだった。C・Jは一瞬、自分の身体についているぎざぎざの傷跡を思い浮かべたが、あわてて頭からおしのけた。

「たぶん」とマニー。「解剖はまだ終わってないんだが、それよりおもしろいことを発見したんですよ、検察官。プラドの血液から麻薬が発見されたらしい。ほら、ニコレット・トレンス、去年、七十九番ストリートの廃屋の屋根裏でわりと早く発見されたDBがそうだった。彼女も置き去りにされてから数日しかたってなかったな」

DBとはデッドボディ、死体の略だ。

「ニールソンが言うには、彼女の肺の重さからみて、ある種の麻薬が考えられるそうです。毒物学者に調べてもらうまで、種類は特定できませんが」ドミニクが引き取って続けた。

「性的暴行の形跡は？」C・Jが尋ねた。

「ええ、鈍器で犯されていました、肛門も膣も」ドミニクはのろのろと答えた。彼の気持ちを重くさせているのはそういう細かなことなのだ、とC・Jは感じた。「子宮と子宮頸部がずたずたでした。子宮壁にいろんな種類の引っかき傷や擦過傷があったことから、ニールソンは使われた凶器は一つじゃなくて複数だろうと言ってました。精液はまったく発見されなかった。だが、あらゆる痕跡を採集してます。それに何かの見落としにあとで気がついたときの用心のために、死体を細かく写真に撮ってますよ」

「爪の下は?」被害者の多くは襲われたとき、犯人を引っかいて抵抗する。犯人が知らずに自らの一部を——犠牲者の爪の下に皮膚のかけらなどを——遺していることがあるのだ。その場合、皮膚からDNAを調べることができ、生物学的地図が捜査官を犯人に導いてくれる。犯人から比較検討するサンプルを採取できればしめたものだ。

「何も見つかりません。いまのところ、そっちも手がかりなしです」この場合は事態は逆だった。被疑者からサンプルを採取することはできるが、比較検討すべき手がかりがない。

「バントリングの髪の毛と唾液のサンプルを採取できるよう、捜索差押令状を請求しましょう。今回は彼が何か手抜かりをしているかもしれない。ほかの事件でも見落としがあるかもしれないし」C・Jは肩をすくめ、髪を耳の後ろにかきあげた。「麻薬のことはいいニュースね。少なくとも、ほかの被害者一人とのつながりが明らかになるかもしれない。ほかの解剖結果は午後にニールソンに電話して聞きます。

ドミニク、あなた、犯人の前歴を洗ってみた? NCICで何か見つからないかしら?」NCICとは全国犯罪情報センターのことで、全米の前科記録が集められている。バントリングがほかの州で犯罪を犯したことがあればわかるはずだ。そう尋ねたとき、自分の声が少し甲高くなっているのをC・Jは意識した。

「それがぜんぜん。いまわかっている限りでは、やつはきれいなもんです」

「彼についてわかることはすべて調べないと。オートトラックの調査結果が必要ね、できれば今日の午後にも。それから彼のパスポート、どこへ旅行したか知りたいわ」

「ジャニーに頼みましょう。マニーがもう国際刑事警察機構《インターポール》への照会を頼んでるから、よその国で何かやってればわかります。トミー・タンの大物バイヤーだってことだし。それからオートトラックのほうは調べました。あいつ、やけに転々としてやがる。結果のコピーを今日中に届けますよ」

C・Jはとうとつに会話を打ち切って立ち上がった。「今日はどうしても片付けなければならないことがあるんで、失礼するわ。ドミニク、あとで電話するから、被疑者の自宅捜索の結果を教えてちょうだい」

彼女はもうマルボロを一本取り出しているマニーに目を向けた。外へ出たらすぐに火をつけて、帰りがけに一服しようという魂胆だ。「それから、わたしのオフィスではタバコは吸わないで、マニー。みんなにわたしが吸ってるんだと思われるじゃないの」

マニーはびっくり顔になった。クッキー入れに手を突っ込んだ現場を押さえられて、それでもぼくじゃないと言いたがる子どものようだ。「あなたがいつ帰ってくるか、わからなかったもんで、検察官」マニーは口ごもったが、すぐに立ち直った。「それにほら、あのかわいこちゃんの秘書のせいで胸がどきどきしちまったから、気持ちを落ち着けようと思いましてね……」彼はにやりと笑みを浮かべた。

もうたくさん、とC・Jは思った。「その話はやめましょう。頼むから、どこかよそでやって」

二人を送り出そうと、C・Jはドアを開けた。廊下の先の秘書課にマリソルが立っていた。

彼女は出てきたマニーを見て微笑みかけ、レブロンのコマーシャルのように思わせぶりにつやつやした唇をなめまわした。ドアを思い切り叩きつけたくなる衝動を、C・Jはかろうじてこらえた。マニーは廊下を歩いていく。

ドミニクは部屋から出ずにドアを閉めた。ドアによりかかり、栗色の目に重々しい真剣な表情を浮かべてC・Jを見つめる。裁判所に出かけてくる前にシャワーを浴びたのか、リーバの石けんらしい清潔な香りがしていた。櫛《くし》を入れる暇はなかったようで、髪はもつれて乱れている。

「どうしたんですか？　だいじょうぶ？」

「だいじょうぶ、なんでもないわよ、ドミニク」C・Jは彼の顔を見られず、うつむいた。疲れた不安げな声だった。

「今日の法廷のあなたは、だいじょうぶそうじゃなかった。いつものあなたらしくないですよ、C・J」彼は手を差し伸べ、まだドアのノブを握っているC・Jの手の甲にそっと触れた。彼の手はごつくてざらざらしていたが、その仕草は心がこもってやさしかった。「それにいまだって、だいじょうぶには見えない」

C・Jは彼の真剣な目を見上げた。嘘をつくにはあらん限りの力を振り絞らなければならなかった。息詰まる一瞬が過ぎ、C・Jは穏やかに答えた。「べつになんでもないの、ほんとうよ。ちょっと疲れてるだけ。夕べ、あんまり眠れなかったし、令状だ、判事だ、今日の審問の準備だっていろいろとあったから」ゆっくりと息を吐いて、彼女は続けた。「法廷では、一瞬、ぎょっとしちゃったのね。あんな反応は予想していなかったので」わあっと泣きだしたかったが、頬の内側を噛んで涙を押し戻した。

探るように見つめていたドミニクは、C・Jの顔に触れようとがっしりした手を伸ばしかけた。C・Jの身体がこわばった。その気配を感じたらしく、ドミニクはすばやく手を下ろした。「あなたは何か隠しているような気がする」彼は言ったが、向き直ってドアをあけた。「オートトラックの結果は、バントリングの家宅捜索が終わったら報告しますよ」彼は背を向け、廊下を立ち去った。

ドミニクが心配しているのがわかった。わたしだって心配でたまらないのよ、とC・Jは思った。

21

白い二階建ての家には萌黄《もえぎ》色の日よけがつき、正面はガラスブロックの窓で、道路から少し引っ込んでいた。赤レンガで舗装した道が栗色の濃淡のオークの観音扉に続いている。凝った鍛鉄の門のある一八〇センチほどの白いコンクリート塀の向こうは、木の茂った裏庭のようだった。糸杉が一本そびえ、六メートルもありそうなタビビトヤシが塀の上に大きく葉を広げている。ノースマイアミ・ビーチとおしゃれなSoBeのあいだの〝ミッドビーチ〟と呼ばれる閑静な住宅街にあるきれいな家だ。この日の午前八時に報道陣が押しかけるまで、中の上の階級が住むラゴース・ドライヴの住民たちは、身なりのいいハンサムな隣人のことをとりたてて考えたことはなかっただろう。ところがその彼がいまでは、SoBeのオーシャン・ドライヴでアンドリュー・クナナンがデザイナーのジャンニ・ヴェルサーチを射殺した事件以来、マイアミで最も大規模な捜査が行われていた事件の重要容疑者と名指しされている。

家には制服姿の警官たちがアリのように群がっていた。マイアミ・デード郡警察鑑識班の白いバンが二台、車寄せに駐まっている。ドミニクはマニーを従えて、赤紫のブーゲンビリアが咲いているプランターのわきを通り、きれいにレンガを敷き詰めた舗道を歩いていった。二十二歳くらいに見えるマイアミ・ビーチ市警の若い警官が、緊張したおももちで正面入り口の見張り番に立っていた。犯罪現場立ち入り禁止の黄色いロープの向こう、通りの反対側に陣取った二ダースものテレビ局取材陣に、自分のすべての動きが記録され、生中継されて分析されているのを明らかに意識しているようすだ。ＣＮＮのほかにＭＳＮＢＣもフォックス・ニュースも中継車を出していた。ドミニクはビーチ市警の警官にバッジをちらりと見せながら、いま実況中継を映し出している百万台ものテレビにテロップが流れているんだろうなと想像した。「捜査本部の刑事ら、死体及び証拠の捜索のため、死の家に到着」

なかはどっちを向いても手にゴム手袋をはめた鑑識員だらけだった——リビング・スペースをしらみつぶしにして、シャンプーからカーペットのハギレまでありふれた品々の鑑識用サンプルを、それがありふれた品物でなかった場合に備えて慎重に集めている。何から何までが証拠とみなされ、どんな形態のものであれ、家のすべてが採取されて袋に入れられ、封をされて、犯罪科学研究所に送られるのだ。

鑑識班のカメラマンがフラッシュを焚きながら、各部屋を考えうるあらゆる角度から撮影している。指紋が見つかる可能性があるすべての表面に、さらには見つかるはずがないところにまで、細かい黒い粉が撒かれていた。リビングでは高価そうなバーバー・カーペットが大きく切り取られ、カラシ色のボードを張った壁からも五センチ四方のサンプルが切り取られている。入り口付近の東洋のラグと廊下のトルコ・カーペットは、捜索が始まったときに巻き上げられて証拠として収容された。家中の紙くず籠の中身や掃除機の紙袋の中身、ホウキやモップのヘッド、毛バタキ、乾燥機の糸くず受けの糸くず――なにもかもが証拠品用の白いビニール袋にていねいに入れられ、表の入り口を通って鑑識班のバンに運ばれていく。

キッチンでは鑑識員が配水管をシンクからはずしていた。ほかの配水管もすべてはずされていたし、マイアミ・ビーチ市警の警官が冷凍庫から凍った黒ずんだ肉の塊を透明な証拠品用ビニール袋にしまっていた。切れ味のよさそうなサバティエのキッチンナイフやステーキナイフは、べつべつに袋に入れられて封をされた。研究所に持ち帰られた配水管は、誰かが洗い流そうとした血液や人体組織が付着していないか調べられる。肉も解凍されて、人間の肉でないかどうかが確かめられる。ナイフはアンナ・プラドの胸につけられた傷口と刃が一致するかどうか検査されるのだ。

二階では全部のベッドが剝がされてサンプルが採取され、廊下のクローゼットからはリネンやタオルが全部取り出されて、黒い大きな証拠品用の袋にきちんと詰め込まれ、廊下に並べられていた。客用寝室の閉じたドアの向こうからはルミノールの強烈な匂いが漂ってくる。鑑識員が微小な血液の痕跡を調べるため、強力な化学薬品を可動式の間仕切りや堅木の床に撒いたところらしい。ルミノール液を散布すると、それまでは見えなかった血液が暗がりで明るい黄色に輝く。明かりを消されたとき、石けんと水でごしごし洗っても洗い流せなかった血液が生々しい物語を語りはじめる。

もう一つの客用寝室では、鑑識員がていねいにカーペットに掃除機をかけて、特別に消毒したスチール製シリンダーに小さな繊維や糸くず、髪の毛を集めていた。窓のカーテンも取りはずされて、証拠品として押収された。

ドミニクはバントリングの主寝室で、MDPDのエディ・ボウマン刑事とクリス・マスターソン特別捜査官が床に座り込み、しゃれた柳細工の大きなトランクに入ったおびただしい数のビデオを調べているのを見つけた。二人の刑事は設置当時から捜査本部に所属している。背後にあるオークの大きな衣装ダンスの上で、大型画面のテレビから音が聞こえていた。

「やあ、エディ。捜索はどんな具合だ？　何か見つけたかね？」

エディ・ボウマンはビデオテープの山から顔を上げた。「やあ、ドミニク。フルトンがあんたを探してた。いま、下の小屋にいるよ」

「ああ、話をしてきた。すぐにまた下りるよ」

テレビ画面には、カトリックの学校の制服を着てガーターをつけた赤毛のかわいい少女が、裸の男の膝にうつぶせになっているのが映っていた。男の顔は画面からはみ出していて見えない。ドミニクはその制服のあちこち、それもとんでもない場所がなくなっているのに気づいた。カトリックの学校の制服であることを考えれば言語道断な場所だ。赤毛の少女は裸の尻を高く持ち上げられ、顔の見えない男に金属のへらでばしばし叩かれて悲鳴をあげている。その悲鳴が苦痛のせいなのか喜びのせいなのか、それとも両方が混ざり合っているのかははかりかねた。

「法廷はどうだった？」悲鳴に動じているようすもなく、エディが尋ねた。

「うまくいった。判事は相当の逮捕理由があると判断し、保釈は認めなかった」ドミニクは悲鳴に気をとられて、画面の赤毛を見つめながら上の空で答えた。柳細工のトランクに視線を移すと、少なくとも百本以上のビデオが入っているのが見えた。なかの一本にはブロンド・ロリータ、九九年四月と書いた白いラベルが貼ってある。

ドミニクに続いて部屋に入ってきたマニーは、階段を上がって短い廊下を歩いただけなのに息を荒くしていた。「おいおい――なんで、全部話してやらないんだよ、ドミニク。まったく、あんたってやつは、何がおもしろいんだろうね？」マニーはエディ・ボウマンのほうへ向き直り、衣装ダンスによりかかってぜいぜいと息をした。「バントリングは完璧に切れちまったんだよ。女みたいに泣きだして、監獄へやらないでくれと判事に頼んだんだぜ。まさかと思うだろ、まったくの話がさ」彼はくつくつ笑いだした。「とんでもない腰抜け野郎だ」

みんなが見つめているおぞましい画面にマニーが気づくまで、数秒あった。「おいおい、なんてものを見てるんだよ、ボウマン？」マニーはあきれたという声を出した。

「あんただって息を荒くしてるだろうが」ボウマンがやり返す。

「バカヤロ。おれはタバコが吸いたいんだ。それだけだよ。このドミニク坊やが犯罪現場では吸わせてくれないんでね」マニーはテレビ画面に目を戻し、鼻に皺を寄せてボウマンを見た。

「おれが見ているこの下劣なしろものは、いったい何なんだ？　あれはおまえの女房か、ボウマン？」

エディはマニーの言葉を無視して、テレビのほうを身振りで示した。「ミスター・バントリングはこういうのをテレビで鑑賞するのが好きだったのさ。PBSとは違うね。やつはホームメードらしいこういうビデオをわんさかもっていた。おれだって固いことは言いたかないが、クリスとおれがさっきから見てるなかにはすげえのがあったよ。合意のうえのようでもあるが、しかし、どんなもんかね」

チョコレート色のレザーのヘッドボードがついたキングサイズの黒っぽいオークのベッドが、バントリングの男性的な寝室の大半を占めている。ベッドはとうに剝がされていた。ほかに家具といえばベッドの横にあるトランクと衣装ダンスだけだ。

テレビ画面からは立て続けに甲高い悲鳴が聞こえている。赤毛はいまや身も世もなく泣き喚きながら、スペイン語でしきりに男に何か言っていた。

「マニー、彼女、なんと言ってるんだい？」ドミニクが聞いた。

「『やめて、お願い。いい子にするから、やめて。痛いよう』まったく胸糞が悪くなるぜ、ボウマン」

「撮ったのはおれじゃないよ、マニー。おれは見つけただけだ」

顔の見えない男は容赦なかった。金属のへらは少女の尻に当たって大きな音をたて、肌が赤剝けになりはじめている。

ドミニクは画面で繰り広げられる残酷なシーンを見つめた。「これまでにいくつ見たんだい、エディ？」

「いまんところ三つ。だがそこには百本以上もあるよ」

「〝壁〟の被害者はいたか?」

「いや、そううまくはいかない。とにかく、まだ見つかってはいないな。日付のついたラベルも、女の名前だけ書いたラベルもあるし、ラベルのないのもある。それから、ふつうの映画のコレクションももってるらしい。衣装ダンスの下のキャビネットでクリスが見つけたよ。五十本くらいかな」

「全部、押収してくれ。自家製の『コレクター』をつくってるかもしれん。とにかく全部見なきゃならんな。このホームビデオのスターの何人かは素性をつきとめられるだろう」殴打する音は続き、泣き声も続いている。ドミニクはまたテレビに視線を戻した。「叩いているのはバントリングか?」

「わからん。何も言わないんだ。それに、この家の部屋かどうかもわからない。たぶんそうだろうが、しかし裸のバントリングを見たことはないんでね、わからんな」

「ほかの三本のビデオはどんなだった?」ドミニクが聞いた。

「同じようなクズさ。とんでもなくサディスティックだが、しかし合意のうえかもしれない。なんとも言えないよ。若い子が好きらしいが、しかし成年に達している女もいそうだ。これも、はっきりとは言えんがね。どのビデオの男も同じだと思うが、いつも顔がカットされているんで、これも確かじゃない。もちろん被害者のひとりを犯しているシーンにぶつかりゃ、めっけものだがな」

「あんたは変態だよ、ボウマン」マニーはウォークイン・クローゼットに近づいた。「おい、クローゼットは調べたのかい？」

「いや、まだだ。鑑識が写真とビデオを撮り、掃除機をかけて、指紋を調べたがね。ビデオの在庫調べが終わったら、クリスがクローゼットの中身と靴を押収する。今夜、この部屋と主寝室のバスルームのルミノール反応を調べるってさ」

「ミスター・キューピッドは、服の趣味がなかなかいいじゃないか。なあ」マニーがクローゼットの中から叫んだ。「これを見ろよ、アルマーニだろ、ヒューゴ・ボスだろ。それにヴェルサーチのシャツ。おれはなんで警察官になんか、なったのかなあ？　実入りのいい家具デザイナーになりゃ、しこたま儲かったのに」

「実入りのいい家具デザイナーのところのバイヤーだよ」エディ・ボウマンが訂正した。「ただのセールスマンさ。あんた、実入りのいい家具デザイナーのクローゼットを見たことがないな、マニー」

「そうかい、そうかい。おれは人生がいやになってきたぜ、ボウマン。セールスマンになりゃよかった。ほんとに、そんなに儲かるのかね、それともやつにはほかからの収入があったのかな？」

ドミニクは主寝室に続くバスルームに入った。床、化粧台付き洗面台、シャワー、どこもかしこもイタリア製の大理石張りだ。細かな黒い粉がすべての表面をおおっていて、ミルクコーヒー色の大理石がひどく汚らしく見えた。彼は寝室のほうへ呼びかけた。「雇い主のトミー・

タンに聞いたところじゃ、去年のコミッションで一七万五〇〇〇ドルになるってさ。子どもも妻もいないんだから、全部小遣いみたいなもんだ」

「子どももいない、元妻もいない、って意味だろ。給料を吸い上げるのは元妻なんだよ」経験から出た言葉だった。マニーには元妻が三人いる。「すげえもんだ！　ここに十着もあるスーツ、どれをとってもおれの月給一カ月分はするぞ！　それがまた几帳面に並んでやがる」マニーはクローゼットから頭を突き出した。「ボウマン、これ、見てみろや――やつはシャツを色別に一列に並べて、それぞれにタイをコーディネートしてあるぞ。えらく整理整頓好きらしいな」

「そう、ほんとだよな、マニー。コーディネートしたタイには、マンガのキャラクターもフットボール選手もついてないだろ。まったく、疑わしいやつだぜ」ボウマンはテレビから目を放しもしなかった。

「なんだってんだよ？　おれは忠実なファンなんだ。それにボウマン、バッグズ・バニーのタイを貸してくれと頼んだのは、おまえじゃなかったか？　この部屋のみんなが聞いていたぞ」

「あれはハロウィーン用だよ、あほうが。ジョークじゃないか。おれは、『奇妙な二人』のオスカーになろうと思ってたんだ」

　ドミニクはズボンのポケットからゴム手袋を取り出し、シンクの下の木製の扉をあけた。シャンプーとコンディショナー、ダイアル・ソープ、トイレットペーパー、ドライヤーがきれいに並べてある。その隣には櫛とヘアブラシが入った籠、さらにトイレットペーパー、そしてコンドームの箱。「おい、エディ、クリス」ドミニクは呼びかけた。「鑑識はまだこのバスルームには手をつけてないのか？　まだ何も押収してないんだろう？」

クリス・マスターソンの返事が返ってきた。「指紋だけだ。ビデオテープを調べ終わったら、おれがクローゼットとバスルームを調べることになってた。フルトンは小屋がすんだら手伝いに来ると言ってたが、まだ終わってないらしいな」

マニーがまたクローゼットから顔を出した。「この怠け者めが。おれたちは一日中、あのくそったれの狂人を刑務所に入れておくためにてんてこまいしてたってのに、おまえらはここでのうのうとポルノなんか見てやがるんだからな。ひとつ聞きますがね、あんたがた、お二人でビデオを見る必要があるのかね。そっちはラリーに任せて、モーのほうはカーリーを待つあいだ、ほかに何かしたらどうなんだ、三馬鹿大将さんたちよ」

「何を言ってるんだよ、マニー」ボウマンが大声で言い返した。「コマーシャルタイムでポルノは一休みして、テレビで審問の中継を見てたんだぞ。二十分もかからなかったじゃないか。あんたらはどうせピックル・バレルに一時間半くらいしけこんで、カフェオレを飲みながら、四番目のシニョーラ・アルヴァレス候補から電話番号を聞き出そうとしてたんだろうが」

「わかったわかった。喧嘩は終わりだ」ドミニクがバスルームから怒鳴った。薬品キャビネットを開けると、鎮痛剤のアドヴィル、タイレノール、抗炎症剤モトリンが、風邪用軟膏のビックス・ヴェポラッブや潤滑剤のK‐Yゼリー、制酸剤のミランタの瓶の横にきれいに並んでいる。次の二つの棚には毛抜き、歯磨きペースト、マウスウォッシュ、デンタルフロス、シェービングクリーム、剃刀《かみそり》の刃がずらりと並ぶ。どれもラベルを表にして歪みもなく整然としていて、まるで薬局のディスプレーのようだ。そのなかに二本、処方薬の細い茶色の薬瓶があった。べつに特殊なものではなかった。一つはコーラル・ゲーブルズの医師が一九九九年二月に処方した抗生物質アモキシリン。もう一つも同じ医師が二〇〇〇年六月に処方した抗ヒスタミン剤のクラリティンだった。

ドミニクは引き出しを引っ張り出した。コットンが入った小さな茶色の籠がクレンジングと保湿剤のチューブの横に並び、奥にはクリーム色と黒のタオルがきちんと畳んで積み重ねてあった。ドミニクはタオルの山の向こうに手を伸ばして引き寄せた。二つに積み重ねられたタオルの山の下にはもう一つ、処方薬の瓶があった。中身が半分以上残っている。

「大当たりだ、見つけたぞ」ドミニクは手袋をした手でウィリアム・ルーパート・バントリングあての処方薬ハルドールが入った茶色の瓶をつかみ、声をあげた。

22

エレベーターを下りた彼女は、ランチタイムでざわめいている二百四十人の検察官の職場、グレアム・ビルのくすんだピンクとグレーのロビーを横切った。大勢の検事補たちが歩きまわり、おしゃべりし、法廷から戻る友人や仲間と一緒にランチに出かけようと待っている。C・Jは駐車場への途中でうなずいてみせるのがせいいっぱいだった。

ふつうに見えればいいが、法廷で血の気を失った顔に少しは血色が甦っていればいいが、と思う。もし、いつもと違って見えるなら——不安そう、神経過敏、その他なんにせよ——睡眠不足とキューピッド事件のストレスのせいだと思ってほしい。法律家の詮索癖なんか発揮してもらいたくない。この五階建てのビルはゴシップや噂話が盛んで、誰それが離婚したとか妊娠したというニュースが、離婚する当人が手続きを終えもせず、妊娠反応テストの線が紫になる前からオフィスじゅうに広がっていることもめずらしくない。今朝の彼女の恐怖を見抜いたのはドミニクの鋭いまなざしだけであってほしかった。彼女の人生にとつぜんとんでもなく恐ろしいことが起こったと、みんなに知られては困る。彼女はサングラスをかけながら、大急ぎで日光が降り注ぐ戸外へ出た。誰も何も気づいてないらしかった。何人か手を振ってよこした検察官たちも、すぐに自分たちの会話に戻った。

ジープのチェロキーに乗り込み、抱えてきたファイルボックスとバッグを助手席に投げ出すやいなや、グローブボックスの道路地図とクリネックスの奥に押し込んであるはずのマルボロを焦って探った。いまほど一服したいと思ったことはない。いまほどニコチンが必要だったことはなかった。今日という今日、タバコを切らすなんて論外だ。この前午前五時にタバコをもみ消したときには、そろそろ禁煙すべきか、なんて考えていたのだけれど。

まだ手が震えていて、掌《てのひら》で囲ったマッチの炎がゆらめき、躍った。ようやく芳しい茶色のタバコの先端が炎とキスしてオレンジ色の火がつき、なじみの心地よい匂いが車内に広がった。C・Jはグレアム・ビルの駐車場から出もせずに運転席に背中をあずけ、目を閉じてゆっくりと胸いっぱいに紫煙を吸い込んだ。ニコチンが肺に達し、血液に乗って身体を駆け巡って、最後に脳と中枢神経システムに達する。たちまち魔法のように、張り詰めていた神経がほっと緩む。タバコを吸わない人間には絶対にわからない――わかるはずのない――気分だったが、タバコでなくても何かの依存症なら同じだろうな、とC・Jは思った。アルコール依存症者がその日最初の一杯を味わうとき、麻薬依存症者がようやく麻薬にありついたときの気分もこんなふうだろう。手はまだ震えていたが、その朝以来初めて、C・Jは落ち着きめいたものを感じた。ハンドルの上に煙を吐き出しながら、やっぱり禁煙は無理だと何度目かに思う。絶対に無理だ。駐車場を出て、ジープを西836の立体交差に乗り入れて州間道路95号線をフォート・ローダーデールへ向かった。

ドミニク。先ほど戸口で見た彼の顔。心配そうに眉をひそめて額に深い皺ができていた。ためらいがちに伸びてきた手。それから彼女の緊張を感じ取って驚いた目に一瞬現れた傷ついた表情。それに最後の勘のいい言葉。あなたは何か隠しているような気がする。

彼を拒絶してしまった。そんなつもりではなかったが、でも事実だ。それをどう感じているのか、自分でもわからない。法廷で最初にバントリングだと気づいて以来、激しいショックのせいでほかの感情はすべて麻痺していた。さっきオフィスで差し伸べられたドミニクの手を受け入れるのは間違っている、場違いだという気がした。再び時間が止まったのだ。十二年前と同じだ。ありふれた、わくわくする、すばらしい未来につながる、ありふれた、わくわくする、すばらしい日常生活。それがボン！　一瞬で人生の優先順位が変わった。バントリングはまたも彼女から奪い取ったのだ。あの寝室でのいっとき、そして今日の法廷でのいっとき、それで彼女の世界は一変した。

十二時間前なら、ドミニクから身を引いたりはしなかっただろう。それどころか、こちらから近づいたか、自分も手を差し伸べたのではないか。この数カ月、キューピッド事件で一緒に仕事をする二人のあいだには言葉にならないある雰囲気、先々発展しそうな何かが通い合っていた。何かに育ちそうな甘美な緊張感。もちろんそれがいつ、どこで、どんなふうに育つのか、はたしてほんとうに育つかどうか、誰にもわかりはしなかった。彼女はドミニクが法律関係の相談と称して必要以上に電話してくることに気づいていたし、彼女自身も警察関係のことについて必要以上に連絡をとっていた。型どおりの問い合わせのあと、もっと気軽な会話になり、やりとりのたびにいっそう親しくなっていく。彼の魅力と二人のあいだの化学作用のような何かを感じて、〝もしかしたら〟と考えたことも一度や二度ではない。それに、もしいままでは確信がなかったとしても、もう疑問の余地がない。法廷での彼のいかにも心配そうな表情。それから法廷から戻ってきた彼女を気遣った声。探るような質問。戸口での触れあい。

だが彼女は身を引き、彼はタイミングをはずされた。それでおしまい。彼の目にはまず傷つき、それから驚き、困惑した表情が浮かんでいた。状況を読みそこなったのか、二人の関係を誤解していたのか、これからどうなるのだろう、という当惑。大事な瞬間が過ぎてしまった。たぶん、取り返しのつかない瞬間。もう、ドミニクのことは考えるべきではないと思ったが、それでもやっぱりこうして考えている。二本目のタバコに火をつけ、そんな思いを頭から押し出そうとした。いまは恋だ愛だと言ってる場合じゃない。とくにドミニク・ファルコネッティは単純な相手ではなかったし、おまけにウィリアム・ルーパート・バントリングの逮捕と訴追の関係者ではないか。

ヤシに縁取られたコンドミニアムへの入り口を通りながら、C・Jはエアコンのきいた小部屋で本を読んでいるガードマンのほうへおざなりに手を振ってみせた。ガードマンは本からろくに目をあげずに手を振り返し、ゲートを開けた。フロリダの警備付き住宅地のガードマンといっても、たいていはこんなもの。混雑するホーム・デポの駐車場に置かれたカムリの安い警報装置と同じだ。つまりは役に立たない。スキー用マスクをつけて、泥棒の七つ道具を入れた袋をボンネットに乗せ、後部座席にはショットガンと「被害者の住宅／獲物はここ」と印をつけた地図を乗せていても、やっぱりガードマンは手を振ってゲートを開けてくれるだろう。

ポート・ロイヤル・タワーズの駐車場の指定場所にチェロキーを入れ、エレベーターで十二階の自室へ上がった。迎えに出てきたのは空腹と憤懣《ふんまん》の鳴き声をあげるティビー二世で、タイルの床に引きずった白くふわふわした大きなおなかが綿ぼこりで薄茶色に汚れている。

「わかった、わかった、ティビー。ちょっと待ってね。とにかくうちに入れてちょうだい。そうしたらおやつをあげるから」おやつという心強い言葉を聞いて、ティビーの恨みがましい鳴き声がいったんやんだ。ネコならではの退屈そうな好奇心をむきだしに、ドアに鍵をかけて警報装置を再セットするC・Jを眺め、それからキッチンまで、ドライクリーニングしたばかりのパンツスーツの脚に白と黒の毛をこすりつけながらついてくる。C・Jはファイルとブリーフケースをキッチンテーブルに置き、ピュリナ・キャット・チャウをティビーの赤いボウルにざらざらと入れてやった。耳の聞こえない十歳のバセット・ハウンドのルーシーがすぐに匂いを嗅ぎつけ、寝室のクッションのベッドからのそのそと起きだして、空中をくんくん嗅ぎながら、タイルの床に身体をひきずってやってくる。短くうれしそうに吼《ほ》えたあと、ルーシーもティビーと並んで、自分のボウルに入った半生タイプのドッグフードをばりばりと食べはじめた。これで万事は順調。少なくともティビーとルーシーにとってはなんの問題もない。残った大きな問題はどこで昼寝を続けるかだけだ。寝室がいいか、リビングがいいか。

C・Jはコーヒーメーカーをセットし、帰り道で買ってきたマルボロを取り出した。それから客用寝室へ行く。

クローゼットの上、包み紙やプレゼントの袋、リボン、箱などの奥に、ごくあたりまえの蓋付きの段ボール箱が押し込んである。包み紙や箱を寝椅子に放り出し、半分しか中身の入っていない段ボール箱をひきずり出した。中身がさがさと動く。床に下ろして隣に座りこみ、大きなため息をついてから蓋を取った。

中身を見るのは十年ぶりだった。ほこりっぽい匂いが鼻をついた。茶色のファイルフォルダー三つとふくらんだ黄色い封筒をもってキッチンに戻る。コーヒーを注いで、ファイルと封筒、マルボロと一緒に、青く輝く水路を見下ろせる日よけつきバルコニーに運んだ。

まず手書きで警察調書と書いてあるファイルフォルダーを見つめた。表紙のすみにニューヨーク警察のエミー・ハリソン刑事の名刺がとめてある。鉛筆を噛みながら、何と言おうか、どんなふうに切り出そうかと考えた。台本があればいいのに。マルボロに火をつけ、ダイアルした。

「クイーンズ郡、刑事課」後ろがざわざわしている。衣《きぬ》ずれの音、いろいろなトーンのせわしない話し声、電話の呼び出し音、もっと遠くではサイレンが鳴っていた。

「エミー・ハリソン刑事をお願いします」

「え、誰？」

「エミー・ハリソン刑事です。性犯罪課の」その言葉を口にするのが難しかった——性犯罪課

——妙な話だ。検察官として、サウスフロリダじゅうの警察の性暴力班に少なくとも百回は電話しているというのに。

「ちょっと待ってくださいよ」

三十秒ほどして、ニューヨーク訛の強いしわがれ声が戻ってきた。「特別被害者担当、サリヴァン刑事だが」

「エミー・ハリソン刑事をお願いします」

「誰？」

「エミー・ハリソン、ベイサイドの百十一分署の性犯罪課に所属しているはずなんですが」

「ここにはハリソンという刑事はいないな。いつの話？」

大きく息を吸い込んだ。それからゆっくりと吐き出す。「十二年くらい前」

ニューヨークのしわがれ声の持ち主は低く口笛を吹いた。「おいおい、十二年かい。いまはそんな名前の者はいないなあ。ちょっと待って」受話器に蓋をして叫んでいるらしいのが聞こえてきた。「誰か、ハリソン刑事って知らないか。エミー・ハリソン？　十二年前に特別被害者担当だったらしいんだが」

背後で声がする。「ああ——ハリソンなら知ってる。辞めたよ。三年か四年前だったな。ミシガン州の警察に移ったんじゃないか。誰からだね？」

しわがれ声がその情報を繰り返しかけたが、C・Jは先手を打った。「聞こえました。それじゃ、ベニー・シアーズ刑事はいますか？　彼女のパートナーだったんですが」

「シアーズ、ベニー・シアーズだ」しわがれ声がまた叫んだ。「ベニー・シアーズを知らないかってさ」

「あいにくだな」背後でさっきの声がした。「ベニーなら七年くらい前に死んだよ。ラッシュアワーに五十九番ストリートの橋で心臓発作を起こしたんだ。そんな昔のやつと話したがっているのは、いったい誰だよ?」

「聞こえたかね? シアーズは数年前に死んだそうだ。ほかに何か?」

退職。死亡。なぜか予想もしていなかった。沈黙していると、電話の向こうは苛立った。

「もしもし? ほかに何か用事は?」

「それじゃ、昔の事件はどなたが扱っているんですか? 事件のことが……一九八八年にその二人が扱っていた事件のことが知りたいんですが」

「事件番号はわかる? 犯人は逮捕された?」

C・Jはフォルダーを開け、黄ばんだページを繰って事件番号を探した。「ええ、事件番号はわかります。すみません、ちょっと待って……でも、犯人は逮捕されていないはずです。わたしの知る限りでは。ああ、番号があったわ——」

「逮捕されてない? じゃ、未解決事件班だな。電話をまわそう。ちょっと待ってくれよ」受話器の奥が静かになった。

「刑事局、マーティ刑事です」

「すみません、一九八八年に起こった未解決の性暴力事件のことで教えていただきたいんです。特別被害者担当から未解決事件班にまわされたんですが」

「未解決の性犯罪事件ならジョン・マクミランの担当だが、あいにく今日は休んでるな。こちらから電話させますか？　それとも明日また電話してもらえますか？」

「明日、電話します」Ｃ・Ｊは受話器を置いた。無駄骨だった。

彼女は再び受話器を取り上げ、ダイアルした。

「クイーンズ郡地方検事局です」

「犯罪人引渡し担当の方をお願いします」

電話の声が途絶え、クラシック音楽が流れ出した。

「捜査課、ミシェルです。どんなご用でしょうか？」

「こんにちは、犯罪人引渡しの担当の方をお願いします」

「それなら、ここですが。どんなご用ですか？」

「重罪犯のニューヨーク州への引渡しを担当する検察官と話したいんです」

「じゃボブ・シュアね。うちの関係の犯罪人引渡しは全部、彼の担当ですから。でも、いま外出しています」

眠らない街ニューヨークでは、誰も実際には働いてないわけ？「そうですか。いつ戻られますか？」

「昼食に出たんですが、そのあと会議があるはずです。戻るのは夕方でしょう」

Ｃ・Ｊはタウンゼンドという名前と自宅の電話番号を言づけ、受話器を置いて海を眺めた。

打ち寄せる波に日光が踊って、ダイヤモンドのようにきらきらと輝いている。バルコニーにも東から気持ちのよいそよ風が吹いてきて、風鈴が軽やかな音をたてる。月曜日の午後だというのにかなりの数のボートが出ている。ビキニ姿の船客がへさきに小さなタオルを敷いて日光浴中で、誇らしげなキャプテンは水泳用のブリーフ一枚で、ビールを片手に舵を操っている。もっとのんきそうに見えるのは、ラウンジチェアを十は並べられそうな艫《とも》で椅子に寝そべっている、日焼け用のオイルでつやつやした水着姿の美女たちだ。ただし、こちらはボートと呼ぶよりヨットというほうがふさわしい。そのヨットの上では、ビキニ姿もブリーフ姿も一緒にマティーニを手に日光浴し、クルーが舵をとっている。料理や掃除もクルーがするのだろう。へさきのビーチタオルのビキニの女性はヨットがたてる波しぶきを浴び、誇らしげなキャプテンは船が揺れてビールをこぼした。C・Jは屈託なく水に浮かんで冷たいマティーニを飲んでいる、のんびりと日焼けして健康そうな金持ちのフロリダ住民や、スピードボートの赤く日焼けした陽気な観光客とピーニャコラータを遠く眺めた。苦労のなさそうな人々へのいつもの羨望が重くこみ上げてきて、それを押し戻すのに苦労する。検察官として三十六歳を迎えた人生が教えてくれたことがあるとすれば、それは、何事も見かけどおりではないということだった。それに、父親もよく言っていたっけ。誰か他人の靴がほしくなったら、その靴で一、二キロ歩いてみることだよ、クローイ。そうすれば、たぶんほしくはなくなるだろうな。

C・Jの思いは、いまもカリフォルニア中部で暮らしている両親のもとへ飛んだ。いまでも娘のクローイがたった一人で、ニューヨークとは違うとはいえ大都市、赦されざる大都会で、大勢の他人、大勢の変態のなかで暮らしていることを心配し続けている両親。なお悪いことに、彼女はいまではそういう連中のなかでそういう連中を相手に働き、日常生活を送っている。この世のクズ――殺人者、レイプ犯、小児性愛者――を相手にして、誰も勝利できない仕組みのなかで全力をあげて闘っている。なぜ勝ち目がないかといえば、恐ろしい事件が彼女のもとへ達するころには、みんなすでに敗北しているからだ。だがC・Jは両親の助言も警告も聞かなかった。両親にとっては娘を心配し続け、自殺願望の愚か者のように危険の真っ只中へ置いておくのは辛いし、消耗することだった。あの事件以来両親とのあいだに感情的な距離ができて、C・Jはむしろ楽になった。それでなくても、背負いきれないほどの記憶をひきずっているのだ。ほかの人の心配まで分かち合うことはできない。同じことは、もう前世のことかと思うほど昔になった当時の友だちにも言えた。あのころはあれほど親密だったのに。マリーとももう何年も話をしていない。

C・Jはコーヒーの残りを飲み干し、警察調書と記された分厚いファイルを開いた。三重複写の薄い紙は黄色くなって、タイプの文字も少し色あせかけている。最初の調書の日付は一九八八年六月三十日木曜日、午前九時二分。過去が昨日のことのようにどっと甦り、熱い涙があふれ出した。こぼれる涙を手の甲でぬぐい、C・Jは十二年前に自分がレイプされた夜について読みはじめた。

23

「ファルコネッティ、聞こえるか？　おおい、ドミニク？」

ドミニクの携帯電話が叫びだした。画面には〝特別捜査官ジェームス・フルトン〟の文字。

「ああ、聞こえるよ、ジンボ、なんだい」ドミニクは証拠品入れの袋がないかとバスルームを見回しながら、主寝室へ入っていった。「おい、クリス、証拠品用の袋はどこにある？」

クリスが透明のビニール袋と赤いテープ、白い預り証をまとめて渡してくれたので、ドミニクはまたバスルームに戻った。

「家の裏の小屋で、すごくおもしろいものが見つかったぞ。あんた、どこにいるんだ？」ジミー・フルトンの南部訛だと、英語の辞書にふつうに出ている言葉までがひどくめずらしいもののように聞こえる。フルトンは年配のベテラン捜査官で、ＦＤＬＥに二十六年勤務し、現在は麻薬班の特別捜査監察官になっている。暴力犯罪や捜索令状に慣れた彼の経験は貴重な財産だった。

「二階主寝室のバスルームだよ。こっちでもおもしろいものを発見した。バントリングは引き出しにハロペリドール、別名ハルドールの瓶を隠し持ってたぞ」

「ハルドール？　それ、精神病の薬じゃないか？」暗い小屋のなかでも黒っぽいサングラスをかけたままのフルトンが豊かな白髪交じりの顎鬚をしごいている姿が目に浮かぶ。

「そうだよ、ジンボ。そのとおりだ。それにニューヨークの医者の処方箋もある」ドミニクは処方薬の瓶を透明の袋に入れて赤いテープで封をした。

「おやおや！　だが、こっちのほうが上手《うわて》だと思うがね」

「ほう、そうか？　なんだい？」ドミニクはテープに黒いペンでDFと署名した。

「まあ焦るな、ものには順序ってものがある。どうやらFBIのお友だちが遊びにお立ち寄りくださったようだ。たったいま表で握手したり、キスしたり、それからもちろん、記者連中の求めに気安く応じて、事件の捜査状況についてインタビューを受けたりしているぞ」

ドミニクは思わず奥歯を嚙みしめた。「おいおい、冗談じゃないんだろうな。頼むぜ、ジンボ。嘘だと言ってくれよ」

「それがね、お気の毒さま。冗談じゃないんだな」

「誰だい？」

「ちょっと待てよ。入り口に立っているビーチ・ボーイが、FBIのお歴々に名刺を要求したんだよ、信じられるかね。入れてやらなかったもんで、連中、いま表の芝生で一騒動起こしている。ビーチ市警のジョーダン署長に電話して、あの坊やを特別昇給させてやらなきゃな。覚えといてくれ」

ドミニクは主寝室に戻って、横の窓から外をのぞいた。なるほど、コーズウェーにいた黒っぽいサングラスにダークスーツの二人組が、手入れの行き届いたブーゲンビリアの横に偉そうに立って、携帯電話をかけたり、メモをとったりしている。おいおい、まるで「Xファイル」のモルダーじゃないか——後ろにいるのがスカリーかよ。またMSNBCとCNNのテレビニュースにテロップが流れているんだろう。FBI捜査官、州当局から捜査を引き継ぐ。それとも、こっちのほうがパンチが効いてるか。州警、またもFBIにしてやられる。連中は家の正面のいちばんいい駐車場所まで占領して、鑑識班のバンを通せんぼしてやがる。

「ドミニク、ここに名刺があるんだけどな。カール・スティーヴンス捜査官とフロイド・カーメディ捜査官だとさ。知ってるかい?」

「ああ、知ってるよ、ジンボ。昨夜コーズウェーの現場をうろちょろしていたやつらだ。下りて、話をしてくるとするか。確か、捜索令状にはFBIの名前はなかったからな。ゲストのリストになけりゃ、入れてやることはない。ジョーダン署長に、おれもさっきの坊やの昇給を支持する、やつらを絶対に入れるな、と伝えてくれ」

「了解、ドミニク。あんたがボスだからな。あんたがボスでよかったよ。じつは遊びにおいでになったFBIがもう一人いるんだ。そいつに、おまえは歓迎されないんだよと言う役目はごめんだな。ここにFBIマイアミ支局長マーク・グラッカーっていう名刺もあるのさ。まだ窓の外を見てるんなら、芝生で演説ぶってるのがそいつだよ」

くそくそくそ、くそったれのグラッカーめ。ドミニクは髪をかきむしって、目をぎゅっとつぶった。

「わかった、ジンボ。FBIは引き受けたよ。いま、下りていく。RD・ブラックに、今日の午後、竜巻がそっちに行くと警告しとかなきゃな」RD・ブラックというのは、ドミニクの上司、FDLEマイアミ地域活動センターの地域部長（RD）のことだ。ブラックに、FBI支局長と小競り合いすると知らせておかなければならない。ブラックのいいところは、ドミニクと同じくらいFBIを嫌っていることだった。ただし、彼の立場としては口には出せない。捜査機関どうしが争ってはいけない、協力しなければというのがたてまえだが、カメラの目のない閉めきったオフィスでは、連中に一泡吹かせてやれ、以前ひどい目にあわされた仕返しをしろ、とドミニクに言う。組織犯罪事件でグラッカーに手柄をさらわれたときのRDもブラックだったのだ。

「その前にドミニク、ほかにもニュースがあるんだよ。それとも、こっちの発見のほうが上手だと言ったのは忘れたかい？」

「まだあるのか？　悪いニュースのあとはいいニュースであってほしいもんだ。FBIはまったくいやなニュースだぜ。いいニュースを聞きたいよ。なんだい、ジンボ、早く聞かせろ」

「ああ、これは気に入るぞ、きっとだ。ここの小屋でどうやら血痕を発見したみたいなんだ。それから、凶器もな。ヤッホー！」

24

ドミニクはクリスとボウマンにビデオテープとバスルームの捜査を早く終わらせろと指示し、クローゼットでアルマーニをいじっているマニーはほうっておいて、階段を駆け下り、表のドアから外へ出た。ビーチ市警の若い警官はまだドアで張り番をしている。ほとほとうんざりという顔だった。

表の芝生には黒いスーツに黒いタイ、黒いサングラス姿のスティーヴンスとカーメディがノートを手に立っていた。スティーヴンスはそのうえ携帯電話を耳にあてていたが、どうせ道路の向こうに集まっている報道関係者に重要人物らしく見せたいためのポーズに決まっている。スティーヴンスとは以前、共同捜査で一緒になったことがあるが、スペイン語でウン・マリコンめと言ったマニーの言葉がぴったりなやつだ。マリコン、つまり蛆虫。たぶん電話の相手はおっかさんで、今夜は何が食べたいの、とでも聞かれているのだろう。

道の向こう側、ＦＢＩの黒いトーラスが並んでレンガ敷きの車寄せをふさいでいる隣には、

ＦＢＩの支局長マーク・グラッカーがいた。そしてグラッカーの隣にはチャンネル10のライル・マグレガー。グラッカーはえらく深刻そうな顔つきで、ライルのほうは見るからに興奮している。

グラッカーのインタビューが生中継されている最中に横から口を出し、坊や、ほかの子どもたちと一緒にお砂場で遊びたけりゃ、連邦裁判所の捜索令状をもらっといで、と言うのは失敬というものだろう。そこでドミニクはママとお話し中のスティーヴンスはおいといて、まず芝生のモルダーもどきに近づいた。ライオンと同じで、群れのいちばん弱いやつを狙うのだ。

「やあ、フロイド、フロイド・カーメディ、だったな？　ＦＢＩの？　わたしはＦＤＬＥの特別捜査官ドミニク・ファルコネッティだ」まずこの現場は誰の管轄かをはっきりさせといてやろうじゃないか。このあたりじゃ、あんたはカーメディＦＢＩ捜査官じゃないんだよ。あんたはただのフロイドなのさ。ドミニクは手を差し出した。

フロイド・カーメディは差し出された手を握った。「ファルコネッティ捜査官、よろしく。この捜査の指揮はあんたが？」

「そう、わたしだよ、フロイド、わたしだ。で、あんたがたはなんの用かな？」

カメラが黒い大きなビニール袋を運び出している鑑識員のほうへ向いてしまったので、もうライトに目がくらんでいなかったグラッカーは、すぐに芝生のドミニクに気づいたらしい。黒いサングラスをかけなおすと、芝生を足早に横切って近づいてきた。黒いドレス・シューズが芝生にめり込むので、短い脚を急がせるのに苦労している。

フロイドは何か言いかけたが、グラッカーが視野のすみに入ったので急いで口をつぐみ、会話をグラッカーに譲ろうとうやうやしく一歩下がった。

黒いスーツの胸をせいいっぱいふくらまし、黒いタイをビール腹の上にぶら下げたマーク・グラッカーは、ずかずかとフロイド・カーメディの前に割って入った。

「ファルコネッティ捜査官、一日中、あんたと連絡をとろうと探していたんだ。われわれもこの現場に入らなければならん」低い真剣な声だった。真実だけをどうぞ、奥さま。グラッカーはドミニクよりたっぷり一〇センチは背が低いので、頭のてっぺんが見えた。髪がだいぶ薄くなりかけて、生っ白い地肌がのぞいている。

ドミニクはライル・マグレガーと撮影クルーのほうへ目をやった。一日中、連絡をとろうとしていたなんてのは報道陣向けの言い訳で、正午のニュースでおれを見ろよってことじゃないのか。

「やあ、マーク、久しぶりだな」

マーク・グラッカーは青白い顔を紅潮させ、薄い唇を引き結んだ。ドミニクはグラッカーがファーストネームで呼ばれるのを嫌うことを知っていた。我慢ならないのだ。女房とセックスしているときでも、グラッカー支局長と呼ばせるのじゃないか。

「ああ、久しぶりだったな、ドミニク。わたしはいま、ＦＢＩマイアミ支局長なんだが、知らなかったかね？」

「そうだってな。どっかで聞いたよ。おめでとう。あっちはよっぽど忙しいんだろうな」

「そのとおり。そして、当地でも忙しいのだ。FBIは犯罪現場に立ち入る必要がある。それなのに、あの入り口に立っているマイアミ・ビーチ市警の若造はわれわれを入れようとしない」グラッカーはもぞもぞと足を動かして、もっと高い場所はないかと探した。身長の違いのせいで、なんとも居心地が悪いらしい。

「ふうん、そりゃ困ったもんだ。こっちは州裁判所の捜索令状をとっているんでね、現場の立ち入りが認められているのは、州及び地域の捜査官だけなんだよ。悪いが連邦捜査局の名前は令状には書いてない。この事件では、あんたがたの助力は必要としてないんでね」

グラッカーが突き出した上唇の上に薄い汗の玉が浮かんでいた。「わかっているだろうが、シバン殺害事件はうちの管轄だぞ。連邦政府の土地で起こったんだからな。捜査はFBIが引き継ぐ」

「そりゃけっこう。よかったじゃないか。ただし、バントリングが逮捕されたのはプラド殺害の容疑なんだよ」ドミニクは、プラドという名前を幼稚園の生徒に聞かせるようにはっきりと発音してやった。「それに、われわれはプラド殺害事件で集めた証拠をもとに、令状をとってこの家の捜査をしている。もしバントリングがシバン殺害事件に関係していることを示す証拠が見つかったら、必ず、あんたのほうへ連絡してやるさ」

グラッカーの顔が真っ赤になった。おいおい、肝心なときにライルや撮影クルーはどっちを向いているんだよ。「それでは連邦裁判所の捜索令状をとって来い、と言うのか?」

「気の毒だが、それしかないだろうな。そうすりゃ、好きなだけ家を捜索できるよ――こっちの仕事が終わってからだがね」

「これについちゃ、ブラック部長と話をしなければならんようだな」

「ブラック部長はもうここの状況を知っているよ。それで、FBIにとって不都合があったらまことに気の毒だと伝えてくれとさ。じゃ、わたしは戻らなければならないんで失礼する」

ドミニクは怒りのあまり二の句が継げないマーク・グラッカーに背を向け、芝生を横切りかけた。スカリーとモルダーはおずおずとあたりを見回し、また向けられたカメラを意識して、なんとか重要人物らしい体面を保とうと躍起になっている。ドミニクは入り口の階段を上り、ビーチ市警の若い警官に「よくやった」と低く声をかけた。

「まったく不愉快なやつらです」ビーチ署の警官は口のなかでつぶやいた。

ドミニクは芝生を振り返った。「それじゃあな、マーク。昇進、おめでとう」

そう言って、彼は家のなかへ戻った。

25

ドミニクは家を通り抜けて、フレンチ・ドアからプールのある裏庭へ出た。南国風のプールの向こう、裏庭のすみに大きく葉を広げているタビビトヤシの下に、小さなはめ殺しの窓がついた白いアルミ板製の風変わりな小屋があった。小屋というよりは、黒い板葺き屋根のかわいい小さな家という感じだ。はめ殺しの窓にかかった黒いカーテンは閉まっている。ジミー・フルトンがちょうどドアから出てくるところだった。

「お呼びでないと言われて、グラッカー支局長はどんな顔をしたね？」

「機嫌はよくなかったな。ぜんぜん、よくなかったよ。芝生でふくれっ面をしてたっけ」顔を真っ赤にしたマーク・グラッカーがスティーヴンスとカーメディを罵倒しつつ、エアコンのきいたFBIの車でラゴースから走り去っていく姿が浮かび、ドミニクはにやりとした。ドミニクが家を通り抜けて裏庭に来るまでの三分間に、グラッカーはブラック部長に携帯電話をかけ、ドミニクのバッジを銀の盆に載っけて引き渡せと喚いたに違いない。もちろんFBIを家に入れるのに必要な捜索令状と並べて、だ。どちらも手に入るはずはないのだが、それでもグラッカーはぎゃあぎゃあ騒ぎたてるだろう。

「めんどくさいよな、ジンボ」ドミニクはため息をついた。「だけど、『ゴッドファーザー』のなかでアル・パチーノにクレメンザが言うじゃないか。『こういうことは五年おきくらいに起こらなければならんのだ。悪い血を全部、出してしまうために』とさ。だが、おれたちにはブラックがついてるからな。言ってたよ。『グラッカーに面と向かってろくでなし野郎と言うのだけはやめとけ』」

「ブラックはきっと自分が言いたいんだろうよ」

「まったく、疲れるよ」ドミニクは指で頭のてっぺんまで髪をかきあげた。「小屋には何があった?」

「いま、もう一度撮影しているんで、ちょっと待ってくれ。そのあいだに、何が見つかったか話しておこう。バントリングってやつは動物を切り裂いて、詰め物をするのが好きだったらしいが、知ってたかね? そういうフクロウだの鳥だのがこの小屋の天井から下がってる。爪も全部ついてるぞ。最初、小屋に入ったときは、生きてるのかと思ってたまげたよ。それからはっとしてメガネをかけてみて、なんだ、生きちゃいないんだと気づいた。それにストレッチャーもあった。病院にあるようなやつだ。きれいに拭いてあって、指紋はぜんぜんない。それで、この分じゃ何も見つからないだろうと思ったわけだ。だろ?」

鑑識班のカメラマンたちが出てきた。「もういいですよ、ファルコネッティ捜査官」一人が叫んだ。「撮影は終了しました」

「そうか、ありがとう」ジンボがカメラマンたちのほうへうなずき、それから黒い袋をもって入り口付近で待っていたMDPDの鑑識員のほうを向いた。「ボビー、あの血痕を採取するのはちょっと待ってくれないか。ファルコネッティ捜査官に見せておきたい」

二人は小屋のなかへ入った。詰め物をしたフクロウが二羽、ガラス玉の目を大きく見開いて、天井の梁《はり》からぶら下がっていた。見えない弧をたどって飛んでいる途中のようだ。二羽のあいだに、黒い金属製の笠がついた明かりが一つ、アーチ型の天井から下りている。小屋にしてはかなり広く、幅四・五メートル奥行き三メートルほどで、床はコンクリートで壁にはボードを張ってある。戸外にある小屋のくせに、あきれるほど清潔だった。灰色のコンクリートの床には土くれひとつ落ちていない。狭いほうの壁に向かってストレッチャーが置かれ、その上の壁いっぱいに白い合板のキャビネットがとりつけられている。ストレッチャーの向こうの部屋のすみには、美しいシラサギがこれから飛び立とうとするようにわずかに羽を広げ、長い首と黄色いクチバシを上に向けて、黒いガラスの目でストレッチャーを見つめていた。

「ちょっとこれを見てくれよ」ジンボがストレッチャーのわきに膝をついた。ストレッチャーと壁のあいだ、キャビネットの真下の床三〇センチ四方が白いチョークで囲んであった。そこにごく小さな赤茶色のしみが三つついている。ジンボが懐中電灯を向けると、しみはかすかに光った。

「まだ濡れているのか？」

「いや。だが、ごく新しいのは確かだ。ストレッチャーの高さや飛び散り具合から見て、ストレッチャーの上に死体があって、そこから落ちたんじゃないか、とボビーが言っていた」ジンボは床から三〇センチくらい上の壁を照らした。

白い壁に小さな赤茶色の点が飛んでいる。「それからこれ——こっちは床に落ちた血が壁に跳ねたらしい。血がストレッチャーから落ちたとすれば、理屈があう。血だと見て、ほぼ間違いないだろう」

「そうだな、ジンボ。だが、人間のか？」ドミニクは堂々たる姿のシラサギのガラスの目を思い浮かべながら言った。

「そりゃ、すぐにわかるだろう。研究所に届ければ調べてくれるさ。だが、ほら、これを見てくれよ」まだ床に膝をついたまま、ジンボはべつのチョークの囲みを指差した。こちらはさっきよりももっと大きく、ストレッチャーの裾の真下にあたる。幅六〇センチくらいか。

ドミニクは懐中電灯を向けた。茶色の渦や黒っぽい線の跡がわずかに見分けられる。「誰かが汚れを拭き取ろうとしたらしいな」

「そう、そうなんだよ。鑑識のあとは、ルミノール係の仕事だ。誰かが掃除をする前はどんなにひどい状態だったか、教えてくれるんじゃないかね」

「そのストレッチャーの車輪、よく注意してはずすように言っといてくれ」ドミニクはストレッチャーの下にかがみ、黒いゴムの車輪とストレッチャーの裏側を懐中電灯で照らした。「何かの上を引っ張ったように見える」

「そうだな。車輪はすぐにはずれるだろう」

「凶器は？」

「そうそう。いちばんすごいのを忘れていたよ。ほら、こっちだ」ジミー・フルトンは合板のキャビネットの中央を開いた。いちばん下の棚に大きな四角い金属の盆が載っている。その盆の上に何本かの形の違うメスといろいろなサイズのハサミがきちんと並んでいた。「おかげで手数が省けるよ。あの馬鹿野郎、自白したも同然じゃないか。やつを絞め上げるのはおもしろいだろうな、さぞかし」

ドミニクの携帯がまた鳴りだした。

「おお、ドミー・ボーイ、ドミー・ボーイ、笛が呼んでいる、やさしく……」キューバ訛で、せいいっぱいアイルランド風に歌っているマニーだった。おもしろがったドミニクは、返事をするまでしばらく歌わせておいた。ジンボとボビーが顔をしかめている。マニーも相手が聞いているのに気づいたらしく、少し歌ったところでやめた。「おい、ドミニク、聞こえてるんだろ？」

「ああ、マニー。ジミー・フルトンと裏にいるんだよ。そっちはどうなってる？　まだ、クローゼットにこもってるのかね？」

「そうなんだ。で、言っとくが、おれは今度生まれ変わったら絶対に家具デザイナーになると決めたよ」

「セールスマンだってのに、マニー」エディ・ボウマンの声が後ろから聞こえた。「大きくなったら、家具セールスマンになりたいんだろ、え」

「うるさいぞ、ボウマン。黙って、そのテレビのおっかさんを見てろよ」マニーはまた携帯に呼びかけた。「この変態野郎はとびっきりの服をもってやがる。なあ、やつが死刑になったら、この服をもらってもいいかな？」

「そうだな、だが、あんた、三〇キロぐらい痩せて、五サイズ縮まなくちゃならんだろうが。もうペストリーはいっさい食えないぞ」ドミニクはしゃがんで、ボビーが床の茶色いしみを綿棒でこすりとり、消毒済みの長いチューブに三つのサンプルを分けて入れるのを眺めた。

「ネクタイなら使えるよ。これだけの衣装を無駄にするなんてもったいない話だぜ。で、表のブルース・ブラザースはどうなった？　あの蛆虫スティーヴンスめ、さぞかし、ぎゃあぎゃあ騒いだろうな」

「まあな、マニー。そっちはほっとこうや。気分がよくない」

「ふむ、クローゼットのほうはきれいにまとめたぜ。クローゼットと言っても、おれの寝室くらいの大きさがあるがな。この狂人め、やけに整理整頓が好きだ。おれに言わせりゃ、行きすぎだが。なんでもかんでも整頓してやがる。なんでもかんでもだぞ。黒いスーツ用のバッグにもきちんと『タキシード類』って印をつけてある。〝類〟までついてるんだぞ。それから冬用セーターって箱と、冬用シューズって箱もあったな。もしかしたら、こいつはおれたちが探している犯人じゃないかもしれんな。どう見てもゲイだもんな。それとも、欲求不満のホモで、女性を見ると母親を思い出してむかつくのかもしれん。そうか、それは動機になるな。少なくともボウマンの抱えている問題は、それで説明がつくよ。ところで、聞いてくれ。べつの箱にハロウィーンの衣装が入っているのを見つけたんだ。全部きれいに畳んでしまってあったよ。不気味なエイリアンのマスクやバットマンのマスク、フランケンシュタインの頭、カウボーイ・ハットとけつのないゲイっぽい革のパッチのついたパンツ、ほれ、ひらひらしたの、あるだろ、ジーンズの上からはくやつ」

「ひらひらしたのじゃないよ、オーバーズボンというんだよ」

「へえ、なんでもいいが、そのオーバーズボンだ。それから、これ――こいつがあんたの子どもの誕生日パーティに来たところを想像してみてくれや――道化師のマスクだぜ」

ドミニクは床のしみを見つめた。六〇センチほど向こうのすみにはシラサギが黄色い水かきのついた足で立っている。まもなく鑑識員がルミノールをスプレーすると、血痕が明るく光りだすはずだ。殺人捜査に携わってきた歳月に、ドミニクは暗いなかで天井に飛び散った血も含めて部屋全体が不気味に黄色く光るのを見てきた。この奇妙な小屋は明かりを消したあと、どんなふうに見えるのか？　暗闇に浮かび上がるのはどんな陰惨な光景なのだろう？

「とにかく、全部押収しとけよ、マニー。この事件じゃ、何が重要になるかわからないからな」

26

読むべき書類はそう多くはなかったが、それでも警察調書と病院の記録、研究所の報告に目を通すのに二時間あまりかかった。半分までできて、それ以上読み進められなくなったC・Jは、マンションを歩きまわり、コーヒーを淹れなおし、洗濯物を畳み、カウンターを拭いた。なんでもいい、何かをして、襲ってきた記憶の重さから逃れずにはいられなかった。昼食に何を食べたかも思い出せない日々が多いのに、十年以上も前の出来事の一秒一秒を、わずかな瞬間にいたるまでありありと覚えているのは驚異だった。元隣人のマーヴィン・ウィグフォードの供述を途中まで読んだC・Jは、バスルームに飛び込んで、その日二度目の嘔吐をした。ウィグフォードはその供述書のなかで、クローイがマンションの男たちに見せびらかすような「挑発的な」服で、前庭を「これ見よがしに歩きまわっていた」が、それは「カトリックの大学に通う女子学生にあるまじき」格好だったと証言し、「ああいうことが起こったのも当然だ、わざと男たちを興奮させておもしろがっていたのだから」と述べている。何年も闘っては押し戻してきた罪悪感と自責の念が、またもC・Jの心を苛《さいな》んだ。その証言が精神の歪んだ人間のたわごとであると頭ではわかっていても、やはり自分が汚らしく恥ずかしい気がしてならなかった。気持ちの深いところに、事件の責任は自分にある、自分のせいであんなことになったのだと感じる部分がある。あれからずっと、ああすることもできた、ああすればよかった、あんなことさえしなければ自分の人生はまったく違っていたのにと、際限なく考え続けた。セラピーを受けても、何が難しいといって、自分を責めないことを学ぶのがいちばん難しかった。

バスルームに走ったあと、またバルコニーに戻ったC・Jは、もう十杯目くらいになるコーヒーを飲みながら、しばらく行き交う船を眺めていた。そろそろラッシュアワーで、水路を挟んだ向かい側のポンパノ・ビーチの通りが車で混雑しはじめている。ポケットベルが何度か鳴って、過去よりよっぽど歓迎できる現実に引き戻してくれた。そのたびに、彼女は呼び出しをかけてきた相手に電話をかけた。電話で話しているあいだだけは、警察調書や証人の供述書から離れ、頭のなかにふくれあがってくるおなじみの冷え冷えとした恐怖やパニック、自責の念から離れていられる。とくに、うっとうしいマリソルとの電話は効果的だった。それから暗くならないうちにと、ルーシーを水路沿いの散歩に連れ出した。

戻って、自分自身の供述書を含めた警察調書を全部読み終えるのに小一時間かかった。供述書を読んでいると、一九八八年六月三十日の出来事の一瞬一瞬が鮮やかに甦ってきて苦しかった。マイケルの車のなかでの喧嘩に始まり、それが前庭のやりとりにまで続き、ラテックスの手袋に口をふさがれてはっと目を覚ますと、何かの重みで胸がつぶれそうだった。そのあと男にのしかかられ、むなしくもがいているうちにペニスを突っ込まれた。やがて、冷たいナイフで胸の柔らかな皮膚を荒々しく切り裂かれ、白いシーツがゆっくりと鮮血に染まっていくのを見ているうちに意識が遠のく。ありがたいことに思い出はそこで終わっている。バルコニーで現実に戻った彼女は、片手で胸を守り、もう一方の手でつきあげてくる恐怖に窒息しそうな咽喉元をさすった。

そのとき、電話のベルが鳴った。着信表示を見ると、クイーンズ郡地方検事局となっている。涙でくしゃくしゃになった顔をぬぐって、できるだけ落ち着いた声を出そうと努めた。

「はい？」

「ええと、ミス……」相手は読みにくいメモを判読しようと苦労しているらしい。「……トゥーソはいらっしゃいますか？」

「こちらはミズ・タウンゼンドですが」

「あ、すみません。秘書のメモの字がひどくて、トゥーソかと思いましたよ。失礼しました。わたしはクイーンズ郡地方検事局のボブ・シュア検事補ですが、お電話をいただいたそうで。どんなご用件だったんでしょうか？」

C・Jはあわてて考えをまとめようとした。「ああ、はい、ミスター・シュア、わざわざすみません。じつは、重罪犯をニューヨーク州に引き渡す手続きのことをうかがいたいと思いまして」仕事の頭に戻っていた。彼女のなかの検察官がとって代わり、事件は誰か他人の身に起こったことも同然になった。

長い間があいた。「そうですか。あなたは検察官？」

「あ、すみません。わたしはマイアミの地方検事局の者です」

「そうでしたか。で、引渡しの対象は何者で、ニューヨークの逮捕状はどんな罪名ですか？」

「それが、逮捕状はまだ出ておりません。未解決の重大犯罪なんですが、こちらで被疑者らしい者をつきとめたのです」

「未解決？　すると告発もされてないんですか？　逮捕状もないと？」

「ええ、まだなんです。こちらの当局はごく最近、捜査と尋問の過程で被疑者を割り出したところなので」あまりにも漠然とした言い方であることは承知していた。

「ほう。ニューヨークの捜査担当の刑事とは話されましたか？　もう逮捕状の請求は出ていますか？」

「ええと、まだです。事件は未解決事件班にまわされていると思います。そちらの刑事さんと連絡をとって、逮捕状の請求その他、フロリダにいる被疑者を逮捕するためにニューヨークの法律で必要な手続きをとろうとしているところなんです」

「それでは、まず告発が必要ですね。つぎに正式起訴状にもとづいた逮捕状をとって、そちらの捜査官が逮捕状を執行し、被疑者をマイアミで拘束する。こちらではそのあいだに引渡し手続きを進めます。もちろん、こちらの手続きを先にしといてもかまいませんがね。いつごろの事件ですか？」

C・Jはごくりとつばをのんだ。不安が頭をもたげてきて、検察官として忘れてはならないことを看過していたのを思い出した。「それなんですけど。たぶん十年以上たっていると思うのですが、こちらの捜査担当者に確かめてみなければなりません」

ボブ・シュアは低く口笛を吹いた。「十年ですか？　そりゃそりゃ。被疑者の容疑は殺人ですか、それならＯＫなんだが」

「いいえ、殺人じゃありません」じっとりと掌が汗ばんでいた。次の質問の答えを知りたくないと思った。「どうして、そりゃそりゃ、なんですか？」

「その男がやった犯罪は何なんですか？　もちろん、男なんでしょうね？　そうはまだ、おっしゃってないが」

せきばらいをして、落ち着いた声に聞こえますようにと祈った。「性的暴行です。強制猥褻《わいせつ》。それに殺人未遂も」

「それじゃ、そりゃそりゃ、のほうですね。残念ですが。ニューヨークでは重大犯罪の出訴期限は五年なんですよ。もちろん、殺人はべつです。殺人には期限はありません。事件後五年以内に正式起訴状が出ていないとすると、もう時間切れで犯人には手がつけられません」答えがないので、シュア検事補は続けた。「お気の毒です。こういうことはよくあるんですよ、とくに性犯罪ではね。やっとＤＮＡが合致して犯人がつきとめられたのに、どうすることもできない。ごく最近では、被疑者の氏名が判明せず、時間切れが迫っているときには、ＤＮＡ構造そのものを対象として起訴しようという動きが出ています。あなたの事件の場合もそうかもしれない――未解決事件班の捜査官には確認してみましたか？」

「まだですが、してみます。そうなっているかもしれません。そうだといいのですが」C・Jは言ったが、起訴しようにもDNAをつきとめる物理的な証拠が皆無であることはわかっていた。自分でも声が動揺していると感じた。「いろいろとありがとうございました――何か新しい情報がありましたら、またご連絡いたします」

「ええと、お名前はなんとおっしゃいましたっけ?」

C・Jは受話器を置いた。こんなことがあっていいのか? 出訴期限。犯人を裁きの場に引き出すまでの期間はどれくらいが公平か、それを決めようとして愚かな立法者が定めた恣意《しい》的な時間制限。過去の犯罪がばれないかとひやひやしながら過ごす時間はどれくらいなら公平なのか? 被疑者にとっては何が公平だろう? 犠牲者なんかどうでもよろしい。断固、被疑者の権利を守ろう。

いまのやりとりの重大さがだんだんと身にしみてきた。彼女に対して犯した罪でバントリングが裁かれることは決してないのだ。決して。エンパイア・ステート・ビルのてっぺんから全世界に向かって有罪を認め、唾棄すべき凶悪犯罪の一部始終を縷々《るる》告白したところで、決して裁かれることはない。エレベーターで下りてきて、悠然と歩み去ることができる。誰にもどうにもできない。出訴期限のことを思い出すべきだったが、フロリダではある種の性犯罪には出訴期限はない。じつはC・Jは出訴期限のことなど考えてもみなかった。どうやってバントリングを即刻逮捕させてニューヨークへ送るか――そして、自分自身が再び頭がおかしくならずに内なる悪魔と対決するか――そればかりを考えていたのだ。それで「彼を逮捕できるか?」

という質問の答えを考えなかった。被害者の視野狭窄《きょうさく》に陥って、早まった結論に飛びついてしまった。

またも世界がばらばらに砕けた感じで、なんとか筋道をたてて考えなくてはとC・Jは焦った。胸を押しつぶす霧と恐怖をかき分けて考えようとした。

彼女はマンションのなかを歩きまわった。太陽が沈んで、急に空気が冷えてきた。カップに残った冷たいコーヒーを捨て、代わりに冷蔵庫から冷えたシャルドネの瓶を取り出した。グラスに多めに注いで飲んだあと、もう一度受話器を取り上げた。呼び出しベルが四回鳴ったところで、ドクター・チェンバースが電話に出た。

「もしもし?」ドクターの声を聞いただけでほっとする。

「たぶん、まだいらっしゃると思いました。こんな時間ですけど。こんばんは、ドクター・チェンバース、C・J・タウンゼンドです」親指の爪を噛み噛み、片手にワイングラスをもって、彼女はストッキングのまま歩きまわった。まだ、仕事用のスーツを着替えていなかった。

「こんばんは、C・J」医師は驚いたようだった。「書類を片付けていたところでね。ちょうどよかった。どうしました?」

C・Jは通り過ぎていくディナー・クルーズを見つめた。笑い声と音楽が遠くから漂ってくる。

「じつは、ちょっとありまして、どうしても会っていただきたいんです」

27

グレゴリー・チェンバースは革の椅子に座りなおした。C・J・タウンゼンドの声にせっぱつまった必死の思いを聞き取って、医師はとっさに身構えた。「もちろん、かまいませんよ、C・J。明日はどうですか？」

「明日……ええ、お願いします」予約のノートを見ているのか、受話器の奥から紙をめくる音が聞こえてくる。

「十時に来られますか？　なんとか、やりくりしてみますから」

C・Jは受話器の向こうに聞こえるような安堵の吐息をついた。「ありがとうございます、ほんとうに。それでは、明日お願いします」

ドクター・チェンバースは椅子の背によりかかって、眉をひそめた。C・Jの声はただごとではなかった。ひどく動揺し、焦っているようだ。「いま、話してみますか、C・J？　時間はありますよ」

「いいえ、いいんです。考えをまとめなくてはなりませんから。よく考えてみます。でも、明日はぜひお願いします。無理を聞いていただいて、ありがとうございます」

「いつでもどうぞ。いつでも電話してください。それじゃ、明日お会いしましょう」医師は言葉を継いだ。「いいですか、それまででも、電話してかまわないんですよ」

C・Jはコードレスの受話器のボタンを押して電話を切り、がらんとしたリビングをぼんやり見回した。ディナー・クルーズは視界から消え、また静寂が戻ってきた。聞こえるのはときおり風がヤシの葉を揺する音と、岸壁に穏やかに打ち寄せる波の音。ティビー二世が脚に身体をこすりつけて、大きな声で鳴いた。日が暮れて、また食事の時刻が来たのだ。

手の中でいきなり電話が鳴りだし、仰天したC・Jは受話器を床に落としてしまった。ひどく神経質になっている。

電話がまた鳴った。着信表示はファルコネッティと告げていた。彼女はためらいながら受話器を拾い上げた。

「もしもし?」

「ああ、ぼくです。オートトラックを調べてきましたよ」

C・Jはすっかり忘れていた。その日の出来事は何もかもぼやけて薄れている。「ありがとう、すみません」口ごもりながら、現実に戻ろう、しっかりと頭が働いているようにみせかけようと焦った。「ええと、明日、FDLEにとりに寄るわ。何時ごろならいいですか?」ワイングラスを取りに行き、またリビングを行ったりきたり歩きはじめた。

「いや、そうじゃないんです。いま、ここにオートトラックの記録をもってきたと言ってるんですよ。コンドミニアムの下の入り口にいます。オートロックを開けてください」

だめ。今夜はだめよ。C・Jはドミニクと顔をあわせたくなかった。いまは誰とも話したくない。

「あの、ドミニク、いまはまずいのよ。ほんとなの。明日、もらいにいきます」ゆっくりとワインを飲みくだした。「それとも、メールボックスに入れといてくださいな。二二二に突っ込んでおいてくれれば、あとで取りにいきます」何を馬鹿なことを言っていると思われるのはわかっていた。それでもいい。どう思われてもいい。とにかく、いまは帰ってちょうだい。

長い間があいた。C・Jは外のテーブルの上のもうほとんど空になったマルボロに手を伸ばした。そのとき、ドミニクの声が沈黙を破った。

「いや、それはだめだ。上がっていきます。入れてください」

28

それから三分ほどで入り口のベル、続いてノックの音がした。のぞき穴から確かめると、ドミニクはドア枠によりかかって足元を見ていた。まだ仕事用のドレスシャツにスラックスのまだが、袖をまくりあげてタイを緩め、襟元を開けている。首からは鎖につけたＦＤＬＥの金のバッジが下がり、銃はわき腹のホルスターにおさまっていた。Ｃ・Ｊは警報装置を解除し、鍵を開けて、半分より少しだけ余分にドアを開いた。

ドミニクはにっこり笑いかけたが、へとへとに疲れているのがわかった。すみをホッチキスで留めた白い書類の薄い束を手にもっている。それをドアの隙間から差し入れて振ってみせた。

「わざわざすみません、ドミニク」Ｃ・Ｊは書類を受け取った。「でも、明日でもよかったのよ。こっちから取りにいくのに」入ってとは言わなかった。

「今日、ほしいと言ってたでしょう。だから今日、手に入れた。さっき確かめたが、三時間の余裕だな。まだ九時だから」

「ほんとにありがとう。だけど、どうしてここがわかったの?」自分の住まいがつきとめられたと思うと、いい気はしなかった。住所は誰にも教えていない。検察官という立場があるので、公的な記録にも掲載されていない。

「ぼくは刑事ですよ、でしょう? 調べる仕事で給料をもらっている。いや、ほんとはオフィスに電話したら、マリソルが住所を教えてくれたんで、インターネットで地図を調べたんです」

明日の朝、マリソルをうんととっちめてやる、とC・Jは考えた。

気まずい空気が流れた。ついにドミニクのほうから言いだした。「入らせてもらってもいいかな? 捜索令状のことで話があるんです。どうしても忙しいのならべつですが」ドミニクはC・Jの肩ごしにさりげなくマンションのなかをのぞいた。

あわててC・Jは答えた。あわてすぎたかもしれない。「誰もいないわ」それから気を取り直して、ゆっくりと付け加えた。「ただ、疲れてしまって、頭痛がしたし、それに……」ドミニクの目を見たC・Jは、彼が自分の心のうちを読み取り、推理をめぐらしているのに気づいた。それで、できるだけ自然に微笑み、ふつうの顔をしようとした。「ああ、そうね。ごめんなさい。どうぞ、入って」ドアを開けるとドミニクが入ってきた。二人はちょっと顔を見合わせていたが、C・Jのほうから顔をそらし、キッチンに歩きだした。

「ワインはどう、それともまだ勤務中?」

ドミニクもついてきた。「頭痛じゃないんですか」

「そうなの」C・Jは冷蔵庫をのぞきながら答えた。「頭痛にはワインがいちばんよ。頭が痛かったことも忘れちゃう」

ドミニクは笑った。「それじゃ、ぼくもぜひ一杯もらわなくちゃ。お願いします」彼はマンションを見回した。色彩が豊かで、いい趣味だった。キッチンはさんさんと日光に照らされているような明るい黄色で、椅子の高さのあたりに原色でエキゾチックなフルーツ模様を描いたボーダーが通っている。リビングは深紅で、壁には大胆なアートがいくつか。ドミニクには意外だった。C・Jはいつも真面目一方に見える。住まいは白とグレーでわずかにクリーム色が混じっているくらい、壁には何もかかっていないのじゃないか。そんな気がしていたのだ。

「いいマンションですね。すごく明るくて、楽しそうで」

「ありがとう。わたし、色があふれているのが好きなの。安らげるから」

「ほんとにいいところだ。見晴らしも最高じゃないですか」リビングから小さなバルコニーに出る大きなガラスのスライディング・ドアが開いていた。真下の水路に打ち寄せる波の音が聞こえ、向かいのポンパノ・ビーチの明かりが見える。

「ええ、いいところでしょう。もう五年になるかしら。小さいんだけど。寝室が二つしかないの。でも、どうせわたしとルーシーとティビーだけなんだし。これで充分ね」

「ルーシーとティビー？」

「ほら、あなたのすてきな黒いスラックスに白い毛をこすりつけてるのがティビーよ」まるで合図があったかのように、足元のティビーが長く一声鳴いた。ドミニクが太ったネコの頭をなでてやると、ティビーはかわいがられるのは初めてだとでもいうような、哀れっぽい甘え声をたてた。

「……それから、あれがルーシー。おいで、ベビーちゃん」冷蔵庫が空いたのを嗅ぎつけたルーシーが、ふんふんと鼻を鳴らしながら、かさこそ足音をたててキッチンに入ってきた。C・Jが手を伸ばして頭を軽く叩いてやると、脚をあげて長い耳の後ろをかいた。「もう、耳があんまり聞こえないの。でも、平気よね。そうでしょ、お嬢ちゃん？」C・Jが顔を近づけると、ルーシーは尻尾をぱたぱた振り、うれしそうに小さく吼えた。

「ここはほんとに静かだ。マイアミとはだいぶ違うな」

「静かなのが気に入っているの。どこの大都市もそうだけど、マイアミにも変な事件が多すぎるわ。それを毎日見て、相手にしているでしょう。そのうえ、その街で暮らしたくはないもの。フォート・ローダーデールだけがまともだというわけじゃないけど、でもずっと落ち着いているのは確かだわ。それにこの街では仕事をしなくていいし。ほら、言うでしょ。食事をするところと……」

「人目につきたくない？」

「絶対いや。通勤に車で三十五分かかってもかまわない」

「ぼくはマイアミに長いから。もう血となり肉となってしまってるんだろうな。深夜のキューバ風サンドイッチから二十分以上離れたところでは暮らせない」

「ブロワードとデードの郡境はここからほんの十五分よ。ハリウッドやウェストンにはブラック・ビーンズとライスがあるわ。ただ、ちょっと高いけど」

「そりゃそうだ。そろそろ、ブロワードのFDLE支局に異動願いを出しますかね。そうしたらきっとミニバンの覆面パトカーで、家庭科の授業をさぼった生徒を追いかけるんだろうな」

「まさか、それほどじゃないでしょうけどね。このあたりだって、アイオワ州ボーリングヴィルみたいにはいかないわ。そうだったらいいんだけど。州境あたりでもずいぶんいやな事件が起こっているし。それも、毎年増えている」

「いや、冗談冗談。ブロワード郡にも問題はあるし、それもひどくなっている。変な事件を起こす連中にしたって、裁判所の接近禁止命令に触れないで、しかも保護監察官から半径八〇キロ以内のところに、のさばって暮らせる場所が必要なんだ」ドミニクは言葉を切って、顎鬚をなでた。「だが、ぼくはマイアミが好きなんだろうな。慣れ親しんでるし。なじんだものがいいんです。どっちかって言うと細かいことは気にしないタイプでね」

「そう、それはよかったわね」C・Jは穏やかに答えた。

それからしばらくはどちらも何も言わずに、ワインをちびちびと飲んだ。C・Jは憔悴《しょうすい》して見えた。髪は後ろでまとめてとめてあるが、少し日焼けした顔を後《おく》れ毛が縁取っている。メガネははずしていた。めずらしい、とドミニクは思った。化粧をしていなくても、C・Jはきれいだった。とてもきれいだ。多くの女性がもちあわせていない自然な美しさがある。こんなに美人なのに、いつもそれを隠そうとしているらしいのが不思議だった。だが刑事司法の世界にはどうしても男社会という面があって、とくに南部はその傾向が強く、それはマイアミのような大都会でも変わらなかった。いまだに好戦的な男性判事や警官、弁護士がうじゃうじゃいる。この街でFDLEの刑事として過ごした十三年に、ドミニクは大勢の女性が法廷で敬意を獲得しよう、仲間や判事に一人前に扱ってもらおうと苦労するのを見てきた。そしてC・Jはいつも一目置かれていた。例外なく、どこでもだ。たぶん検事局のなかでもいちばん尊敬されている検察官だろう。ちょっとずれたボスのティグラー地方検事よりも評価は高いかもしれない。キッチンの椅子にグレーのジャケットがかけてあるのを見たドミニクは、彼女がまだ着替えていないのに気づいた。

「今日は早退したと思っていたが」

「ええ、そうよ。どうして?」

「まだ、スーツのままじゃないですか」

「ああ、うちで仕事をしていたの。着替える暇がなくて」C・Jは話題を換えた。「捜索はどう? 何か、見つかった?」ふと目を落とすと、ドミニクはテーブルの下でティビーとルーシーの両方をなでてやっていた。

「ええ、いろいろ見つかりましたよ。マニーが知らせてこなかったなんて、おかしいな」

「ポケットベルが鳴ったので、電話をしてメッセージを残したんだけど。そのあとは電話がないわね。もう二時間ぐらい前かしら」

「そうですか。捜索が終わったのは四十五分くらい前だからな。ぼくはまっすぐこっちに来たんです。今日の午後、家の裏の小屋で血痕が見つかりましたよ。そう多くはない。三滴くらいですが、それで充分だ。暫定検査の結果が一時間前に出たが、人間の血でした。DNA鑑定をやってプラドのと一致するか調べます。結果が出るには数週間かかるだろうな。

それから、凶器らしいものも発見されました。バントリングは小屋で動物を裂いて詰め物をするのが好きだったらしい——ほら、なんて言いましたっけ?」

「剝製《はくせい》ね」

「そうそう。小屋の垂木から鳥がぶら下がってましたよ。やつは種類の違うメスを六本くらいもってたんです。一本にどうも血らしいものが付着していました。ニールソンがナイフの切り口の専門家を呼んで、そのメスと被害者たちの胸の傷口が一致するかどうか調べるはずです。腐敗がさほど進んでなかった被害者だけですが——それから皮膚の断片も合致するかどうか調べられるし」

C・Jは身震いした。今夜は話題が切実すぎて、いつまで話を続けられるか自信がない。

「全部箱に詰めて、研究所と検死官のところに送りました。あとは結果を待つだけだな。家のなかのルミノール反応も調べましたが、無駄だった。家のなかには血痕はいっさいなしです」

「その小屋のほうはどうなの?」

「蛍の大群みたいにぴかぴか光りましたよ。掃除しようとしたが、壁の下のほうに跳ねた血は見落としたらしい。しかし、どこもかしこも血の痕だらけだった。天井まで光りました。飛び散り具合から見て、プラドは小屋にあったストレッチャーに寝かされているときに殺されたんでしょう。動脈を切断されて、イエローストーンの間歇泉《かんけつせん》みたいに血が噴き上げたんだろうな。タラハシーのFDLEの血しぶきのプロ、レスリー・ビキンズを呼んだんで、明日来て見てくれることになってます。もちろん、問題はやつが小屋で動物の死体も切り裂いて詰め物をしていたってことで、どの血が誰のものかを見分けられるかどうかが鍵ですね」

「ほかには？」

「そう、ニューヨークの医者がバントリングに処方したハロペリドールを見つけました。ハルドールというほうがわかりがいいかな——抗精神薬です。譫妄《せんもう》の治療に使う。バントリングには明らかに精神病の過去があるってことです。

それから自家製のサドマゾ・ポルノのビデオテープをトランクにいっぱい、もってましたよ。女性はいろいろだが、何人かはすごく若い。事件の被害者の年齢です。まだ見終わってはいないんですが。なにしろ、百本を超えてる。タイトルから考えるに、ほとんどはブロンドらしい」

C・Jの顔から血の気が引いた。

「だいじょうぶですか？　今朝、法廷にいたときのようだ！」ドミニクはテーブルごしに手を伸ばして、C・Jの腕に触れた。C・Jは指が白くなるほど力を込めてワイングラスの柄を握りしめている。昼間と同じようにドミニクの目に心配そうな色が浮かんだ。「どうしたんです、C・J？　何があるんですか？　ぼくで力になれるなら」

「ううん、だいじょうぶ。少し体調がよくないの。それだけよ」言葉は途切れがちで、そらぞらしく響いた。もう、話をきりあげたほうがいい。いますぐ終わらせないと、今夜は完全に自制心を失ってしまう。C・Jは手を触れているドミニクから逃げるように立ち上がった。触れられていた手を引き抜いたものの、彼の目が見られず、テーブルに視線を落とした。「それから、わざわざ届けてくれてありがとう。そこまでしてくれなくてもよかったのに」

ドミニクも立ち上がり、先に立ったC・Jについて入り口のドアへ向かった。ドアには四種類の違った鍵がとりつけられていた。そのうえ壁には厳重な警備システム。彼女は何を締め出そうとしているんだ。ヨットやパーティ・ボートが行き交うフォート・ローダーデール郊外の静かなしゃれた高層マンションに住みながら。

C・Jがドアを開けると、ルーシーが飛び出そうとした。「だめよ、ルーシー。いけません。今夜はもうお散歩はすんだでしょ」

振り返ったC・Jがドミニクを見上げた。そのエメラルド色の瞳に浮かぶ不安をドミニクははっきりと読み取った。「もう一度、お礼を言うわ。ドミニク」C・Jは静かに言った。「明日、また会う機会があるでしょうね。ニールソンと話したら、電話をください。わたしも行って、向こうで会うかもしれない。それから、ごめんなさい……なんだか上の空だったわね、ただ、わたし――」

ドミニクはドアのノブを握ったC・Jの手に手を重ね、しっかりと包んだ。彼の顔がすぐそばにある。温かい息が頬に触れる。その息はペパーミントとシャルドネをあわせたように甘くさわやかだった。まなざしは真剣で、同時にやさしい。彼はC・Jの目を見つめた。

「何も言わないで」ドミニクは囁いた。「何も言わないで。じゃないと、こうできなくなる」

唇がC・Jの頰に触れた。それから柔かく静かに動いて唇に向かった。顎鬚がC・Jの顔や顎にざらざらとあたった。自分でも驚いたことに、C・Jも唇をかすかに開いて、彼の唇を待ち受けていた。キスしてほしかった。彼の甘いペパーミントの舌を味わいたかった。

ついに唇が重なり、C・Jは小さく身震いした。ドミニクの唇は穏やかに動き、舌が彼女の舌をさぐる。触れ合った二人の身体はドアに押しつけられて、服を通して互いの熱い体温が伝わった。C・Jは腿に硬くなったドミニクのものを感じた。後ろ手にドアのノブを握った手は、彼の手に包まれたままだ。その手をはずして、彼はC・Jの腕をなであげていき、シルクのブラウスごしに肩を軽くもんでから、脇、そして腰のくびれへとそっと手を滑らせた。そのまま背中へまわった温かな掌がとまる。もう一方の手で彼女の顔を包んで頰に触れた。彼の親指はびっくりするほどなめらかでやさしかった。唇はさっきから重なったまま。キスはますます激しく、情熱的になった。彼の舌が深く差し入れられ、頑丈な胸板が彼女の胸を圧迫する。彼の動悸が感じられるほどだった。

このときはC・Jは逃げなかった。それどころかおずおずと彼の首に手をまわし、首筋の短くてこわい髪の毛の感触を意識しながら、彼を引き寄せていた。彼の背中に触れた手はドレスシャツの上から筋肉の輪郭をたどっている。長いあいだ埋もれて朽ちるままにされていた感情が一気に高まり、彼女は完全に我を忘れた。

彼女の頰にいつのまにか熱い涙が流れ落ちているのを、ドミニクは自分の頰で感じた。彼はふいにキスを中断して身体を離した。Ｃ・Ｊはうつむいた。ついこんな自分を見せたことが恥ずかしかった。今夜、こんなことになってはいけなかったのに。そのとき、ドミニクのごつごつとして温かい手が彼女の顔をはさんだ。顎をつままれて見上げた彼の目には、また心配そうな色が浮かんでいた。彼女の心を読み取ったかのように、彼は静かに囁いた。「ぼくはあなたを傷つけはしない、Ｃ・Ｊ。絶対に」それから彼はＣ・Ｊの頰を流れる二つの涙の川を唇でそっとぬぐった。「急ぐことはない。時間をかけよう。ゆっくりと」

ドミニクはもう一度唇にやさしく口付けした。Ｃ・Ｊは彼の腕のなかでここなら安全だという気がした。ほんとうに長いあいだ感じたことのない安心感だった。

29

翌朝七時、C・Jはコーヒーを手にデスクに向かい、ほんの半日留守にしただけなのに溜まりに溜まった書類をめくっていた。甘いおやすみのキスを交わしたにもかかわらず、昨夜もやっぱり夢を見ずにはすまなかった――恐ろしい血まみれの夢だ。道化師のマスクはもうなかった――代わりに彫りの深いハンサムなウィリアム・ルーパート・バントリングの笑顔があった。彼女を嘲笑しているのはバントリングの顔で、皮膚をリボンのように切り裂くのはロレックスをはめたバントリングの手だった。ついにはそれが夢だったのか、それともぜんぜん眠ってなんかいなくて、あれは深夜またも頭のなかに甦ってきた記憶のなかのむごたらしいイメージだったのか、区別がつかなくなった。ただ一つ確かなのは、やっと目を開いたときには、もう二度と眠ろうとする気になれなかったことだ。午前四時、彼女はバルコニーに出て、ベッドから持ち出した薄いシーツにくるまって腰を下ろし、フォート・ローダーデールとポンパノ・ビーチに昇る朝日を見ていた。

昨夜ドミニクが帰ったあと、Ｃ・Ｊは考えようとした。何ができるか、キューピッド事件をどうすればいいのか、考えようとした。ティグラーに自分も当事者であることを話すべきか、それとも説明なしに黙って事件をほかの検察官に引き渡すべきか。たぶん実際には不可能だと思われる決定的な回答が一つ、何度も何度も浮かんでは消えた。このまま何も言わずに進める、ということだ。

地方検事に話せば地方検事局全体が利益相反ということで事件から下りなければならなくなり、事件は他の巡回区の地方検事局に移って、新しい検察官が担当することになるだろう。それはまずかった――とくにこの事件は非常に複雑だったし、マイアミを中心に起こっている。他の地方検事局は第十一地方検事局ほど経験を積んでいない。検察官たちも同じだ。全部で三、四人しか検察官がいない検事局もあるし、管轄区域内で連続殺人など起こったことがないところもある。そういう古いフロリダの巡回区のなかでは、マイアミは鬼門になっていた。巡回区のなかの厄介者で、誰も行きたがらず、ましてそんなところの事件を扱うなどまっぴらだ、というわけだ。

いっぽう、Ｃ・Ｊは連続殺人事件の一つ一つに詳しかった。すべての現場に行っていたし、すべての死体を見ていたし、すべての被害者の親や友人、恋人に会っていたし、どの事件でも監察医と話したし、すべての捜索令状を書いた。一年前からこの連続殺人事件とともに暮らし、呼吸し、働いてきたのだ。自分ほど事件に詳しい者は誰もいない。誰も自分ほど詳しくなれないだろうとＣ・Ｊは思った。

事情を言わずに検事局の他の重大犯罪担当検察官に事件を任せるにしても、新しい検察官では彼女ほどすべての殺人に通じるのには時間がかかるという難点があった。それに、どうしてこの事件から下りるのかという説明ができない。なぜまた、検察官というキャリアにとっては千載一遇の事件を手放すのか？　どんな検察官でも一度手がけられるものなら手がけてみたいと思う事件なのに。事件から下りれば、答えたくない質問を浴びせられることになる。それは困る、絶対に。

あともう一つだけ、しばらくはこのまま何も言わないでおくという手がある。ニューヨークのあの犯人はバントリングだったと一点の曇りもなく証明できるまでは何も言わずにおく。あれが彼だったと完璧に確信がもてるまでは。それでも、ニューヨークの未解決事件班のマクミランとは話してみなくてはならない。万に一つの偶然で、彼女が刑事にかけていた毎日の電話をやめてからの十年に、誰かがあの事件を洗い直しているかもしれない。シーツやピンクのパジャマ、パンティ、レイプに使われた品物などをもう一度検査して、それまで見つからなかった体液を発見しているかもしれない。もしそんなことがあれば、DNA鑑定でバントリングを起訴できたかもしれない。もしかしたら、もしかしたら、もしかしたら、だが。

すぐにも問い合わせたいのはやまやまだったが、それがどんな意味をもつか確信がもてなかった。とにかくバントリングを裁きの場に引き出してやりたい。C・Jはため息をついて、窓の外の十三番アヴェニューを眺めた。まだ九時になるかならないかだというのに、ホットドッグやソーダを売るパラソル付きのカートが出ていた。新鮮なマンゴーやパパイヤ、バナナ、パイナップルが赤と白の縞模様のパラソルからぶら下がっているカートもあって、店主はラテンのリズムにあわせて体を揺すりながら、店開きの準備をしている。

昨夜もC・Jはバルコニーに座って、いまのようにあれかこれかと数え切れないほど思いめぐらしていた。もちろんドミニクのことも考えた。よりによっていまなんて。恋だの愛だのと言っていられる時期ではないのに。だが起こったことは起こったことだし、わたしは拒否しなかった。C・Jはぼんやりと唇に指を触れて、ドミニクの唇の感触を思い浮かべた。いまでも甘いペパーミントの香りがするような、心配そうな彼の深いまなざしが見えるような気がする。彼はドアのそばでさりげなく背中に手をまわしてC・Jを抱いた。その温かな息遣いを耳に受けて感じた安心感、守られているという思い。たとえほんの五分のことだとしても、彼女にとっては驚くべき体験だった。

C・Jは長いあいだ男性とつきあっていなかった。二カ月ほど軽いデートを重ねていたデイヴという名の株式仲買人と、酔いにまかせて行くところまで行ったのが最後だ。愉快で感じのいい人だと思っていたのに、ぱったりと電話がかからなくなった。それが偶然かどうか、ついに男女の関係になったあとのことで、どうしてとつぜん終わりになったのかと聞いたとき、デイヴは「きみには何かいろいろありそうだから」とだけ答えた。それももう数年前の話だし、C・Jは振り返るつもりはなかった。男性と親しくなるのは怖い。いろいろな問題が頭をもたげ、あまりにも多くの傷口が開いてしまう。だからデートをしたことくらいはあるが、真剣になったことはないし、まして深いつきあいをした男性は一人もいない。食事をしてキスをする。それくらいだ。

だが昨夜は違ったし、ドミニクは違っていた。

ただのキスだけ、それ以上のことはなく、もう帰ってと言ったとき、彼はすなおに立ち去った。だがC・Jは、彼の言葉や話し方について考えずにはいられなかった。彼の話しぶりはとても真面目だったし、もう一度あの安心感を感じたかった。たとえほんの五分でも。だがドミニクは事件に深くかかわりすぎているから、真実を告げるわけにはいかない。ほんとうのことを言わないで、どこまで真剣なつきあいができるだろう。真実を隠すためにどれだけのごまかしや嘘を言わなくてはならないか。それに真実を話すことができるとしても、男性にあの夜のことを話すなんてできるだろうか。寝室で明かりをつけたとき、自分の身体がいまのようになった理由を話せるだろうか？

デスクの上には大量のピンク色の伝言メモが積み上げられていた。電話をかけてきた全国の新聞やテレビ局のほとんどに、地方検事局広報官から連絡をしてもらわなくてはならない。メモのいちばん上に、マリソルがでかでかと書きなぐっていた。「これで三回目！　どうして、連絡をしないんですか?!!」

デスクに置かれた木製の受信ボックスはあふれかけていた。キューピッド事件のほかにも担当の殺人事件が九件あり、そのうち二件はこれから二カ月以内に公判が予定されている。それに来週には重要な訴え却下申し立ての審議があるし、これから二週間のうちにすませなければならない証言録取や近親者との面接もある。どれもキューピッド事件が進展したからといってなおざりにできるものではない。なんとか全部をさばきつつ、取りこぼしがないようにと祈るほかはない。

C・Jは三ページあるピンク色をしたバントリングの逮捕状の最後のページを見つめた。約二十五人、すべて警察官の氏名が並んでいる。名前のイニシャル、苗字、所属部局、身分証明バッジの番号。証人たちだ。最初にバントリングを捕まえた警官、現場に最初に到着した警官たち、K9ユニット、トランクを調べてアンナ・プラドの死体を発見した警官たち、捜査官。特別捜査官D・ファルコネッティ、FDLE、〇二七七番。

バントリングは逮捕の日から二十一日以内に第一級殺人で大陪審にかけなければならない。そのためにC・Jはすべての証人と面接して調書をとり、ティグラーの主任検事補マーティン・ヤーズが大陪審に申し立てできるように書面を準備する。検事局のなかで大陪審への申し立てができる検察官はヤーズだけだ。その後バントリングの起訴も、ヤーズが主任検事補として、ドミニク・ファルコネッティの証言を得て行うことになるだろう。大陪審は水曜日にしか開かれない。今日はもう水曜日だから、可能性のある水曜日は二度しかない。それまでに大陪審への申し立ての準備ができないなら、少なくとも二十一日以内に第二級殺人で検察官起訴状を提出しておく必要がある。その後にヤーズが大陪審に訴追申し立てをして認められれば、第一級殺人で起訴ということになる。その場合でも、殺人罪による起訴の根拠となる事実を提示するために、必要な証人すべての宣誓供述書をとらなければならない。どちらにしても二十一日が鍵なのだが、二十一日は決して長くはない。

チクタク、チクタク、時は容赦なく刻まれていく。

C・Jはダンキン・ドーナツのコーヒーの残りを飲みほし、指でこめかみをもんだ。頭がまたずきずき痛む。今後、事件処理をどう進めるべきかを決断しなければならなかった。あるいは、自分が処理するのかどうかを。時間は差し迫っていて、数日「考えてみよう」というわけにはいかない。関係の警察官を全員呼び出して取調べをしなければならず、それだけでも数日はかかる。

腕時計を見るとすでに九時半だった。C・Jはハンドバッグとサングラスを取り上げて急いで部屋を出て、秘書室とふくれっつらのマリソル——今日は全身を紫色のぴちぴちの化繊で包んでいる——の前を通り過ぎた。

どちらにしても決断しなくては、とC・Jは考えた。

ただし、戻ってからだ。

30

マイアミでも富裕な人々が住む郊外住宅地コーラル・ゲーブルズのアルメリア・ストリートにあるこぢんまりした二階建ての家は愛らしかった。建築後六十年か七十年はたっている古風なスペイン風の真四角の家で、金茶色の漆喰《しっくい》を塗り、屋根はオレンジ色のSタイプのバレル・タイルを葺いてある。どの窓敷居からもテラコッタの植木鉢がぶら下がっていて、明るい白や赤や黄色の美しい花があふれんばかりに咲き乱れ、花壇に縁取られたレンガ敷きの道を入っていくと、鍛鉄のハンドルがついたアーチ型の茶色のオークの扉に行き着く。精神科医のオフィスにはとても見えない。ドアの横、テラコッタの郵便受けのすぐ上に小さな看板が下がっている。看板にはグレゴリー・チェンバース医学博士と記されていた。

C・Jはドアを開けてなかに入った。待合室はメキシコ・タイル張りで、明るいクリーム色と薄いブルーに仕上げられていた。静かな落ち着いた色だ。部屋の四隅で大きなヤシの木が葉を広げ、贅沢な革張りの椅子が二方の壁に沿って置いてある。超特大のマホガニーのテーブルにはありとあらゆる種類の雑誌が広げてあって、バックグラウンド・ミュージックはサラ・ブライトマンが歌うシューベルトの〈アヴェ・マリア〉。これも静かで落ち着いた音楽だ。すてきなドクターを訪れた金持ちの精神病患者をあまり興奮させないための配慮が行き届いている。

秘書のエステル・リベロは、健康な人間と〝助力を必要とする〟人間を分ける薄いクリーム色の壁の向こうに座っていた。小さなガラス窓を通して、秋の朝日のようなエステルの赤毛のてっぺんが見える。たぶん頭より七センチは高くふくらませてあるはずだ。

待合室には誰もいなかった。C・Jは受付の窓の外側に置いてある金属のベルを軽く叩いた。軽快なベルの音が響き、エステルがスライド式のガラス窓を開けて、真っ赤な唇で微笑んだ。

「おはようございます、ミズ・タウンゼンド！　お具合はいかがですか？」

そういう質問は、先生のいないところでスタッフがしてはいけないんじゃないかしら。

「おかげさまで、エステル。あなたはお元気？」

エステルは立ち上がった。髪は見えなくなったが、まだ顎が窓口から見えている。身長が一五五センチ足らずなのだ。

「お元気そうですね、ミズ・タウンゼンド。昨夜のニュースで見ましたよ。あの犯人、頭がおかしいんだわ、そうですよね？　かわいそうな被害者に、何をしたのかしらねえ？」エステルは首を振った。

あなたには思いも及ばないことよ、エステル。あなたには思いも及ばないことだわ。

「そう、確かにね」C・Jが足を踏みかえると、メキシコ・タイルにヒールがかたかたと鳴った。エステルは爪を二、三センチも伸ばして明るい色に塗った皺深い両手で頬を挟み、首を振り続けた。十本の指のそれぞれに金色のファッションリングがはまっている。「ほんとに恐ろしい。あんな美人を。ほんとに美人ばっかりだったのに。でも、犯人はすごくふつうに見えたわ。ハンサムだし、まともな人間みたいでしたよね。まったく、人間ってわからないものですねえ」エステルは身を乗り出して声をひそめた。「犯人を放り込んでくださいね、ミズ・タウンゼンド。もう、これ以上女性を傷つけたりできないところへ」

あいつがこれから行くところでは、殺人犯のリジー・ボーデンはべつとして、女性はもう心配しなくてよくなるわよ。

「ベストを尽くすわ、エステル。チェンバース先生はいらっしゃる?」

エステルはあわてて顔になった。「あ、はい、はい。お待ちです。どうぞ、お入りください」

ドアが開けられて、〝助力を必要とする〟人間は健康な人々の世界に踏み込んだ。廊下のつきあたりにあるグレゴリー・チェンバースのオフィスは開いていて、大きなマホガニーのデスクに向かっている医師の姿が見えた。医師は顔をあげ、軽くヒールの音をさせて近づいていくC・Jに微笑みかけた。

「C・J! いらっしゃい。さあさあ、どうぞ」

オフィスは明るい空色に塗ってあった。床から天井までの高さの二つの丸窓の上部は、ブルーと黄色の花模様のカーテンレール覆いで飾られている。木製のブラインドごしに日光が柔かく射し込み、バーバー・カーペットとブルーの革製ウィングチェアにきれいな縞模様ができていた。

「こんにちは、チェンバース先生。オフィスを模様替えなさったんですね、すてきだわ」ドアを入ったところでC・Jは立ち止まった。

「ありがとう。もう三カ月になるかな。久しぶりでしたね、C・J」

「ええ、そうですね。忙しかったものですから」

短い間があって、医師は立ち上がり、大きな机の向こうから出てきた。「さあ、お入りなさい」そう言って彼はC・Jの背後のドアを閉めた。「どうぞ、かけてください」

医師はウィングチェアの一つを指し、自分も向かい合って座ると、膝に肘をついて前かがみになり、両手を組み合わせた。じつに気さくなさりげない姿勢だった。どの患者に対してもこうなのか、それとも長年のかかりつけである自分だけが特別なのか、C・Jにはわかりかねた。グレッグ・チェンバース医師の顔を見ていると、自分の問題がたいしたものではなくて、すぐに解決できるような気がしてくる。

「キューピッド事件の容疑者が逮捕されましたね。昨夜十一時のニュースで見ましたよ。おめでとう、C・J」

「ありがとうございます。まだ、これからが大変なんですけれど」

「それであの男が真犯人なんですかね？」

C・Jは座りなおして脚を組んだ。「そのようです。トランクにアンナ・プラドの死体があっただけでは決め手にならないとしても、昨夜の家宅捜索の結果から見ると、疑いの余地はなさそうですから」

「そうなんですか？　そりゃあ幸運だったな」医師の青い目が探るようにC・Jを見た。「確かにあの事件はストレスが大きいでしょうな。マスコミの関心やなんかで」なんかで、と言ったとき、医師は問いかけるように軽く語尾を上げた。話の糸口をつけてくれているのがC・Jにはよくわかった。

彼女はうなずき、膝を見つめた。この前この椅子に座ってから数カ月がたつ。長年カウンセリングに通い続けたあげく、ほんとうに効果があったのかどうか、ひよこは飛べるようになったのか、自分は一人でもやっていけるのか、繰り返し甦ってきては自分を過去に引き戻そうとする記憶を置き去りにして前進できるのか、そろそろ確かめるべきだと思ったのだ。それで仕事が忙しいとか時間がないという口実をつくって、一週間おきの予約をしばしばキャンセルし、この春からはまったく来なかった。ところがいままた助けを求めて医師の扉をノックしている。

「あなたはあの事件を検事局の誰かと共同で担当することになるのかな？」まるできちんと食事をしているか、睡眠は足りているかと心配する父親のような言い方だった。

「いいえ。いまのところはわたし一人です。ジェリー・ティグラーが誰かを任命すればべつですけれど」

「捜査責任者は誰？　ドミニク・ファルコネッティ？」

「ええ。それに市警のマニー・アルヴァレスです」

「マニーなら知ってます。優秀な刑事だ。二年ほど前にリバティ・シティの四重殺人事件で一緒に仕事をしました。それにファルコネッティ捜査官とは、確か去年オーランドで開かれた鑑識会議で会ったんじゃないかな」

グレッグ・チェンバースの黒い髪には白いものが交じっていたが、明るくつやつやした白髪はやさしげな青い目とよくあって、どちらかというと平凡な顔立ちにむしろ威厳を添えていた。避けようのない時の歩みが額や目じりの小皺を広げているが、それも貫禄になっている。十代や二十代よりは四十代も後半になってからのほうがハンサムに見えるタイプだろうと、C・Jは思った。それから昨日鏡で見た自分の疲れた顔の皺を思い出した。男性は女性よりもずっとうまく年を取る。まったく不公平だ。

「じつはあなたのことをかなり心配していたんですよ、C・J。昨夜の電話の声はただごとじゃなかった。何があったんです？」

C・Jはまた脚をもそもそさせ、組み替えた。口がからからになっている。「ええ、キューピッド事件のことなんです」

「なるほど。専門的助言が必要ですか？」

問題はそこだった。過去十年、出たり入ったりしながら個人的にカウンセリングを受けてきたという以外に、グレゴリー・チェンバースは専門家としての同僚でもあった。チェンバースは精神鑑定医として、暴力犯罪の捜査でしょっちゅう地方検事局や警察に協力している。込み入った殺人事件や家庭内暴力事件など、要するに陪審員に説明すべき核心は、なぜ？ ということだけというような裁判で、彼は何十回も検察側証人として証言してきた。なぜ、人はそのような悪事をしでかすのか？ 患者が話しやすい精神科医は、素人にわかりやすい話をする専門家でもあった。穏やかな表情と気軽な笑顔、それに立派な資格の数々を備えたグレゴリー・チェンバースは、素人には不可解な専門用語を説明する。成人があどけない子どもを性的に陵《りょう》辱《じょく》するのは幼児性愛者だからで、ボーイフレンドがAK47sを構えてガールフレンドを追いまわすのは精神病質者だからで、母親が子どもを殺すのは両極性障害だからで、十代の子どもが級友を平然と射殺するのは境界性人格障害だからである。

チェンバースの診断はつねにズバリと核心を衝いていた。警察は彼を信頼し、尊敬した。患者たちと同じように。もちろん、だからこそ高級住宅地のコーラル・ゲーブルズで開業して、一時間三〇〇ドルの料金をとることができるのだ。金持ちなら精神科の患者にもなれる。幸いC・Jは司法関係者用の割引が受けられた。チェンバースはC・Jの事件で証言したことはなかった。C・Jはいつも慎重に線を引き、法廷で利益相反が起こるようなことは避けてきた。だが司法関係の会議やセミナーで並んで講演をしたこともあるし、オフレコで事件について専門的な意見を聞いたこともある。そういうときのチェンバースは同僚で友人だ。そんなときはグレッグと呼んできたっけ、とC・Jは思い出した。

だが今日は、チェンバース先生だ。

「いいえ、専門的助言をうかがいに来たのじゃないんです。それなら午後九時にお電話したりしません」

「それはありがたいが、そういう配慮をしない人たちもいますよ、C・J。ジャック・レスターなんか、午前一時に電話をかけてきたこともありました」医師は寛容な笑みを浮かべた。

「わたしのほうもぜんぜんかまわないんですよ」

ジャック・レスターというのは重大犯罪担当検察官の一人で、C・Jは彼が嫌いだった。

「ジャック・レスターはほんとに厚かましくて頭《ず》が高いんですよ。電話を切ってしまえばよかったのに。わたしならそうしてやるわ」

医師は笑った。「ようし、覚えておこう。必ずまたかかってくるでしょうからね」それからまた真面目な表情になった。「専門家としての意見を聞きたいのではない、とすると……」語尾が上がって疑問符となって消えた。

C・Jはまた座ったままもそもそした。頭のなかで、秒針がカチカチと回っている。ようやく口を切ったときは、囁くようなかすれ声になっていた。「わたしがどうしてカウンセリングを受けるようになったか、ご存じですね。なぜ、わたしがここへ患者として来たのか……」

医師はうなずいた。「あの悪夢ですか？　また、始まった？」

「いいえ、今度は悪夢よりももっと悪いことだわ」C・Jは絶望的なおももちで部屋を見回し、それから両手で髪をくしゃくしゃにした。ああ、タバコが吸いたい。

医師は顔をしかめた。「というと？」

「戻ってきたんです、あいつが」囁く声が震えた。「今度は生身なんです。ウィリアム・バントリング、あいつなんです。キューピッドだったんです！　あいつが犯人だったの！」

チェンバース医師はC・Jが何を言っているのかわかりかねるというように首を振った。

C・Jも首を振った。長いこと必死にこらえていた涙があふれて、滝のように頰を伝った。

「わたしの言うこと、おわかりになりますか？　キューピッドが犯人だった！　あいつがわたしをレイプしたんです！　あいつが道化師なんです！」

31

　チェンバース医師は身体をこわばらせたが、それから長くゆっくりと息を吐き出し、静かな声で「どうしてそう思ったのですか、C・J?」とだけ尋ねた。精神科医の彼はまわりくどい聞き方はしない。

「法廷で聞いた声です。カッツ判事に向かって叫びだしたとたんに、気づきました」C・Jはこみあげるすすり泣きを抑えようとした。医師はデスクに手を伸ばして、ティッシュを箱ごとつかんだ。

「さあ、ティッシュです」彼はウィングチェアに深く座りなおし、片手で口から顎を大きくおおった。「確かですか、C・J?」

「ええ、間違いありません。十二年も頭のなかに響き続けていた声です。聞き間違えるはずはないわ。それに傷跡も見えました」

「腕の?」

「そうです。手首のすぐ上に。法廷でルアド・ルビオを引っ張ったときです」C・Jはやっと医師を直視した。涙に濡れた目には絶望が浮かんでいた。「彼です。それはわかっているんです。わからないのは、自分がどうすべきかなんです」

チェンバース医師は長いこと、考えていた。C・Jはそのあいだに自分を取り戻そうとした。やがて医師が言った。「もし彼が犯人なら、ある意味ではいいニュースですね。犯人が何者で、いまどこにいるかがわかるわけだ。これでやっと、すべてに終止符を打つことができるでしょう。長くかかりましたがね。ニューヨークでの裁判は大変だろうが、しかし――」

C・Jはそこで割って入った。「ニューヨークでは裁判はありません」

「しかし、C・J、十二年も辛い思いをしてきたのに、犯人を有罪に追い込むための証言をしないというつもりですか？　あなたが恥じることは何もないんですよ。もう逃げ隠れする理由はないんだ。あなた自身、検察官としてためらう証人を説得して証人席に――」

C・Jは首を振った。「証言できるものなら、しますとも。喜んで。一瞬だって躊躇《ちゅうちょ》なんかしません。でも、裁判はないんです。出訴期限が切れているから――七年前でした――起訴はできません。これで、わかっていただけました？　彼を裁くことはできない。わたしをレイプし、殺そうとし……切り刻んだ罪で裁くことはできないんです」C・Jは両腕を組んで肘を掌で包み、下腹部を守るように身体をまるめた。「彼を裁くことはできないのです。どうしても」

チェンバース医師は黙って座っていたが、やがて肘をついた手でおおったままの口からゆっくりと息を押し出した。

「C・J、それは確かですか？　ニューヨークと連絡をとりましたか？」

「事件当時の刑事は引退したり死亡したりしていて、もういませんでした。事件は未解決事件班の担当になっています。被疑者なし、逮捕者もありませんでした」

「それじゃ、行き止まりだとどうしてわかりました？」

「クイーンズ郡地方検事局に連絡して、犯罪人引渡し班の担当者と話しました。検察官にそう言われたのです。出訴期限のことは考えておくべきだったのですが……そこまで考えませんでした。ついに犯人が見つかったのに、自分にはどうしようもないなんて、思いもよらなかった。まさか、こんなことになるなんて」再び涙があふれた。

　部屋はまたしんと静まり返った。通いはじめて十年になるが、チェンバース医師に言葉がないというのはこれが初めてだった。ついに医師は低い声で言った。「なんとかしましょう、C・J。きっと何か方法がありますよ。ところで、いまはどうしたいですか？」

「問題はそれなんです。わたし、わからないんです。何をしたいのでしょう？　あいつを思い切り懲《こ》らしめたい。処刑室に送ってやりたい。わたしのためだけじゃありません。他の十一人の女性たち、それからきっとほかにもいるに違いない数え切れない被害者のためです。わたしがこの手で極刑にしてやりたい。それは間違ってますか？」

「いや」チェンバース医師は静かに答えた。「間違ってはいません。そう感じるのは無理もない。当然です」

「できるならニューヨークに送ってやりたかった。あいつがいかに下劣なろくでなしかを全世界に知らせて、向こうで地獄へ突き落としてやりたかった。まっすぐにあいつの顔を見て言ってやったのに。『くそったれ、ろくでなし！　わたしはおまえになんか負けなかった！　これから二十年を一緒に過ごす刑務所仲間によろしく。おまえがこれから顔をあわせるのはその連中だけなんだから！』」C・Jは顔をあげ、目でチェンバース医師の答えを求めた。「でも、それができないんです。十二年も待ったのに。復讐すらできない。そのチャンスすら、わたしは奪われてしまったんです……」

「しかし、こちらの事件があるでしょう、C・J。彼はこちらの連続殺人で死刑になる、そうじゃありませんか？　こちらの事件で無実になって釈放されるなんてことは、まずありえないと思いますが」

「ええ。だけど、それがわたしの悩みの種なのです。わたしが彼を訴追することはできない、それはわかっていますけれど、でもティグラーに話せば、検事局全体が利益相反に陥り、オカラかどっかの、ロースクールを三年前に出たばかりで、目下最初の殺人事件を追いかけているなんていう新人に、事件を託さなければならなくなります。そうなれば、またもなんらかの理由ですべてがだいなしになり、あいつが平然と大手を振って出ていくのを、横から見ていなければならないかもしれません！」

心配しないで。鋭意、捜査を進めていますからね。まもなく容疑者がつかまると期待していますす。ご協力いただいて感謝していますよ。

「何か解決策があるんじゃありませんか。ティグラーは第十七区か第十五区の検察官に事件を任せられるんじゃないかな」第十七区はブロワード郡、第十五区はパーム・ビーチだった。

「ティグラーには発言権はありません。出たとこ勝負で任せるしかないんです。そんなのはいやです。できません。連続殺人事件がどれほど複雑なものか、ご存じですよね。死体が十もあって、自白も目撃証言もないなんて事件はとくにそうです。しかも、いまのところ一つの事件で逮捕しただけです。ほかの九つの殺人では訴追すらされていません。間違いを犯すのは簡単なんです。簡単すぎるほど簡単です」

「それはわかりますが、わたしはあなたが心配なんだ。とても心配なんですよ。あなたが強い女性であるのはわかっています。たぶん、わたしが会ったなかでいちばん強いかもしれない。しかし、どんなにしっかりした女性でどれほど断固たる決意をもっていても、自分に残虐な暴行を加えた人間を訴追するのは辛すぎる。だが、要するにあなたはこの事件を手放したくない。そうなんでしょう」

「ええ、そうかもしれません。もっと有効な解決策が見つかるまでは。これならだいじょうぶと思えるまでは」

「検事局のほかの検察官に任せるのはどうですか？　ローズ・ハリスは？　彼女は優秀ですよ。それにＤＮＡ鑑定や専門家証人の扱いも非常にうまい」

「でも、誰かに任せたいなんて言ったら大騒ぎになるに決まっています、そうでしょう？　とくに、こんな大詰めにきているときですよ、そうじゃありませんか？　わたしがこの事件にどれほど熱心になっていたかは誰でも知っています――もう一年も取り組んできたんですもの！腐乱し膨張した死体も全部見ましたし、全部の事件の遺族に会いましたし、解剖写真も全部見ましたし、監察医報告も全部読みましたし、事実上、全部の書面を書いたのもわたしです。この事件は熟知しているんです。それがとつぜん検事局と報道陣に、この事件はやりたくないなんて言えますか？　死期の迫った病気と診断されたのでもない限り、わたしがこの事件を手放したがらないのは誰だって知っています。いいえ、病気になったって手を引かないかもしれないのに。

だから『なぜ』『どうして』『何があったのか』と質問攻めになるに決まっています。そうなれば、マスコミはあちこちをほじくり返して、きっと何かを、なんだっていいから見つけ出すでしょう。誰かがあのレイプ事件を嗅ぎつけ、そうなれば明かされなかった利益相反がばれてしまい、オカラのでくのぼうがやってきてわたしのレイプ犯を、わたしの連続殺人犯を裁くことになります。で、わたしはでくのぼうがどじを踏んで、バントリングが大手を振って世間に出ていくのを見ているしかないんだわ。たぶん見るのはテレビ画面を通じてでしょうけれどね。だってそのころには法曹資格を剝奪されて、もう検察官ではなくなっているでしょうから。だから、どうすればいいか教えていただきたいんです、チェンバース先生。そうしたらおっしゃるとおりにします。ただし彼が有罪になるという保証が、彼がしたことを償《つぐな》うという保証があれば、です。そんな保証は誰も、誰もできません。そうでしょう。だからこの事件がめちゃくちゃになるなら――責任はわたしがとります、ええ、とりますとも。他の人になんかさせません」

「何が言いたいのですか、C・J?」医師が次の質問を慎重に選んでいることが感じられた。

「もう一度、聞きますが、あなたはどうしたいのですか?」

C・Jはしばらく黙っていた。チクタク、チクタク、時が過ぎてゆく。

C・Jはゆっくりと断固とした調子で話しだした。いましがた考えついたのだが、しかしいけそうだと思う、という感じだった。「訴追は二十一日以内にしなくてはなりません。そうでなければ、二十一日以内に検察官起訴状を提出するか。どちらにしても、すべての証人に来てもらって証言をとり、すべての調書を集め、証拠を見直す必要があります……」そこでいったん言葉を切ったが、さらに確信を深めたようだった。「もう、ピッチャー交代には遅すぎます。このイニングはわたしが投げとおさなければなりません。だから少なくとも起訴までは、わたしがもっていかなくてはならない。そのあとで誰か、たとえばローズ・ハリスに参加してもらい、一緒に取り組むことになるかもしれません。万事が順調なことを見届ければ、密かに彼女に手綱を委《ゆだ》ね、わたしは謎の病気で退陣してもかまわないんです。彼女が審理のスピードについていけて、きちんと処理できると確信できればいい。彼女を信頼できればいい。彼女が間違いなくうまく運んでくれるとわかればいいんです」

「利益相反のほうはどうなりますか?」

「バントリングは助かろうと法廷で大騒ぎをしていて、わたしにはまるで気づきませんでした。あいつがわたしに何をしたかを考えればなんとも皮肉ですが、わたしのほうなんか見ようともしなかったんです」静かに言って、C・Jは続けた。「たぶん、あんまり多くの女性を歯《し》牙《が》にかけてきたんで、覚えていないんでしょうね。犠牲者はもう顔すらもっていないんです。それに、わたしは以前のわたしではありませんし」彼女は苦笑して髪を耳の後ろにかきあげた。「あいつが何をしたかを知っているのはわたしだけ。もし後日明るみに出ても、確信がなかったと言えばいい。よくわからなかった、と。どっちにしてもニューヨークで裁くことはできないんですから、わたしが犯人だと確言できないと言っても、こちらの事件には影響しません。ニューヨークでの裁判はありえないのですから」彼女の語調にはもう迷いはなかった。

「C・J、これはゲームじゃないんですよ。明らかに倫理的な問題があるが、それはさておくとしても、あの男を訴追することにあなた自身が感情的に堪えられますか？　被害者の女性たちに彼が何をしたかを聞いていられますか？　あなたに何をしたかを知っていて、ですよ。毎日毎時間、むごたらしい真実をつきつけられ、写真を見続けていけますか？」チェンバース医師は首を振った。

「あいつが被害者に何をしたかはよく知っています。見ましたから。確かに辛いでしょうし、どうすればやり抜けるかわかりませんけれど、でも少なくとも正しい方向に進展しているという自信はもてます。あいつがこの瞬間どこにいるかはわかります」

「あなたの法曹資格はどうなります？　利益相反は？」

「利益相反があると知っているのはわたしだけです。それをわたしが知っていることすら、誰も証明できません。それには知っていたとわたしが認める必要があります。知らなかったと否定しても、わたしはやましさを感じないでしょうね」そこで間をおいたC・Jは、もう一つもっと前に考えておくべきだったことに気づいた。彼女は静かに言いだした。「でも、このことであなたは困った立場になられますか、チェンバース先生？　あなたには報告の義務があるんでしょうか？」

医師としては、患者が将来犯罪を犯す意図をもっていると知れば、警察に通報する義務がある。だがそれ以外は、患者とのあいだで話されたことには守秘義務がある。C・Jが利益相反を知って黙っているとすれば、法曹資格者としての倫理義務違反だろうが、しかし刑法で言う犯罪ではない。

「いや、C・J。あなたがしようとしていることは刑法上の犯罪ではない。それにもちろん、この部屋でわたしたちが話し合ったことには守秘義務があります。だが、わたし自身はそれがあなたのためになるかどうかわからないんですよ。患者としても、あるいは検察官としても」

C・Jには医師の言葉の意味がよくわかった。「わたしは自分の人生をコントロールできるという気持ちを取り戻す必要があるんです、チェンバース先生。いつも、そうおっしゃっていましたよね？」

「ええ、そう言いましたね」

「では、やっとそのときが来たんです。いま、わたしの人生をコントロールしているのはわたしです。ニューヨークのくたびれた刑事じゃない。オカラの馬鹿者じゃない。道化師でもない。キューピッドでもないんです」

もう一度言葉を切った彼女は、バッグを手に立ち上がった。涙は乾き、彼女の声にこもっていた絶望に怒りがとって代わっていた。「わたしです。わたしがコントロールしているんです。力をもっているのはわたし。今度は決して、あの卑劣な犯人に力を奪われたりはしません」

それから彼女は背を向け、ブルーと黄色の花模様に彩られた愛らしいオフィスという健康な人間の領域をあとにし、無言で肩ごしに手を振ってエステルに挨拶すると外の世界へ出ていった。

32

「監察医事務所です」

「ドミニク・ファルコネッティ捜査官とマニー・アルヴァレス刑事だが、ジョー・ニールソン博士に面会したい。一時半の約束です」

「はい。ニールソン博士はロビーでお待ちです」

自動ゲートが開き、十四番ストリートの喧騒から抜け出したドミニクは、グラン・プリを赤レンガ二階建ての建物の正面ガラス扉の真向かいにある警察関係者専用と記された駐車スペースに乗り入れた。隣には新型の黒い霊柩車が駐まっている。

マニーは助手席のドアをのろのろと開けて外へ出た。FDLEマイアミ事務所にある特別捜査本部から監察医事務所に来る途中も、彼にしては異常なほど口数が少なかった。ドミニクがすぐに下りてこないのを見ると、マニーは車をのぞきこんだ。「下りないのかい、ドミニク?」落ち着かない不安そうな声だった。

「ああ。先に行っててくれないか、マニー。あとから追いかける。ひとつ、電話しなきゃならないところがあるんだ」携帯電話を取り出しながらドミニクは答えた。電話をするところを見られたくないんだよ、という顔だ。

マニー・アルヴァレスは赤レンガの建物を眺めてしかめっ面になった。監察医事務所が大嫌いなのだ。十六年もの経験を積み、何百もの死体を見てきた彼が、いまだに平静になれない唯一の殺人課刑事としての仕事がこれだった。地下の冷蔵室にある死体が怖いわけじゃない。犯罪現場で一日中死体を見ていても、どうということはなかった。腐乱死体だろうが、マイアミ周辺に四千もある運河や湖や池のどこかで毎日のように浮かぶ、片目がなくなったりあちこちが腐り落ちた〝土左衛門〟だろうが、びくともするものじゃない。マイアミ・リバーの釣り人のわきにひょっこり浮き上がってきたり、大西洋で遊ぶサーファーたちの肝をつぶさせる水死体もあるが、そんなものにびくつくマニーではなかった。もちろん死体が子どもでなければだ。マニーは子どもの犠牲者というのは好かなかった。子どもはやりきれない。だが、マニーが堪えられないのは死体ではなく解剖のほう、監察医事務所がそもそも目的とする仕事のほうだった。

解剖は殺人課刑事の仕事の一部だし、主任刑事としてマニーは年中、解剖に立ち会うはめになる。被害者の背中に撃ち込まれた十三発の弾丸のどれが致命傷だったのか？　どの刺し傷が生命を奪ったのか？　殺人か自殺か？　だからマニーは仕事でいやというほど解剖を見てきたし、当分は見続けるだろう。しかし解剖という作業、その冷たさをマニーは嫌悪していた。前からそうだったし、時間がたっても嫌悪の念は少しも薄らがなかった。人間がそっくり入る冷蔵庫、氷のように冷たい白いタイルの床、ストレッチャー、ぎらぎらした照明、臓器秤、電動のこぎりや肋骨をへし折る機器、解剖後にすべてを縫い合わせるのに使われる黒糸。解剖される死体はもう被害者ではない。ただの物体、じつは死体を切り刻むのが大好きな、監察医という仕事をわざわざ選び、毎日楽しみに仕事にやってくる変人たちにいじりまわされ調べられる標本だ。凍りつくほど寒い白い部屋で、裸にされてストレッチャーに乗せられた遺体は、インターンから警官、管理人とさまざまな見物人の目にさらされる。医者は電動カッターで頭蓋骨のてっぺんを丸く切り取ってはずし、なかに何があるのか、重さはどれくらいかを調べる。あまりにも無機的なそのやり方が我慢できないし、とにかく腹が立つ。わかりきった簡単なことだ。それにマニーは、監察医なんてみんなおかしいと思っていた。なんだってまた死体を切り開いて内臓をいじるような仕事につきたがるんだ？　もちろん殺人課刑事になりたがる人間も似たようなものかもしれない。マニーはいつか自分自身が人間の尊厳もへったくれもない冷たい裸の死体になって、ストレッチャーに乗る日が、電動のこぎりが耳元でうなり、どこかの監察医とインターンが、でかいペニスだなあ、なんて脂肪だらけの腹だ、とくすくす笑う日が来るような気がしているのかもしれなかった。

今日、マニーとドミニクがやってきたのは、ニールソン医師に会って、昨日のアンナ・プラドの遺体解剖について聞くためだ。それでもこの建物に入っていくと考えるだけで、コーヒーとクリスピー・クリームを手に自分たちがおしゃべりしているあいだ、地下で何が行われているかを思うだけで、動悸がしてくるマニーだった。もし自分が心臓発作を起こしてあの冷たい白いタイルの床に倒れたとしたら、ジョー・ニールソンの手にかかるのはまっぴらだ。
マニーは開けっ放しの車のドアを振り返り、ドミニクに情けない表情を見せた。おいおい、頼むから、そんな目にあわせないでくれよな。

「ニールソンってのは、なんか気持ち悪くてな。背筋がぞくぞくしてくるんだよ」マニーは不安そうなおももちで短くなったマルボロをふかした。

「監察医はみんな気持ちが悪いんだろう、マニー」

「まあな。そうなんだが……」相棒がヤシの木の向こうに消えてくれるのを、ドミニクは携帯電話を手に辛抱強く待っている。マニーは彼を見た。「わかった、わかったよ。じゃあ、こうしようや。あんたが電話するあいだ、入り口んとこで待ってるよ。入り口の外でな」

「でかくてワルな刑事のくせに、あんたはまったく肝っ玉が小さいんだなあ、マニー。いいよ。じゃ入り口で待っててくれ。少ししたら行くから」

マニーは歩きだして、すぐに視界から消えた。それを確かめて、ドミニクはまたC・Jのオフィスに電話をかけた。本人が出てくるのを期待したのだが、聞こえたのは留守番電話の応答だった。彼は手短なメッセージを残した。「やあ、ドミニクです。いま、マニーと監察医事務所に来ています。ポケットベルであなたを呼んだのだが、たぶんもって出なかったんでしょう。ニールソンに会いたいと言ってましたね。この伝言を聞いたら、携帯に電話してください。番号は三〇五－七七六－三八八二です」

携帯電話を握ったまま、ドミニクは少しのあいだ、窓の外を見ていた。隣の霊柩車の運転席では、だらしない感じの年配の男性がサンドイッチを食べ、茶色の紙袋からコークだかビールだかを飲んでいた。仕事からみて、たぶんツナサラダを流し込んでいるのはビールだろう、とドミニクは思った。

よけいなことだとわかっていたが、C・Jのことが心配でならなかった。一時半にニールソンと会う約束があると今朝マリソルに伝えておいたし、C・Jは出勤したはずだ。それなのに自分も行くという確認の電話も来ないし、二度ほどポケットベルを鳴らしたのに連絡がない。C・Jらしくなかった。少なくとも昨日まで知っていたC・Jらしくない。バントリングの審問以来、C・Jには確かに何かが起こっている。当人は否定するが、ドミニクは彼女の目に恐怖を読み取っていたし、法廷で幽霊のように青ざめ、カッツ判事の前で茫然としていたようすも見ている。それに昨夜だってそうだ。バントリングの話になったとき、C・Jはまた法廷のときのように生気を失って青ざめ、とっとと帰ってくれとばかりに彼を玄関から押し出そうとした。ドミニクは天才科学者じゃないが、しかしC・J・タウンゼンド、鉄の女と評判の検察官が死ぬほど何かに怯えていることを見抜くのに、最先端の科学知識は必要なかった。いったい何に怯えているのだ？　ウィリアム・ルーパート・バントリングとどういう関係があるのだ？

ドミニクはまだ昨日の出来事について気持ちの整理をつけかねていた。あんなふうに不安そうに怯えているいじらしいC・Jを——法廷で、それに自宅のキッチンで——見たとき、ふいに彼女を守ってやりたくてたまらなくなった。しっかりと抱きかかえて守ってやりたいと思った。考えてみれば不思議な気持ちだった。じつに不思議な気持ちだ。おれらしくもない、とドミニクは思った。この数カ月、二人のあいだに憎からぬ感情が芽生えていたのはわかっていたし、自分がはっきりと彼女に好意をいだいているのもわかっていた。それ以上に、彼はC・Jを尊敬していた。彼女の意欲や独立心、堅固な基盤があるどころか穴だらけのシステムのなかで仕事をしようという毅然《きぜん》とした姿勢が好きだった。被害者にしてみればC・Jは申し分のない存在だ。大義のためには一歩も引かず、法廷では火を噴くような論告を繰り広げる。まるで十二人の陪審員だけではなく自分自身にも何かを証明せずにはいられないという感じだ。マイアミでも最も優秀で最も自己中心的でナルシストの男性弁護人を相手にC・Jが力強い論告を行い、ややこしい動議を提出して、ついには勝利を収めるのを見ているのは最高にいい気分だった。そんなC・Jがドミニクは好きだった。

この数カ月、捜査本部やC・Jのオフィスで、あるいは電話で気楽な話をするうちに、二人には被告人と判事と弁護人の話以外にも共通の話題がたくさんあるのにドミニクは気づいた。キューピッド事件までは検察官としてC・Jを高く評価していた。だがキューピッド事件の捜査以来、人間として、女性として、C・Jに好意をもつようになった。それは自分でも否定できなかった。夕食や映画に誘おうかと思うこともあったが、しかしこの十カ月あまりはキューピッド事件で一日十六時間、週に七日働いていたから、そんな時間はとても見つからなかった。それとも時間を見つけようとしなかったのには、べつな理由があったのだろうか。五年前にナタリーが死んだあと、警察の心理学者にあなたの気持ちのなかで解決しなければならないと言われたのと同じ理由が。だが、それがなんであれ、昨夜のドミニクは意識してか無意識にかはわからないが、そんな理由は棚上げにしていた。棚上げにして、衝動のおもむくままに任せたのだ。いま彼はそのことを後悔していた。昨夜のキスがC・Jに距離を置かせているのかもしれない。

霊柩車の運転手はサンドイッチを食べ終わっていたが、警察関係者専用のスペースに駐車しているドミニクが警察官に違いないと気づいたらしく、茶色の紙袋は消えていた。

ドミニクは車を下り、入り口の階段に向かって歩きはじめた。入り口の外側の屋根の下で、ドミニクも顔見知りの若い受付嬢の一人が二倍もの年齢の監察医事務所の捜査員とタバコを吸いながらおしゃべりをしていた。その捜査員が以前はマイアミ・デード郡警察の刑事で、年金額が多くて労働時間が少ない監察医事務所に鞍替えしたことを、ドミニクは知っていた。やけに楽しそうなようすから、仕事の話をしているとは思えなかったので、彼は挨拶せずにそばを通り過ぎた。見回したが、マニーはどこにもいない。怯えきって身障者用のスロープの向こうの茂みに身を潜めて彼を待っているのか、さもなければ邪悪な主任監察医ジョー・ニールソンにとっつかまって、建物のなかに引きずりこまれたのだろう。入り口のガラスのドアに近づいたドミニクは、後者であるのに気づいた。

ジョー・ニールソンはロビーで茶色のクッションを載せた一九七〇年代のトルコブルーのソファにマニーを追い詰めていた。緑色の手術衣を着て、頭には綿製でミントグリーンの使い捨てへアキャップをかぶっている。両手を挙げたり下げたり、ニールソンは興奮したようすでマニーにしゃべりかけていた。その姿から見て、ニールソン医師は生者の世界に上ってくる直前まで、地下で仕事をしていたに違いなかった。幸い、上がってきてマニーと握手する前にゴム手袋を脱ぐのは忘れなかったらしい。マニーのほうはもうすっかり青ざめて、タバコか嘔吐袋が必要だという顔をしている。

ドミニクはなかへ入り、マニーを救出してやろうとせいいっぱいの笑顔を浮かべて手を差し出した。「やあ、ニールソン先生。お待たせしてすみません。電話しなければならないところがあったもんですから」

ニールソン医師はドミニクのほうへ歩み寄り、差し出された手を力強く握った。解放されたマニーは、やれやれとばかりに釘付けにされていたソファから立ち上がった。「いやいや、ぜんぜん。いまアルヴァレス刑事に捜査状況を聞いていたんです。それから、ぜひあんたがたに見せたいものが地下にあるって言ってたんですよ。非常に興味深いものが見つかりましてね！」

ジョー・ニールソンがあんまり開けっぴろげに仕事を楽しんでいるのも、マニー・アルヴァレスを落ち着かなくさせる原因の一つだった。ニールソンは長身でひょろひょろに痩せ、眼窩《がんか》が窪んでいる。子どものころはきっと注意欠陥多動性障害だったに違いない、とドミニクは思っていた。いっときもじっとしていないからだ。手も気持ちも足も目も静かなことがない。いつも何かしら動いている。一カ所に長いこと留まっていなければならないときには、足から足へと体重を移動させ、ぱちぱちと何度も瞬きし、鼻をうごめかす。そうでもしていないと、頭が爆発するのかもしれない。

「そりゃよかった。プラドですか、それともほかの被害者?」

「いまはまだプラドを再検査しただけですがね。しかしほかの被害者全員のファイルを引っ張り出したんで、もう一度全部を見直しますよ。何を探せばいいかわかりましたからね。じゃ、行きましょうか?」ニールソン医師は眉毛を上げたり下げたり上げたり下げたりし、すばやく瞬きを繰り返した。時間切れなのだ。列車は出発しなければならない。いますぐに。

マニーはひどいようすをしていた。見ていられないくらい真っ青だ。

「マニー、だいじょうぶか? ここで待っているかい?」ドミニクが聞いた。

「まさか、これを見逃すって手はありませんよ!」ニールソン医師が興奮のおももちで口を挟んだ。「さあさあ、刑事さん。下の研究室に淹れたてのコーヒーがありますよ。あれで元気が出ますって!」ニールソンは先に立ってエレベーターに向かった。

「行くよ、行きますよ。行きゃいいんでしょうが」マニーはあきらめ顔で言った。

エレベーターが開き、三人はストレッチャーを収容できるサイズの鋼鉄の箱に乗り込んだ。

「ニールソン先生、地方検事局の検察官がここで合流することになってるんですが。伝言をしておいたんですがね——」ドミニクが言いかけると、医師がさえぎった。

「C・J・タウンゼンドですか? 聞いてますよ。三十分くらい前に電話があった。来られないんで、明日か明後日、あらためて来るそうです。だから進めといてくれって言ってましたよ。法廷か何かがあるんでしょう」

ニールソン医師は〝B〟というボタンを押し、ドアが音をたてて閉まった。エレベーターは地下へ向かって下りはじめた。

33

アンナ・プラドの遺体はストレッチャーに乗っていた。目は閉じていて、ドミニクが覚えている〝壁〟の家族写真ではほんのりクリーム色をしていた肌は灰色に変わり、鼻筋のまわりの明るい色のそばかすは、皮膚に血の気がないためにほとんどわからない。仰向けの頭の下に長いブロンドが広がり、首と肩を縁取って、一部はストレッチャーのはしからこぼれ、もつれた髪に黒く乾いた血のしみがついている。首までおおった糊のきいた白いシーツが、その下の惨状を隠していた。「昨日の電話で、あんたがたが容疑者の家でハロペリドールを見つけたと聞いたとき、いくつか検査をしてみたんです。その結果が今朝、出ましてね」遺体の横に立ったニールソン医師は、なにげないようすでストレッチャーのはしからだらんと下がっている細い指に手を触れていた。ドミニクは遺体の爪が長く伸びて、手入れされていないのに気づいた。ピンクのマニキュアがほとんど剝げ落ちている。

「ハロペリドールは非常に強力な抗精神薬でして、妄想のある精神病患者や統合失調症患者に処方されるんです。よく知られている商品名はハルドール。ものすごく強い精神安定剤です。患者をリラックスさせ、おとなしくさせて、幻聴や妄想エピソードをコントロールする。そうすれば、かなり暴力的な患者でも対応できるようになります。極端な場合、筋肉注射すればたちまちおとなしくなる。大量に投与すると、カタトニーという緊張状態になり、意識を失ったり、昏睡したり、死ぬことさえあります。わたしが何を言いたいか、おわかりですかね？」ニールソン医師は数回、ぱちぱちと瞬きした。「そこで――ここがハロペリドールのおもしろいところなんだが――通常の解剖の際に行われる標準的な毒物検査では、ハロペリドールは検出されないんです。あらかじめ、そのつもりで探さないと見つからないってことですね。で、ニコレット・トレンスとアンナ・プラドはどちらも解剖の際の肺臓の重量からみて、ある種の鎮静剤が投与されたのではないかと疑われたんだが、それがなんだったのかはわからなかったし、何を探すべきかもわからなかった。ヴェイリウムとかダルヴォセット、ハイドロコドンといった鎮静作用のある標準的な麻薬でないとすれば、見当がつかないですからね。最初、ロヒプノールやケタミン、ガンマ・ヒドロキシ酪酸つまりＧＨＢなんかを探しました。ルーフィーとかスペシャルＫ、リキッド・エクスタシーと言ったほうがわかりやすいかな。だが、どれも発見できなかった。死体から麻薬は検出されなかったんです。

しかし昨日の電話を受けて、なるほどハロペリドールかもしれん、と思ったわけですよ、フアルコネッティ捜査官。それなら納得がいく。なにしろ強力な鎮静剤ですからね。いやあ、興奮しましたよ。それで、いくつか毒物検査をしたわけです。すると……ビンゴ！」医師は研究所から届いた黄色い用箋を挟んだ茶色のクリップボードを手で叩いた。「そう！ ハロペリドールだった！ それで、ほかにも何か見落としていないかと、ミズ・プラドの胃の内容物を調べました。だが、なかった。何もなし。それはたいしたことじゃない。ハロペリドールの半減期は約六時間です。だから、投与されて六時間以内に死亡したのなら、完全に消化されたあとでも組織や血液中に一定レベルの薬物が残っているはずです。

そこで頭のなかでいくつか仮説を組み立ててみたんですよ。まあ、ちょっと我慢して聞いてください、捜査官。で、この仮説があんたがたの事件のパターンにあうかどうか、考えてください。あんたがたが押収した瓶のハロペリドールの処方量は、一日二回二〇ミリグラムだった。これはかなり多い。耐性ができた大柄な男性にとっても、です。耐性もなく、体重も少なければ、二〇ミリグラムの錠剤ひとつで完全にダウンしてしまうでしょう。容疑者が被害者にたとえば飲み物に混ぜるとか、『エックス』と称して売って一錠のませたとすれば、被害者は摂取後十五分以内に、酔っ払いと同じようにだるくなって口がまわらなくなり、動きが鈍くなるはずです。それに頭もぼんやりしてものが考えられなくなる。そうなりゃ、簡単にどうにでもされてしまうでしょうな。

だが前にも言ったとおり、ハロペリドールは注射してもいい。注射なら効果はすぐに出ます。しかも注射のほうが管理しやすい。実際、きちんと薬をのまない患者にはタイムリリース型で、つまり徐々に吸収されるかたちで注射する。一度の注射で二週間から四週間、効果が続くわけだ。そういうわけで、答えを出そうともういっぺん遺体を調べてみた」

ニールソンは逃げ出すこともできない聞き手を相手に、思わせぶりに言葉を切った。聞き手が固唾をのむのを待って、ニールソンはアンナ・プラドの遺体をおおっていた白いシーツを、ケープをつけて舞台にたつ魔術師のような手つきで剝ぎ取った。マニーは医師が「アブラカダブラー！」と叫ぶに違いないとすら思った。シーツの下に白ウサギはいなかった。代わりに冷たいストレッチャーの上に痛めつけられたアンナ・プラドの裸体が平べったく横たえられていた。ニールソン医師は商品を売り込む中古車のセールスマンよろしく、アンナの身体を転がして横向きにし、ドミニクたちに臀部を見せた。

アンナが仰向けになっているときに殺害されたのは明らかだった。血液が臀部の下側、それに肘や膝の下側に溜まっていたからだ。アンナが死亡して心臓が血液を送り出すのを止めたあと、重力が働いて血管を巡っていた血液は身体の最下方に溜まったのだ。死斑である。

「さあ、ここを見ていただきたい！」医師は言いながら、ドミニクらに拡大鏡を渡した。皮膚の一部と組織が小さく切り取られている。そのわきに裸眼では見えないほど小さな、ピンでついたような刺し傷の跡があった。

「そういう跡が二つありました。以前気づかなかったのは死斑のせいです。それと、何を探すべきかわかっていなかったってこともある。そこの皮膚が切り取られているのは血管の損傷程度を調べたんです。二つの刺し傷は注射跡だと思いますね。たぶん、ハロペリドールでしょう」

マニーはぜんぜんいい気分ではなかった。ドクター・デスが、今度はドクター刑事クインシーかい？「ちょっと待ってくださいよ、先生。被害者の女性は全部、死ぬ前にみょうちきりんなもので暴行されてたじゃないですか。その刺し傷もあの変態野郎が異常な楽しみのために針を刺したとは考えられませんか？　それが注射の跡だと、どうしてわかるんです？」

マニーに反論されてニールソン医師は一瞬むっとした顔をしたが、すぐに立ち直った。あんたらには知らないことがあるのさ、という薄笑いを浮かべ、医師はマニーの質問を無視して続けた。「さて、捜査官、刺し傷を見つけたあと、わたしはさらに調査を進め、もっと興味深いことを発見したんですよ」彼はアンナ・プラドを仰向けにして、身体の下になっていた右腕を引き出し、肘の内側にある小さな青紫の痣を指した。「これがもう一つの跡で、やっぱり注射のせいだと思われます。しかし、これはただの注射の跡じゃない。血管への点滴が行われた跡です。犯人は手際が悪くて、何回か刺したらしい。ほかにも二つ血管が破れた跡がありました。一つはそっちの腕、もうひとつはくるぶしに」

「点滴？　いったいどういうことです？」ドミニクは呑み込みかねるという顔をした。「すると、犯人はハルドールを注射し、さらに点滴したんですか？　どうして両方なんです？　どうも、わからんなあ」ヒルサイドの絞殺魔事件が頭に浮かんだ。カリフォルニアで従兄弟どうしだった二人の犯人は、どうなるか見たいというだけの理由で、家庭用クリーナーのウィンデックスなどの薬品を誘拐した女性に注射していたが。

「そう、そうなんですよ。まったく不思議なんだ」ニールソンはだんだん苛立ってきた。悠長な問答なんかしたくないのだ。彼はタイルの床を足で叩き、歯嚙みして続けた。「それでさらに調べ、テストもやってみたところ、べつのものが見つかったんです。前なら探そうと思いもしなかったもの。まさに点滴にぴったりのものが」

「なんです？　何なんですか、そりゃあ？」マニーの声ははっきりと不機嫌だった。クイズ番組じゃないんだよ、どきどきしながらあてっこを楽しんでいる場合じゃないだろうが。

ニールソン医師はいまはドミニクだけを相手にしていた。「もう一度毒物検査をしたら、遺体からべつの薬物が発見されたのですよ」医師はすぐに続けた。「ミヴァキュリウム・クロライドです」

「ミヴァキュリウム・クロライド？　なんですか、それは？」ドミニクが聞いた。

「商品名はミヴァクロンで、点滴でのみ使われます。骨格筋を弛緩させる、それだけです。もともとは外科手術のときに筋肉を弛緩させるために、麻酔剤として開発されたんですがね。アフリカで何人かの患者に実験的に使われたあとすぐに、確かに筋肉は弛緩させるが、不幸なことに麻酔効果も鎮痛効果もまるでないことがわかった。もちろんそのことは手術が終わり、筋肉弛緩効果が薄れて、患者が話せるようになってからわかったことでね。とにかく手術から生還した患者の、ってことですがね。それでなきゃ手術中ずっと患者は苦痛を感じていたなんてことは話せないですからね。手術中ずっと、患者は意識があったんだ」

「だが、口はきけなかったと……」このやりとりが意味することのすさまじさに気づいて、ドミニクの声は途切れた。

「そのとおり。舌も顔面の筋肉も麻痺していて、話すことができなかった」医師は言葉を切って、自分の言葉が相手に充分な衝撃を与えたかどうかを確認した。二人の表情からして、衝撃はきちんと伝わったらしい。ついにスタスキーとハッチのコンビを茫然自失させたのだ。そこで医師はむしろ陽気な調子で続けた。「あんたがたが逮捕したのは掛け値なしのサディストとしか言いようがありませんな」

「どのくらいの量が投与されたのか、わかりましたか？」

「量はわかりません。ハロペリドールについては、かなりのレベルです。死ぬ前にかなりのあいだ、被害者をおとなしくさせておくために使ったんでしょう。ミヴァキュリウム・クロライドのほうは——完璧に麻痺させるに充分な量だったと思われます。ただし、ミヴァクロンは意識には作用しないことを忘れないでください。だから被害者はずっと意識があって、ただ動けなかったんです。あれは効き目が速くて持続しない薬でね。だから点滴が必要なんだし、死後の残留時間もとても短い。たぶん点滴の針を刺されたまま死んだんでしょうな。そう考えれば、痣が新しいことも説明がつきます。死の直前についたんですよ」

「するとこの異常者は——異常者としか考えようがないですね、ハロペリドールを処方されていて——」ドミニクは話しだしたが、怒りで言葉を失った。いま頭のなかで見えてきた全体像の信じがたい異常さに怒りのあまり震えだしそうだった。この若い女性の死だけでも充分に悲劇的だというのに。あるいは暴力的だというのに。さあ、みなさん、これからがおもしろいんだ！　チャンネルはそのままでお待ちください！　言いかけた言葉を中断して、ドミニクは尋ねた。「しかし、それはどういうことなんでしょうか、ニールソン先生？　犯人は統合失調症ですか、それとも躁鬱病か、精神病質者ですか？　ハルドールを処方されていたってのは、どういう意味なんでしょう？」

「わたしは精神科医じゃないですからね、ファルコネッティ捜査官。ここで診断しろといっても無理です。ハロペリドールが処方される精神的症状はいくつかあるんですよ」

「くそっ、なんてこったい。それじゃあＮＧＩかよ」マニーがつぶやいた。ＮＧＩは心神喪失につき無罪という意味だ。被告人に精神病歴があり、とくに妄想性の統合失調症や躁鬱病であったり、精神病の発作を起こしていたことが証明された場合に、心神喪失の申し立ては容易に無罪を勝ち取れる切り札なのだ。被告人が犯行当時正気を失っていて、自分の行動の結果を理解できず、正邪の区別がつかなかったと判断されれば、地方検事が法廷に心神喪失につき無罪という申し立てを行うか、陪審員が同じ判断を下すことになる。だが、そんな成り行きを望む者は誰もいない。刑務所へ直行する代わりに、地元の親切な精神病院に送り込まれるのだ。量刑の最低ラインもない。必ずしも生涯病院に閉じ込められるわけでもない。正気を取り戻したと判断されれば退院となる。それだけのこと。少々の幸運とたっぷりの金があれば、精神鑑定で有利な結果を買うことができるだろうし、十年かそこらすれば郊外の自宅に戻ることだって可能だ。

　ドミニクは愛らしいアンナ・プラドの短い哀れな生涯の最後のページを頭のなかに思い浮かべていた。トランクからじっと見上げていた青い瞳を覚えている。最後の瞬間に体験した恐怖が永遠に刻みつけられたような目だった。胃にむかつきを覚えているのは、もうマニーだけではなかった。考えをまとめようとし、考えられないことを考えようとして口ごもったあげくに、彼は頭のなかに映しだされているホラー映画のシナリオをゆっくりと話しだした。

「すると、この異常者は自分が処方されたハルドールを被害者に与えたんですね。それで被害者は身体をこわばらせて人事不省に陥り、犯人は簡単に彼女をレヴェルから連れ出した。百人もの目撃者がいるなかだが、たぶん半数はドラッグや酒で恍惚《こうこつ》となっていて、自分のデート相手が連続殺人者でも気づかなかっただろう。犯人は連れ出した被害者をしばらくどこかの夢の国に押し込め、ハルドールの注射か錠剤でふらふらにさせておいてファックした。何日間か何週間かそうやってあの手この手とレイプしまくったあと、意識が戻るまでほうっておき、いよいよクライマックスにとりかかった。点滴装置につないで薬品を送り込んだが、その薬品は被害者の身体のすべての筋肉を麻痺させたものの、不幸なことに意識は失わせなかったから、犯人が胸をメスで切り開き、胸骨をへし折り、心臓を取り出すあいだ、被害者はたとえようもない激痛を感じ続けていた。くそっ、なんと言えばいいんだ。バンディやローリングよりもっとひどいじゃないか」

ニールソン医師がまた話しだした。幸いもう五分前のような興奮した調子は消えていたが、そうでなかったらドミニクが医師をぶん殴るか、少なくともマニーが手を出すのを止めなかっただろう。「もう一つ、瞼に粘着テープの跡があり、両目の睫が大量に抜けていました」

「それはどういうことです？」

「たぶん、目を開けさせておくために粘着テープを貼っておいたんでしょう」

「すると自分の蛮行をむりやり見させたってことですか？　胸を切り裂いて心臓を取り出すのを？　なんて、なんてことだ」ドミニクはその最後のイメージを振り払おうと首を振った。

「やつを逮捕できてほんとうによかったよ、マニー」

マニーはアンナ・プラドの無残な裸体を見下ろしていた。彼女は誰かの娘であり、誰かの妹、誰かのガールフレンドだったのだ。プロのモデルになるほどの美人だった。それがこうして臍から首まで工業用の黒糸で縫い合わされ、心臓があった場所の空洞をジグザグの縫い目が隠している。

「おれは監察医事務所ってのが大嫌いだよ」マニーにかろうじて言えたのは、それだけだった。

34

ニューヨーク、クイーンズ郡、フラッシング、ダリア・ストリート134の5、13号室。

はっきりとそう記されていた。目の前にある、ドミニクが昨夜届けてくれたオートトラックの記録。一九八七年四月から一九八九年四月まで有効のニューヨーク州運転免許証に書かれたウィリアム・ルーパート・バントリングの住所だ。セント・ジョンズ大学からはバス、ロッキーヒル・ロードにあった彼女のマンションへはノーザン・ブールヴァードを車で十分ほど、そして彼女が通っていたメイン・ストリートと百三十五番ストリートの角にあるジムのバリーズとはわずか一ブロックしか離れていない。

C・Jは椅子の背によりかかって大きく深呼吸した。法廷であの吐き気を催す声を聞いた瞬間から、バントリングだと胸の底で確信していたのだが、その確信が正しかったことが証明されたいま、奇妙な安堵感とやっぱりという気持ちを同時に味わっていた。すると自分はまた精神に異常をきたしたわけではなかったのだ。あの声は本物で、自分の妄想ではなかった。発見されたつながりは偶然ではない。ここに明確な証拠がある。

バントリングは彼女の自宅からほんの数キロ、ジムからは一ブロックのところに住んでいたのだ。あの夜の彼の言葉、せせら笑いながら彼女の耳に囁いた言葉を忘れてはいない。

おれはいつでもおまえを見ているんだ、クローイ。いつもな。おれから逃れることはできない。いつだって、おまえを見ているからな。

ああ言ったのは実際に彼女を見ていられたからだとC・Jは気づいた。地下鉄で。フラッシングにある彼女の好きな中国レストラン、ペキン・ハウスで。ベイサイドのベル・ブールヴァードにあるお気に入りのピザ・ハウス、トニーズで。どこでだって見ていられた。なにしろすぐ近く、通りのすぐ先に四六時中いたのだから。彼女の心はたちまち十二年前に飛び、いままでは知っているあの顔がなかったかと思い起こしていた。どこでもいい、どこかであの顔を見た覚えはないか。だが、記憶はなかった。

入り口で大きな物音とじゃらじゃらという響きが聞こえ、「どうぞ」というより早く、ドアがばんと開いて、マリソルが現れた。じゃらじゃらという音のもとは、マリソルが手首につけている十七本の金のブレスレットだった。

「お呼びですか?」

「ええ。来週はずっとキューピッド事件の取調べをします」C・Jはピンク色をしたバントリングの逮捕状を渡した。警察官の名前の横に取調べの日時が書き込んである。ドミニクはこの事件の主任捜査官で、ふつうなら真っ先に呼び出すところだが、週の終わりのほうへ回してあった。今朝チェンバース医師とのセッションを終えたあと、もう一つ決意したのだ。第一は力の限りこの事件の捜査を進めて、一歩ずつ起訴の準備を固めること。そしてもう一つは、いまは誰かとつきあう時期ではないということだった。相手が世間の注目を浴びている事件の主任捜査官で、その被疑者がただの被疑者ではないとなれば、なおさらだ。二人のあいだに距離を置き、もとのような職業上の関係に戻らなければならない。ドミニクにどんな思いを抱いているにせよ、その思いがどんな可能性を秘めているにせよ、いまは打ち明けられない秘密が多すぎた。嘘と偽りのうえに成り立つ人間関係は、結局はカードの家のようなものだ。最後には崩れるしかない。

「時間は迫っているし、証人は大勢いるの、マリソル」C・Jはマリソルにチーム意識をもたせようとした。「大陪審が開かれるまでの二週間にこれだけすませなければなりません。それぞれの氏名のあとに希望日時を書いておきました。一人あたり四十五分とって。それからアルヴァレスとファルコネッティは三時間」

マリソルは逮捕状に手を伸ばした。「わかりました。手配します。ほかに何か？　もう四時半ですから」

そのとおりだった。終業時刻。忘れるところだった。地震が来ようが嵐が来ようが、マリソルは四時半以降は絶対に働かない。

「ええ。これから二日間は調べなければならないことが山のようにあります。たぶん、今夜もかなり遅くまでかかるでしょう。明日に予定されていたウィルカーソン事件の親族の面接は延期する手配をしてちょうだい。それと、午後のヴァルドン事件についてのムニョーズ刑事とホーガン刑事との公判前打ち合わせも。ヴァルドン事件の公判までまだ二週間あるから。そうね、来週金曜日まで延期。それから今後数日は、電話はすべて取り継がず、あなたが用件を聞くこと、地方検事自身からの呼び出しか火事の知らせでもない限り」はたしてマリソルは笑ってくれるかしらと思いながら、C・Jは微笑みかけた。

相手は笑う気はさらさらないらしかった。「わかりました」身を翻してデスクに戻るまえにマリソルが言ったのはそれだけだった。廊下を戻りながらスペイン語で不平を言う声は、マリソルがばたんと音をたてて閉めていったドアの向こうからでもはっきりと聞こえた。たぶん建物が火事になっても教えてはくれないだろう。二人の関係はそのくらい悪化している。しかし煙探知機が作動するだろうし、飛び降りるにしてもここは二階だから。チーム・プレイなんてまったく論外だった。

一人になったC・Jは、ワインカラーの人造皮革の椅子に座ったまま、窓の外の通りの向こうにあるデード郡刑務所、通称DCJを眺めた。いまあそこに彼女をレイプした犯人がフロリダ州の囚人、矯正局の客人として、保釈なしで収監されている。彼女は冷えたコーヒーをすすりながら、一日の仕事を終えて戻ってくる検察官たちを眺めた。ファイルを腕に抱えている者。箱に入れて折りたたみ式のカートに載せて引いている者。今日のチェンバース博士との面談のあと、昨日から彼女を包んで見通しを阻んでいた濃い霧が晴れはじめ、ものごとの筋道が見え、視野が開けてきた。いまは目標が見えているし、行くべき方向もわかっている、と彼女は思った。たとえそれが結局は間違った方向でもかまうものか。

徒労だろうとは思ったが、ニューヨークの未解決事件班に電話して、奇跡が起こっていたかどうかを確かめた。未解決事件班の事務員から、DNA起訴はまだ実験的なものとみなされ、これまで五件の先例があるだけだと聞かされても、驚きはしなかった。C・Jの事件はその五件には入っていなかった。したがって、ニューヨークでバントリングを起訴するという選択肢は決定的に潰《つい》えたわけだ。

C・Jに必要なのは解答だった。昨年、キューピッド事件の担当になって以来、つねに頭を悩ませてきた多くの疑問に対する解答。そしてこの十二年間、何度も何度も繰り返し自問してきたあの事件についての疑問に対する解答だ。あの人物、あのウィリアム・バントリングという怪物についてすべてを知りたい、知ることができるすべてを知らなければならないという圧倒的な衝動と強迫的な思いが、彼女を襲っていた。バントリングとは何者か？ どこから来たのか？ 結婚しているのか？ 子どもは？ 家族は？ 友人は？ どこで暮らしていたのか？ 何をして生計をたててきたのか？ どうやって被害者たちを知ったのか？ どこで被害者たちに会ったのか？ どうやって犠牲者を選んだのか？

どうやってクローイ・ラーソンを知ったのか？ どうやって自分を選んだのだ？

強姦犯人になったのはいつ？ 殺人者になったのはいつ？ 被害者はほかにもいるの？ まだ知られていない被害者がほかにもいるのだろうか？

自分のような被害者がほかにもいるのか？

それに理由だ。どうしてバントリングは女性を憎むのか？　どうして女性を切り刻み、痛めつけるのか？　どうして心臓を抉り出すのか？　どうして殺すのか？　どうして彼女たちを選んだのか？

どうして自分を選んだのか？　どうして自分を殺さなかったのか？

彼女自身のレイプ事件とキューピッド殺人事件は十二年以上、そして一五〇〇キロ以上も離れているが、いまC・Jは問うべき質問を区別するのが難しくなっていた。両方の事件を分ける境界線がぼやけ、疑問が分かちがたくからみあう。求める解答は同じだったから。

この十二年、バントリングはどこに隠れていたのだろう。病んだ危険な妄想をどこで発散していたのか？　連続殺人犯や小児性愛者を扱った検察官としての体験から、また何年ものあいだに参加した数え切れないほどのセミナーや会議で学んだことから、C・Jは暴力的性犯罪がいきなり起こるものではないことを知っていた。それに理由もなくとつぜんやむこともない。ふつうは徐々にエスカレートしていき、ついに歪んだ性的妄想が行動に移される。妄想が実行されるまでに数週間、数カ月、ときには何年もかかることもあり、それまではごくふつうの善良な市民、最高の隣人、最高の同僚、最高の夫に見える。誰もうかがい知ることのできない頭のなかだけで、禍々《まがまが》しい破壊的な妄想が泡立ち、沸騰《ふっとう》し、やがて溶岩のように脳からあふれ出て、すべてを焼き尽くし、最終的に行動化される。〝無害な〟のぞき魔が強盗になる。強盗が強姦犯になる。強姦犯が殺人者にエスカレートする。要するに妄想が次の段階に進む、そういうことだ。犯罪を犯しても発覚しない。そのたびに犯人はさらに大胆になり、かつては存在した境界線が消滅して、もっと簡単に次の犯罪に手を染める。連続強姦犯人は外部から阻まれるまで犯行をやめない。つまり刑務所に入って物理的に犯罪を犯すことが不可能になるか、死ぬまで。

バントリングは典型的な連続殺人犯タイプだ。それにサディスト、他者を痛めつけてその苦痛に喜びを感じる人間。C・Jはまた十二年前の嵐の夜を思い起こし、何時間にも思われた一分一分を甦らせた。彼はすべてを最初から最後まで完璧に計画し、妄想を実現するための〝道具を入れたバッグ〟まで用意していた。レイプするだけでは足りなかったのだ。痛めつけ、貶《おとし》め、ありとあらゆる方法で暴行を加えなければ満足できなかった。彼女の苦悶が彼に火をつけ、性的興奮を煽った。だがバントリングの最も強力な武器はバッグのなかにはなかったし、手にしたのこぎり刃のナイフでもなかった。それは彼女に関する微にいり細をうがつ情報だった。彼女と彼女の家族、交際相手、大学や仕事についての、ニックネームから好みのシャンプーまでの細かい個人的な、身近な者でなければ知らないはずの情報。それをバントリングは剣のように振りまわし、彼女の人間への信頼、未来への自信をずたずたに切り捨てた。あの晩、クローイ・ラーソンはいきあたりばったりに犠牲にされたのではなかった。彼女は選ばれたのだ。獲物として狙いをつけられていたのだ。

そこで、C・Jが考えるようにバントリングが連続強姦犯から連続殺人者へとエスカレートしたのだとすれば、一九九九年四月にキューピッド事件が起こるまでの十一年間の犠牲者はどこにいるのだろう?

通りの向こうに収監された被疑者バントリングは、ずいぶんさまざまな場所を転々としていた。ニューヨーク、ロサンゼルス、サンディエゴ、シカゴ、マイアミ。バントリングが住んだことのある州の犯罪記録をあたってみたが、何も出てこなかった。交通違反の切符すら切られていない。

書類上のバントリングは模範的な市民だった。十年以上も怒りや妄想に蓋をしておとなしくしていたが、とうとう爆発してキューピッド事件という残虐で野蛮な犯罪を犯したのか？　それは疑わしいとC・Jは思った。自分を襲ったとき、バントリングがあれほど慎重で入念な計画をたてていたことから見て、自分は最初の犠牲者ではないだろうし、あのときの暴力のふるい方からは自制心が強いとは思えない。次の犠牲者をつけ狙う数カ月ほどでも、自分の妄想や怒りを抑えるのは難しかっただろう。まして十年余も自制しきれるとはとうてい考えられない。自分も殺されるはずだったが、たまたま生き永らえただけなのか。C・Jにはわからなかった。それとも、意図的に生かしておいたのか？

捜査本部も解答を求めてバントリングの人生を洗いざらい調べていることを、C・Jは知っていた。本部でもすでにバントリングが住んだ州や都市から記録を入手している。数日のうちには捜査官らが国中に飛び、サウス・ビーチでメスを振りまわす異常者になる前、バントリングがカリフォルニアで斧を振るって殺人を犯していたというような事実が判明しないかと、元隣人、元上司、元ガールフレンドなどに話を聞いてまわるはずだ。キューピッド殺人事件被疑者バントリングの氏名と人物像はもうFBIのVICAPデータベースやインターポールで照合されて、類似性のある未解決事件が他の警察管内あるいは国で起こっていないか調べられていた。バントリングの出張先の都市で複数の若い女性の失踪事件が起こっているのではないか？　だが、それらしい事件はなかった。ただし、当然ながら捜査本部の調査対象は殺人事件だったが。

地方検事局が加入しているオンラインの司法調査会社ウェストローを使って、C・Jは解答を探しはじめた。まず一九八八年以降バントリングが住んでいた街の古い新聞記事だ。最初はロサンゼルス。ロサンゼルスは居住期間がいちばん長く、一度市内で転居しているが、一九九〇年から九四年まで暮らしている。手始めにこの期間の『ロサンゼルス・タイムズ』で、キューピッド事件のキーワードであるブロンド、女性、失踪、四肢切創、傷害、殺人、襲う、ナイフ、暴行を使って検索してみた。二十の違った言葉を二十通りに組み合わせてみる。ウェストローのサービスセンターに電話をかけて、上手な検索の方法を聞いてもみた。だが何もひっかかってこなかった。失踪し殺害された売春婦が何人か、それから関連性のない家庭内暴力事件がいくつか、十代の家出。どれもキューピッド事件との類似性はない。同一犯を思わせる共学の大学に通う女子学生やモデルの事件は見あたらなかったし、未解決の儀式的殺人も心臓を抉り取られた事件もなかった。『シカゴ・トリビューン』『サンディエゴ・タイムズ』『ニューヨーク・タイムズ』『デイリー・ニューズ』それに『ニューヨーク・ポスト』もあたってみたが、成果はなかった。次に用語を改めて『ロサンゼルス・タイムズ』を検索した。今回は五つだけだ。女性、強姦、ナイフ、道化師、マスク。

該当記事は三つだった。

一九九一年一月、カリフォルニア大学ロサンゼルス校の女子学生がキャンパスの外にあるマンションで午前三時に目を覚ますと、ベッドにのしかかるようにゴム製の道化師のマスクをかぶった男が立っていた。女子学生は数時間にわたって激しい暴行を受け、殴打され、強姦された。犯人は不明、一階にあるマンションの窓から逃亡した。

一九九三年七月、午前一時に勤務を終えたばかりの女性バーテンダーが、ハリウッドにあるマンションでゴム製の道化師のマスクをつけた身元不明の男に驚かされた。彼女もまた激しい暴行を受けた。さらにナイフで何カ所も傷つけられていたが、記事によると生命はとりとめるもようだという。この犯人も捕まっていない。

一九九三年十二月、サンタ・バーバラに住む女子大生がマンションの一階で、真夜中に窓ガラスを割って侵入した正体不明の男に激しい暴行を受け、強姦された。犯人はゴム製の道化師のマスクをかぶっていた。この犯人も何者なのかわからず、捕まっていない。

三つの記事。ゴム製の道化師のマスクをかぶった三人の犯人。手口は全部同じ。マンションの一階、マスクをかぶった正体不明の男、残虐な強姦。犯人は同一人物に違いない。C・Jは検索対象を広げ、西海岸を北上したサンルイ・オビスポでも同様の事件が起こっているのを発見したが、こちらはゴムのエイリアンのマスクだった。

被害者が四人。しかもまだ調べはじめたばかりだというのに。これらの事件は三年間に四つの郡で、たぶん異なる三つの警察管区で起こっていたから、誰も関連性に気づかなかったらしい。C・Jは『タイムズ』にもあたってみたが、一連の事件に関係がありそうなことは何も見つからなかった。ただハリウッドの女性バーテンダーのその後について、二行だけの短い記事が一つ。事件から四日後で、身元を明らかにしないまま、被害女性が退院して親族のもとで療養することになったと記されていた。警察は捜査中だが、犯人は逮捕されず、容疑者も特定されていない。市民はなんらかの情報があったらロサンゼルス警察に通報してほしい、と。『タイムズ』は他の三人の被害者についてはフォローもしていなかった。

バントリングが一九九四年マイアミに来る以前に住んでいた他の都市についても調べてみた。一九八九年九月にシカゴで、エイリアンのマスクをかぶった犯人による同じ手口の強姦事件が一件起こっていた。それから一九九〇年初めにはサンディエゴで道化師のマスクをかぶった犯人による事件。これで六件。しかも、警察に通報された事件だけだ。バントリングが犯人なのか、それとも偶然か。C・Jはオートトラックにあったシカゴとサンディエゴのバントリングの住所をマップクエストで調べ、二つの記事の強姦被害者の住所とつきあわせてみた。バントリングはどちらからも一五キロほどのところに住んでいた。C・Jは息詰まる思いで一九九四年以後のサウス・フロリダの新聞を調べはじめた。『マイアミ・ヘラルド』『サン・センティネル』『キーウェスト・シチズン』それに『パームビーチ・ポスト』だが、何もなかった。

裁判所に押収されたバントリングのパスポートをめくった。ブラジル、ベネズエラ、アルゼンチン、メキシコ、フィリピン、インド、マレーシア。バントリングはトミー・タンの仕事で、その前はインドゥ・エクスプレッションズというカリフォルニアのやはり高級家具デザイン会社の仕事で、世界中を駆け巡っていた。どこでも出張先での滞在は二週間から一カ月に及んでいる。トミー・タンが検事局に提出したリストによると、バントリングが訪れた家具製造工場や展示場は大都市周辺の貧しい町にあるらしい。身元を隠して行動するのは簡単だっただろう。何度も訪れている都市も多い。犠牲者は海外にもいるのだろうか？

C・Jはローロデックスを繰って、リヨンのインターポールにいるクリスティン・フレデリック捜査官の電話番号を探した。クリスティンとは数年前、サウス・ビーチのホテルに滞在中にショットガンで自分の家族を皆殺しにした容疑者の件で一緒に仕事をしたことがあった。容疑者の男はドイツの山岳地帯に高飛びし、ミュンヘンでシュニッツェルを食べているところをインターポールとドイツの警察に発見された。アメリカへの送還にあたって、クリスティンが尽力してくれたのだ。容疑者がマイアミに戻されるまでに要した数カ月のあいだに二人は親しくなった。だが、音信が途絶えてだいぶたつ。

一度目の電話には、クリスティンの留守番電話が応答した。フランス語、ドイツ語、スペイン語、イタリア語、それにありがたいことに英語で。C・Jは腕時計を見た。午後十時半をまわっている。時間をすっかり忘れていた。時差を計算すると、フランスのリヨンではようやく夜が明けたかどうかというころだろう。C・Jは自分の名前と電話番号だけを告げ、クリスティンが覚えていてくれますように、と祈った。

外は暗かった。太陽は何時間も前にエヴァーグレーズの向こうに沈み、部屋の明かりは父にもらったチェーンを引いてつけるタイプのデスクランプだけだった。ぎらぎらした蛍光灯の明かりだと、何時間かすると目がちかちかして痛くなる。このデスクランプの家庭的ななつかしさがC・Jは好きだった。閉じたドアの向こうの廊下は真っ暗で、とうに人気がない。階下のロビーにいるはずの警備員を呼んで、車まで送ってもらったほうがいいかもしれない。

C・Jは、通りの向こうのどの階にも煌々《こうこう》と明かりがついているDCJを、窓からもう一度眺めた。鉄条網の塀のすぐ外には沈んだ顔の見知らぬ人々が、ボーイフレンドやガールフレンドやヒモやビジネス・パートナーや母親が収監され、あるいは釈放されるのを待って群がっている。保釈金を払って出ていく犯罪者と入れ替わりにパトカーが新しい犯罪者を連れてくる。鉄条網に囲まれた薄汚れた灰色の建物、その鋼鉄のドアと鉄棒がはまった窓の奥に、矯正局の監視のもと、ウィリアム・ルーパート・バントリングが収容されているのだ。過去十二年、彼女が逃げ隠れしてきた相手は、通りを隔てたすぐそこ、五〇メートルと離れていないところにいる。もしこの瞬間、窓辺に寄っているとしたら自分の姿だって見えるはずだ。いつでも見ているからなと脅したとおりに。そう考えると身震いが出て、肌が冷たくなった。

C・Jはデスクに目を戻し、ブリーフケースを片付けて帰宅することにした。暗い部屋でコンピュータの画面だけがぎらぎら光っている。その画面に残っているのは、ウェストローが引っ張り出した最後の新聞記事だった。検索対象の州はニューヨーク。新聞は『ニューヨーク・ポスト』。彼女は記事の言葉を見つめていたが、読む必要はなかった。日時は一九八八年六月三十日。紙面では強姦された二十四歳の被害者の名は明らかにされていなかったが、そんなことはどうでもよかった。C・Jは被害者を知っていた。

デスクランプのチェーンを急いで引いて消し、コンピュータの電源を落とす。それから両手に顔を埋め、誰にも見えない暗闇で彼女はせきあげるように泣きだした。

35

金曜日午前八時十分、C・Jは再びデスクにいた。またも眠りはきれぎれで、悲鳴とおなじみの悪夢に悩まされ、とても休まるどころではなかった。それで午前五時、時計の赤い数字を見つめるのをやめてベッドから抜け出し、ジムで一汗かいてから、州間道路95号線を通って出勤したのだ。

ドミニクからは昨日オフィスの留守番電話に二つのメッセージが入っていたが、帰ってみると自宅のほうにも一つ残っていた。どうして監察医事務所に来なかったのか、何かあったのではないかと心配している、という伝言だった。それに昨日ニールソン医師と話したあと、捜査に新しい展開があったらしく、帰宅したら電話をしてくれという。

考えてみれば皮肉だった。何年かぶりに、ようやく人生で特別な存在になれるかもしれない男性と出会ったのに。話を聞いてもらい、親しくつきあって、もしかしたら閉鎖的な自分の暮らしに受け入れることができるかもしれない男性。ドミニクと話していると言葉に困ることがなかった。黙っていても気まずくなかった。おざなりの会話などなかった。交わす言葉すべてに実感があり、とりたててどうということのない話題でもいい加減ではなかった。それに馬鹿げているかもしれない――子どもっぽいかもしれない――が、C・Jは彼の声を聞いているだけでどきどきし、今度は何を言うか、何を話してくれるかとわくわくした。どの言葉もどの事実も大きなジグソーパズルの一片一片で、それが集まって彼がどんな人間か、何を考えているのか、何に関心があるのかが見えてくるような気がした。

警察官に魅力を感じたことは一度もなかった。たいていは強圧的で、ひたすら出世街道を歩んでいる。警察の仕事とはそういうものなのだ。C・Jは支配される人間ではない。だからドミニクがふつうの警察官とあまりに違うのでびっくりした。彼は強かったが威圧的ではなく、すべての状況を支配していたが強圧的ではなかった。特別捜査本部なんてものは、上に立つのがべつの人間だったらエゴのぶつかりあいになっていたに違いないが、彼のもとでは一致団結して戦線を組んでいた――ライトやカメラの放列を一年間浴びてきても、それは変わらなかった。それにドミニクは話し上手というより聞き上手だということにもC・Jは気づいていた。これも警察官にはめずらしい。というか、男性にはめずらしいことだった。この十カ月に、二人には被告人や公判前の会議以外にもたくさんの話題があることがわかった。チャンスさえあれば共通の興味について さらに突っ込んで話し合えただろう。自転車、旅行、芸術。

これまで会ったどの男性にもこんなに興味を覚えたことはなかった。マイケルでさえ。ドミニクについてはなんでも知りたいと思っている自分にC・Jは気づいた。そしてあの晩彼女への想いを垣間見せたドミニクのほうも同じ気持ちなのではないかと思った。彼もまた、自分のすべてを知りたいと思っているのではないか。心を開いて彼を受け入れることもできたのに、と思う。それが辛かった。せっかく芽生えた親しみや想いが充分に花開く前に摘み取ってしまい、どんなふうに育っただろうと思い返すことが。なぜなら、心を開いてもいいと思ったけれど、いまとなってはもう不可能だからだ。彼もゲームのもう一人の犠牲者だ。

C・Jはふと、彼に電話をして声を聞こうか、二日前の晩に戸口で味わった信じられないほど温かな気持ちをもう一度だけ味わおうかと考えた。だが、浮かんできたときと同様に、すばやくその考えを打ち消した。キューピッド事件の処理を進めるという決意には代償が必要だった。C・Jはそれを知っていたし、受け入れたのだ。

いずれにしても、いつかは彼と話をして職業人どうしという立場に戻り、事件の捜査を進めなければならない。どうすればうまくいくかと考えているとき、電話が鳴った。

「地方検事局、検事補タウンゼンドです」

「ボンジュール、マダム・プロセキュトール」

クリスティン・フレデリックだった。

「クリスティンね？　お元気？」C・Jはフランス語で話してみようとは思わなかった。そんなことは試してみないほうが無難だ。

不都合はなかった。返ってきたのは、わずかにドイツ訛はあるものの完璧な英語だった。

「C・J・タウンゼンドね！　お久しぶり！　太陽がさんさんと照るそちらはどんな具合？」

「太陽がさんさんと照ってるわ。そちらは？」

「わたし、犯罪を犯すならフロリダに限るっていつも言ってるのよ、C・J。いつもお天気がよくて暖かいんですもの。こっちも悪くはないわ！　文句は言えないわね。でも、太陽がさんさんというわけにはいかない。この街は雨が多いの」

「フロリダで犯罪を犯すのはよしなさい、クリスティン。リビエラにいたほうがいいわよ。そっちの国際犯罪者は少なくともリッチだし、食べ物もおいしいでしょ――ええと、高校のフランス語で習ったんだけど、なんて言ったかしら？　マニフィーク？」

クリスティンは笑った。「トレ・ビアン、モナミ！　お上手！　ところで、昨日のメッセージを聞いたわ。いま、話してもかまわない？」

「ええ、もちろん。こんなに早く電話してくださってありがとう。助けてもらいたいことがあるの。まだワシントンを経由したくなくって。公式ルートには乗せたくないのよ」

「いいわよ。どんなこと？」

「インターポールで手口を調べて、何かあがってくるか見てほしいの。マイアミで連続強姦事件の被疑者らしい人間を逮捕したのだけれど、こいつがしょっちゅう外国旅行をしていてね。主に南アメリカの貧しい国なのよ。それとメキシコにフィリピン。そちらに合致するデータがあるかどうか知りたいわけ」

「どんな事件？」

「被疑者は白人で、年齢は四十代初め。犯行時、マスクをつけている。道化師かエイリアンのマスクが好きらしいけれど、ほかにハロウィーンのお面みたいなのも使っているかもしれない。ゴムのマスクよ。ふつうはマンションの一階に押し入り、一人暮らしの若い女性を襲う。犯行に及ぶ前にしばらく被害者につきまとっているらしいわ。凶器はナイフで、ほとんどの事件では被害者を縛り上げている」C・Jは一息ついて、少なくとも自分には冷静で落ち着いていると思える声で続けた。「それから犯人はサディストだという証拠があるの。好んで被害者を痛めつけるのよ。ひどい切られ方をした被害者が何人もいるわ。胸と性器周辺をずたずたにされて」

受話器の向こうでクリスティンがメモをとる音が聞こえていた。「それだけ?」

「ええ。過去十年を遡《さかのぼ》って調べてちょうだい。一九九〇年からね。そのころから、外国旅行が始まっているのよ」

「DNAは?」

「だめ。なしよ。指紋、精液、毛髪もぜんぜんない。犯行現場にはまったく痕跡なしなの」

「被疑者の氏名は教えてもらえる?」

「氏名でインターポールのデータを検索するのは、もうやってみたわ。だから、新しいやり方をしてみたいのよ。氏名なしで検索してもらえないかしら。類似性だけを探してほしいの」

「わかったわ。やってみる。南アメリカのどことどこを調べればいい?」

C・Jはバントリングのパスポートのコピーを取り上げ、国名を読み上げた。「ベネズエラ、ブラジル、アルゼンチン」

「オーケー、それとフィリピンにメキシコね。ほかには?」

「あとマレーシアとインドもお願い」

「わかった。何か見つかったら電話するわ」

「ありがとう、クリスティン。週末に何か見つかったときのために、携帯電話の番号を知らせておくわ。九五四-三四六-七七九三よ」

「まかしといて。そうそう、マイアミ・ビーチで休暇中に家族を皆殺しにした男、あれはどうなった? ドイツで見つかった犯人」

「死刑判決を受けたわ」

「ふうん」

C・Jは受話器を置き、昨夜のドミニクのメッセージを思い浮かべた。監察医事務所のジョー・ニールソンのところで何がわかったのか、状況を知っておかなければならない。電話を取り上げた彼女は、マニーの携帯を呼び出した。ドミニクが同じ部屋にいないといいのだけれど。

「検察官! ブエノス・ディアス! 昨日はどうしたんです? 監察医んとこに来なかったじゃないですか?」

「おはよう、マニー。まだ捜査本部に着いてないの?」

「ご冗談を。起きたのが二十分くらい前でね。いま、車でリトル・ハヴァナの8号線を走ってるとこです。朝の一発を探してんですよ」

「あなた、ドラッグ切れの麻薬患者みたいに聞こえるわよ、マニー。キューバ風コーヒーで目が覚めなきゃ、何をもってきたって覚めないんでしょうけどね」

「そうなんすよ。あれなしじゃ、頭がまったく働かないとこまできてましてね」

「これからニールソンに電話するんだけど、その前にあなたに電話して、昨日のようすを聞いておこうと思って」

「ドミニクには電話したんですか？　昨日、あなたを探してたけどなあ」

後ろめたさに襲われて、C・Jは顔をほてらせた。ドミニクはわたしたちのことを何か話したのだろうか？　あの晩のことは？　「いいえ、まだよ。あとで電話してみるわ」

「そう。ああニールソンね——言っちゃ悪いが、あいつはくそったれの変態だと思いますね。いや、汚い言葉を使っちまって申し訳ない、検察官。ニールソンが言うには、プラドはハロペリドールを注射されてたそうです。死体からかなりの量が発見されたんだそうで」

「ハロペリドール？」

「ええ、商品名はハルドール」

「それ、バントリングに処方されていたのをドミニクが発見した薬ね？　家宅捜索で」

「そのとおり。けったくそ悪い変態野郎は、おれの仕業だとばかりにちゃーんと証拠を置いといてくれたわけですよ、そうでしょ？」背後でにぎやかなラテン音楽と、スペイン語と英語が交じり合った大勢の人声が聞こえている。マニーは歩いているらしく、ふうふうと息を荒らげている。

「いまどこなの、マニー？」

「言ったでしょ。一発やりにいくとこ」マニーが誰かに叫ぶ声が聞こえた。「メ・プエデ。ダル・ドス・カフェチートス」それから、携帯電話に向かって。「正直言うと二杯ですがね。今日も長い一日になりそうだ。ベストの体調でのぞまんとね」

携帯電話の交信状態はよかった。よすぎた。マニーが二杯のコーヒーをごくごくと飲む音まで聞こえてくる。「ふう」とため息をついたマニーは、また喘ぎながら歩きはじめたらしい。ラテン音楽が遠ざかる。

「すると、プラドの血液からハルドールが検出されたのね。どうして、そんなことをしたのかしら？　その薬はどんな作用があるの？」C・Jは聞いた。「ニールソンには聞いた？」

「精神安定剤だそうです。患者をおとなしくさせるんですよ。精神病の発作を起こしてる病人に、医者が使う。すると落ち着いて、静かになる。名探偵ニールソン博士のお説だと、キューピッドは被害者をおとなしくさせて、レヴェルから連れ出すのに使ったってんですがね」

「あなたはそうは思わないの？」

「いや、ニールソンの言うとおりでしょう。だが、べつのこともやってるかもしれんと思うんですよ。とくにこのハルドールってのは、ルーフィーやリキッド・エックスと同じような効き目があるんだそうで。ああいうデート・レイプ用の薬をもってうろついているやつらがいるじゃないですか。そいつらも、人目があっても平気。クラブから連れ出されるとき、女の子のほうは意識なんかありゃしない。それで、孫子の代までヴァージンじゃいられないくらいやりまくられたあげく、どっかの汚いホテルで眠れる美女みたいに目を覚まし、レイプ犯の変態に『ここはどこ?』って聞くんだ。

べつに、ニールソンに反対じゃないですよ、検察官。だが、彼が身体のあちこちをぴくぴくさせてるのを見ていると、妙な気分になるんですよね。ほれ、目だっていつもぱちぱち瞬きし続けてるでしょうが」

「そうね。何か医学的な問題があるのかもしれない」

「それにしても変なやつですよ、言わせてもらえばね。だが、肝心なことはまだ話してなかったな——ニールソンはこれも得々と話してくれたんですがね——被害者の体内からほかの薬も発見されたんですよ。その薬はどうも点滴で投与されたらしい。方法はそれしかないんだそうだ。死亡時にもその薬が被害者の血管に流れ込んでいただろうと言うんです。ミヴァクロンってんですがね。商品名です。聞いたこと、ありますか?」

「いいえ」

「おれもです。この薬は筋弛緩剤なんだが、意識には作用しない。ただ身体が麻痺するだけなんです。そこがものすごいところで、痛みにはなんの効果もないんですよ。すべてを感じ続けている、ただ動けないだけ。想像できます? ニールソンは、キューピッドが被害者の胸骨をへし折って、心臓を抉り取っているとき、その薬を被害者に投与していたんだろうと言うんです。それから瞼にテープを貼ってむりやり目を開けさせ、すべてを見させてた形跡があるって」

C・Jには言葉が見つからなかった。ある場面が脳裏をよぎる。バントリングは彼女の胸をナイフで切り裂くとき、目を開けていろと言った……。思わず手をやって胸をかばうと、頭いっぱいにあふれる激痛、何度も何度も、ただし頭のなかだけで響き渡った悲鳴が甦ってきた。めまいと吐き気がして、朝飲んだ二杯のコーヒーが胃のなかで波立ち騒ぐ。急いで椅子に座りなおした。

だいぶ沈黙があって、マニーの大声が聞こえてきた。「検察官？　聞こえますか？」

「ええ、聞こえるわ、マニー。ちょっと考えてたの」かすれた小さな声で答えた。脳貧血を起こしたらしい。頭を両膝のあいだに突っ込んで血の巡りをよくし、これ以上は堪えられないイメージを押しのけようとする。もっとタフにならなくてはいけない。もっと強くならなくちゃ。なんとしてもやりぬくと決意したじゃないの。

「電話が切れちゃったかと思いましたよ。それでニールソンは、そういう目にあったのはプラドだけじゃないだろうと考えた。ほかの九人の被害者の検査をやり直してるところです。探すべき薬がわかりましたからね。今日にも結果が出るかもしれないな。四時までに連絡がなきゃ、ドミニクが電話してみるそうです。そっちからも連絡してくださいよ」

C・Jは身体を起こした。めまいは消えていた。

「ニールソンにはわたしが電話します。プラドの遺体も見たいし。遺体発掘の必要もあるかもしれないわね、火葬でなかったらだけど。それから、バントリングにハルドールを処方した医者のことも調べてもらわないと。誰がなんの治療をしていたのか、知りたいわ」

「エディ・ボウマンが昨日、その医者に電話しましたよ。名前はファインバーグだったか、ファインスタインだったかな。そんな名前です。その医者はボウマンに、令状もなしで聞いても無駄だよと言い、バントリングが患者だったことさえ認めなかったそうです。医者の守秘義務ってやつですよ。『いやいや、刑事さん、患者が何人の女性を殺したかなんて言うわけにはいきませんよ！　患者は美人の心臓を抉り出した廉《かど》で刑務所行きになるんじゃないかなどという心配なしに、セラピストと自由に話し合えなければなりません』ってね」

「わかったわ。それじゃ調べて、令状を請求しましょう」

だいぶたっても、返事がなかった。マニーはタバコを吸っているらしく、そばを通り過ぎる車の音が背景に聞こえている。

「おれたち、まさに猟奇殺人犯を捕まえましたよね、そうでしょう？」

「ええ、ほんとうにそうね、マニー」C・Jも静かにうなずいた。

「あとは、そちらの出番です、検察官。みんなのためにがんばってくださいよ、で、あの変態野郎に確実に止《とど》めを刺してやらなくちゃ」

36

デスクでコンパクトをのぞいて手早く化粧を直してから、C・Jは法廷に向かった。次の金曜日に予定が入っている裁判の関係で処理しなければならないことがあった。キューピッド事件を担当し続けるなら、よほど気持ちを引き締めてかからないといけない。チェンバース医師は正しかった——一九八八年六月三十日の苦悶を思い出させる出来事をこれから毎日のように見聞きするだろう。すでにいろいろなことがあって、その一つ一つが強烈なパンチのようにこたえていた。いちばんひどい悪夢も再発した。もし自分をコントロールしきれなかったらどうなるか？　またノイローゼになる？　また安全策を施した部屋に入院し、セラピーを受ける？　すべては自分をコントロールできるかどうかにかかっていた。しっかり手綱を握っていなければならない。気分、感情、すべてをコントロールしつつ、そのうえ何があってもあわてない覚悟が必要だ。今度こそ、負けるものか。今度こそ、あいつに勝ってやる。

法廷のあと、ニールソンに会ってアンナ・プラドの遺体をもう一度見るために、監察医事務所に出かけた。アンナが発見された夜に遺体は見ているが、その注射の跡というのを自分で確認し、点滴が行われた部位を見ておいたほうがいい。遺体は月曜日に埋葬される予定で、遺族は土曜日と日曜日に通夜をしたいと言っていた。だから、アンナが葬儀屋に運ばれる前に検分する最後の機会になる。

マニーの言ったとおりだった。ニールソンは職務に熱心すぎるきらいがある。C・Jに臀部の注射の跡とくるぶし及び右手の茶色に変色した血管を見せ、最後に点滴の管がミヴァクロンをアンナの体内に送り込んで、息を引き取る前に身体を麻痺させた部分を説明しながら、医師は興奮して部屋を飛びまわり、身体をぴくぴくひきつらせていた。

ニールソンは他の九人の被害者を解剖した際の写真を調べ、少なくとも四人については注射の跡らしい不審な痕跡を見つけていた。六人についてはハロペリドールの有無を調べる予備的な毒物検査がすんでいて、すべて陽性。ミヴァキュリウム・クロライドの検査はまだ数日かかるという。

誰かが死んでこの世を去ったとき、生きている者は死者の魂がようやく〝安らか〟になったと考えて自分を慰めたがる。死への対応策であり、死という冷厳な現実から目をそらすための手段なのだろう。だがC・Jにはそんなことは信じられなかった。無神論者ではない。神さまもこの世よりましな来世も信じているし、たいていの日曜日には教会へも行く。だが死者が安らかだと信じるほどナイーブではなかった。とくに若すぎる暴力的な死を迎えた者、予告もなくいきなり生命を奪われた者が安らかなはずはない。なぜ自分は死んだのに、生命を奪った者の多くはいまも地上を歩きまわり、母親にキスし、家族と顔をあわせているのか、と問い続けているに違いない。今日はアンナ・プラドが葬儀屋に引き取られていき、最後のパーティの身支度をする番だった。いまはブロンドの髪に乾いて黒ずんだ血をつけ、睫を引きちぎられ、胸を黒い糸で縫い合わされて、生気の抜け切った顔で冷たいストレッチャーに横たわっている。その顔がなんて悲しげに見えるのだろうとC・Jは思った。なんと悲しそうで、怯えてみえることか。アンナ・プラドが安らかに眠る日は来ないだろう。

C・Jはランチを抜いて、代わりにダンキン・ドーナツで余分のホイップド・クリームを載せたコーヒー・クーラーダとマルボロを一箱頼んだ。午後、自分のオフィスに戻ってドアを閉めた彼女は、昨夜遅く見つけてプリントアウトしておいた六種類の新聞記事を挾んだファイルを開いた。それぞれの事件の内容を確かめる必要があった。新聞記事だけでは詳細はわからない。事件が起こった順序に従って、まずシカゴ警察に電話をかけた。

「シカゴ警察記録係、ロンダ・マイケルズです」

「こんにちは、マイケルズさん。わたしはマイアミ・デード郡の地方検事局の検察官ですが、お尋ねしたいことがあるんです。そちらの管内で起こって処理されたはずの、だいぶ前のレイプ事件の情報が必要なのです。けれど、わかっていることが限られておりまして——」

「事件番号はおわかりですか？」マイケルズは疲れた声でさえぎった。毎日求めに応じて何百件もの書類やら記録やらを調べていたのでは、おしゃべりに時間を費やす気にもなれないのだろう。

「さっきも言いましたが、詳しいことはわからないのです。一九八九年の新聞記事の内容しか」

「容疑者の名前は?」

「わかりません。新聞記事からすると、容疑者は特定されなかったようです。それで困っています。いまこちらで扱っている事件と関連があるようなので、もっと詳しいことを知りたいのですが」

「容疑者の名前はなし、と。じゃ、被害者の名前は? そっちから探せるかもしれません」

「それもわかりません。新聞記事にはありませんでした」

「それじゃ、お役に立てそうもないですね」短い間があった。「事件の日付は? 住所とか? 担当刑事の名前でも? 何かないんですか?」

「日付はわかります。一九八九年九月十六日。住所はシラー1162。マンションの部屋番号はわかりません。新聞にはシカゴ署の刑事が捜査中とあります」

「わかりました。それだけあればなんとかなるでしょう。ちょっとお待ちください。システムを走らせて、それからチェックしますから。少し時間がかかりますよ」

きっかり二十分後、マイケルズは電話口に戻ってきた。今度は機嫌がよさそうだった。

「見つけましたよ。警察の記録番号はF八九二二三四Xです。三ページありますね。被害者はウィルマ・バレット、二十九歳。マンションは一階で、暴行され強姦されました。マンションは1Aですね。お探しの事件はこれじゃないですか?」

「ええ、それのようです。その事件がどうなったか、教えていただけますか？　解決したんでしょうか？」

「待ってくださいよ。いま見ますから。いいえ、解決はしていませんね。犯人は逮捕されていません。担当刑事はブレナ、ディーン・ブレナです。まだ、勤務してるんじゃないかしら。もちろん、うちには何千人も刑事がいますから、わたしも全部知っているわけじゃないし、だいぶ前のことですからね。性犯罪課に電話を回しましょうか？」

「ありがとう。いまはけっこうです。うちの事件と関係があるかどうか、まず、その警察記録を見たいんですが。ファックスしていただけますか？」

「いいですよ。だけど二、三分、かかりますね。そちらの番号は？」

　番号を伝えてから、C・Jは大急ぎでファックスの設置場所に駆けつけた。ファックスがあって、ついでにマリソルもいる秘書たちの大部屋は、十くらいのデスクが合板の間仕切りで仕切られている迷路のようなところだ。重大犯罪課の中央に位置し、放射状に出ている短い廊下で周囲の窓のある検察官オフィスと結ばれ、長い廊下は警備装置付きのドアを通ってエレベーターホールに通じている。

　C・Jは夏のプールサイド・パーティにジーンズとパーカで紛れ込んだ、招かれざる客のような気がした。この迷路状の大部屋に自分は所属していない。さっきまで聞こえていた気楽そうな笑い声やおしゃべりは、ファックスのそばにC・Jが立っていると知れたとたんにやんだ。代わりに暗黙の警報が大部屋に流れ、気まずそうな沈黙が広がる。

会社や組織はどこでもそうだろうが、地方検事局でも働く人々のあいだに言葉にはならない社会的な階層があるとC・Jは感じていた。管理職は管理職と、法律家は法律家と、そして秘書や被害者側証人コーディネーターや法務補助職員《パラリーガル》は秘書や被害者側証人コーディネーターや法務補助職員とだけつきあう。もちろん階層を超えたつきあいもないわけではないが、一般的ではないし、多くもない。そしてC・Jには不利な条件が三つも揃っていた。まず検事補として管理職の一員であり、検察官だから法律家だ。そのうえマリソルの上司でもある。もちろんマリソルを使う立場なんて、並みの人間なら酒でも呷《あお》りたいところだが、それでもマリソルはこの大部屋の一員だから、外敵が来れば幌馬車《ほろばしゃ》が円陣を作って彼女を守る。それで迷路状の大部屋の真ん中にC・Jが立てば、とたんに内輪話はやみ、いっせいに監視の目が注がれるというわけだ。

一刻も早くファックスが届きますようにと祈りながら、C・Jはじっと見つめている秘書たちにこわばった笑顔を向け、秘書たちも大半は気まずそうな微笑みを返してきた。やけに長く感じられる数分が過ぎたあと、やっとファックスが動きだし、三ページの書類を吐き出す。最後にもう一度気弱い微笑を浮かべてみせたあと、C・Jはオフィスに戻ってドアを閉めた。

その夜七時までには六つの警察の記録係への連絡がすみ、それぞれの事件の記録がファックスで送られてきていた。

まるで、自分のレイプ事件を六回読み直させられている気分だった。侵入方法はどれも同じで、被害者が眠っている深夜、マンションの一階に忍び込む。レイプの手口も同じ。被害者は縛られて口をふさがれ、それから赤いポリエステルの髪の毛と眉毛に大きな赤い鼻のついたゴム製の道化師のマスクか、黒い目に真っ赤な口をしたエイリアンのマスクをかぶった男に暴行されている。凶器はのこぎり刃のナイフ。陵辱し痛めつけるのに使われた道具はさまざまだが、どれも傷跡を残していた。被害者はビール瓶、捻じ曲がった金属片、ヘアブラシなどで暴行されたと述べている。性器や子宮に重傷を負い、のこぎり刃のナイフで胸を切り裂かれていたが、犯人はまったく自分の痕跡を残していない。精液も毛髪も繊維も足跡や手形も、物理的な証拠は何ひとつないのだ。現場には犯人につながる証拠は何ひとつ残っていない。完璧に消されている。

だがすべてがバントリングの仕業だとC・Jが確信したのは、犯罪が物理的に似通っているからではなく、犯人が被害者の個人的私的なことの細々《こまごま》をやたらに詳しく知っていたからだった。その知識を犯人は武器として、被害者を痛めつける道具として使っている。気に入りのレストラン、香水、石けん。服のサイズやブランド名、勤務時間やボーイフレンドの名前。UCLAの大学生の場合には成績まで全部知っていた。ハリウッドのバーテンダーなら、直前三カ月間のビザカードの支払額。誕生日、記念日、ニックネームはもちろんだ。

バントリングだ、間違いないとC・Jは思った。疑いの余地はなかった。どの事件も未解決だし、関連性を疑われてもいない。逮捕者もなし、手がかりもなし、容疑者もなし。ただし、これまでは。

だが、それもこれも意味があるのだろうか？　C・Jは二日前にクイーンズ郡地方検事局のボブ・シュアと交わした会話を思い出していた。すでに湧いている疑問の答えを確認するのが怖かった。たとえ一件でも立件できたとして――物理的な証拠は何ひとつないのだから、それすら可能性が少ないことは検察官としてわかっていた――また、被害者が積極的に証言してくれるとしても、公訴時効に阻まれてしまうのではないか？　シカゴの事件は十年以上前だ。たぶんもうだめだろうと思っていたから、ウェストローでイリノイ州法を調べて十年で時効だと知っても驚きはしなかった。自分の事件と同じで、この事件ももうどうしようもないのだ。

だが、最後のカリフォルニアの事件は一九九四年三月二十三日、六年とちょっと前だった。最近では一部の州が公訴時効を変更し、ある種の性犯罪については時効期間を延長している。カリフォルニアは最もリベラルな州のひとつだ。もしかしたら、まだ時効になっていないかもしれない。カリフォルニア州法務局のウェブサイトで州法を見つけたC・Jは、性犯罪の公訴時効の条項を探した。答えを見つけたとき、C・Jは泣きたくなった。

公訴時効期間は事件の日から六年。五カ月遅かった。

37

ドミニクはウィリアム・バントリングの現在及び過去の上司、同僚、隣人、ガールフレンドに聞き込みをして週末を過ごした。バントリングとは何者なのか、どうして誰も彼が自分たちとは違う人間だと、じつは非人間的な怪物だと気づかなかったのか。ヒツジたちのなかで暮らし、働き、遊んでいるオオカミ、ヒツジの一頭一頭を順番に生贄《いけにえ》にしていくオオカミだったというのに、誰も——羊飼いさえも——その爪に、大きな耳に、鋭い歯に気づかなかったのだろうか。

ほとんどの関係者はアンナ・プラドの死体が発見されて四十八時間以内に捜査本部のほかのメンバーに事情を聞かれていたが、数日後にもう一度、話を聞く必要があるとドミニクは考えていた。もちろん刑事たちは充分な仕事をしていた。だが事件発覚から一日二日の余裕をみて、関係者に事態をのみこんで考えてもらいたかったのだ。そうすると、ふつうそれまでは気づかなかったが、いま考えてみれば思い当たるとか、なんだか変だったということが出てくる。

ファルコネッティ捜査官、そういえば、ウィリアムはいい隣人だと思ってましたが、よく夜中の三時ごろに大きな東洋のラグを巻いて車に運んでいましたっけ。あれは事件と関係があるんでしょうかね？

さらに数週間たったら、また一人一人会って聞き込みを繰り返す。何度も川を浚《さら》ってみれば、ときには金が見つかることもある。

バントリングは英国のケンブリッジで一九五九年八月六日に生まれていた。母親はアリスで主婦、父親のフランクは大工だった。一九八二年にファッション工科大学に入学、ニューヨークに移り住んだ。インテリア・デザインを専攻し、一九八七年に同大学を卒業。卒業後二年ばかり、ニューヨークやその周辺の小さなインテリア・デザイン会社を転々としてアシスタント的な仕事をしている。一九八九年にシカゴの小さな家具デザイン会社にデザイナーとして就職したが、八カ月後にその会社が倒産し、一九八九年十二月にはロサンゼルスに本社を置く家具デザイン会社インドゥ・エクスプレッションズで販売の仕事に就く。その会社に五年いたあと、一九九四年六月にマイアミに移り、サウス・ビーチのトミー・タン・デザイン家具に入社した。

ラゴースの隣人たちは誰もが同じようなことを言った。いい人に見えたが、よくは知らない。同僚からは、真面目でよく働く有能なセールスマンだと評価されていた。客への愛想はいいが、いったん交渉に入るとヘビのように食いついて放さない。友人は多くなく——事実上皆無——そのときどきの知り合いがいるだけで、その人々もみな彼のことはよく知らないと答えた。だが、殺人事件の捜査ではめずらしいことではないとドミニクは思っていた。親友が連続殺人犯だと知らされれば、知人だったとすら認めたがらず、まして親友だったなんて言わないのがふつうだ。一種の社会的烙印なのだろう。しかし隣人や同僚、知人の言葉が真実だとすると、バントリングはまったくの一匹オオカミだったらしい。

社会的烙印を恐れていないらしい唯一の人物は、六年間のバントリングのマイアミ生活で雇い主だったトミー・タンだった。ドミニクは二度、タンと話している。優秀な社員が連続殺人犯の容疑者だと知ったタンは、ショックを受けたなんてものではなかった。茫然自失というほうがまだしも当たっていただろう。タンは取り乱して泣きだしたが、幸い一度目のときにタンにすがられて慰め役をしたのは部下のヘクター、二度目はこれも部下のホアンだった。バントリングは少々高慢だったと認めたほかは（タンはそれも「性格が強くて、エキサイティングだった」と感じていた）、タンの口から出るのは「世界中からすばらしい隠れた宝石」を探してくるトップ・セールスマンへの褒め言葉ばかりだった。つまり第三世界からすばらしい宝石を二束三文で買い集め、何千ドルもの値をつけて最新流行の芸術品として資本主義社会に売りさばくというわけだ。タンがバントリングをひいきにしていたのも不思議ではなかった。

ドミニクの質問に対して、タンは性的関係はなかったと否定し、バントリングは同性愛者ではないと断言した。それどころかバントリングはいつも女性と連れ立ち、車に乗せ、サウス・ビーチのクラブで遊んでいたと言う。女性たちはみな人目を引く派手な美人だった。それにブロンドが好きだったらしい。そう言いながら、タンはまたピンクのヴェルサーチを着たホアンの胸で泣き崩れ、ドミニクはそこで面談を切り上げた。

バントリングの妻になった者は一人もいなかったし、将来ミセス・バントリングになりそうな人物もなく、捜査本部の調べた限りではバントリングの子どももどこにもいないようだった。女性とのつきあいはそれなりにあったらしく、多くはまだ身元を捜査中だったが、どれも一、二回のデート以上には続かなかったらしい。それにはもっともな理由があった。これまで聞き取りを行ったのは六、七人だったが、それでもかなりのことがわかっていた。バントリングは確かに変わっていた。鞭や鎖、緊縛、サドマゾ・プレイの道具の数々、ビデオ・レコーダー。話を聞いた女性たちの大半はそうとうに経験豊富らしく、寝室ではいろいろ興味深いことも見てきたようだとドミニクは思ったが、それでもバントリングには怯えて逃げ出したらしい。女性たちが口を揃えて言ったことがある。バントリングは昼の顔と夜の顔がまるで違っていたというのだ。高価な食事をともにしているときは、文句のつけようのない紳士で、ベッドでは最低の下衆野郎だったという。女性たちのうち三人は、エディ・ボウマンとクリス・マスターソンがバントリングの寝室で見つけたホームメード・ムービーの主演者だった。限度を超えたセックスを示唆されて女性がしり込みすると、バントリングは怒り狂って、タクシーも呼ばず、家まで送ろうともせず、問答無用で家から叩き出したという。一人などきれいに手入れした芝生の庭に真っ裸で放り出され、泣きながら隣家のドアを叩いて服と電話を借りたとのことだった。

そういえば、ファルコネッティ捜査官、おっしゃるとおりですね！　隣人のバントリングには確かに奇妙なところがありましたよ！

アメリカに家族はなく、両親はどちらも五年前にロンドンで交通事故死していた。マスコミは捜査本部より先回りして英国で友人や家族を探したが、むっつりと物静かな少年だったというだけで、はっきりと覚えている者は誰もいないらしかった。小学校でも友だちはなく、町にも仲間はいなかったらしい。誰ひとり。

日曜日の晩、ドミニクとマニーは〝壁〟の女性たちが最後に目撃されたクラブを回って歩いた。クロバー、リキッド、ルーミー、バー・ルーム、レヴェル、アムネシア。バーテンやラウンジ・スタッフにもう一度、今度はカラーの写真をもって聞き込みをしたのだ。バントリングがクラブ遊びをしていたことはもう知られていた。スタッフのなかには実際にバントリングがよく顔を見せていたのを覚えている者もいた。いつも完璧にドレスアップし、毎回違うブロンドの若い美人を連れていたという。だが残念ながら〝壁〟の被害者と一緒にいるのを見たり、被害者の誰かが消えた晩に同じクラブで彼を見た者はいなかった。

バントリングはキューピッド事件の最初の三件の事件のあと、ＦＤＬＥのプロファイラーである エリザベス・アンブローズ捜査官が割り出した容疑者像にぴったりだった。二十五歳から四十五歳までの白人男性、一匹オオカミで、たぶん十人並み以上の美形。知的で、ストレスの大きな専門的職業に就いている、というのだ。むろん、このプロファイリングにあう男性は、ドミニク自身を含め、知り合いにも大勢いる。だがパズルのピースがすべてぴたりぴたりとはまっていくように、事件の事実が積み重ねられていた。事実がきちんと積み重なり、うまくまとまれば立派な本になるようなものだ。ガールフレンドたちによればバントリングは性的異常者で高慢で、怒りっぽいナルシストで、思いのままにならないと手がつけられない。サディスティックで暴力的な行動もあり、ブロンドの女性を好む。被害者が失踪したクラブのどれにもよく通っていた。バントリングに処方されていたハルドールと同じ薬が少なくとも六人の被害者の遺体から発見されている。それに動物の剝製づくりが趣味で、剃刀やメスを使い慣れている。ドミニクがきっとアンナ・プラドの血だろうと考えた人間の血液が、バントリングの自宅と自宅にあった凶器とみられるものから発見されている。それにバントリングの車のトランクで見つかったアンナ・プラドの無残な死体。

ハンサムで金持ちで仕事でも成功していた男がどうしてこれほど常軌を逸してしまったのか、誰でも首をかしげるところだったが、その理由をつきとめるのはドミニクの役目ではなかった。なぜかという理由は、心神喪失という申し立てにつながらない限り、それほど重要ではない。あまりに異常な恐ろしい殺人事件で、狂人でもない限り人間にそんなことができるはずはないと陪審員が考え、そのうえ被告人に精神病の既往歴があった場合、検察官は窮地に立たされる。したがってドミニクは、バントリングが殺人を犯した証拠だけでなく、自分が何をしているかを承知していたという証拠も集めなければならない。バントリングが自分の行動の結果を完璧に理解していたし、善悪の区別もつく人間だったと証拠だてる必要があるのだ。それでやっと、彼が十人の女性たちを痛めつけ苦しめて殺害したのは、病気のせいではなく悪人だからだ、ということになる。

日曜日午後十時、ドミニクは再びFDLE内の暗い捜査本部に座って、〝壁〟に張り出された写真を見つめ、必要なすべての事実を見つけ出して一冊の本にまとめようとしていた。火曜日以来七十人近い人たちから話を聞き、三件の令状を執行し、百七十四箱分の証拠品をバントリングの家と車から押収し、数百人・時間分の捜査労力が注がれてきた。

どこに目をつけるべきか、それさえわかれば。

ドミニクは被害者の発見場所に青いピンを刺した航空写真に視線を戻した。なぜバントリングはそれらの場所を選んだのだろう？　それらの場所は彼にとってどんな意味があったのか？

指で額をこすり、携帯電話に目をやった。彼女にかけたかったが、かけないほうがいいこともわかっていた。水曜日の晩以来、C・Jからは連絡がない。電話をくれという伝言もなしのつぶてだったし、ポケットベルも鳴らない。ストーカーになるつもりはないから、昨日からは伝言も残さないでいる。彼女に何か事情があって、自分を立ち入らせたくないと思っているのは明らかだ。どうやら、自分は勘違いをしていたらしい。子どもじゃあるまいし、拒絶されたからってじたばたはしない。いまはただ二人のあいだの溝が捜査の差し障りにならなければいいがと思っていた。それはどちらも望むところではないはずだ。なんとか前のような友好的な仕事仲間に戻れるように考えなくてはならなかった。

だが、ドミニクにとってC・J・タウンゼンドは仕事仲間というだけではなかった。あの晩彼女のマンションでそれ以上の何かを、彼女が見せたがらなかったものまでを見て感じたのだ。彼女を腕に抱いたとき、彼女の人生には何かとてもまずいことがあるらしい、それをなんとかしてやりたいと思った。彼が見たのは怯えた傷つきやすい女性だった。もちろん本人はそんな面を誰にも見られたくないのだろう。まったく無防備な一面だった。あんな面を見せてしまったから自分と顔をあわせにくいのだ、とドミニクは察していた。

法廷で、またマンションで、彼女は何にあれほど怯えたのか？　バントリングか？　何か理由があって、今度の事件はいつもとは違う特別な意味をもっているのだろうか？　これまでだって難しい複雑な、そして非常に暴力的な事件を扱う彼女を見てきた。彼女はいつも自制がきき、指導力を発揮していた。それなのに今回は——今回はひどく怯えて不安げだ。どうして今回の事件はそれほど特別なのか？

それに、自分はどうしてこんなに彼女のことが心配なのか？

38

月曜日九時十分、ヴィクター・チャヴェス巡査はC・Jのオフィスの入り口に立ち、大きな音をたててノックした。十分遅刻だ。

「タウンゼンド検事補？　C・J・タウンゼンド検事補はおられますか？」

C・Jは午前七時からデスクに向かっていた。顔を上げると、若い新人警察官が送られた呼び出し状をもって入り口に立っているのが目に入った。その背後の廊下にはあと二人、制服姿のマイアミ・ビーチ市警の警察官がいる。一人の肩には巡査部長の肩章がついていた。

「呼び出しを受けて来ました」入り口に立ったままでなかへ入ろうとしないチャヴェスを押し退けて入りながら、肩章が言った。「ルー・リベロです」デスクごしに手を差し伸べながら言い、背後の二人のほうへうなずいてみせる。「こっちはソニー・リンデマンとヴィクター・チャヴェスです。すみません、ちょっと遅れました。道が混んでたもんで」

「あなたがたはべつべつにお呼びしたはずですが、リベロ巡査部長。とにかく、秘書にはそう指示しておいたのですよ」握手をしながら眉をひそめ、デスクの日程表に目を落としたC・Jの脳裏には、穏当とはいえない光景が浮かんでいた。今度トイレで出会ったら、マリソルの太った首根っこを両手で絞め上げてやろうか。

「ああ、はい、そうなんですが、火曜日、現場にはみんな一緒にいたし、どうせ来るんなら、よければ一緒に事情聴取をしてもらおうと思ったんです。いつも、一緒にしてもらってます。お互い、時間の節約になるもんで」

C・Jは想像上のマリソルの首から手を放した。「そうですか。でも、わたしは一人ずつ証人の話を聞きたいんです。あなたは十時三十分、それからリンデマン巡査には十一時四十五分に来ていただく予定でしたよね。ピックル・バレルにでも行っててくれれば、チャヴェス巡査が終わったところでポケットベルを鳴らします。どの方もできるだけ早くすむようにしますから」

入り口の若者はようやく部屋に入ってきた。「おはようございます、マダム」彼は言ってうなずいた。「ヴィクター・チャヴェスです」

マダムと呼びかけられて、とたんにがっくりと老いた気分になった。そりゃ思い切り幅を広げて考えれば、この子の母親の年齢と言えなくもないだろう。それほどチャヴェスは若く見えた。いっぽう、先週から寝不足が続いているC・Jのほうは年齢より老けて見えるに違いない。相手はせいぜい十九歳というところか。

「おかけなさい、チャヴェス巡査。それから、巡査部長、ドアを閉めてってください」

「わかりました。それじゃ」リベロはヴィクター・チャヴェスの後頭部に慎重な視線を向けた。「じゃあな、ヴィクター。またあとで」

「はい、あとで」チャヴェスは合成皮革の椅子に気安く腰を下ろした。オリーブ色のなめらかな肌をした、なかなか顔立ちのいい若者だ。半袖の制服からのぞく腕を見れば、身体を鍛えているのがよくわかる。それもそうとうに気合が入っているようだ。真っ黒な髪は警察学校時代の規則どおりに短く刈ってある。卒業してからそれほどたっていないのだろう。歯をカチカチ鳴らしながらオフィスを見回す若者を、ちょっと馴れ馴れしいなとC・Jは思った。

「右手を挙げてください」C・Jは言った。「真実を、真実のすべてを述べて、真実以外の何物も付け加えないことを神に誓いますか？」

「誓います」彼は答えて、手を下ろした。膝にはノートと令状、警察の調書を載せている。片足を高々と組んだとき、足首に拳銃のホルスターが見えた。見せたいのだとC・Jは感じた。足首のホルスターは官給品ではない。腕につけるほうだけだ。なるほど、勇敢なカウボーイってわけね。

C・Jは用箋を広げた。「チャヴェス巡査、これまでに検察官の事情聴取を受けたことがありますか？　やり方はわかります？」

「はい、マダム、すでに数回受けたことがあります」

「なるほど、じゃ、手続きに入りましょう。それから、そのマダムと呼ぶのはやめてくださいな。年寄りみたいな気分になるわ」C・Jは微笑んだ。「警察官になってどれくらい？」

「二月からです」

「いつの？」

「今年の」

「二〇〇〇年の？」

「はい」

「もう試用期間は終わりましたか？」

「いいえ、あと四カ月あります」

「FTOと一緒に行動しているのですか？」FTOとは現場訓練指導官のことだ。

「いいえ。それは八月に終わりました。いまは自分の車で回っています」

「警察学校を卒業したのはいつ？　一月ですか？」

「はい、マダム」新人どころか、ひよっこじゃないの。

「いいですか、チャヴェス巡査、そのマダムっていうのをやめてくれれば、話がもっとスムーズに進むと思うんだけど」C・Jはまた微笑んでみせたが、さっきほどやさしい微笑みではなかった。

チャヴェスは白い歯をみせてにっこりした。「いいですよ、そうします」

「そう、では十九日火曜日のことですが。ウィリアム・バントリングの車を停止させたのはあなたですね。あの晩のことを話してもらえますか？」

「ええ。ぼくはパトカーに乗ってたんですが、あの黒いジャガーが追い越してったんですよ。

たぶん時速六、七〇キロは出てただろうな。それで、停止させました」

だいぶ、手間がかかりそうだった。「ありがとう。よくわかりましたが、もう少し詳しいことを聞きませんとね」

C・Jは相手を見つめた。チャヴェスはもぞもぞして、ぴかぴかのお仕着せの靴の紐をいじっている。落ち着いてクールに堂々と見せようとしているが、内心はひどく緊張しているのが伝わってくる。もちろん、今回の事件は七カ月という短い彼のキャリアでは最大の事件に違いない。硬くなるのも無理はなかった。だが、残念ながらC・Jはその態度に少なからぬ傲慢さを、明るい微笑の奥の作り笑いを見抜いていた。警察学校出たての新人は初年度にたいてい二つの道のどちらかをとる。まったく上の言いなりで、自分から動こうとせず、指示を待ち、つねに上司におうかがいを立て、自分にもその場その場でどう動いたらいいのかにも自信がないのが一つ。もうひとつはランボー・タイプだ。鼻っ柱が強く、何でも知っている気になり、人の指図なんか受けるかというもの。油断のならないのは後者の――すでに出世街道と自我肥大への道を走りだしている――ほうだった。未経験な者は過ちを犯すが、それはしかたがない。だがランボーは――間違いを犯す可能性が高いのはこちらのほうなのに――決して責任をとろうとしない。

「その晩は一人でパトロールしていたんですか？」

「はい」

「どこを？」

「ワシントン・アヴェニューと六番ストリート」

「パトカーで？」

「ええ」

「そのときに、ジャガーを見たのですね？」

「ええ」

「どこで？」

「ワシントン・アヴェニューをマッカーサー・コーズウェーのほうへ走ってました」

「南に向かって？」

「ええ」

「あなたは、レーダー・ガンを使ったんですか？」

「いや」

「それじゃ、どうしてスピード違反だとわかったの？」

「道路をジグザグ運転してたし、自分の訓練と経験からみて、時速五〇キロという制限速度をオーバーしていることは明らかでした」

警察官はどう話すべきかというマニュアルどおりの言葉だ。

「どれくらいのスピードで？」

「時速六、七〇キロと推定しました」

「わかりました。それからどうしました？」

「市内に向かってマッカーサー・コーズウェーを西に走る当該車両を追跡し、最後に捕捉しました」

海岸から繁華街に走るマッカーサー・コーズウェーは三キロあまりだ。「チャヴェス巡査、バントリングの車を停止させたのはコーズウェーのほぼ終点でしたね？　ヘラルド社のまん前あたりでしょう？」

「はい」

「ワシントン・アヴェニューからはかなり距離がありますよね。高速で追跡したんですか？」

「いや、そうでもありません」

そりゃそうだろう。マイアミ・ビーチ市警では、逃亡中の暴力犯を追跡している場合以外、高速の追跡は許されていない。その場合も、巡査部長の許可がなくてはできない。それでも高速のカーチェースはしょっちゅう起こっているが。「わかりました。高速でなかったとすると、スピードはどれくらいでした？」

「コーズウェーでは時速八〇か九〇キロだったと思います」

「それでは、あなたはコーズウェーで警察車両として制限速度を守りつつ、ライトをつけ、サイレンを鳴らしながら当該人物を追跡して、最後に停止させたというのですね？」

「ええ。だけど、サイレンは鳴らしてなかったと思います。たぶん、ライトだけかな」

「そのとき、応援を呼びましたか？」

「いいえ」

「どうして呼ばなかったの？　ワシントン・アヴェニューからずっと追跡していて、マイアミ・ビーチ市警の管内から出そうになっていたんでしょう。それなのに、誰も応援を呼ばなかったんですか？」

「ええ、そうです」チャヴェス巡査は目立って落ち着きをなくしていた。脚を組み替えたり、尻をもぞもぞ動かしたりしている。

「で、最終的にはどんなふうに停止させたんですか？」

「向こうが止まったんです。コーズウェーの端っこで」

話がおもしろくなってきた。いや、おもしろすぎた。

「それはカーチェースだったと思います？」

「いや、そうじゃなくて。もしかしたら、向こうは追われているのに気づいてなかったかもしれないです。だから、すぐには止まらなかったのかも。とにかく、最後には止まったんです」

「そうですか。で、止まってからどうしました？　あなたは何をしたんですか？」

「車から下りて免許証と登録証を見せてくれと言うと、向こうが見せました。ずいぶん急いでいるじゃないか、どこへ行くのか、と聞くと、空港だ、飛行機に乗る、と答えました。どこ行きの飛行機かと聞いたが、答えませんでした。後部座席にバッグが一つあるだけなので、荷物はトランクかと聞きましたが、やっぱり答えません。それで、トランクを見せてもらってもいいかと聞くと、ノーと言いました。だからパトカーに戻って、スピード違反のチケットを書いたんです。それと、尾灯が壊れてましたから」

「確認しますよ。あなたが三キロくらい追跡した――いや、ついていったと言いましょうか――人物は、トランクを見せてくれと言ったら断った。それであなたは聞き流して、車に戻ってチケットを切ったのですね？」

「そうです」

そんなことはありえない。マイアミ・ビーチ市警の警官が、停止させた車の運転者にトランクを見せろと言って断られて、そうですかと引き下がるなんて考えられなかった。そもそもトランクを見せろという充分な理由があったかどうかはべつの話だ。

「そう。それから？」

「で、車に戻ろうとしてトランクのそばを通ったら、妙な匂いがしたんです。何か腐ったような匂い。たぶん、たぶん死体か何かの匂いです。

それで運転者にもう一度、トランクを見る許可を求めましたが、いやだ、もう行かなければならない、と言うんです。だから、どこにも行くわけにはいかんぞ、と言ってやりました。そして警察犬班のK9ユニットを呼びました。フロリダ・ハイウェー・パトロールが来てくれました。それにビーチ署から警察犬のブッチを連れたボーチャンプもね。ブッチはトランクのそばでものすごく興奮しました。だから開けたんです。あとはご存じのとおりです。トランクに胸を切り裂かれた死体があったんで、キューピッドを捕まえたんだ、と気づいたわけです。そのバントリングってやつに、車からとっとと下りろと命じて、コーズウェーで六分ほど待ってたら、誰もかれもが押しかけてきたんですよ」

C・Jは逮捕状をもう一度読み返した。それから、火曜日の晩に逮捕状を請求するために呼び出されたあと、マニーに聞いた言葉を思い出し、これは厄介なことに、それも一方《ひとかた》ならず厄介なことになると気づいた。

「もう一度聞きますが、バントリングの車に最初に気づいたのはどこでしたか。チャヴェス巡査？」

「ワシントン・アヴェニューと六番ストリートの角です」

「あなたがいたのはワシントン、それとも六番？」

「六番ストリートのほうです。六番のほうで停車していたら、やつが通り過ぎていったんです」

「だけど、六番ストリートがワシントンと交差するところは一方通行でしょう、チャヴェス巡査。東にしか行けないはずよ。ワシントンを見ていたのなら」

チャヴェスはまた身体をもぞもぞと動かした。明らかに動揺しているのだが、すぐに答えた。「ええ、六番ストリートの角で逆方向を見てたんです。いつもそうするんですよ。スピード違反をつかまえやすいですから。それだと、まさか監視されていると思いませんからね」

「で、コーズウェーに向かって南下していく車を見て、すぐにあとを追ったのね？」

「ええ」

「一度も相手を見失わなかった？」

「見失いません」

「そう。さて、あなたの話が嘘だってことは、それでよくわかりました。そうでしょう、チャヴェス巡査。そろそろ、ほんとうのことを話したらどう？」

39

六番ストリートは一方通行だというだけではなく、直進優先道路なのだ。チャヴェスが逆の西方向を向いていたにしても、コンクリートの柱が立っているから、左折して南下するワシントンの車線に入ることはできない。いっぺん北上してからUターンして戻らなければならないはずだ。だから、ジャガーを見失わないでいられるわけがない。そもそも最初にスピード違反したジャガーを目撃していたとしてだが。

チャヴェスは真っ赤になって震えだした。嘘を見抜かれたのを悟ったのだ。

「わかりました。それなら言いますが、六番ストリートを見てたんです。で、ジャガーを見つけたんで、コリンズまで走りました。そこで急いで右折し、五番ストリートに入って、まっすぐコーズウェーに向かったんです。そう言われるんなら、そりゃちょっとのあいだは見失いましたよ」

「ちょっと、ちょっと待ってくださいよ。あなたは六番ストリートからコリンズに向かったのね？」

「そうです」

「それじゃ、もともと逆方向は向いてなかったわけね、そうでしょう？　ワシントン・アヴェニューは見ていなかったんじゃありませんか？」C・Jは耳を疑った。立ち上がってデスクに乗り出したC・Jの声は怒りに震えた。「いいですか、そんなふうだと、警察官のバッジを取り上げることになりますよ。あなたは宣誓しているのだし、わたしは真実が聞きたいのです。わかりましたか？　それともわたしが公選弁護人とやりあっているあいだに、あなたは青春が通り過ぎていくのを、サウス・フロリダ刑務所の混雑した房で指をくわえて眺めていることになってもいいんですか！」

長い沈黙が続いた。傲慢な態度は消えうせ、風船みたいにふくらんでいたチャヴェスの自我がしぼんだ。眉を八の字に寄せ、暗い目をして、不安が身体中からにじみ出ている。

「くそっ、こんな……こんな大事件になるなんて、思いもしなかったんだ！　だって、あいつがキューピッドだなんて、わかるわけ、ないじゃないですか？」チャヴェスは両手で頭をかきむしり、C・Jはこの事件の組み立てがばらばらに崩壊していくのを感じていた。「わかりましたよ、言いますよ。六番ストリートの角にいたんです。車から下りてました。喧嘩だかなんだか、もめている若い観光客と話していたんだ。そしたら無線が入った。麻薬を運んでいるやつがいる、って匿名のたれこみでした。XJ8型の黒いジャガーでワシントンを南に向かっている。トランクに麻薬が入っているって」

「匿名のたれこみ?」C・Jは仰天した。そんな話は初めて聞く。

「そうです。密告してきたやつは、トランクに二キロのコカインがある、空港に向かっていると言ったんです。そのとき、あのジャガーが通り過ぎるのが見えました。だから、もめている連中にアディオスと言って、車に飛び乗って六番ストリートをコリンズまで行き、五番ストリートに入りました。だけど、ジャガーはいなくなってた。空港に向かっているに違いないと思ったから、マッカーサー・コーズウェーに入って一、二キロくらい走ったあたり、スター・アイランドを越えたくらいのところでジャガーを見つけました。何事もないみたいにしれっとして走ってやがった。この野郎、捕まるわけないと思って、悠々と逃げおおせる気でいるんだな、八〇キロの制限速度で走ってますよってわけか、って思いましたよ。だから、ビーチ市警の管轄から出られてたまるかって、停止させたんです」

C・Jはがっくりと椅子に腰を落とした。口のなかが渇き、胸がどきどきしていた。これはまずかった。「するとスピード違反を発見したわけじゃないんですね? その匿名のたれこみを元に停止させたんですね?」

チャヴェスは何も言わず、膝に載せた書類をじっと見つめている。

「その通報者は正確にはなんと言ったんですか?」

「言ったとおりです。XJ8、最新型の黒いジャガーが二キロのコカインをトランクに入れて、ワシントンを南に走ってるって」

「空港に向かって?」

「空港に向かって」

「通報者は運転者がどんな人間か言ってましたか？　それともナンバーくらいは言ったの？　どうしてそのことを知ったか、言いましたか？　まともな頭をもった警察官が麻薬がらみの事件だと確信できるような内容が何かあったのですか？」C・Jの声はだんだん大きくなってほとんど叫びだしそうだったし、自分でもそれがわかっていた。匿名の通報について、法廷はつねに懐疑的だ。電話の通報なんて誰にだってできるし、通報の信頼性を評価する方法はない。通報の中身が信頼できるほど詳細であればともかく、そうでなければ充分な根拠とはみなされない。黒いジャガーが二キロのコカインを積んでワシントンを南下している、というだけでは話にならなかった。

「いや、それだけです。それ以上はなかったです、ミズ・タウンゼンド。あいつはうちの管轄から出かかっていた。逃したくなかったから、停止させたんです」

「違うでしょ。あなたは六番ストリートですでに見失っていた。マッカーサー・コーズウェーで追いついたのが、ワシントンを南下しているのを見た黒いジャガーと同じだと、どうしてわかるんですか？　停止させたジャガーが、通報のあったワシントンを走っているという車だとどうしてわかるの？　そもそも、その通報が本物だと、どうしてわかるんですか？」

　またも沈黙。

「そうよね。そんなことがわかるはずはない。だいたい、そんな通報なんて意味がないことはあなたも知っていたんだわ。だから、通報のことを隠していたのよね。わかりました。で、停止させて、それからどうしたのか。今度は事実を話してください」

「車から下りろと命じて、免許証と登録証を要求しました。どこへ行くのかと聞いたら、空港だと言いました。それから、トランクには何があるんだと聞いたんです。荷物かって。後部座席にバッグがあるだけだったし、通報では麻薬はトランクだってことだったから。そしたら、うるさいと言いやがった。だから、何か隠してるなとぴんときたんだ。それで、あんた、飛行機に乗り遅れることになるぜ、って言ってやって、K9を呼びました」

「後部座席のバッグには何が入ってました？」

「衣類とパスポート、手帳。それに書類とかそんなもんです」

「いつ、バッグの中身を見たの？」

「K9を待ってるあいだです」

「匂いなんかしなかったんでしょう？　トランクからよ」

「いや、してました。してましたよ！」チャヴェスはどもった。「変な匂いがしてたんだ。死体みたいな」

「あなた、ずいぶん嘘が下手ねえ。匂いなんかしなかった、そんなことは誰だってわかるわ。最初あなたはマニー・アルヴァレスに麻薬所持だと思うと言った。それから、麻薬が見つからなかったので話を変えたのよ。辻褄をあわせようとしてね。アンナ・プラドの死体を嗅ぎつけられたはずがないんです。まだ死後一日ですからね。そろそろ正直に言ったらどうなの。トランクを見せろと言って断られたんで、頭にきたんでしょ。だけど、トランクを調べる正当な理由がないのはわかっていた。警官になって十分でタフガイになった気分だったのね。おれにたてつくなんて赦さない、ってわけでしょ。だいたい、車を停止させる権限だってなかったのよ、わかってるの？　通報をチェックしなかったんですからね。いま、あなたがめちゃくちゃにしようとしている事件がどんなものか、わかってるんですか？」

チャヴェスは立ち上がって、狭いオフィスをうろうろと歩きだした。「まさか、キューピッドだなんて思わなかった！　てっきり麻薬の売人だと思ったんですよ。自分の勘で麻薬業者をつかまえてやる、って。訓練教官は、マイアミじゃそういうことはめずらしくないって言ってたし。トランクを見せたがらないのは、何か隠してるからじゃないですか。あいつは確かに隠してたんだ、死体を！　死体を隠してたんですよ！　それなのに、それがなんにもならないって言うんですか？」

「そうよ、そのとおりです。なぜなら、車両を停止させたこと自体が法廷で適法と認められず、またトランクの捜査も適法と認められなければ、トランクの死体も証拠にはならないからです。わかりますか？　法廷ではいっさい認められないのです。あなた、警察学校で法律の勉強をしなかったの？　それとも、足首に余分の武器を縛りつけるのに忙しくて、講義を聞いていなかったのかしら？」二人はしばらく黙りこんだ。壁の安時計がこちこちと時を刻み続ける。やがてＣ・Ｊが言った。「このことは、どこまでが知ってるの？」

「上司のリベロ巡査部長に、トランクを開けたあと問い詰められました。で、ほんとうのことを話しました。巡査部長はあなたと同じようにかんかんになって、すべてが吹っ飛ぶと言いました。だけど、あいつを逃すわけにはいかない、それだけはできないって。それで、車を停止させた理由を考えなきゃならん、たれこみで、なんて言うわけにはいかないって」

「尾灯を壊したのは誰？」

チャヴェスは答えず、窓の外を見つめていた。

「あなたとリベロなのね」

「リンデマンもたれこみのことは知ってます。どうなるんでしょうか、ミズ・タウンゼンド。自分はクビになるんですか？」

「あなたがどうなるかですって。そんなことに関心はないわね。いいですか、わたしは、十人の女性を虐殺した男をなんとか刑務所に入れておく方法を探さなくてはならないのよ。それなのに、いまのところ、まったくお先真っ暗なんだから」

40

C・Jは真っ白になった頭を抱えて、じっとデスクに向かっていた。チャヴェスは席に戻ったが、広い肩をすぼめ、がっくりと頭を垂れて、祈るように両手を組んでいた。ほんとうに祈っていたのかもしれない。

ピックル・バレルから呼び出されたルー・リベロが、両手を高々と組んで座って、隣にいる新人警察官をにらみつけていた。今後十年はいちばんおもしろくないパトロールを続けさせてやるからな、と考えているに違いない。

しばらくして、C・Jがようやく口を切った。低い声で言葉を選び選び、話す。

「事件によって事情はさまざまですが、匿名の通報をどう扱うか、フロリダの法律でははっきりしています。通報者に反対尋問をして、どこでどのようにして情報を得たかを確認できない、あるいは通報の動機を明らかにできない以上、車両を停止させる根拠とするには、通報者が詳しい状況をよく知って通報していると警察官が推測できるだけの細かい情報が提供されていなければなりません。そして警察官が自らその情報を補強できるのであれば、そのとき、そのときにのみ、犯罪行動があると信じる正当な根拠に、少なくとも合理的に疑う根拠になり、したがってさらなる捜査のために車両を停止させることができるのです。詳細な事実が欠けている通報は信頼に足る情報とはみなされず、車両を停止させる正当な根拠とはなりえません。つまりはそういうことです。もちろん、誰でも知っているとおり、違法に車両を停止させて行われた捜査もまた、それとはべつに捜査の正当な根拠がない限り違法とみなされます、違法な捜査によって取得された証拠は、毒をもった木になる果実ということで、法廷では排除されるわけです。

要するにそういうことですが、警察官の面前で運転者が交通法規違反をすれば、スピード違反とか違法な右左折ですね、あるいはヘッドライトや尾灯やウィンカーが壊れているといった構造上の違反が認められれば、車両を停止させることがありえます。

チャヴェス巡査の申し立てによれば、同人は九月十九日の午後八時十五分ごろ、パトカーでサウス・ビーチのワシントン・アヴェニューと六番ストリートの角にいました。そのときにナンバーTTR-L57の最新型XJ8の黒いジャガーがワシントンをマッカーサー・コーズウェーに向かって南へ走行しており、運転席には年齢三十五歳から四十五歳と思われる白人男性が乗っているのを目撃しました。同車両は制限時速五〇キロの地区を、六〇キロ以上の推定速度で走っていると判断されました。そこでチャヴェス巡査は六番ストリートをコリンズに向かい、そこから五番ストリートを経由してマッカーサー・コーズウェーの西向き車線に入りました。そして再び同じ白人男性が運転するナンバーTTR-L57のXJ8型の黒いジャガーを発見しました。同巡査はコーズウェーで当該車両のあとを約三キロ走ったところ、その間に同車両が合図を出さずに違法に車線変更をするのを目撃しました。そこでチャヴェス巡査は同車両を停止させることを決意し、ライトをつけ、サイレンを鳴らして、同車両を停止させました。

チャヴェス巡査は、その後にウィリアム・ルーパート・バントリングであることが判明した運転者に、免許証と登録証の提示を求めました。ミスター・バントリングは苛立ち、不安そうなようすで、免許証をチャヴェス巡査に渡そうとする手が震えていましたし、視線を合わせようとしませんでした。チャヴェス巡査はパトロールカーに戻る途中でもう一度車をよく見たところ、尾灯が壊れているのを発見しました。さらに車のバンパーに血痕らしいものがついているのに気づきました。車に引き返してミスター・バントリングに免許証と登録証を返した際に、チャヴェス巡査は車のなかにマリファナの匂いが漂っているようだと考えました。ミスター・バントリングに車両の捜索許可を求めたところ、拒否されました。全体の状況とバンパーの血痕、それにマリファナの匂いとミスター・バントリングの挙動を考えあわせて、チャヴェス巡査は車両には違法な物質が搭載されているのではないかと疑い、K9ユニットの出動を求めました。ビーチ市警のボーチャンプが警察犬を連れて急行し、警察犬のブッチが当該車両のトランクに警告を発しました。警察犬の警告という正当な根拠にもとづいてトランクを捜索したところ、アンナ・プラドの死体が発見されました」

C・Jは長いあいだ二人の警察官を見つめた。「そういうことだったのですね、チャヴェス巡査？　以上、事実に相違ありませんか？」

「はい、マダム。そのとおりです。間違いありません」

C・Jはリベロに視線を移した。「あなたが出動したときの状況は以上のとおりですか、巡査部長？」

「はい、そのとおりです」

「けっこうです。では、リンデマン巡査のところへ戻って、コーヒーをすませたらいかがですか、リベロ巡査部長。リンデマン巡査の事情聴取は十二時にすることにします」

リベロは立ち上がった。「ほんとうに、ご配慮に感謝いたします、ミズ・タウンゼンド。それではまた、証言録取のときに」彼はにこりともせずにC・Jにうなずき、それから射るような目をチャヴェスに向けた。「行くぞ、チャヴェス」

二人が出ていき、ドアが閉まった。これで道は決まった。悪魔との秘密の契約だ。もう、誰も引き返すことはできない。

41

検察官になって初めて、C・Jは節《せつ》を曲げた。大事の前の小事、大きな善のため、と彼女は自分に言い聞かせた。大きな善のためには、自分の職業人としての誠実さなんて小さな犠牲だ。怪物を始末するため、竜に止めを刺すためなら、どんな善人だってときには汚いこともしてのける。

車両停止はまずかった——取り返しはつかない。法的に正当な根拠はなかったし、したがってその後の捜索も同じだ。チャヴェスがもう少しうまく嘘をついてくれれば、自分だって知りたくないことを知らずにすんだのに、と恨めしかった。そうすれば節を曲げるはめにもならなかったのだ。

捜索がなければ、死体は発見されなかった。死体が発見されなければ、事件にはならない。チャヴェスがもっとましな言い分を考えなければ、バントリングは無罪放免だ。恐るべきことだが、結果はそうなる。警察が彼の自宅でどれほど殺人の証拠を押収したとしても、すべては水の泡。なぜなら違法な車両停止と捜索がなければ、警察はそもそもウィリアム・ルーパート・バントリングなる人間が存在していることすら知らなかった。自宅を捜索することもなかった。ハルドールも血液も、凶器と見られる品も、サディスティックなポルノビデオも発見されなかった。法律の解釈ではそうなる。

デスクの電話が鳴って、C・Jは霧の中から現実に引き戻された。

「C・J・タウンゼンドです」

「C・Jね。インターポールのクリスティン・フレデリックよ。こんなに時間がかかってごめんなさい。あなたの情報をいくつかのシステムに走らせてみなければならなかったので」

「何か見つかった?」

「見つかったかですって? 見つかりましたとも。すごくいろんなことが見つかったわ。あなたが捕まえた被疑者は、あっちこっちに住まいをもっていたようね。あの手口は南米三カ国のすべてでひっかかってきたわ。リオ、カラカス、アルゼンチンのブエノスアイレスでレイプよ。犯人はマスクをかぶった白人男性。切ったり、突っ込んだりが好きなようね。ただし、マスクはいろいろ。エイリアンでしょ。怪物、道化師、それに被害者には何かわからなかったゴム製のマスクが二つほど。フィリピンでも同様の届出があったわ。同じ手口のレイプが四件、ただし、こっちは一九九一年から九四年までの出来事ね。そのあとはなし。一九八〇年代の手配書はたいていはもう古くなってるので、そこまで遡っても何も見つからなかった。それからマレーシアでも収穫なしよ。あれこれ考え合わせると、四カ国で被害者は十人というところね。でも、これは手配書が出ている分だけ。まだ各国の領事や警察には問い合わせをしていないの。被疑者が一致すれば、あなたのほうで確認したいんじゃないかと思って。どうも一致するようだけれどね。手配書はファックスで送るから、自分で見てちょうだい」

さらに十人の被害女性。クリスティンがファックスしてくれた手配書を見るまでもなく、バントリングだとわかった。彼は連続強姦犯で連続殺人者、女性を餌食にする獣だ。十七人以上もの女性をレイプし、痛めつけてきた。十人、たぶん十一人、いやもっと大勢を殺している。チャヴェスをなんとかしなければ、事件にならない。バントリングはプラド殺しの罪を免れるだろう。アメリカでのレイプは時効だから、そちらの事件でも罪にはならない。外国でのレイプで訴追されるはずがないのはわかりきっている。犯罪の状況は同じだった。物理的な証拠はないし、貧しい南米諸国の刑事システムは、控えめに言っても信頼できない。そちらの犯罪でも罪に問われることはないだろう。ウィリアム・ルーパート・バントリングは自由の身だ。自由に女性を追いまわし、狩りをすることができる。自由にレイプし、痛めつけ、また殺害することができる。必ずそうなる。疑問の余地はない。時間の問題だ。

大きな善のための小さな犠牲。

この事件を流すことはできない、絶対に。だが、一つだけ疑問が残っていた。無視できない、だが答えが見つかるはずはないと思われる疑問。

通報をしたのは何者なのか？

42

「ぼくを避けてましたね」

ドミニク・ファルコネッティ特別捜査官は片手にダンキン・ドーナツの袋、もう一方の手には黒革のブリーフケースを下げて、オフィスの入り口に立っていた。ぐしょ濡れに濡れそぼっている。

C・Jはまあ心外だわ、そんなことはないわ、という表情をつくって反論しようと口を開きかけたが、すぐに思いなおして口を閉じ、椅子の背にもたれた。起訴状どおりです、有罪を認めます、検察官。

「そんなことはない、なんて言わないでもらいたいな。そうだったんだから。先週は監察医のところですっぽかされたし、少なくとも六回は電話したのに返事がなかった。しかも、マニーには連絡したのに、ぼくにはなかった。おまけに事情聴取は最後じゃないですか」

「そうね。あなたを避けてたんでしょうね」

「理由を知りたい。どうして、ぼくよりマニーのほうがいいんですか？　やつのほうが絶対、気に障るはずなのに。あなたがいないとき、ここでぷかぷかタバコを吸いますよ、あいつは」

ドミニクは入ってきて、向かい合った椅子に腰を下ろした。

「あなたがた警察官は、グロックだけで傘は支給されないの？」

「銃はグロックじゃなくてベレッタ。それに傘はくれません。偉いさんは、刑事が濡れて病気になろうがどうしようが、とにかく肝心なときに銃を撃てさえすればいいんでしょう。だけど、話をそらさないでください」

「ねえ、ドミニク、わたしたち……仕事上のつきあいだけにしておくべきだと思うの。それ以上はいけないわ。あなたは今度の事件の主任捜査官だし、わたしたちがその、あんまり親しくなるのはよくないわ。どう説明していいか、わからないのだけれど」

「そんなことはないでしょう、よくわかっているくせに。この一週間、どう言おうかと何度も頭のなかで練習したんじゃないですか」デスクに両手をついたドミニクは身体を乗り出した。濡れた黒い髪が額に渦を巻き、こめかみから首筋へ水滴がジグザグに滴り落ちている。今日も彼はリーバの石けんの匂いがした。C・Jは首に流れた水滴が濡れて胸に張りついたブルーのドレスシャツのなかへ消えていくのを見ていた。「厚かましいかもしれないが、ぼくは信じない。だって、ぼくたちには……」ちょっとためらい、言葉を探すドミニクの口許をC・Jは見つめた。「あのとき、ぼくたちには何かが起こったと思ってました。ぼくたちのあいだには何かがあるんじゃないか、って。そして、キスしたとき、あなたもそう思っていると確信したんですよ」

C・Jは赤くなり、この瞬間に開いたままのドアの外を誰も通りかかりませんように、と思った。探るようなドミニクの茶色の目を避け、あわててうつむく。

「ドミニク、わたし」口ごもり、考えをまとめようとした。「わたし……わたしたち、仕事のことだけを考えるべきなのよ。うちの上司だって……マスコミだって、知れたら大騒ぎになるでしょうし――」

ドミニクは座りなおした。「マスコミなんか注目しませんよ。まあ二分間くらいは興味をもつかもしれないが。それに、もたれたっていいじゃないですか?」彼はダンキン・ドーナツの袋に手を入れて、コーヒーを二つ取り出した。一つをデスクごしに差し出す。「砂糖は一つ、クリーム入り、でしたね?」

C・Jは力なく微笑んでうなずいた。「ええ、砂糖は一つでクリーム入り。ありがとう。わざわざすみません」ぎこちない沈黙が流れ、C・Jは黙ってコーヒーをかきまわした。雨は激しく窓にたたきつけている。これで三日も降り続いていた。通りの向こう側も見えないほどの雨脚で、駐車場は水浸しになっている。小さな人影が水しぶきをあげながら裁判所に向かって走っていた。誰かがファイルを落としたらしく、散らばった白い紙片が十三番アヴェニューのあちこちに濡れてへばりついている。

C・Jは沈黙を破り、低い声で言いはじめた。「それじゃ、わたしが考えていたことはわかってくださるわね?」

ドミニクは吐息をついて、またデスクに身を乗り出した。「いや、わかりませんね。だが、C・J、とにかく言わせてください。ぼくはあなたに好意をもっている。あなたに惹かれている。それに、あなただってまんざらではないはずだ。お互いの気持ちはこれからもっと先へ進むだろうと思っていたけれど、いまは無理なんでしょう。

しかし、これだけはわかります。バントリングの逮捕以来、あなたに何かが起こっている。それが何なのかわからないが、マスコミじゃないことは確かだ。上司がどうこうでもない。だから、あなたの言葉を受け入れろと言うなら――いいでしょう、受け入れます。だけど理解しろと言っても、それはできませんよ」ドミニクは濡れた髪を手でかきあげた。

「それはともかく、ぼくは事情聴取のために出頭しました。十月六日、午後二時。時間どおりです」ドミニクは穏やかな声に戻って、ブリーフケースを隣の椅子に載せて開いた。「そうだ、忘れてた……」彼はもう一度ダンキン・ドーナツの袋に手を入れた。「あなたのためにボストン・クリームを一つ、買ってきたんです。身体でかばってきたから、濡れてないはずだ」

気まずかったのは最初の二十分だけで、そのあとは緊張も薄れて、しばらくは馴れたスリッパを履いたような以前どおりの和やかさまで感じたくらいだった。ドミニクが怒り、傷ついていることをC・Jは知っていた。あなたを傷つけはしないと彼が約束してくれたあとに、彼女のほうが傷つけることになったのは皮肉だった。しかもC・Jは傷つけたいなんて毛頭、思っていなかったのに。ほんとうは気持ちを伝えたかった。彼と同じようにふたりの気持ちがもっと先へ進めばいいと願っていると言いたかった。だがC・Jはドミニクに宣誓させ、調書をとり、プライベートなことは口にしなかった。これもまた大きな善のための小さな犠牲なのだ。

主任検事補のマーティン・ヤーズは大陪審を次の水曜日、十月十一日と決めていた。予定されている十月十六日月曜日のバントリングの罪状認否の直前だ。ドミニクは大陪審で証言し、バントリングを第一級殺人罪で起訴するという審決をもらうために、アンナ・プラドの死に関する捜査状況をすべて説明するだろう。表面上はどの調書や報告を見ても事件は揺るがないと思われた。心臓を抉られた死体があり、DNA鑑定の結果はまだだったが、バントリングの小屋から発見された血液の型はアンナのと同じOマイナスだった。それに凶器らしいものも発見されている。ジミー・フルトン特別捜査官が発見したメスにも血痕があり、被害者の体内で発見された鎮静剤のハロペリドールはバントリングの家にあった処方箋の薬と同じだ。どこから見ても完璧と思われる事件だが、たった一つ月曜日のチャヴェスの告白だけが難物だった。それでも大陪審では起訴、それも第一級殺人罪という審決が出るだろうとC・Jは期待していた。起訴手続きにいたる大陪審では申し立てができるのは検察側だけで、被告側にはその機会はない。審理を指揮する判事もいないし、伝聞証拠も全面的に認められる。セント・ジョンズ大学の刑法学教授が以前、指摘したように、検察側はその気になればハム・サンドイッチだって起訴できるのだ。

C・Jはドミニクに違法な車両停止処分のことは話さなかった。この暗い秘密はこれ以上誰にも明かさないほうがいい。匿名の通報者は何者なのかという疑問は答えが得られぬまま、C・Jの心にひっかかっていたが、いろいろと考えてみた結果、たぶん偶然なのだろうと思うことにした。XJ8型の黒いジャガーなんて、サウス・ビーチにはいくらでもある――チャヴェスは通報者が意図したのとはべつのジャガーを捕まえたのかもしれない。あるいはバントリングが誰かを怒らせ、どこかの馬鹿がいやがらせにガセネタを通報してやれと考えたのかもしれない。これ以上通報者を探そうとすれば、誰にも入ってもらいたくない部屋の扉を開けることになる。

三時間たって事情聴取が終わり、ドミニクが立ち上がったとき、外ではまだ激しく雨が降りしきっていた。風に吹きつけられて雨が滝のように窓を流れている。C・Jはデスクから傘を取り出した。

「せっかく乾いたところなんだから、おもちなさいな。わたしはガードマンに車まで送ってもらうわ」

「ガードマン？　まさか。雨の金曜日で、五時をまわっているんですよ。ガードマンなんかとっくに帰ってしまってます。ほかの職員だって同じだろうな。ご好意はありがたいですが、遠慮しときます。ぼくはタフガイですからね。雨も避けて通りますって」

「どうぞお好きに。だけど風邪をひかないでね。水曜日の大陪審に出席してもらわなくてはなりませんから――そうそう、忘れてたわ。今日、アーサー・ヒアリングの知らせがあったの。どうやらバントリングは保釈を望んでいるらしいわね。次の金曜日、十月十三日の午後一時ですって。そのときも、来てもらうことになるわ。だいじょうぶね？」アーサー・ヒアリングでは、判事が逮捕状を読んで逮捕相当の理由があったかどうかを判断する最初の審問よりも突っ込んだ審理がなされる。そのときに、すでに正式起訴が決まっているとしても、C・Jは証人の証言を通じてバントリングが第一級殺人を犯したという「明白な証拠と充分なる推定」があったことを証明しなければならず、それには少なくとも主任捜査官を証人席に呼ばなければならなかった。伝聞証拠も認められるが、大陪審での証言とは違って、すべての証人は反対尋問の矢面に立たされる。弁護人は判事が保釈を認めるはずがないのを充分承知のうえで、検察側が事件をどんなふうに組み立てているか、証人はどれほど反対尋問に堪えるかを知るために、アーサー・ヒアリングの場を利用することが多い。今回もルアド・ルビオが狙っているのはそれだろうとC・Jは思っていた。

「あなたが担当するんですか？」

「ええ。ヤーズは大陪審だけ。ここから先は全部、わたしが担当するのよ」

「それじゃ、断るはずはないでしょうが？　もちろん、厳密に仕事のうえということでしょうから、召喚状を出してもらったほうがいいが」

C・Jはまた顔がほてるのを感じた。「確かにね。わかってくれて、うれしいわ。その——わたしたちの友情を——仕事の関係に止めておくべきだって理解してくれて、ありがとう」

「ぼくは理解したなんて言ってませんよ。受け入れると言っただけだ。それとこれとはぜんぜん違う」

C・Jは閑散とした迷路のような秘書たちの大部屋を通って、警備装置付きのドアを抜け、エレベーターホールまでドミニクを送っていった。

そこでドミニクは振り返ってC・Jを見た。「これからアリバイで、マニーと一杯やるんです。よかったら来ませんか？　三人ならビールを飲んでも仕事上のつきあいでいられますよ」

「ありがとう。でも、やめておくわ。しなければならないことがたくさんあるから」

「それじゃ、楽しい週末を過ごしてください、検察官。水曜日、大陪審のあとで会えるでしょう」

「濡れないようにね」エレベーターのドアは閉まり、ビルの暗い廊下はまたがらんと人気がなくなった。

43

大陪審は一時間足らずで、ウィリアム・ルーパート・バントリングをアンナ・プラドに対する第一級殺人罪で正式に起訴すると決定した。それだけの時間がかかったのも、審理中にランチを注文したからで、審決を出す前に食事をすれば公費でまかなわれるからだった。

正式起訴が決定してから数分もたたないうちにマスコミが雲霞《うんか》の如く寄ってきてニュースに喰らいつき、その情報をデード郡裁判所正面の大理石の階段に立って満面の笑みを浮かべて吐き戻し、テレビに釘付けの世界中の視聴者に向かって「これが何を意味するか」を解説した。

C・Jはこれほど早く審決が出るとは思っていなかった。じつは地方検事ジェリー・ティグラーのところで緊急会議中だったが、秘書の一人が会議室に飛び込んできて注進し、テレビをつけたのだ。C・J、ティグラーとフロリダ南部地区担当の連邦検事、それにFBIマイアミ支局長がいっせいに目を向けたテレビ画面には、車に引き揚げようとして思いがけず何十人もの記者に囲まれたマイアミ・デード郡地方検事局のマーティン・ヤーズ主任検事補が裁判所前の階段に立ち、ごく簡単な言葉さえどもりつつ、際限なく質問を浴びせる貪婪《どんらん》な記者たちを満足させようと真っ赤になっているようすが映し出されていた。見ていられないような光景で、聞こえてくる内容はもっと情けなかった。

地方検事局で緊急会議が開かれたのは、FBIと連邦検事が揃って要請したからだ。連邦政府側はキューピッド事件を奪いとりたがり、州と分け合う気持ちはないらしかった。部屋にいた全員は無言のうちにテレビ画面のヤーズを注視し、ヤーズのほうは最悪のタイミングでどもりまくっている。責め苦がさらに数分続いたところで、幸いチャンネル7ですら哀れを催したらしく、コマーシャルに切り替わった。南部地区担当連邦検事トム・ド・ラ・フローズが気まずい沈黙を破った。

「見たかね、ジェリー？　だから言わないことじゃないだろうが。うちの事務所なら、こういうマスコミの大騒ぎをさばく能力も経験もあるのだよ」首を振り振り、さも内緒の話だというように声を数オクターブ落として、それでも部屋にいる誰にも充分に聞こえるように言いながら、彼はティグラーを見据えた。ティグラーのほうは合成皮革の椅子に座って居心地悪そうにもじもじしている。「正直に言わせてもらってもいいかな、ジェリー？　この事件は政治的な爆弾を抱えているし、それはみんな承知しているわけだ。一つの失敗、一つのへまで、ドカーン、すべてが吹っ飛びかねないんだよ。それもあんたの眼前でな。選挙の年だよ。世論を味方につけ、投票日には有権者にあんたの名前を書き入れてもらうのにどれほど苦労するか、わたしにもよくわかる。わたしも地方検事だったことがあるからね。ことがどう展開するかは知っている。世論はごまかせないよ、ジェリー。世間じゃ、この事件についてのあんたがたのやり方に最初から満足していない。被疑者逮捕までに一年半もかかり、しかも起訴にもちこめたのは一件だけだ。ほかの被害者の家族は、聞く耳をもった記者なら相手かまわずぎゃあぎゃあ喚きたてている。しかもみんなが耳を傾けているんだよ、ジェリー——みんなが聞いているんだ」

合図があったかのように、FBIマイアミ支局長のマーク・グラッカーが言葉を挟んだ。

「FBIは捜査全部を引き継ぐ用意がある。もちろんキューピッド事件捜査本部がこれまで獲得した証拠はすべて、FBI犯罪科学研究所に引き渡して再検討してもらわなければならん」

ド・ラ・フローズは口をつぐんで自分の言葉が浸透するのを待ち、それから椅子にそっくり返って偉そうに続けた。子どもを叱りつけたあとの父親そっくりだとC・Jは思った。「ジェリー、われわれはすべての殺人事件の捜査を、いいかね、マリリン・シバンの事件だけではなくすべての捜査を、進める態勢ができている。事前に了解に達していれば円滑に運ぶし、法廷でいらざる小競り合いをしなくてもすむと思うがね」

白い歯を見せて狡猾な笑みを浮かべたド・ラ・フローズが発するほとんど身も蓋もない脅しを聞いているうちに、C・Jはじりじりと、しかし確実に沸騰点に達していた。ティグラーが立ち上がってやり返せばいいのにと思ったが、臆病者の彼がそんな勇気を奮い起こすには何年もかかるだろうということもわかっていた。

細長いテーブルの上座に座ったティグラーは一同を見回して、また落ち着かなげにもじもじした。それから長い間があったあげくに、せきばらいしてようやく話しはじめた。「そうだな、トム、心配してくれるのはありがたい、まことにありがたいが、しかしいまの段階では、うちは充分に事態をコントロールしていると思うよ。C・J・タウンゼンドはうちでもいちばん優秀な検察官の一人だし、今度の事件もうまく処理できると信じている」

ジェリー・ティグラーは検事らしくなかった。茶色のスーツはみすぼらしくて流行おくれだし、会議のあいだに冷や汗で部分鬘《かつら》がずれてかしいでいる。カルヴァン・クラインのスーツを着てダイヤモンドのようにぴかぴかの笑みを浮かべている元判事、いまでは大統領に任命されたアメリカ連邦検事、いやがうえにも大物気取りのトム・ド・ラ・フローズに太刀打ちできるはずはない。

「どうも、わかっていないようだが、ミスター・ティグラー」グラッカーがまたも口を出した。小柄な自分に注意を向けようと、グラッカーが太った小さな手で会議用テーブルを叩くさまを、C・Jはじっと見ていた。「FBIは何百件もの連続殺人事件を扱ってきた。われわれなら十一人の殺人事件を捜査する能力があるんですよ」

いい加減にしろとC・Jは思った。これ以上、黙ってはいられない。「十人の間違いではありませんか、グラッカー捜査官。いままで死体が発見されたのは十人ですから、FBIがモーガン・ウェバーの遺体のありかをご存じだというのでない限り、殺人事件の被害者は十人です。それから他の九人の殺人について、なぜわたしたちが早まって逮捕したり起訴したりしていないかは、説明できると思います。現在まで、バントリングを他の九人の被害者と結びつける証拠は何も見つかっていませんし、わたしたちは今回は実際に立件できる事件だけを進めるのが妥当だと考えたのです」

「べつにあなたを批判しているわけじゃない、ミズ・タウンゼンド」トム・ド・ラ・フローズが言いかけたが、C・Jはさえぎった。

「そうでしょうか。検察官としてのわたしの判断に対するご批判、そして地方検事局全体に対するご批判だと思いますが、ミスター・ド・ラ・フローズ。それに州が十件の殺人事件すべての起訴を連邦検事に委ねるとして、どんな法的理論にもとづいて管轄を主張なさるのですか？連邦政府の土地で起こったのはマリリン・シバンの殺人だけなのですよ」

ド・ラ・フローズは仰天して言葉もないようだった。まさか担当検事補から逆《さか》ねじをくわされようとは思っておらず、ティグラー自身だって少々泣き言を言う程度だろうと踏んでいたのだ。それで反論をひねりだすのにかなりの時間がかかった。「どの被害者からも法的規制のある薬物ハロペリドールが発見されたはずですがね、ミズ・タウンゼンド。それらの薬物は犯人、つまりウィリアム・バントリングによって投与されたのでしょう。それならミスター・バントリングは連邦刑法に定める麻薬密売組織の一員だということになる」

トム・ド・ラ・フローズは勝手な法解釈を振りまわす場所と相手を間違えている。「薬物のことはそのとおりです。しかし――もし、わたしの言うことが違っているならご訂正いただきたいのですが――麻薬密売組織というためには、五人以上の共犯が必要なのではありませんか。もちろん、今度の事件でほかに被疑者を知っておられるなら、喜んでお話をうかがいますが、わたしの知っている限りではバントリングだけのはずです。ですから麻薬密売組織という には四人ばかり被疑者が足りないですね。それから、連邦政府の管轄かどうかということも疑わしいと思いますが」ほら、言ってしまった。これで連邦政府部内での出世の道は、とくに栄光ある連邦検事になる道は決定的に断たれたわけだ。ド・ラ・フローズはテーブルの向こうからC・Jをはっしとにらみつけていた。

「それについては、もう少し細かく検討する必要があるようだが、ミズ・タウンゼンド、しかし、いま述べたのは一つの法解釈にすぎない。ホップス法だってある」彼はティグラーに目を向けた。「以前にもホップス法を活用して旅行客相手の窃盗を起訴したことがあります。ここデード郡でね」

「そうですが、あれは窃盗についてのみの規定です」C・Jは続けた。「殺人事件の管轄が連邦政府になるということはありません」

ド・ラ・フローズはC・J・タウンゼンドというこうるさい検事補に少なからず参ったようだった。彼は政治家であって検察官ではなかった。連邦検事に就任してからの四年間、たぶん法廷に立ったこともなければ、連邦法を読んだこともなく、細かい法解釈について議論する用意はまるでなかった。彼はさっきティグラーに囁きかけたときに比べて、数オクターブ高い声を出した。「殺人が窃盗事件の一部であればホップス法が適用される――少なくとも議論の余地はある、そのことは断言しておきますぞ。そちらが今回の事件で管轄争いをする気なら、こっちはいつだってすべての窃盗事件について立件できるんだ」

「窃盗とはなんのことだか教えてもらえるかな？」ティグラーがおそるおそる反論した。

「ああ、教えてやるとも、ジェリー。どの被害者も裸で発見され、心臓がなくなっていた、そうだろう？　ミズ・プラドもそうだったな？　では被害者全員、窃盗の被害にあっているではないか。それについて法律はきわめて明確ですぞ、ミズ・タウンゼンド。連邦政府は管轄する権利を有している。したがってミスター・バントリングを数年にわたって連邦裁判所に縛りつけ、一件ずつ窃盗事件を審理することもできるんだ。そのほうが、あんたがたがいままでやってきたのよりは、はるかにましなことができると思うがね。こっちがすんだら、バントリングをレヴンワースから送り返してやるから、なんであろうと州として起訴できるならすればいい。もちろん、それまであんたが地方検事の座にいて、そういう決断ができればの話だがね。

まあ、よく考えてもらいたい。そして、うちが起訴手続きを進める前に今度の事件でチームを組む気になったら、知らせてくれ。ところで、わたしはキャロル・キングスレー連邦判事から、バントリングの自宅と車の捜索、それに州の令状で押収された証拠品を調べることを許可する令状をもらってある」彼は分厚い文書を会議用テーブルに投げ出した。

C・Jはド・ラ・フローズに向けた冷ややかな視線を一度もそらさなかった。「押収した文書はすべてコピーさせましょう、ミスター・ド・ラ・フローズ。FDLEに保管されている証拠はわたしがご案内しますし、研究所にある証拠については検査結果報告をすべてお渡しします。それ以上の何かがあれば、お互いにキングスレー判事のもとに赴くことになるでしょうね。わたしもご協力したいのはやまやまですが、起訴すべき殺人事件をかかえていますし、この部屋で聞かされた脅し文句から考えれば、どうも仕事を急いだほうがよさそうです。そうでないと、窃盗事件を審理する連邦裁判所というネヴァーランドから殺人事件の被疑者を取り戻すために、身柄移送令状を請求しなければならなくなりそうですから」

C・Jは立ち上がってテーブルの上の令状をわしづかみにした。「ではみなさん、よろしければ失礼させていただきます。令状にある文書のコピーを始めますので」

C・Jの啖呵《たんか》を聞いて、ジェリー・ティグラーは自分が言ったのだったらよかったのにと羨ましげだった。とはいえ、みすぼらしい茶色のスーツ姿の彼も胸を張って数センチばかり大きくなったようで、憤懣やるかたないマーク・グラッカーとトム・ド・ラ・フローズが足音荒く会議室を出ていくのを微笑みつつ見送った。

44

ネルソン・ヒルファロ判事のアーサー・ヒアリングが一時半に予定されている四‐八号法廷に向かうC・Jは、どきどき、むかむかしてたまらなかった。裁判所のがたがたと揺れる鉄製のエスカレーターで一階上がるたびに、動悸はますます激しくなり、胃のなかも瓶に閉じ込められた虫が大暴れしているのかという騒ぎで、これはてっきり病気に違いないと思ったほどだった。べっとり濡れた特大の革製ブリーフケースに冷や汗が滴っていたが、しかし彼女は石のような無表情を崩さなかった。腹の底から咽喉元までつきあげる生々しい恐怖を周囲の誰にも悟られてはいない。外に向かっては、彼女はあくまで強気で自信満々の検察官だった。ただ、内心では耐え切れずに破綻してしまうのではないかという不安に苛まれていた。

検察官としてこれまで経験したアーサー・ヒアリングは二百回を越えているだろう。三百回に近いか、いやそれ以上かもしれない。日常的な業務のひとつだ。終身刑あるいは死刑に価する罪状で保釈を認められていない被告人は誰でもアーサー・ヒアリングを請求できる。だいたいは時間の無駄みたいなもので、とくに起訴内容がしっかりしていて、主任捜査官が優秀なら、時間を浪費するだけで終わる。だが今回の事件はふつうではなかった。

カッツ判事の法廷でウィリアム・バントリングを目にしてからそろそろ三週間たつ。初めて恐ろしい真実に気づき、悪夢が現実になってから三週間。最初の衝撃波は去り、脳は彼女がむりやり押しつけた事実をしぶしぶ受け入れたようだが、バントリングと同じ部屋であの氷のような青い目を向けられる機会はまだ来ていなかった。バントリングと同じ部屋の空気を呼吸し――彼の匂い、彼の存在を生々しく感じ――逃げようとすれば、記者たちの群れに追われつつ判事の怒声を浴びて法廷を飛び出すしかないと考えるだけで、生きた心地がしなくなる。自分を襲ってもてあそび、重傷を負わせた相手を目前にして、自分はどう反応するだろう？　最初の審問のときのように凍りつき、恐怖に咽喉がつまり、呼吸困難になって喘ぐだろうか？　あれ以来、毎晩しているように、我慢できなくなって泣きだすか？　それとも立ち上がって、バントリングを指差して悲鳴をあげるだろうか。レートショーのホラー映画のように。あるいはブリーフケースに入っている鋼鉄製のレターナイフをつかんで、冷たい笑みを浮かべながら、係官が誰も止められないうちにバントリングの胸に突き刺すだろうか。とにかく恐ろしかった。だから胃のなかで虫の大群が暴れ、大嵐が起こっている。自分がどう動くかわからない。自制できるかどうか、それもわからない。

マホガニーでできた大きな扉を開き、深呼吸して大勢が詰めかけている法廷へ入った。日程表では七件のアーサー・ヒアリングが予定されていたが、被告人たちは誰もまだ刑務所からの連絡橋を渡ってきていなかった。アーサー・ヒアリングの際には、被告人全員が鎖でつながれたままボックスと呼ばれている陪審席に座ることになっているが、そこは空っぽだった。C・Jは胸を押しつぶしていた重苦しさが消えるのを感じ、ほっと息をついた。いまだけでも呼吸できるのがありがたい。傍聴席を抜けた先の検察席の隣にマニー・アルヴァレスのはげ頭が見えた。どこにいても見逃しそうもない一九〇センチを超える巨体は、法廷の周辺にずらりと勢ぞろいした一ダースものカメラの放列を避け、検察席に集まって緊張したおももちで日程表を確認している検察官や刑事たちのなかでもとくに目立っていた。C・Jはさらに素早く廷内を見回し、ドミニクの見慣れた肩、黒い髪、ごま塩の顎鬚を探したが、見当たらなかった。そのとき、背後から肩にずしりと温かい手が置かれた。

「ぼくを探してましたか?」ドミニクだった。糊のきいた白いシャツにダークブルーのスーツに、紺と銀色のネクタイ。髪はきれいに梳かしあげてあったが、カールがひとつはらりと落ちて額にかかっている。プロらしくこざっぱりとして、きわだって見栄えがした。

「じつはそう、探してたの。マニーがあそこにいたから」さりげなく彼女をかばって混み合う通路を歩きだしたドミニクの手のぬくもりが肩に伝わってくる。

「マニーなら見逃すはずはないな。今日は証人席に呼ばれるかもしれないからって、上着とネクタイまでもってきている。だからって、感動しなくてもいいですよ。上着は防虫剤の匂いがぷんぷんして、茶色のスエードの肘当てがついてるってしろものだ。ネクタイのほうはまだ見てないんだが。緊急事態が起こるまでは、彼には控えていてもらったほうが無難だろうな」

「ご注意、ありがとう。それなら、まずあなたに証言してもらうことにしましょう。とってもスマートに見えるわ。FDLEはいい給料を払ってくれるんでしょうね。そのスーツ、すてきよ」

「あなたのためだから、とっておきです。あなたのためには、最高でなくちゃ。われわれは何番目だろう？」

「日程表では六番目。でも今日はヒルファロ判事が予定どおりに進めるかどうかわからないわね」

マニーが検察席のテーブルによりかかり、若い検察官と話をしていた。もちろん、相手は女性検察官だ。C・Jを見ると、マニーはあけっぴろげの笑顔を見せて手を差し伸べ、毛むくじゃらの大きな手でC・Jの手をすっぽりと包んだ。「やあ、検察官！　オラ！　しばらくでしたね？　元気でしたか？　変わりはありませんか？」

「こんにちは、マニー。おめかししてきてくれて、ありがとう。すてきよ」

「ほんとだ、マニー」ドミニクも口を出した。「立派に見えるぜ。ただし、宣誓で手を挙げる前に上着を着るのを忘れるなよ」

「ちぇっ、からかってるんだろ？」マニーは手を挙げて、腋の下の汗じみを眺めた。「このしみ、どうしても取れなくってな」

「いい洗濯屋が必要だな」と、ドミニク。

「いや、必要なのはいい女房さ。誰かかわいい子、いませんかね、検察官？」

「あなたにふさわしいほどかわいい子って、難しいわねえ」

「ほら、おたくの秘書なんかどうです？」

「いまはその話はやめましょ。あなたに対する敬意を失いたくないわ。でも上着のことはご心配なく、マニー。証言してもらうのはドミニクだけだから」

そのとき陪審席のドアが開いて、ダークグリーンの制服を着た三人の矯正局係官が現れた。そのあとから手錠をかけられて足をつながれた被告人たちがぞろぞろと入ってきて、足の鎖を鳴らしながら陪審席の二列を占めた。囚人のほとんどは私服だった。出廷するときには私服着用が認められている。立派なものではないし、ほとんどの囚人の場合、逮捕時に着ていた服を出廷のたびに着ることになる。そのうち弁護士が慈善団体から寄付された服を借りてくれるかもしれないが、それまでは着たきりスズメだ。だが、二列目に他の者とは離れて座ったブロンドのハンサムな男性だけは真っ赤なジャンプスーツ姿だった。〝特別〟の被告人――つまり死刑になる可能性のある殺人犯を区別するための刑務所のお仕着せだ。C・Jは部屋がぐるぐると回りだすのを感じて、急いで目をそむけた。

「ほら、やつが来ましたよ」ドミニクが陪審席に目を向けて言った。

「ああ……あいつ、刑務所はあってないらしいな、ドミニク。ちょっとやつれたんじゃないか。食い物が口にあわないんだろう。それとも娯楽がないせいかね」マニーが笑った。

ドミニクは注意深い視線をC・Jに戻したが、C・Jはブリーフケースに顔を突っ込んでいたので、表情が見えなかった。「そういえば」とドミニクは言った。「大陪審はやけに早く起訴を決めましたよね？　ぼくは筋金入りの楽観主義のつもりだが、それでも一時間はかかると思っていたのに」

「そうそう、ヤーズがあなたの証言はとてもよかったって言ってたわ。ベテランですものね、きっとそうだと思ってたけど」Ｃ・Ｊは深呼吸してブリーフケースから顔を上げたが、慎重に陪審席には背を向け、まっすぐにドミニクのほうを見た。腹から咽喉へと容赦なくつきあげてきて身体を金縛りにしてしまいそうな恐怖を必死で抑える。不安のあまり、いまにも頭のねじがはずれて、振り向いて真っ向から狂気を見つめてしまうかもしれない。だが、まだいけない。準備が整うまではいけない。ドミニクに観察され、反応を見られているのを知っていたから、心のうちを読まれないように努力した。「そういえば思い出したわ、ドミニク。水曜日の出来事を話そうと思っていたの。もし、まだ耳に入ってないようなら」

「耳に入ってないって、何がです？」

「ジェリー・ティグラーとわたしのところへ、中心部からお客さんがあったのよ」

「中心部からのお客さんって？　連邦政府の関係者ですか？」

「あたり」

「誰です。ＦＢＩ？」

「そうなの。マイアミ支局長、小柄でぽっちゃりした、態度の悪い男、確かグラッカーと言ったわね。マーク・グラッカー。お連れはなんと連邦検事さまよ」

「トム・ド・ラ・フローズ？」

「やれやれ、冗談じゃないな。いったい何がほしいっていうんです?」

「そのとおり」

「一言で言えば——キューピッド」

「全員、起立!」裁判長席の隣から大声が聞こえて、廷内はしんと静まった。判事控え室に通じる重い観音扉が大きく開き、ネルソン・ヒルファロ判事が入ってきて、黒いガウンを床にひきずりながら裁判長席に上った。

「あさましい顚末《てんまつ》はあとで話すわね」C・Jは囁いた。

「待ちきれないな」とドミニクも小声で答えた。

「着席」廷吏の声に、全員が席についた。

「みなさん」ヒルファロ判事がせきばらいをして続けた。「今日予定されているなかには、ええ、ちょっと特殊な事件がありまして、大半のみなさんはそのために来られたのだと思うが」——判事は十列の傍聴席をいっぱいにしている記者たちのほうへうなずいた——「したがってフロリダ州対ウィリアム・ルーパート・バントリングの事件を最初に取り上げ、そのあと廷内が落ち着いてから、日程表どおりに審理を進めることにします。検察官、用意はいいですか?」

C・Jははっとした。少なくとも予定を読み上げたあと、一、二件の審理があるものと思い、そのあいだに気持ちの準備ができると考えていたのだ。しかしあれこれ考えるより、いっそすぐに審理が始まったほうがいいかもしれない。C・Jは判事の前の検察席に進み出た。

「はい、裁判長。フロリダ州側はC・J・タウンゼンド。用意はできております」

「弁護人は？」

髪をひっつめて小さくまとめ、地味な黒いスーツを着たルアド・ルビオが法廷の後ろのほうから弁護席に歩いてきた。

「被告人ウィリアム・バントリングの弁護人、ルアド・ルビオです。わたしどもも用意はできております、裁判長」

「けっこう。検察側、証人は何人ですか？」

「一人だけです、裁判長」

「よろしい。では検察官、始めてください」ヒルファロ判事は生真面目な堅物だった。スポットライトがあたるのが嫌いで、新聞種になるような事件も好まなかった。それもあって、主任判事は彼を本裁判からアーサー・ヒアリング担当にまわしたのだ。ヒルファロ判事が無能だというわけではない。それどころか彼は優秀だった。ただ、アーサー・ヒアリングはふつう注目されない。凶悪事件の被告人でも報道陣が注目するのは最初の審問で、その後も関心が消えなければ本裁判も取材する。だが、世界的なニュースになるほどの連続殺人事件の被告人がヒルファロ判事の静かな法廷に現れるというのは、そうあることではなかった。

「検察側はドミニク・ファルコネッティ特別捜査官を証人として喚問いたします」

ドミニクが証人席に着き、法廷中の注目を浴びて宣誓した。

予備的な質問で証人の身元を明らかにしたのち、C・Jはコーズウェーに呼び出された九月十九日の夜へとドミニクを連れ戻した。彼はやりやすい証人だった。C・Jが起訴事実を立証するためにはどんな法的要素が必要か、その法的要素を確かなものにするにはどんな事実があればいいかを心得ている。「それからどうしました?」と聞くだけで、方向付けをしてやる必要はなかった。ドミニクはバントリングの車が停止させられ、アンナ・プラドの死体が発見され、バントリングの自宅が捜索され、アンナと同じ血液型の血痕が小屋の壁と床から見つかり、また凶器とみられるメスにも血痕があったことを語った。

ドミニクはアンナ・プラドの遺体から薬物が発見されたことや、バントリングの寝室で見つかったポルノテープには触れなかった。この段階で裁判まで保釈なしでバントリングを拘束しておくためには、検察側は殺人が行われたこと、そして証拠から見てバントリングがその犯罪を行ったと充分に推定されることさえ証明すればいい。罪状を重くするその他の付帯的な事実は、のちに十二人の陪審員を前にした本裁判で、犯罪の動機や機会が問題となり、合理的な疑いを入れないほどの証拠があって死刑が妥当であることを立証するときに使われる。

記者たちはドミニクの一語一語を熱心に書き留め、十人以上もの人間がペンを動かす音がいっせいに響いた。今日証言される細かな内容の大半は記者たちにとっては初耳だったから、彼らの興奮は誰の目にも明らかだった。

C・Jはバントリングが冷ややかな視線を自分に向けて頭から爪先までじろじろと眺めまわし、法廷にいるというのに、頭のなかで服を脱がせているのを感じていた。アーサー・ヒアリングでは被告人は弁護人の隣には座らない。陪審席にいるバントリングは法廷全体を見渡すことができ、ドミニクに直接尋問をしているC・Jももちろん全身が見えている。C・Jは目のすみに自分を見つめているバントリングをとらえた。一瞬、自分に気づくだろうかと思い、もし気づかれたら自分はどうするだろうと考えたが、すぐにその考えを否定した。いまの自分はあのころとは似ても似つかないし、バントリングの興味は目の前にいる女性なら誰にでも抱く病的なそれに違いない。ほんの一瞬だけだが、C・Jはバントリングの呼吸を聞いたように思った。あのときゴムの道化師のマスクから洩れたのと同じ荒い呼吸、そしてかすかなココナツの匂い。C・Jは急いでその思いを頭から押し出し、陪審席には背を向けて、ドミニクの言葉だけに耳を傾けようとした。いま、不安を見つめすぎてはいけない。狂気に流されてはいけない。

「ファルコネッティ捜査官、ご苦労さまでした」証言が終わるとヒルファァロ判事が言った。「弁護人、質問はありますか？」

ルアド・ルビオは起立して、ドミニクと向かい合った。「二、三、お聞きします、捜査官。逮捕なさったのはあなたではありませんね？」

「違います」

「あなたが現場に呼び出されるより前に、最初にミスター・バントリングの車両を停止させ、そのあとにトランクを捜索して、ミズ・プラドの死体を発見したのは、マイアミ・ビーチ市警の警官でしたね？」

「そうです」

「ミスター・バントリングの車両を停止させてミズ・プラドの死体を発見したのは、まったくの偶然だった。そうではありませんか？」

「いいえ。ミスター・バントリングの車両を停止させたのは、マイアミ・ビーチ市警の警官がスピード違反と整備不良を認めたからです」

「わたしが言っているのは、九月十九日以前には、捜査本部ではミスター・バントリングの名前はキューピッド事件の容疑者として上がっていなかったのではないか、ということです」

「ええ、そうです」

「実際、十九日以前には、捜査本部の捜査員は誰も、ウィリアム・バントリングという名前を聞いたこともなかった、そうではありませんか？」

「おっしゃるとおりです」

「すると、ミスター・バントリングの車両がマッカーサー・コーズウェーで停止させられたのは、まったくの偶然だったのではありませんか？　尊敬すべき優秀なマイアミ・ビーチ市警の制服警官たちが、たまたま業務に励んで車両を停止させたのでしょう？」弁護人の言葉で廷内に失笑が洩れた。マイアミ・ビーチ市警の評判がそれほどよくないことは誰でも知っていたからだ。

「そうです」

「もちろん、警官たちも理由なく車を止めたり、令状もなしにトランクを調べたりするわけではありませんよね？」

「異議あり。弁護人は推論を求めています」C・Jがさえぎった。尋問がいやな方向に向かっている。不安だった。弁護人はチャヴェスかリベロと話したのだろうか？　匿名の通報のことを知っているのか？　それとも、はったりをかけているだけか？

「異議を認めます。弁護人。あなたの言いたいことはわかりました。証拠排除の申し立てをしたいのであれば、書面にして本裁判で裁判長に提出してください。だが、ここで議論することは許しません。ほかに聞きたいことがありますか、ミズ・ルビオ？」

「いいえ、判事、以上です。だが、保釈に関して申し立てをしたいと考えます」

「それは必要ないでしょう、ミズ・ルビオ。必要なことはすべて聞きました。本日提出された証拠にかんがみ、被告人が殺人を犯したと推定する証拠は充分であると判断します。本法廷は被告人が社会にとって危険であり、逃亡の恐れがあると考えます。よって、本裁判まで保釈なしに勾留するものとします」

「判事」ルビオが声をあげた。「ミスター・バントリングの車両停止は違法であり、トランクの捜索も違法だったと考えます。その点について弁論をしたいと思います」

「けっこう。だが、先ほども言いましたように、証拠排除の申し立てはチャスケル判事にしてください。ここでは無用です。すでに証言を聞いて決しています」

「せめて条件付保釈の形式について申し立てをさせていただけませんか？」

「いいでしょう。進めてください。十件の殺人事件で訴えられている人間から社会を守る方法が提案できるのなら、どうぞ」

「被告人はほかの殺人事件で起訴されてはおりません、判事。わたしが言いたいのは、そこなのです。本法廷の目にも、また世論の目にも、わたしの依頼人は十人の女性を殺害した連続殺人犯として裁かれ、有罪を宣告されているようですが、しかし実際には一人の女性の死について起訴されているだけなのです」

「それだけで充分だと考えますがね、ミズ・ルビオ」ヒルファロ判事はドミニクに目を向けた。「ミスター・バントリングはほかのキューピッド事件の殺人の被疑者とみなされていますか、ファルコネッティ捜査官?」

「はい、そのとおりです」ドミニクが答えた。

ヒルファロ判事は渋い顔でルアド・ルビオを見たが、十分ほど依頼人の条件付保釈を提案する申し立てをさせた。自宅軟禁が提案されたときには判事は笑い声をあげた。

検察席でドミニクと並んだC・Jはひそかに安堵の吐息をついていた。バントリングは本裁判まで檻のなかと決まった。そこまではやり遂げたのだ。

次はバントリングを死刑執行室に送らねばならない。

45

ウィリアム・バントリングは保釈が認められるはずがないのを知っていた。弁護人にそれほどの腕がないのも先刻承知だったが、それでもやってみるにこしたことはなかった。あらゆる手を試してみることだ。一時間三〇〇ドルの料金をとるオンナだ、それだけの働きをしてもらおうじゃないか。

だから、ネルソン・ヒルファロ判事が保釈要求を却下したのは意外ではなかった。意外ではなかったが、むかついた。自分を危険な伝染病患者かなんぞのように見下げるアホ判事にむかつき、自分の糞は匂わないみたいな面で、偉そうな顔して法廷を歩きまわり、証人席にいるこすっからいFDLEのデカに尋問しているぎすぎすオンナにむかついた。ついでに言えば、この法廷で爪の先ほどであれ敬意らしきものを抱けるのは、そのデカだけだった。自分の弁護士にさえむかついていた。あのアマ、おれが自分を弁護しようとするのを封じ、一言も発言させようとしなかった。気に入らない。まったく気に入らない。高い料金をとるオンナにあれこれ指図されるなんか、我慢できん。オンナにあれこれ言わせるのはベッドのなかだけだ。

百万年たってもバントリングが女性を信用する日はこないだろう。地元の食料品店のレジで代わりに並んでもらうのだってごめんだ。まして法廷での弁護、それも生死がかかっている重罪での弁護なのに、女性を信じて託せるわけがなかった。だがウィリアム・バントリングは馬鹿ではなかった。馬鹿だなんてとんでもない。だから新聞が何を書きたてているかをよく知っていた。世間は自分を怪物、悪魔の化身だと思っている。世界中の何百万人というテレビ視聴者のいかれた頭のなかでは、すでに有罪という結論が出ているのだ。そんなことはよくわかっているし、だからこそ、地味だがちょっと短めのスカートに上着を着て、堅物で厳格な学校教師みたいな感じのするルアド・ルビオという弁護人の選択が賢明であることも承知していた。ルビオについては時間をかけて徹底的に調べたうえで弁護を頼んでいる。容貌は悪くない。びっくりするほど美人でもないが。しかし彼女はラテン系住民の社会でもマイアミの司法界でも評判がよく、それに陪審員が見直す程度には器量よしだ。見直して、どうしてこんなにきれいで教養もあるハイアレア出身の保守的なキューバ系女性がバントリングのような凶悪な怪物の弁護をしようとするのだろう、と首をかしげるくらいには美しい。バントリングがどんな犯罪で訴えられているかを知りながら、どうして彼女はバントリングと並んで立ち、その耳に囁きかけ、一緒に被告席に座り、同じ水差しの水を飲み、彼の無罪を堂々と主張できるのか？　このキューバ系美人弁護士が強姦、致傷、殺人について依頼人は無実だと信じているなら、あるいはその可能性もあるかもしれない。そもそも女性が異常な連続強姦魔を自由の身にしようとするなんて、そんなことはありえないだろう？

　バントリングは前から自分のこの考え方が正しいこと、したがってもし弁護人が必要なときには正しい選択ができることを深く確信していた。ただ現在は、通りの向こうにある小便臭い黴菌《ばいきん》だらけの穴倉にたとえあと一日でも閉じ込められて過ごすかと思うだけで腹立たしく陰鬱な気分で、安っぽいマホガニーの裁判長席に座ったでぶ判事や、ぎすぎす女の検察官、それにちょっと見栄えのする自分の弁護人に向かってあらん限りの声で怒鳴りたくなるのを抑えるのがやっとだった。彼はきれいなお姉ちゃん弁護士の保釈請求を聞きながら、手錠をはめられた両手をまるで祈ってでもいるように組んで、無言で座り続けていた。その実、いかにも殊勝げなポーカーフェースの口から悪口雑言が飛び出さないように、頬の内側を噛みしめていたのだが。

　彼の目の前で弁護人は電子モニター付きの釈放、自宅軟禁、週末だけの釈放、自殺防止のための監視などを提案し、判事はことごとく却下して、彼の自由を切り捨てていく。その後、冴えないブロンドの女検察官が独房監禁、電話連絡特権の停止、マスコミとの面会禁止を要求した。なんていまいましい女だ。C・J・タウンゼンド。名前は新聞で知っていたが、バントリングはいま女性検察官をじっと観察していた。検察席でファルコネッティ捜査官と語り合っている彼女に、何かひっかかるもの、なんだか自分でもわからないが気になるものを感じた。

　C・J・タウンゼンド、この女を見るのは初めてではないような気がする。

46

「で、連邦政府側はキューピッド事件で何を要求しているんです?」

C・Jとドミニクは判事控え室に通じる廊下で記者たちが引き揚げるのを待っていた。廊下にはほかに人影はない。ヒルファロ判事はバントリングのヒアリングが終わったあと、予定のほかの事件を処理するために記者たちを全部追い出した。大手の報道機関関係者の大半は引き揚げていったが、マイナーな記者たちの何人かは、おこぼれがないかと裁判所のなかをまだうろついている。

「ド・ラ・フローズは連邦地区裁判所のキングスレー判事の令状をちらつかせたわけ」とC・J。「何もかもよこせって言うの。研究所の報告、証拠、文書。とにかくこっちが押さえているもの全部」

「冗談じゃない!」ドミニクが腹立ちまぎれに壁を平手で叩き、がらんとした廊下にばしっという音が響いた。「まさか、引き渡しゃしませんよね?」C・Jの表情にドミニクは答えを見てとった。「くそっ。抵抗できないんですか?」

「こういうことなのよ。連邦検事はキューピッドを殺人罪で起訴したいが、連邦政府の土地で死体が発見されたシバンの事件以外は連邦政府の管轄ではない。その点では、こっちは抵抗できるわ。わたしがそのことを指摘したときは、もちろんド・ラ・フローズは喜びはしなかったわね」

「なるほど。しかし、ほかの九人の殺害事件に連中は手を出せないのなら、なんでこっちが何もかも引き渡さなくちゃならないんですか? シバン事件のため?」

「それもあるけど、べつの理由もあるわね。あちらはシバン事件について、こちらがバントリングについてつかんでいることをすべて知りたがっている。だけど、同時にバントリングを——いいこと——窃盗でも追及したいというのよ」

「窃盗? なんの話ですか? 窃盗ってなんのことなんです?」

「ド・ラ・フローズは手柄と名声が欲しいの。新聞にでかでかと書きたててもらいたいのよ。だから、キューピッド事件をやりたい。で、殺人で起訴できないなら、被害者の衣服と心臓を盗んだ廉で、連邦裁判所にバントリングを引っ張り出そうというの。起訴状でどういう順序で論告をするのかは知らないけどね。ホッブス法にもとづいて起訴して、連邦裁判所にバントリングを数年しばりつけておけば、ティグラーは天下に間抜け面をさらすことになる。これはそう難しい仕事じゃないでしょうね。ティグラーが次の選挙で再選されず、ド・ラ・フローズが連邦判事に任命されたら、バントリングを返してくれて、わたしたちは始めた仕事を終わらせることができるかもしれない」

「ホッブス法？　キューピッド事件がホッブス法にいう州際取引にかかわりがあると拡大解釈しようって、本気ですか、それ？」

「がんばってみる気はあるみたいね」

「それで、グラッカーの役回りは？　あのとんちき野郎め」

「彼はド・ラ・フローズの応援団長ってところでしょうね。後ろに座って、『わたしならもっとうまくやってみせられる』って歌い続けてたわ。だけど、ほんとうはド・ラ・フローズなしじゃ何もできないけどね」

「ティグラーはどうしました？」

「どうしたと思う？　吸血鬼たちを招き入れてコーヒーとドーナツ、それにAマイナス型の血液を一パイントふるまったのよ」

「じゃ、向こうの言うとおりに全部引き渡すんですか？」

「全部じゃないわ。文書と研究所の検査結果のコピーよ。山のように書類を送りつけてやるつもり。全部読み終わるころには、視力が低下して拡大鏡をメガネにしなきゃならないかもね。ド・ラ・フローズには、文書のコピー以外の証拠品を引き渡すなんて思ったらとんでもない間違いだから、一戦交える覚悟をしたほうがいい、と言ってやったわ。それを聞いて引き上げ時だと思ったようね」

C・Jの頭上の壁に手をついていたドミニクはにっこりして顔を寄せた。「あなたが好きだなあ。美人だというだけじゃなくて、すごくタフだ」

C・Jは赤くなった。「ありがとう。褒められたと思うことにするわ」

「そりゃ、そう思ってもらわなくちゃ。褒めたんだから」

ちょうどそのとき、ヒルファロ判事の法廷に通じるドアが開いてマニーが出てきた。ドミニクはついていた手をあわてて下ろし、しかめっ面をしたマニーを見た。C・Jも胸の鼓動が平常に戻ったのを感じた。

「どこにいたんだい、マニー？　チャンネル7でインタビューを受けてたなんて言わないでくれよ」

「ふざけてんのかね、ドミニク？　チャンネル7も笑わせてくれるが、キャラクターはカートゥーン・ネットワークのほうがましだね。あんたがた、こんなとこで何をしてたんだ？　こそこそとさ？」

なぜかC・Jはまた真っ赤になっていた。ドミニクが急いで答えた。「C・Jに水曜日の連邦政府側とのやりとりを聞いていたんだよ。グラッカーはいいカモを見つけたらしい――トム・ド・ラ・フローズさ。連邦検事はキューピッド事件を奪いたがっている。C・Jに令状をつきつけたそうだ」

「やれやれ、苦労の種はつきないってね。引っ込んでろってんだ、バカヤローが。いや、失礼、検察官。汚い言葉を使っちまって」

「C・Jの清らかな耳が汚れるなんて心配はいらんさ。彼女はド・ラ・フローズとおつきのスパイに同じことを言ってやったそうだ。それで、やつらが引き下がってくれりゃいいんだがね」

「そうはいかないだろうって気がするね、ドミニク。とくにこうなっちまってはな」

「なんだって？　何があった？」

「さっき、キューピッドの最新の傑作が発見されたんだよ。モーガン・ウェバーの死体らしい。というか、その残骸が一時間ばかり前に見つかった。さあ、出動だぜ、お兄さんよ」

「見つかったのはどこだ？」ドミニクが尋ねた。

「エヴァーグレーズの真ん中の釣り小屋。まぎれこんで酔いをさまそうとした酔っ払いの漁師が、天井から吊り下げられている死体を見つけた。聞いたところじゃ、かなりすさまじいようだな。監察医が向かってるよ。マイアミ・デード郡警察とフロリダ海上保安庁が現場を確保している。だが、もう噂が伝わって、ヘリがぶんぶん飛び回ってるってよ」

「わかった。直行しよう」ドミニクが応じた。これでモーガン・ウェバーが生きて発見されるかもしれないという万に一つの望みも消えた。

「わたしも追いかけるわ。現場を見ておきたいから」とC・J。

「こっちの車で一緒に行けばいい。帰りは送るか、警官に送らせるよ」

「じゃ、そうします」C・Jはうなずいた。

「そうそう、検察官。今日はお見事でしたよ」三人で表の廊下からエレベーターホールへ通じる警備付きのドアに向かっているとき、マニーが言った。

「ありがとう。だけど今日のスターはドミニクでしょうね。わたしが口を出す必要もなかったくらい」

「いやいや、ご謙遜。ほんとですよ、検察官。ほかにもファンがいるんだから」

「え、どういうこと?」C・Jが聞き返したとき、ドアが大きく開いた。エレベーター付近や四‐八号法廷周辺には記者たちが群がっている。モーガン・ウェバー発見のニュースを聞いたらしい。ドアが開いたとたん三人に向かって殺到し、カメラのフラッシュが眼前で炸裂した。血の匂いを嗅ぎつけたのだ。

「あの変態野郎、あんたのことが気に入ったらしかった」マニーはカメラに向けて取り澄まして見せながら、声を抑えて言った。「ほんと、ヒアリングのあいだずっと、あんたからいっときも目を離さなかったんですからね」

47

C・Jが八時間ぶっ通して眠ったのはいつ以来だっただろう。金曜日の晩、エヴァーグレーズで凄惨なモーガン・ウェバーの遺体発見現場を見たあと、ドミニクとマニーと一緒に監察医事務所に行き、土曜日早朝のジョー・ニールソンの解剖に立ち会った。午後はオフィスで、エヴァーグレーズの釣り小屋が連邦政府の土地にあるのか、それともマイアミ・デード郡の管轄かを調べた。最後にようやく後者だと確認し、土曜日の夕方には喚きたてるド・ラ・フローズと連邦検事の取り巻き連中と電話でやりあった。土地調査の結果を明らかにして、家宅侵入と公務執行妨害で訴えると脅したので、やっと彼らはFBIの猟犬たちを現場から呼び戻したのだが、それでも、覚えていろ、C・Jと地方検事局には百年かかっても仕返しをしてやると息巻いた。州側の警察官たちは喝采してくれたが、C・Jは土曜日の夜には肉体的にも精神的にもへとへとで、ようやくベッドに入ったときにはさしもの悪夢にも目覚めることがなかった。

モーガン・ウェバー。十九歳。ブロンド。はつらつとした美人。死亡。月曜日朝、アンナ・

プラド殺害に関するバントリングの罪状認否のために法廷に向かうＣ・Ｊの頭のなかは、ケンタッキー出身のモデル志望だった若い女性のことでいっぱいだった。釣り小屋の恐ろしい現場が焼きついて離れない。釣り糸で垂木にコウモリのように吊り下げられていた小柄なモーガン・ウェバー。体操選手か曲芸師のように両手両足を大きく広げ、首は白鳥のそれのように天井のほうへ伸ばすかたちにワイヤで固定されていた。死後長時間経過したために、ほとんど骨だけになり、あちこちにわずかに黒い肉塊がへばりついているだけ。とりあえず身元がわかったのは、血まみれの運転免許証が死体の下に落ちていたからだ。その後、歯科医の記録で確認された。

犯人はキューピッドに違いなかった。死体の下の床にできた大きな血溜まりやあたりに飛び散った血からみて、モーガンがその釣り小屋で殺害されたのは明らかだった。その残虐さ、おどろおどろしさ、凝った殺害現場に選んだ辺鄙《へんぴ》な場所、どれもキューピッドの手口どおりだった。皮肉なことにその細部へのこだわり、麗々しく死体を演出してみせる凝り性ぶりが、バントリングの墓穴を掘ったのかもしれなかった。薄暗い小屋の天井からモーガン・ウェバーの死体が見えない釣り糸で吊り下げられているさまは、ちょうど飛翔《ひしょう》している鳥のように見えたからだ。その姿はバントリング自身の小屋で鑑識班が撮影した剝製と不気味なほどよく似ていた。

死刑判決がこれほど確実な事件も少なかった。どんなに強硬な死刑反対論者でも、ウィリアム・ルーパート・バントリングに対する有罪評決にはほとんど異論をさしはさめないだろう。

Ｃ・Ｊは起訴状のコピーを抱えて法廷に入った。月曜日の午前は申し立てや罪状認否その他の訴訟事件でごった返している。おまけにもちろんマスコミが詰めかけて、世の中を震撼《しんかん》させた大事件の裁判開始を息を殺して待ちかまえていた。順番を待つ検察官の待機場所である傍聴席の左手へC・Jが歩み寄ると、興奮を抑えた囁きが傍聴席からあがった。

拘禁されている被告人はすでに刑務所から連行されていた。C・Jの視野のすみに、今日も両脇を矯正局係官に警備されて、ほかの被告人とは離れて陪審席の奥に座っている真っ赤なジャンプスーツとブロンドの髪が映る。視線をあわせたくなかったから、汗ばんだ手で握った書類に目を落とした。

レオポルド・チャスケル三世判事は月曜日の予定表から目をあげ、傍聴人のざわめきの原因に気づいた。判事はぐずぐずと麻薬事件の弁論を続けている弁護人にはおかまいなく、裁判長席から声をかけた。

「ミズ・タウンゼンド、おはよう。あなたの事件も今朝は予定に入っていましたな」

「はい、裁判長、そのとおりです」C・Jは検察席に近づいた。

「どうやらわたしは幸運なことに、州対ウィリアム・バントリング事件の審理を指揮する栄に浴するらしい、そうですな？」

「はい、裁判長、おっしゃるとおりです——今後、彼の裁判は貴職の指揮下に入ります」

「よろしい。今朝の審理の弁護人は出廷していますか？」

「はい、裁判長。弁護人ルアド・ルビオ、被告人ともども出廷しております」被告人のかたわらでルビオが影のように立ち上がった。

「では、そちらの事件に移りましょう」チャスケル判事はまだ活気のない弁論を続けている弁護人のほうを向いて厳しい声で言い渡した。「あなたとあなたの依頼人の件については、これからただちに判断を下します、ミスター・マドンナ。さあさあ、がっかりせんでもよろしい。まだ月曜日だし、あなたは今週あと三回は予定が入ってます。ハンク、バントリング事件の書類を」

レオポルド・チャスケル三世は検察側にとっては理想的な裁判官だった。元地方検事で、ほかの臆病な判事なら弁護士会を恐れて我慢するようなさまざまな事態にも容赦なかった。検察側、被告人側両方の言い分を公平に聞くが、泣き言やスタンドプレーは許さなかったし、上級審で判決が覆《くつがえ》される比率もきわめて低い。

「さて、では検察官、記録の必要上、氏名を明らかにしてください」

「州側代理人、C・J・タウンゼンドです」

「弁護人、ルアド・ルビオです」被告席に移ったルビオが言った。

「フロリダ州対ウィリアム・ルーパート・バントリングの事件を審議します。本日は十六日。検察側、論告をしますか？」

「はい、裁判長。大陪審はウィリアム・ルーパート・バントリングに対する正式起訴を決定しました。事件番号はF二〇〇〇‐一七四九、アンナ・プラドに対する第一級殺人の罪です」

C・Jは廷吏に起訴状を渡した。

「なるほど」チャスケル判事は廷吏から起訴状を受け取った。

「ミスター・バントリング、州はあなたを第一級殺人罪で起訴しました。この罪状について、あなたの申し立ては？」

「無罪を申し立てます、裁判長」ルビオが宣言した。陪審席のバントリングは沈黙している。

「被告人側は正式起訴状朗読を放棄し、無罪を申し立て、陪審員による裁判を請求します」

「では検察官、十日以内に証拠開示を」

「いいえ、裁判長。わたしは依頼人と話しました。依頼人は本件の証拠開示を望んでおりません。早急に裁判期日の決定をお願いいたします」ルビオが言った。

チャスケル判事は眉をひそめた。「ミズ・ルビオ、念のために言いますが、これは第一級殺人罪で、重大な事件ですぞ。あなたの依頼人が証拠開示を望まないというのはどういうことですか？」

「申し上げたとおりです、裁判長。わたしは証拠開示を求める権利があると依頼人に説明しましたが、依頼人はその権利を放棄しました」

チャスケル判事はルビオを通り越して、バントリングを不思議そうに眺めた。「ミスター・バントリング、あなたは第一級殺人罪で起訴されました。あなたには検察側にどんな証拠があるのかを知る権利、検察側が喚問する証人と話す権利があります。それが証拠開示と言われるもので、フロリダ州ではあなたが選べばその権利を行使することができるのです」

「わかっています」バントリングは判事を見つめ返した。

「証拠開示を求めないと決めれば、有罪になったあとに苦情を申し立てても通りません。それもわかっていますか？　この件については控訴する権利も放棄したことになるのです」

「それも理解しています、裁判長」

「そのことを考慮したうえで、それでもなお証拠開示を求めず、検察側証人の宣誓供述書も見ないというのですか？」

「そのとおりです、裁判長。弁護人と話をして、自分に与えられた選択肢は理解しましたが、証拠開示は求めません」

判事は首を振った。「けっこう。それでは裁判の期日を決めましょう。ジャニン、日程は？」

書記のジャニンが顔をあげた。「裁判期日、二〇〇一年二月十二日、書面提出期日、二月七日水曜日」

ルビオがせきばらいした。「裁判長、ミスター・バントリングは裁判をできるだけ迅速にすませて、汚名を晴らしたいと願っています。もっと早い期日をお願いできないでしょうか？」

「これは第一級殺人罪ですぞ、わかっているのですか、ミズ・ルビオ？」

「はい、わかっております、裁判長。それが依頼人の意向です」

判事はあきれ顔で首を振った。「よろしい。それでは願いどおりにすることにしましょう。ジャニン、もっと早い期日を。十二月ではどうですか」

「二〇〇〇年十二月十八日、書面提出期日、十二月十三日水曜日」

「それではみなさん、十二月に期日を決定することにしましょう。メリー・クリスマス、ハッピー・ハヌカ、楽しいクワンザを。二カ月後に、まだ準備が整わないと泣きついてこないでもらいたいですな、ミズ・ルビオ。期日を早めたがったのはそちらですから」

「はい、そんなことにはならないと思います、裁判長」

「よろしい。では十二月に会いましょう。動議は三十日以内に。それから、不意打ちはしないように。不意打ちは我慢なりませんからな」

「裁判長」C・Jが発言した。「本法廷で、もう一つ申し立てたいことがございます」

「そうではないかと思っていましたよ、ミズ・タウンゼンド」

C・Jはせきばらいし、一枚の書類を廷吏に渡した。

「フロリダ刑法にもとづき、州側は本件について書面で死刑を求刑いたします。ウィリアム・ルーパート・バントリングの死を求めます」

48

彼はうんざりしていた。よってたかって目の前で見せつけられるショーに我慢がならなかった。おもしろみのない判事は予定をたがえて、哀れなとんちきの弁論をさえぎり、偉そうにスピーチする。どうせつまらん顔を映してほしいのだろう。それにまた、あのぎすぎす女の検察官がメガネをかけて愛想のない黒いパンツスーツでしゃしゃり出て、大仰に発言する。まるで世界中に注目されているみたいに。バカったれが。注目されているのは、このおれだ。おまえはただのおまけじゃないか。ケーキに載っている見掛け倒しの飾りだよ。さあ、あんたの論告でおれをびっくりさせてみるがいいや、ぎすぎす女め。それより、そのぎすぎすしたけつを柔かくしてやろうか。五分もあれば十分だぜ。

こんな連中に、どうして公正な裁判なんかできるものか？　カメラの前でかっこつけているが、おまえらが有名になれるのは誰のおかげだ？　こいつら、真実なんかこれっぽっちも求めちゃいない。面と向かって真実を叫んでやったって、耳に入らないだろう。

彼はひそかに煮えくりかえりながら、目の前で繰り広げられる茶番劇を眺めていた。カメラのほうに顔を向けて、にっこりしてやろうか。それとも一つか二つレンズをぶち壊してやるか。ブロンド美人のレポーターの一人をつかまえて、刑務所にラブレターを書かせるか。いや、それよりもインタビューに来させるほうがいい。さあ、マイクに近づきな。そう、マイクに口を近づけて、すっぽり飲み込むんだよ。さぞ、いい気分だろう。私物のカメラをもってこさせるのもいいな。彼の心は法廷からあらぬ方向へ迷いだし、真っ赤なジャンプスーツのなかでペニスが勃起した。

ぎすぎす女が偉そうに宣言したのは、そのときだった。

フロリダ刑法にもとづき……べらべらべら……死刑を求刑いたします。

論告を予想していなかったわけではない。まさか、今日この場だとは思っていなかっただけだった。今日はただの罪状認否じゃないか。座って黙っていればいい。今日は無実を申し立てるだけ。少なくとも、役に立たない弁護人はそう言った。ふうん、おれを死刑にしたいのか？おれを縛り首にするつもりなら、そうとうに丈夫なロープがいるぞ。うんと暴れ、騒いでやるからな。そうとも、目いっぱい抵抗してやる。覚悟していろよ。

自分に向けられたカメラのシャッター音やビデオカメラの機械音を聞きながら、彼はぎすぎす女が背中を向けて偉そうに自分の前を通り過ぎていくのを見た。すぐそこ、唾を吐きかけたら届きそうに近くだった。彼女の香水が漂ってきた。いい匂いだ。つんと上を向いたちょっとかわいい鼻と、ふっくら、ぽってりした唇も見える。

〈そのとき、意地悪グリンチにはある考えが浮かんだのでした。すばらしい、恐ろしいアイデアです〉

ウィリアム・バントリングは計算ずくのしおらしい微笑をカメラに向けた。ようやく、なぜその女性検察官に見覚えがあるのかを思い出したのだ。

49

「二週間かかりましたが、鑑識がやっと確認しました。モーガン・ウェバーを吊り下げていた釣り糸はバントリングの小屋にあったものと同じです」ドミニクが言った。

十月三十日月曜日、バントリングの罪状認否が行われてからちょうど二週間たっていた。マニー、エディ・ボウマン、クリス・マスターソン、ジミー・フルトン、その他三人のメンバーが、ＦＤＬＥのマイアミの事務所にある捜査本部のサクラ材のテーブルを囲んでいる。Ｃ・Ｊはテーブルの上座にドミニクと並んで座っていた。戦略会議、評定の場だ。

「そりゃよかった。ついでに悪い知らせも聞いておくか。その釣り糸はこの十年にどれくらい生産されて、フロリダ全土の釣りショップで売られたんだね？」聞いたのはマニーだった。

「大量だな。数は調べている」ドミニクが答えた。「それからもう一つ、ちょっとよい知らせが入ったところだ。ジミーとクリスはトミー・タンのすさまじい営業記録を調べ終わった。われらがラブシート・セールスマンは一年のうち半年は国外に出ているんだが、しかし被害者が失踪した当日は残らずサウス・フロリダにご滞在くださってたよ」

「被害者と一緒にいたところを目撃した者は？」C・Jが聞いた。

「ありません。ワイドショー出演を狙ってるようなのは何人かいたが、信頼できる目撃者はゼロです」ドミニクが答えた。

「彼はアリバイを主張していないし、証拠開示も求めていない、それがどうも気になるのよね。向こうがどんな弁論をする気なのかが見えてこないのよ。裁判でとんでもない爆弾が破裂するかもしれないし」

「瓜二つの双子がいたとか？」クリスが茶々を入れた。

「うるさいぞ、名探偵。怪我をしないうちに引き下がれ」マニーが叫び、全員が笑いだした。

「ほかの殺人については、いつ起訴するんですか？」笑い声が静まったところで、エディ・ボウマンが尋ねた。苛立たしげに頭の後ろをごしごしとかいている。「もしかしてこの狂人がプラド殺害事件で無罪になるかもしれないと思うと、ぞっとするんですよ。そうなりゃ、やつが深夜こそこそ忍び出るのを防ぐ方法はないんだ」

「プラド事件で無罪になったりはしないわ」C・Jが言った。

「この裁判はばっちりだ、水も洩らしっこない。そうですよね、C・J？」クリスだった。

「ええ、考えられる限り、これ以上確実な裁判はないわね。DNA鑑定の結果も出て、アンナと一致したわ。小屋に残っていたのは彼女の血痕だった。それにトランクで死体が発見されているし、小屋には凶器もあった。死体損壊と心臓の摘出は残虐で極悪非道な犯罪であることを物語っている。被害者を殺害するあいだ、意識を保ちつつ麻痺させた薬物は言わずもがな。それにレヴェルから被害者を連れ出しているのは、計画的な犯行だってことだわ。全部、死刑求刑に相当する要因よ。もちろん残った彼女の、それにほかの被害者の心臓という決定的証拠があればもっといいけど。でも、少なくともプラド事件については、いまの状況で充分いけると思うわ」

「それじゃ、なぜほかの事件について起訴しないんですか？」ボウマンがまた聞いた。彼は不安げだった。法執行に携わった十二年間に、捜査段階では完璧だった事件が裁判の場に移るととんでもないことになる司法システムの理解しがたい側面を見せつけられてきたからだ。証拠固めをして犯人の自白を二時間テープに入れて送致しても、あら不思議、わけのわからない法律的な理由で、陪審員は証拠のことも自白のことも聞かされない。司法システムとはそういうものらしいが、ボウマンにとってはますます不満がつのるばかりだった。ある事件を解決して表彰され、名前を刻んだ盾をもらう。ところがいっぽうでは法廷の傍聴席で、同じ事件の犯人に無罪判決が下されるのを聞かなければならない。だから、いくら検察官が〝水も洩らさない確実な〟事件だと言おうが、バントリングについても楽観はしていなかった。

「バントリングが期日をうるさく言うからよ。彼はアンナ・プラド事件について迅速な裁判を求めている。それに、わたしは早まってすべての事件を起訴し、あとになって後悔するのはいやなのよ。全部の事件をひとまとめにというわけにはいきませんからね。プラド事件で有罪判決が出れば、一件だけの有罪というに留まらず、アンナ・プラド殺害という事実をほかの事件にも持ち込んで審理の対象にできる。ほかの被害者とバントリングを結びつける物理的な証拠がないとしても、陪審員は連続殺人事件全部と、少なくともそのなかの一人についてバントリングの有罪が確定しているってことを知らされるわけ。もちろんそれは状況証拠にすぎないし、そこが辛いところよね。とくにマイアミの陪審員が相手だとね。だから物理的証拠がほしい。釣り糸が糸口になるのは確かだけど、バントリングと被害者を直接に結びつける証拠がほしいのよ。硝煙の立つ銃を押さえたいの、エディ。だから犯人が被害者それぞれから集めたトロフィーを見つけてよ。被害者たちの心臓を発見して」

「そりゃ探してはいますがね、焼き捨てたかもしれないし、食っちまったかもしれないし、どこかに埋めてしまったかもしれないんです、C・J。どうして心臓を見つけるのがそんなに大事なのか、わからんな」ボウマンはまた頭の後ろをごしごしとかいた。

「おいおいボウマン、おまえ、何やってんだ？　ノミでもいるのか？」マニーが大声をあげた。「耳にノミが巣食ってんじゃないのかね。それでよく聞こえないんだろう。C・Jは心臓がなくたって、手続きを進めるって言ってるんだ。任せとけって」全員がボウマンのように悲観的なわけでもなかった。

「わたしは犯人が心臓を始末してしまったとは思わないわ、エディ」C・Jが答えた。「どこかに隠してあるはずよ。どこか、彼が眺めては思い出に浸れる場所にね。タミアミ絞殺魔事件に協力した法精神科医のグレッグ・チェンバースと話したの。連続殺人犯というのはみんな、被害者の記念品をとっておくものなんですって。スナップ写真、宝石、髪の毛、下着、それに何かしら被害者の私物をね。トロフィーは被害者の心臓だったというのがチェンバースの意見。それだと連続殺人者のパターンに一致するのよ。苦労して芝居がかったやり方で集めたトロフィーを廃棄したりはしないわ。必ずどこかに保管しているに違いない。暇を見て眺められるところ、触って思い出して楽しめるところにね。だから、きっとまだあるはずよ、エディ。どこを探せばいいか、それがわかればねえ。

当面は、バントリングの診療記録をニューヨークから取り寄せる請求を出しています。バントリングは心神喪失の申し立てをしていないし、バントリングの精神状態が問題にならない限り、チャスケル判事は記録そのものやカルテを見せてはくれないでしょう。でも医師がどう診断し、何を処方したかは直接に事件と関連するから、証拠を入手できると思うの。そうなれば監察医が遺体からハロペリドールを発見した被害者とバントリングとの強力なつながりを指摘できるわ」

C・Jは髪を両手で梳かしあげて、耳の後ろへ挟み、ブリーフケースを片付けはじめた。

「まあ、そういう努力も必要なくなるかもしれないけれど。バントリングは仕事をやりやすくしてくれるかもしれない」

「どういうことです?」ドミニクが聞いた。

「昨日ルアド・ルビオから電話があったの。話したいんですって。有罪を認める代わりに死刑を免れる方法はないかっていうのかもしれない」

「とんでもない!」ボウマンが興奮して叫んだ。「一生刑務所につないで、おれたちの税金で三食食わせてやるなんて、まっぴらだ。十一人も女性を虐殺したやつだぜ、そうだろう？」

「まあまあ、興奮しなさんな」マニーが吼えた。「検察官は彼を生かしちゃおかないよ。おれは法廷で彼女の肝っ玉のでかさを拝見しているからな。だいじょうぶ、おまえらのよりはずっとでかいさ」

「死刑求刑を取り下げるなんて、考えられないわ」C・Jが言った。「でも十一人の殺害事件について調べる手間を省いてくれようって言うんなら、そうしてもらいましょう。量刑の段階で陪審員に、自分は改心し、有罪を認めて協力したんだから、大切に扱ってもらいたいって主張すればいいのよ。大切に扱って、せめて生命だけは助けてくれってね。ゲインズヴィルのダニー・ローリングもそう主張したけど失敗したし、バントリングの場合もうまくいくとは思いませんけどね」

C・Jはブリーフケースを手にして、ドアへ向かった。「被告人側との話し合いの結果はまた知らせます。とりあえず連邦政府のほうには、マンハッタンのパレード用の紙吹雪ができるほど大量の書類を送っておいたわ。連中が書類を読み終わったところで、金曜日には向こうが見たがる証拠を見せてやらないと。だいぶ、頭にきてるから。それで、誰かに証拠品保管室を空けさせて、監視していてもらいたいんだけど。誰かやってくれる？」

「そりゃボウマンがいい。ベビーシッター向きだからね。そうだろ。おまえ、そのノミをFBIの支局長にうつしてやれよ」マニーが笑った。

「あのはげ頭じゃ、ノミがたかるだけの髪は残ってないんじゃないか、マニー」部屋の奥のほうからジミー・フルトンが声をあげた。

「おいおい、はげをからかうんじゃない。おれもボウマンもその話題には敏感なんだぞ」マニーが苦い顔をした。

「よしてくれ、マニー。おれははげちゃいない」エディ・ボウマンが抗議する。

「そうだな。だが、そんなに頭をごしごしかいていると、じきにはげちまうぜ」マニーがせせら笑った。

「あんたをノミで不自由している人と呼ぼうかね、エディ。だが、マニーのほうはやめとくよ。ああ、図体がでかくちゃかなわない」クリス・マスターソンだった。

「そこまで送ろう」ドミニクがC・Jに言った。「さあ、きみたち、お行儀よくしててくれよ。紙つぶての投げっこなんか始めるんじゃないぞ」

ドミニクとC・Jは会議室を出て廊下を歩いていった。駐車場につながる正面ドアのガラスを激しい雨が叩いている。外では雷鳴まで響いていた。

C・Jは正面入り口で立ち止まった。「しまった。傘を忘れてきちゃったわ」

「一緒に行くよ」ドミニクが受付の外にある傘たてから一本抜き出して先に立った。二人は小さな傘に身を寄せ合いながら大雨のなかを駐車場へ向かった。

「このごろ、眠れる?」不意にドミニクが聞いた。

C・Jは妙な顔をした。まるで彼は知るべきでないことを知っているみたいじゃないの。

「どうして?」

「このあいだ、モーガン・ウェバーの現場を見に行ったとき、ほとんど眠れていないって言ってたから。最近はどうかなと思って」

「だいじょうぶよ。ありがとう」C・Jはジープに乗った。ドミニクは開いたドアの上に傘をさしかけている。脇からズボンにかけてぐっしょりと濡れていた。車の前方ではヤシの木が風雨に叩かれてうなだれている。ハリケーンの季節真っ最中のフロリダでは典型的な悪天候だ。ドミニクが急に上体を折り曲げて車のなかへ入れた。二人の顔が接近する。コロンのかすかな香りがC・Jの鼻をくすぐった。ドミニクの息は甘いペパーミントの香りがして、柔らかな茶色の目のまわりにほんの少し小皺が見える。C・Jは何週間か前のキスを思い出して息をのんだ。胸が激しく高鳴る。

「この事件が終わったら、一緒に食事に行かないか？」ドミニクが言った。

　思いがけない誘いに驚いてC・Jは口ごもった。かなりたってやっと声が出たとき、返事は自分でも驚くものだった。「ええ、この事件が終わったら」

「よかった」ドミニクが微笑むと、日焼けした顔に小皺がさらに広がった。彼の微笑はとても感じがいい。「いつ会うの？　バントリングと弁護士には？」

「あさって、DCJで。結果は電話で知らせるわ」C・Jもつい微笑み返した。温かで親密な微笑みだった。胸は高鳴ったまま。

　ドミニクは車のドアを閉め、傘をさして立って、土砂降りのなかを駐車場から出て高速道路に向かうC・Jの車を見送った。

50

デード郡刑務所のミントグリーンの廊下は、むっと鼻をつく体臭と大小便の匂いが充満して息苦しかった。C・Jはここへ来るのが嫌いだった。証言を取ったり、供述を聞いたり、司法取引をする際には、できれば囚人を裁判所か自分のオフィスに連れてきてもらう。だがバントリングは厳重警備の被告人だったから、それができなかった。そんなわけでいま鉄格子のなかに入り、ぎらぎらする蛍光灯に照らされてグリーンのペンキが剝げかけた廊下を犯罪者と同じように歩き、頭上各房の外にある金属製の専用通路から降ってくる口笛やら揶揄《やゆ》の声やらが耳に入らないふりをしている。ほかに何も降ってきませんように、と心のなかで祈った。ひたすら前進することだ。動く標的は当たりにくいのだから。

厳重警備が行われている房は七階にあり、フロアの中央の防弾ブースのなかにいる矯正局係官が廊下の先の頑丈な鋼鉄製のドアを指した。ドアには分厚い防弾ガラスのはまった小さな窓がついている。ドアまでたどりつくと、ブザーの大きな音がしてドアがするすると開いた。

C・Jが入ると、ドアはすぐに音をたてて閉まる。目の前はまたグリーンのペンキが剝げかけた短い通路で、つきあたりに鋼鉄製の格子がはまったドアがあった。壁の上部にとりつけられた三台のビデオカメラがすべてを記録し続けている。鉄格子の向こうの部屋のなかに金属製のテーブルがあり、二人の人物が座っているのが見えた——一人はおなじみの真っ赤なジャンプスーツでウィリアム・バントリングだとわかる。キューピッドだ。ほんの数歩のところにいる。C・Jは大きく息を吸ってからゆっくりと吐き出した。いよいよ幕が開くのね。ドアに歩み寄ると、またドアが自動的に開いた。気を引きしめてなかへ入る。ドアはばしゃっと大きな音をたてて閉まり、C・Jは閉じ込められた。

ドアが開いたとき、バントリングは目をあげて彼女を見た。だがC・Jはバントリングの右側に座ったルアド・ルビオだけを注視していた。入っていく自分をバントリングが目で追っているのがわかる。部屋には金属製のテーブルと椅子が三つ。ほかには何もなかった。寒々とした部屋は妙に不快で、思わず身震いが出た。

「こんにちは、ルアド」C・Jは二人に向かい合って座り、ブリーフケースを開いて用箋を取り出した。

「こんにちは」ルビオが書類の束から目をあげて答えた。「今日は面会を承諾してくださってありがとう」

「答弁について話したいということでしたね。うかがいましょうか」C・Jはルビオだけを見ていた。

「ええ、いずれにしろ答弁の検討に重大な要件となることについて話し合いたいのです」ルビオは吐息をつき、少し間をおいて分厚い書類を取り出してC・Jの前に置いた。

「これは？」C・Jは眉をひそめた。

「車両停止の証拠排除の申し立てです」

C・Jが急いで書類に目を通しているあいだ、ルビオは穏やかな控えめな声で続けた。「それと、今回の事件であなたの判断が曇っていると信じる理由があります、ミズ・タウンゼンド。明日、チャスケル判事にあなたを検察官からはずすよう正式に申し立てるつもりです。この件に関しては地方検事に直接連絡することも考えています」

C・Jは苦労して唾をのみ込んだ。パニックに、罠が閉じて捕えられたのを悟った動物が感じるに違いないパニックに襲われていた。いきなり背後から強打されたようで、「どういうことですか？　わたしの判断が曇っているというのは、何を根拠に？」と言うだけでせいいっぱいだった。

「わたしたちが思うに……その、わたしたちは事実を発見しまして……」ルビオは二度瞬きをして、口ごもった。それからテーブルに置いたメモに視線を落とす。落ち着かない時間が過ぎていった。C・Jはバントリングが片時も自分から目を離そうとしないのを感じていた。冷え冷えした部屋のなかに、バントリングの体臭が漂っている気がした。バントリングは長い爪で、自分が手錠でつながれている金属製のテーブルの塗料を剝がしている。オリーブグリーンの塗料がひらりひらりと床に舞い落ちる。彼の口許にはいまにも声をたてて笑いだしそうな嘲笑が浮かんでいた。級友の誰も知らないことを自分だけは知っているんだぞと得々としている学童のようだった。C・Jはなおもルビオを注視していたが、テーブルの下で膝が震えだした。

ルビオはメモを見つめたまま、静かに語りはじめた。「あなたがクローイ・ラーソンから正式に氏名を変更したことはわかっています。それから十二年前にあなたがニューヨークのマンションで激しい暴行を受けたことも知っています。警察の調書を読みました」ルビオはためってから、C・Jに視線を向けた。「ほんとうにお気の毒だったと思います」彼女は先を続ける前にせきばらいして、メガネをかけなおした。「依頼人は自分があなたを強姦した犯人だと言っています。また、彼が犯人だとあなたが気づいたはずだとも主張しています。公訴時効がきていますから、彼はニューヨークでの犯罪で訴追されることはありません。あなたがその事実を知って、いま復讐を企てていると依頼人は考えています。依頼人に対する復讐です。あなたは今回の殺人事件で証拠を隠している、なぜなら彼が無実であることを知っているからだ、というのがわれわれの考えです」言い終わってほっとしたというように、ルビオは大きく吐息をついた。

ルビオが彼とわれわれという代名詞を使い分けるのがおもしろくて、バントリングはにやにやしながら、ご立派な説教を聴くようにいちいちうなずいていた。探るような目はC・Jの全身をなめるように見つめている。バントリングが何を考えているかがよくわかったC・Jは自分をひどく汚れたもののように感じた。裸にされて部屋いっぱいの窃視者《せっし》に見つめられているようだ。ルビオの言葉の衝撃で、まったく身動きができなかった。顔がかっかとほてり、気まずい沈黙が部屋にみなぎった。

そのとき、バントリングが口を開いた。C・Jが悪夢のなかで聞き続けた声が、いま一メートル足らずのところから現実に聞こえてくる。

「あんたがどんな味がしたか、まだ覚えているぜ」声は言った。まだにやにやしながら、テーブルに身を乗り出して口を開け、長いピンクの舌でゆっくりと上唇をなめ回し、それから夢でも見ているように目を閉じた。「うーむ、うーむ、なんてうまいんだ、クローイ。それともビーニーと呼ぼうか？」

ルビオが肩をいからせて立ち上がり、バントリングを怒鳴りつけた。「ミスター・バントリング！　そういう態度はあなたのためになりません。口を閉じなさい！」

クローイの膝はがくがく震えていた。ヒールがコンクリートに当たる音を聞くまいと、彼女は足を床から浮かせた。いまにも吐きそうだった。身体中から冷や汗が噴き出す。全速力で走って逃げたかった。またも、待ち伏せを受けたのだ。

だが、動けなかった。動くわけにはいかなかった。ついにそのときが来たからだ。待ち続けた瞬間、恐れ続けた瞬間。

いま何も言わないのなら、永遠に沈黙すること。

C・Jの目はバントリングの目をとらえ、ひどく長く思えるいっとき、その毒々しい視線を受け止めた。バントリングは唇を突き出して嘲笑し、目は興奮に躍っている。C・Jはなんとが意外だった。

か声を発しようと努めた。ついに出た声は低いが力強く、毅然《きぜん》としていた。自分の声の力強さが意外だった。

「あなたがどうやって、わたしの身に起こった犯罪事件を知ったのかわかりません。わかりませんが、たぶん警察の調書を見たのでしょう。ずいぶん昔のことです。そして、あなたが犯人だと主張するのはまことに不愉快です。とくに心の歪んだあなたが、この公判をそれで有利に進められるとでも思っているのなら、とんでもないことです」

今度は彼女の番だった。怒りがふくれあがって、逃げ出して隠れてしまいたいと思う気弱なクローイをおしのけていた。C・Jは逆に身を乗り出して、バントリングの冷たい青い目をにらみつけた。バントリングの目に動揺が、戸惑いが浮かんだ。C・Jは声を落として囁くように続けたが、バントリングには充分に聞こえているはずだった。「言っておきますが、わたしにとっての最上の喜びは、あなたの哀れなひねた身体がストレッチャーに縛りつけられ、血管に薬物が注射されるのを見ることでしょうね。あなたはきっと怯えて絶望的な目で、あなたの死を見届けるために集まった見物人のなかに誰か、誰でもいいから注射針を抜いてくれる者が、薬物が身体に注ぎ込まれて息の根を止めるのを妨げてくれる者がいないかと、探し求めるでしょう。だが見物人のなかにあなたの味方はいない。いるものですか。でも、わたしはきっとその場にいる。いいですか、ミスター・バントリング、わたしは見届けますよ。それどころか、あなたをそのストレッチャーに縛りつけるのは、このわたし。もう電気椅子が使われないのはほんとうに残念だわ。電気椅子であなたがのたうちまわり、焼け焦げていくのを見るほうがよほど楽しいでしょうに」

C・Jは冷ややかな微笑みをバントリングに浴びせて立ち上がり、今度はぽかんと口を開けて眺めているルビオを見た。「それからミズ・ルビオ、今回ほど司法の倫理に反する出来事は初めてです。わたしはオフィスに戻ったら、チャスケル判事にそう伝えるつもりです。弁護士会にも通報するかもしれません」

ルビオは何か言いたげに口を開けたが、C・Jの怒りと軽蔑に震える声でさえぎられた。「今後、わたしに連絡しようなんていっさい考えないでください。連絡事項があるなら書面で裁判所を通すことね。判事の前で言えないようなことなら、聞く必要はありません。あなたも依頼人と同じね。最低だわ」C・Jはブリーフケースをつかみ、鉄格子のドアに近づいて、看守を呼ぶブザーを押した。

バントリングは不気味なほど蒼白になり、額から頬へゆっくりと冷や汗が滴りだしていた。ふいに、人間とは思えない、生きながら皮をはがれるネコのようだとC・Jが思った悲鳴が、金属づくめの部屋に響き渡った。

「どうしたの、ウィリアム！　やめなさい！」ルビオが叫んだ。

C・Jはバントリングに背を向けたまま、ドアが開くのを待った。バントリングの怒り狂った声はあまりにもなじみのものだった。彼女は無言でひたすら祈った。

「おれはやってない！」バントリングは喚いた。「おれは無実だ。知ってるくせに！　無実の人間を死刑になんか、できるもんか！」

重い鉄格子のドアが開いた。外に出たC・Jは走りだしたいのを我慢して歩いた。

バントリングは立ち上がり、金属製の椅子ががたんと倒れて背後のコンクリートに当たった。手錠をテーブルの足とつないだ鎖ががちゃがちゃ音をたてる。C・Jの背中に向かってバントリングは喚いた。「くそったれのめす犬め！　逃げられるものか、クローイ！　覚えていろ――この下衆なめす犬！」

ドアががしゃりと閉まり、C・Jは面会室の外側の鋼鉄製ドアを開けるブザーを押した。防弾ブースで雑誌を読んでいた係官が顔をあげた。さあ、さあ、早く開けなさい。足ががくがく震え、息をするのがやっとだった。空気、新鮮な空気が吸いたい。ドアが音をたてて開いた。

バントリングは激しくテーブルを引っ張って、絶叫していた。いままでにテーブルを床から引き抜いた者がいたかしら、とC・Jは考えた。係官が雑誌を置いてブースから出てくる前に、バントリングが自分にとびかかるだろうか。

「十二年たっても、まだおまえは逃げるんだな、クローイ！　だが、見つけてやるぞ！　必ず見つけてやるからな、ビーニー！　また会おうと言っただろうが！　みろ、また来てやったぞ――」

背後で金属製のドアが閉まり、絶叫が聞こえなくなった。C・Jはエレベーターホールにたどりつき、震える手で下りのボタンを押した。エレベーターのドアが開き、なかに入ってやっと一人になるまで、何時間もかかったような気がした。だが、まだビデオカメラが彼女のすべての動きを記録している。足はゼリーになったように力が入らず、鋼鉄製の壁によりかかって身体を支えた。ドアが開いた。急いで受付カウンターに行き、退出のサインをしたが、手が激しく震えるので左手で押さえなければならなかった。

「だいじょうぶですか、ミズ・タウンゼンド？」受付にいたのはサル・ティスカーだった。彼は以前裁判所で被告人を法廷に連れてくる警備係をしていた。

「ええ、サル。だいじょうぶ。心配しないで。今日は大変だったの。それだけよ」声までが震えていた。せきばらいをして、カウンターにサルが差し出したハンドバッグを受け取った。サングラスを取り出してかける。

「お疲れさまです、ミズ・タウンゼンド」サルがブザーを押して最後の警備付きドアが開き、C・Jは明るい陽光のなかへ歩み出た。

大急ぎで通りを渡り、自分のオフィスへ向かった。刑務所の汚れた階段で、来るときに見たのと同じ三人の娼婦とすれ違った。保釈金をつくるために福祉の食券を待っているのだろう。極上の玉が三人、ビスケーンで商売に励むどころか、一日休んで刑務所のあたりをうろついているのを知ったら、元締めはさぞ頭にくることだろう。周囲のすべてが非現実的な感じだった。C・Jは全速力でオフィスに逃げ込みたい衝動を我慢した。もうちょっとだけ平静を装うのよ。もう少しだから。オフィスで一人になれば泣こうと喚こうとかまわないから。

DCJの階段から大声で呼ぶ声がした。ルアド・ルビオだ。彼女は半狂乱になっていた。

「ミズ・タウンゼンド！　後生ですから、ミズ・タウンゼンド！　C・J。待って、待ってください！」

51

「もう話すことはないわ」

「お願い、ちょっとだけ、ちょっとだけ時間をください。すみませんでした。彼があんなふうになるなんて、あんなことを言うなんて思ってなかったんです」ルビオは小走りにC・Jと並び、自分のほうを向かせようとした。「C・J、お願いですから、聞いてください」

「あてでみましょうか――あなたは手がかりをたぐって、ニューヨークから警察の調書を入手した。あなたは狂人に弾丸を込めた銃を渡したのよ。そして、彼が誰かに発砲したというんで驚いているんだわ、そうでしょう？　いい加減にしてほしいわね、ルアド」C・Jは速度を緩めなかった。

「彼は調書にある事実を知っていたんです、C・J。わたしが見せたのはそれを確認してからだわ」

「わたしは十二年前に襲われたのよ、ルアド。彼はあなたがご親切に調書を渡してやるまでに十二年も資料を読む機会があったんだわ。あんまり間抜けなことを言わないで」

「C・J、事件のことは、それに未解決で終わったのも、ほんとうにお気の毒だと思います。さぞ、辛かったでしょうけど――」

C・Jは足を止めて、水が一瞬で凍りつきそうな冷ややかな目でルアド・ルビオを見たが、声は震えていた。「わかるはずはないわ。想像してみたこともないでしょうね。真夜中に目が覚めたら、両手を頭上にあげて縛られていて、マスクをつけた狂人がのしかかり、のこぎり刃のナイフであなたの皮膚をリボンのように切り刻んでいるとしたら、どんな思いがすると思うの」

ルビオはたじろいで目を閉じ、顔をそむけた。

「聞くだけで、気分が悪くなるわよね、そうでしょう、ルアド?」C・Jは侮蔑をこめた低い声を瘴気《しょうき》のようにルビオに浴びせた。「レイプという言葉だけならこぎれいでしょうよ。言うのは簡単だわ。そうですか、レイプされたの。全国の大学では女子学生の四人に一人がレイプされています。気にすることないわ。でもね、それだけじゃ片付かないことが山ほどあるのよ。何時間もいたぶられる。何度も何度もペニスや瓶やハンガーで犯される。あなたの身体を切り裂き、ほとばしる血に悦びを感じる男に組み敷かれてのたうちまわる。頭のなかで絶叫し続け、苦痛と激しい恐怖で自分が爆発するのではないかと思う。もしかしたらあなたは依頼人のために取り寄せた調書を読んでないのかもしれないわね。だって読んでいたなら、犯人はわたしをレイプしただけではないことがわかったはず。わたしは二度と子どもを産めない身体にされたのよ。わたしの身体は明かりの下では見るに堪えないものにされた。そんなわたしが出血多量で死ぬだろうと、あいつは放置していったのよ。それでもあなたは平気でやってきて、わたしを忌避すると言い、それがどれほど衝撃的で無残なことか考えもしなかったわけね。どうして、そんなことができたの？　どんな権利があって、そういうことをしたの？」

「彼はわたしの依頼人なのよ、C・J。そして死刑判決に直面しているんです」ルビオはわかってほしいと哀願するように、かすれた声をつまらせた。だが、わかってもらえるはずはなかった。

「そして、あなたは依頼人が怪物であることを知っている。彼は十二年前に女性に激しい暴行を加え、レイプした。で、彼が十一人の女性をレイプし、惨殺したと訴えられた裁判で、その女性がたまたま検察官として現れた。ラッキー。あなたは後先を考えもせず、いきなり検察官として忌避するとその女性に言い渡す。当のレイプ犯人がいる目の前でね。あなたの依頼人がわたしの事件をどうして知ったのかは知りません。それはわからないけれど、でもこれだけは言っておきます。わたしは良心に恥じるところはまったくありません。もしも彼が世間に出てきたら、いつか釈放されたら、そしてまた罪もない女性をレイプし、苦しめ、殺害したら——機会があれば彼は必ずまたやるに決まっていますからね——そのときわたしは被害者の家族に向かって、『ほんとうにお気の毒でした』と言うことができるわ。わたしは自分を責めずに生きていける。でも、あなたはどうかしら？　自分を恥ずかしいと思わずに生きていけるの？」

ルビオは黙ったままだった。涙が頬を流れていた。

「あなたは依頼人のためにするべきことをすればいい。わたしは自分が正しいと思うことをします。それじゃ、予定があるので」

言い捨ててC・Jはくるりと向きを変え、十三番アヴェニューを渡っていった。置き去りにされたルビオはデード郡刑務所前の舗道で泣いた。

52

「地方検事局のC・J・タウンゼンドです」C・Jは身分証明書を受付の係官にちらりと示した。

「今度は誰にご用です？」

「クリス・マスターソン特別捜査官に」

「そうですか。ちょっと待っててください。下りてくるそうです」

C・JはFDLE本部の待合室を苛々と歩きまわり、白いタイルにヒールの音がこつこつと響いた。壁には表彰状や盾、それに金色の特別捜査官バッジの大きなカラー写真が飾ってある。だがもう一方の壁のガラスケースにあるのは、何枚も重ねて貼られた失踪人のポスターだった。C・Jはポスターに目をやった。ほとんどは家出した青少年か、親権を奪われた親が連れ去った子どもたちだが、ほかに何人か犯罪に関係しているのではないかと思われる行方不明者がいた。そちらのほうには〝犯罪被害者〟というラベルがついている。失踪人が見つかるか事件が解決するまで、ポスターは貼られたままだ。新しいポスターを古いポスターの上に貼っていくので、古いポスターほど下になる。C・Jは笑っているモーガン・ウェバーのモノクロ写真に気づいた。そばかすだらけの十代の家出人のポスターに半分隠れている。モーガン・ウェバーのポスターはまだ片付けられていなかったのだ。

ドアが開き、クリス・マスターソンが入ってきた。「やあ、どうも。すみません、待たせちゃって。ドミニクは、今日あなたが証拠品を見るとは言ってなかったんですよ。それで、証拠品を取り出すのにちょっと手間取った」

「予定では木曜日だったんだけど、証言録取の予定が入ったのよ。FBIを案内するのは金曜日だから、今日しかなかったの。手数をかけて悪いわね」

「いやいや、かまいませんよ」二人は曲がりくねった廊下を歩き、鍵のかかった会議室の前に来た。捜査本部だ。クリスがドアを開ける。会議用の長いテーブルには大きな段ボール箱が載っていた。どの箱にもキューピッドと書いてあり、FDLEの事件番号が記入されている。

「令状の保管リストをテーブルに出しときました。全部、順番に印がついてます。終わったら担当のベッキーに言って、退出簿にサインしてください。ベッキーは廊下の向こうにいます。わたしは一時間ほどしたら事情聴取にいかなくちゃならないんですよ。そうでなければ、お手伝いするんですが。ちょうど、今日の午後は全員が出払ってるんです」

「いいのよ、お手伝いはいらないわ。ざっと目を通しておきたいだけ。そう時間はかかりません」

「ドミニクはビーチ市警で事情聴取をしているんじゃないかな。たぶん、今日は戻らないでしょう。連絡しときましょうか？」

「ありがとう。でもその必要はないわ。一人でだいじょうぶ」

「それじゃ、ご苦労さまです。あとはよろしく」クリスはドアを閉めて出ていき、C・Jはぼんやりと明かりのともった部屋で一人になった。そろそろ五時になる。外は日が沈みかけて薄暗かった。〝壁〟の死んだ女性たちの写真に見守られながらタバコを取り出して、震える手で火をつけ、テーブルにあった一六ページの証拠品リストを慎重に読み進む。自分が何を探しているのかわからなかったが、それが存在するならここにあるはずだと確信していた。

車両停止の理由が不充分だと申し立てたルビオはその証拠固めをしているはずだ。そうでなければ証拠排除の申し立ては通らない。ルビオは明朝提出する申立書のコピーをよこした。そのコピーをC・Jは三度もていねいに読んだが、匿名の通報のことはどこにも出てこなかった。申し立ての根拠は、スピード違反はしていなかった、尾灯は壊れていなかった、捜索は同意もなく、しかるべき理由もなく行われた、というバントリングの主張だけだ。チャヴェスもリンデマンもリベロもルビオやルビオが頼んだ調査員と接触していないこと、いや例の件については誰とも話をしていないことを確かめるため、C・JはMBPDの巡査部長を電話で呼び出した。バントリング側が捜索には充分な根拠がないと申し立てたと知らせたとき、リベロは心臓発作を起こしそうなほど驚き、誰も誰にもしゃべっていないと請け合った。それなら定型的な申し立てにすぎない。逮捕された被告人の言い分が正しいか、まっとうな警察官の言い分が正しいか。どちらの主張が通るかは想像にかたくない。

いったんは安堵の吐息をついたものの、それも束の間だった。申立書の後半では、ルビオがDCJでC・Jに告げたように検察官忌避が申し立てられていたからだ。C・Jはレイプされ、バントリングが犯人であり、C・Jは現在、積極的に不正を行って、その事実を隠そうとしている。C・Jはバントリングがこの主張を証拠だてる何かを、この争いを単なる定型的な主張のぶつかりあいではすまなくする何かをもっているだろうと考えていた。

証拠品リストにはバントリングの自宅と車から押収されたすべてが記載され、FDLEの番号が打たれていた。C・Jはカーペットのサンプルや布団、リネン、キッチン用品、その他の身の回り品が入った箱を取り除け、一六一のA、B、Cと記された大きな箱三つに目をつけた。証拠品のリストには「所持品」と記入され、さらに「写真等」「アルバム1〜12」「ラベルなしのVHSビデオ1〜98」「書籍（44）」「雑誌（15）」「CD1〜64」「衣類等」「靴等（七足）」「コスチューム等」「宝飾品等」と区分されていた。C・Jが関心をもったのはこの箱だった。

アルバムと写真を全部見たが、何も見つからなかった。次にバントリングの家から押収された衣類の箱をもっとていねいに見た。何もない。本は現代の小説が主だったが、当然といおうか、マルキ・ド・サドとエドガー・アラン・ポーの作品が何冊か混じっていた。雑誌は『プレイボーイ』『ハスラー』『シェーヴド』など、ソフト・ポルノからハードコア・ポルノまで。CDは全部ポピュラー・ミュージックで、ビデオのコピーは検事局に送られていたので、C・

Jは週末にうんざりしながら見終えていた。ここにはない。

三つ目の段ボール箱のなかに青いプラスチック製の容器があって、FDLE証拠品番号一六一C、十一番、〝コスチューム等〟と手書きで記入された白い証拠品受領証が蓋にテープで留めてあった。リストにはそれ以上に詳しい記載はない。封印されていない蓋を開けたC・Jは息をのんだ。

容器の中身のいちばん上に、ポリエステルのもじゃもじゃ眉毛をつけて真っ赤な口を開けてにたにた笑っている不気味な道化師のマスクが載っていた。あれだとC・Jはすぐに気づき、身体が冷たくなった。閉じ込められていた記憶が屋根裏から現れた幽霊のように襲いかかる。C・Jはがたがた震えだした。ベッドの足元で、寝室に射し込む稲妻にぼおっと白く浮き上がっていた顔。ゴムのマスクの口から洩れる息遣い。肌を這いまわる手袋をした手、脚や腹部をくすぐるポリエステルの毛の感触がありありと甦る。ゴムの匂い、息にこもる饐えたコーヒーの匂い、口に押し込まれたシルクのパンティ。記憶のあまりの鮮明さに、C・Jは咽喉をつまらせた。少し落ち着いてから、C・Jは手袋をはめた手でふわふわした赤い毛をつかみ、腐敗した動物の死体に触るようにできるだけ身体から遠ざけながらマスクを持ち上げた。するべきことはわかっていた。そのマスクを持参の黒いビニール袋に入れて、青い容器に蓋をする。

段ボール箱のなかの最後の証拠品は、FDLE証拠品番号一六一C、十二番、「宝飾品等、主寝室化粧台左上段引き出し」と記入された白い証拠品受領証を留めた透明なビニール袋だった。その袋をテーブルに置いて中身を取り出して並べ、慎重に見ていった。タグホイヤーの時計。金のカフ・ブレスレット。金のロープ・ブレスレット。ネックレス。カフス。男物の黒いオニックスの指輪。片方だけのイヤリングがいくつか。

そして、彼女は見つけた。ダイヤモンドをはめ込んだ金のダブル・ハートのペンダント、十二年前の初デート記念日にマイケルがくれたプレゼント。涙が頬にあふれたがすぐにぬぐい、証拠品袋に封をした赤いテープの下を、宝飾品を押収した警察官のC・Mというイニシャルに触れないようにていねいに開いた。C・Mはクリス・マスターソンだろうか。袋からペンダントを取り出し、最後に見たときのように、彼女の首にかかっていたときのように、ペンダントを掌に載せてみた。あの夜のマイケルの言葉を思い出す。

これ、特別につくらせたんだ。気に入った？

二つとないもの——彼女とバントリングをいやおうなく結びつける唯一の品。再び幽霊が襲ってきて、息苦しくなり、血の気が引いた。咽喉元のペンダントを荒々しく切り取ったナイフ。マスクの口から洩れるコーヒー臭い息がだんだんと荒く速くなっていく。いけない、また狂気に落ち込んではいけない。そんなことはしていられない。この前、狂気の淵から這い上がるのに、どれだけ時間がかかったことか。

イヤリングやブレスレット、ネックレスはたぶんバントリングのほかの犠牲者の持ち物だろう。ハリウッドのバーテンダー、ＵＣＬＡの女子学生、シカゴの看護師のものかもしれない。記念品。一つ一つの征服を物語るトロフィー。バントリングは何度このペンダントを眺めては彼女を思い出したのか？　クローイを。昔の彼女を。血まみれのシーツのうえで死にかけている彼女を思い出して興奮したのか？　Ｃ・Ｊはペンダントを道化師のマスクと一緒に黒いビニール袋にしまい、その袋をブリーフケースに押し込んだ。それから証拠品袋にていねいに封をしなおし、段ボール箱に戻す。探し物は見つかった。これでおあいこ。公平な勝負ができる。バントリングの主張対彼女の主張。どちらが勝つかはわかっている、と思った。

わたしは泥棒に、犯罪者になった。悪人の仲間入りだ。

大きな善のための小さな犠牲がまた一つ。

53

ブリーフケースを閉じたとき、ふいにドアが開いた。C・Jはぎょっとして飛び上がった。戸口に立って不思議そうにこちらを見ているのはドミニクだった。

「やあ、こんなところで何をしているの?」ドミニクが言った。「ノートパソコンを取りに来たんだが、明かりがついているのが駐車場から見えたんだ。マニーかと思って」

「びっくりしたわ。音が聞こえなかった」C・Jは胸を手で押さえながら答えた。

「そりゃ悪かったな。脅かすつもりはなかった。顔色が悪いようだね」

「クリスに入れてもらったの。証拠品を見ておきたかったから。金曜日にグラッカーとFBIを案内することになっているでしょ。あわてるのはいやだから」C・Jは急いで説明した。

「よく見張ってることだね。見ていないときに、証拠品をいくつかくすねるかもしれないぞ」ドミニクは会議室を見回した。「クリスは?」

「事情聴取ですって」

「どこで？　上？」

「いいえ。外出したんじゃないかしら」

ドミニクはちょっとあわてたようだった。「きみを一人でほうっておいてはいけなかったのに。証拠品保管室の出入りにはクリスのサインが必要なんだ。ここにいるべきだった」

「終わったらベッキーのところでサインしろって言ってたわ」

「ベッキーは五時に帰るよ。ほかの連中と一緒に。もう、ビルには誰もいない。ぼくが戻してサインし、鍵をかけておこう。証拠品保管室を開けるよ」

「すみません」

「きみが悪いんじゃない。明日、クリスに一言、言っておかなきゃならんな。必要なものは見つかった？」

「ええ。見るべきものは全部」C・Jはドミニクを手伝って段ボール箱を廊下の先の保管室に運び、ドミニクが一つ一つ戻すのを不安げに見守った。ドミニクが最後の箱の内容、つまり宝飾品等とコスチュームの入った箱をチェックしているときには、掌がじっとりと汗ばんだ。証拠品を全部しまって二重にロックし、警報装置をセットしてからサインして外に出たときには、ほっと安堵の吐息が洩れた。

「今日はバントリングと弁護士に会うと言っていたね。どんな具合だった？　今日の午後だったんだろう？」廊下を歩きながら、ドミニクが聞いた。

C・Jはひそかに唇を噛んだ。DCJでショッキングな対決をしたあと、話をしたのは、クリス・マスターソンとルー・リベロだけだった。いま、取り乱さずに話ができるかどうか自信がない。涙がこみあげるのを感じてうつむき、サクラ材の細長いテーブルにあったハンドバッグを取り上げた。「べつに、たいしたことでもなかったわ」

「彼は自白するって?」

「ううん。自白じゃなかった。車両停止の証拠排除を申し立てるんだそうよ」

「証拠排除の申し立て? どんな根拠で?」

「充分な理由がなかったというのよ。バントリングの車を停めたビーチ市警のヴィクター・チャヴェスは嘘をついている、スピード違反はなかった、と言ってたわ。それに尾灯も壊れていなかった。それも嘘っぱちだって。要するにチャヴェスはキューピッド事件を出世のチャンスにしようとしている悪徳警官ってわけよ」C・Jは刑務所に呼ばれたほんとうの理由である申し立ての後半には触れなかった。

ドミニクはバントリングが逮捕された晩に現場で尾灯のかけらを拾いあげてポケットに入れたことを思い出した。警官がこっそり自分の手や懐中電灯や足でごまかしをするのは、ないことではなかった。事件の辻褄をあわせるためだ。

「おやおや」ドミニクは首を振り、チャヴェスがマッカーサー・コーズウェーから尾灯のかけらを海に蹴りこむようすを想像すまいとした。マイアミ・ヘラルド社の前だぞ。「彼の事情聴取はしたんだっけね。どう思った?」

「新人だから――経験はないわね。でも、悪くはないと思うわ」C・Jはますます居心地が悪くなってきた。嘘は苦手なのだ。いや、これは嘘じゃなくて、真実を言わないだけよね。「他の誰かが車両を停止させたのだったら、そのほうがよかったかもしれないけど、そうはいかないものね。現実は現実だから。彼でなんとか、やらなくちゃ」

「しかし、わからんな。ルビオは証拠排除の申し立てをするからって、わざわざきみを刑務所まで呼び出したの？　どう考えてもおかしいよ。そんなこと、裁判所でやりゃあいい。あんなところにきみを呼び出すことはないじゃないか。バントリングもいた？」

「ええ」C・Jは震えだした。

「ほかには？」

「誰も」

「鍵のかかった房に、きみとルビオ、バントリングだけ？」ドミニクは質問をするたびに顔色を失っていくC・Jを見つめた。なぜだ？

　C・Jはドミニクが自分の表情を読もうとしているのを、答えを求めているのを、そしてこの瞬間に自分は簡単に気持ちを読まれてしまうだろうということを知っていた。それでハンドバッグをしっかりと抱えた。「ドミニク、お願いよ。今日は疲れているの。彼は異常者よ。もう、その話はしたくないわ」

「C・J、何があったんだ？　どうしてこの事件はそれほどきみを動揺させるんだろう？　どういうことなんだ？　話してみないか？　ぼくに何かできるかも……」

　話せるものなら、もちろん話したい。彼にこの悪夢を追い払ってもらえたら。四週間前の晩、マンションで抱かれたときのように、心配はいらない、だいじょうぶだ、と感じさせてもらえたら。温かく守られていると思わせてもらえたら。いまほど、その安心感が欲しいことはなかった。いま彼女の人生はコントロールを失い、激しいきりきり舞いを始めている。すがれるものなら何にだってすがりたい。「ううん、なんでもないの。さっきも言ったように、彼は狂ってる、それだけ。さあ、帰らなきゃ。もう遅いし、疲れちゃったわ」

ブリーフケースを取り上げるC・Jをドミニクは見つめた。「申し立ては通る?」

「いいえ。定型的なものよ。問題にはならないでしょう」

「コピーを見せてもらえる?」

「オフィスに置いてきたわ」嘘だった。申し立てが実際に行われ、公的記録に記載されれば、マスコミが大々的に報道することは目に見えていた。彼女のレイプ事件はでかでかと報道され、MSNBCで有名になりたい野心満々の二十代そこそこの記者たちに分析され、つつかれるだろう。それ自体は今度の裁判での検察官忌避の理由にならないにしても、チャスケル判事は事実を知らされなかったことに不快感を抱くだろう。それにティグラーが彼女を誰かほかの検察官と交代させるかもしれない。不適任だ、偏見だ、と非難されるハンディのない誰かに。ドミニクには事態が明るみに出る前に知らせておくべきだとわかっていた。それに、二分ごとに涙にくれたりせずにきっぱりと否認できるように練習しておいたほうがいい。だが、今夜は無理だ。今夜はできない。

「そう。とにかく、そこまで送ろう」深追いをしてはいけないとドミニクは思った。かえって彼女を遠ざけるだけだ。それで話題を変えた。「マニーと夕食に行こうかと思っている。午後いっぱいマイアミ・ビーチのクラブめぐりをしていたんだが、真昼間に行くところじゃないね」会議室に鍵をかけた彼は、通りすがりに受付で一人で夜勤をしている警官に手を振った。

二人はC・Jのジープが駐車してあるところまで黙って歩いた。それからC・Jが口を開いたが、先日のような親しみをこめた挨拶ではなかった。「ありがとう、ドミニク」彼女が言ったのは、それだけだった。

「おやすみ、C・J。何かあったら電話して。いつでもかまわない」

C・Jはうなずき、車を出した。

ドミニクは自分の車に戻った。暗く人気のない駐車場で、運転席に座った彼はいましがたの出来事、バントリングの名が出たときにまたしても見せたC・Jの奇妙な反応について考えた。マニーの携帯電話にメッセージを残し、自分の携帯の伝言を確認しているとき、窓ガラスをこつこつと叩く音がしたのでとびあがった。

C・Jだった。ドミニクは窓を下ろした。

「びっくりしたよ。こっそり人に近づくものじゃない。とくに、暗い駐車場で相手が銃をもっているときにはね。どうかしたの?」ドミニクは、C・Jのジープがボンネットを開けたまま停めてあるのではないかと駐車場を見回した。

「いつかの夕食の誘いはまだ有効?」C・Jはこわばった笑みを浮かべて尋ねた。「わたし、おなかがぺこぺこなのよ」

54

午後八時、ルビオはまだがらんとしたオフィスにいて、オークのデスクに向かって座り、マイアミ大学の学位証書を見つめながら、どうしてこんなことになってしまったのかと考えていた。クリーム色の壁の法学士の証書の横には、長年のあいだにいろいろな法律団体や慈善団体から贈られた表彰状や盾が飾ってある。

彼女は老いたフィフラー主任判事のもとで法曹人としてたてた誓いを、あのときに着ていた肩パッドつきのぞっとしない赤紫色のスーツとともに、いまでも一語残らず覚えていた。十四年前だった。フィフラー判事は亡くなったし、赤紫色のスーツは焼き捨て、そして時はあっという間に過ぎた。

母親は失望したが、ルビオは以前から刑事弁護士志望だった。憲法を守り、詮索好きで横暴な官憲の目や耳によって無実の人々の権利がふみにじられないように保護したいと、真剣に願っていた。馬鹿みたいなことだが、彼女はロースクールで学んだお題目を信じていた。それから公選弁護人として現実にぶつかり、自分の無邪気な信念が崩れ去るのを経験した。

ホームレスには行き場はなく、精神病患者には助けの手は差し伸べられない。弁護士は金を儲けたがり、取引を成立させたがる。判事は溜まった裁判を片付けたがる。検察官は名を挙げたがる。たいていの人たちにとっては、司法システムとは血も涙もない回転ドアにすぎない。それでもなお、彼女は刑事弁護士であることを望んだ。

今日までは。

彼女は官僚的な公選弁護人事務所を辞め、刑事弁護士として独立することで司法システムの欠陥に対抗した。一人で事務所を構えるキューバ人女性として、依頼人を含めて男性ばかりに囲まれる男性支配の業界で評判を確立するまで、何年も苦闘した。八年間苦労しつつ誰にも負けない仕事をして、望みどおりの評判をとった。彼女は業界でぴか一の、最高の料金をとる弁護士の一人になった。マイアミ中で最も尊敬されている弁護士の一人でもあった。彼女は頭角をあらわした。その彼女がいま、学位証を見つめてプライドどころか嫌悪感を覚えていた。依頼人には共感ではなく侮蔑を感じていた。

どうしてこんなことになったのか。痛烈に批判し、改善しなければならないと何年も毎日のように主張してきた司法システムそのものにからめとられてしまったのか。どうしてレイプ犯人を被害者と対決させ、自ら犯した犯罪を、自由を獲得するための法律的武器として使わせたりしたのか？　なぜなら、このシステムのなかで勝つためにはときには過酷なプレイをしなければならず、どんな代償でも支払わなければならないからだ。今度の裁判では検察官忌避の主張が強力な武器となることを彼女は知っていた。迅速な勝利をもたらしてくれる武器だ。

彼女はブリーフケースに書類をしまい、帰宅して老いた母親のために夕食の支度をし、あとはビデオで映画でも見ようと考えた。だが、片付けかけた手をすぐに止め、顔をおおってしまった。

今日、彼女は正義を勝利と交換した。そのことがたまらなく辛かった。

55

クローイ・ラーソン。クイーンズに住んでいたかわいい法律家志望の女子学生は検察官になっていた。時は彼女に親切ではなかったらしい。見違えたよ。くすんだ色の髪の毛、あんなに引きしまっていた尻や張り出していた胸をほとんど隠してしまう、もっさりしたスーツ。だが、あの顔は変わらない。彼は人の顔を忘れなかった。とくにクローイのような顔は。もっとも、だから彼女を選んだのだった。ただの美人じゃない——とびきりの美人だったからだ。

また彼女が見つかった。十二年たって見つかり、再会した。役立たずの弁護士が情報をぶつけたとき、とびきり美しいその顔に浮かんだ表情はこのうえない見物だった。あれ以上の見物なんてあるもんじゃない。ショック。不安。そして恐怖。彼女は追い詰められた。捕食者に追い詰められ、またあの愛らしい緑色の瞳で彼の顔を見るしかなくなり、自分にはこのゲームはできないと認めるしかなかった。またも彼女は負けたのだ。

彼は小便臭い硬いベッドに座って、ノートの表紙で歯をせせった。

黙って、座ってなさい。役立たずの弁護士はそう怒鳴りやがった。黙って座ってなさい、だと。何さまだと思ってるんだ？　あいつの役割について考え直すべきかもしれない。彼女を選んだのは賢明だったと思ったのだが、いまとなっては……。しかし彼女はニューヨークから警察の調書を取り寄せてくれた。ベッドでの読み物としてはなかなかのものだ。自分がしたことを読む、他者の視点から書かれたものを読むというのは愉快だった。しかも書き手は自分のけつと肘の区別もつかないような馬鹿なニューヨークの警官ときている。まったくわくわくしたぜ。それに役立たず弁護士は調書をネタに、したがってだの、しかるがゆえにだのと専門用語を並べ、あの事件をネタに検察官女史をすくみあがらせるのに手を貸してくれた。それなのに、今度は申し立てはできないと言いだしやがった。もう少し調査をしなければならないだと。そんなわけで彼はいま、彼女がいっぱしの男たちを敵に回して勝負できるのかと危ぶみはじめていた。

わたしに任せておいて。あなたはナイフを振るって女性を暴行したことを認めているのよ。「あのときはやった、だが今度はやってない」と主張し、あなたの犠牲者である検察官が不正行為を行ったと非難して逃れるつもりかもしれないけれど。でも、これだけは理解しておいてよ、ウィリアム。誰だって前よりもあなたを憎み、彼女に同情するわよ。状況はとても微妙なの。やみくもに申し立てをするわけにはいかないわ。それに彼女は偏見はないと否定しているし、率直に言って、あなたの主張は法廷ではなんの重みもない。彼女の主張に太刀打ちはできないわ。証拠がいるのよ。

いいとも、証拠をやろうじゃないか。手放すのは惜しいが。

今日みたいな乱暴な態度はあなたのためにはならない。まるで連続殺人者そのものじゃないの。わたしが正しいと思う方法でやらせてくれなければだめよ。あなたは何も言ってはいけない。黙って、座ってなさい。

だが、彼女は確かに怯えていた。ルアド・ルビオは法廷で隣に座り、刑務所の房で小声で話し合ってきた自分の依頼人が何者なのかを知ったのだ。こうなっては、ほんとうに無実だと信じていたころのように説得力のある主張を陪審員に向かってできるかどうか、心もとなかった。もう信じきったつぶらな瞳ではなくなっている。

ウィリアム・バントリングは檻のなかの野生動物のようにうろうろと歩きまわった。厳重警備の対象となっているので、ほかの囚人から引き離されて独房に閉じ込められている。くそっ。それもこれもクローイ、ビーニー、検察官女史がおれの素性を知っていて、自分の身の安全のためにおれを閉じ込めておきたいからだ。自分が安心していられるように、じゃないか。彼が厳重に閉じ込められれば閉じ込められるほど、彼女は安心して眠れるわけだ。だが、そっちの手の内は読めたから、もうそうはいかないぞ。またも彼女が錯乱するのを見るのはさぞ楽しいことだろう。

もう電気椅子が使われないのはほんとうに残念だわ。電気椅子であなたがのたうちまわり、焼け焦げていくのを見るほうがよほど楽しいでしょうに。

大口を叩きやがって。だが偉そうなことが言えるのも、自分が閉じ込められて手錠をかけられ、テーブルに鎖でつながれているからだと彼は知っていた。だからこそ、このおれに向かってあんなことが言えたのだ。

だが彼女が心の底から怯えきっていたことを彼は知っていた。当然だ。

なぜなら、ここを出たら今度こそ彼女を生かしてはおかないからだ。

56

「わたし、ドミニク・ファルコネッティとつきあっています」

「いつから？」

グレッグ・チェンバースはまたセラピスト役に戻っていた。患者が話しやすいようにデスクの前に椅子を引き出してきて座っている。木製のブラインドから射し込むキャラメル色の午後の日射しが温かく部屋を包んでいた。

「そうなる予感はしていました。まずいと思って、抵抗しようとしたんです。とくにバントリングの逮捕後は。でも、こうなってしまいました」チェンバースは、タバコをもみ消してはすぐにまた次の一本に火をつけるC・Jを見ていた。柔かな日射しのなかで紫煙がゆらゆらと踊る。C・Jはゆっくりと息を吐き出し、またも髪を耳の後ろにかきあげた。

「それについて、どう感じていますか？　望んでいたことだったのですか？」チェンバースの声は穏やかで、批判や彼自身の意見はまったく感じられなかった。そうでないとC・Jは口を閉ざして自分のなかに引きこもってしまい、ストレスで胃壁が食い荒らされることになるだろう。

「どう感じているか、ですか？　怖くて、落ち着かなくて、幸せで、わくわくして、後ろめたい。そんな気分をいっぺんに感じています。ここまで発展させてしまってはいけないのはわかっていたんですけど……。でも、彼は別世界にいる気分にさせてくれるんです。何もかも忘れられる。それがとってもうれしくて。とてもいいセラピーですよね、先生。彼といると、ほんとうに誰かと寄り添っているという気になれます。ここなら安全だって。そう、そういう気持ちなんです。わたし、防壁を取り払える、いつもつけっぱなしのレーダーもいらないと感じられるんです。警報装置のスイッチを切れる。あの狂人の顔も頭から消えてくれます。たとえ一日のうち数時間のことだとしても。わたしは別世界にいて、心にのしかかっている見えない重しが……なくなるんです。軽くなります。ほかの男性のときには、そんな気持ちになったことがなかった。この気持ちを失いたくない」

C・Jは青い革のウィングチェアから立ち上がり、落ち着かなく歩きまわりはじめた。「だけど、怖いんです。身体が硬直してしまう。彼をあんまり近づけたくない。決して知られてはならないことがあるから」

「自分が知りたくないんじゃありませんか？　ほんとうの自分を見せたくない、そうしたら彼が離れるかもしれないと思うのではありませんか？」

「いいえ。ええ、そうかもしれません。気持ちのうえでは、いつかは自分をさらけ出せるのではないかと思ってます。自分を分かち合う、って先生はおっしゃいますよね。でも、現実として、そう、どうしても分かち合えないものがある。彼には受け入れられないでしょう。だとしたら、隠し事をしたまま、関係が築けるとは思えません」

「事件のこと、レイプのことですか？　そのことは分かち合えないと思う？」チェンバースが促した。「その事実を分かち合えれば、ともに成長できるんじゃないかな」

「だめなんです。レイプだけじゃなくて、ほかにもいろんなことがあるんです。でも、今日はそれには触れたくありません。とにかく、いまは」C・Jは医者の守秘義務の対象とならないことがあるのを思い出した。将来の犯罪だ。証拠の秘匿、証言や証拠の捏造《ねつぞう》、偽証。どれも犯罪行為だ。これ以上踏み込むにはよほど注意しないといけない。

「彼とは男女の関係になりましたか？」

その質問に、C・Jはちょっとためらった。いままでなら、そういう細かいことを話すのも抵抗がなかった。だが今度は違う。チェンバース博士は仕事上、関係者全員とつきあいがある。無意識のうちにC・Jは椅子の陰に移動していた。「ええ」

「それで？」

「それで」――何かを思い出しているような間があいた。「よかったです。でも、すぐにそうなったんじゃありません。あの晩は夕食に行っただけでした――あの、DCJに呼び出された日の夜です」

「バントリングと弁護士に刑務所で会った日ですね？」

「ええ、あの晩です」レイプしたのは自分だとバントリングが言いだしたことはチェンバースにも話してあった。だがルビオに証拠を秘匿していると非難されたことは言ってない。「あの晩、どうしてもうちに帰れませんでした。彼に一緒にいてもらいたかった。死ぬほど怖くて――何もかもが昨日のことのように押し寄せてきて、空っぽのマンションに帰るなんてとてもできませんでした。そんな理由で――怖いからって――つきあうなんていけないのはわかっています。でも、あの晩寝たんじゃないんです。夕食だけ。一緒に過ごしただけです。しばらく前から、そんな雰囲気になってはいました。でもあの晩はどうしても彼と一緒にいたかった。うまく説明できませんが」

C・Jは窓際に寄って、ラッシュアワーが始まったコーラル・ゲーブルズのにぎやかな通りを眺めた。それぞれの暮らしに忙しい人々がせわしなく行き交っている。

「とにかく、自然にそうなりました。いつの間にか。実際には昨夜ですけど。わたし、数年前に株式仲買人とデートして以来、誰ともつきあっていませんでした。正直に言うと、二度と快感を感じられるとは思えなかった。でも、よかったんです。とても温かくて、やさしくて、すてきだった。いくら真っ暗でも傷跡のことが不安でした。触ったらわかるから、彼がどう思うだろうかって……」

C・Jは自宅の寝室でキスされたときに背中に感じたドミニクの温かな手を思い出していた。舌と舌が触れる。彼はゆっくりとブラウスのボタンをはずし、自分の裸の胸を彼女に押しつけて抱き寄せた。その瞬間、彼女は言いようのない不安に襲われた。ドミニクが傷跡を感じるに違いないと思ったからだ。暗がりに目が慣れてきたら、胸から腹部にかけて縦横に走っている醜く盛り上がった傷跡が見えるかもしれない。

二人は水路を通り過ぎる船を眺めながらワインを二本開けていた――二本は多すぎたのだろう。ワインと楽しい会話。C・Jは思い出せる限りで初めて心地よくリラックスし、幸せな気分に浸っていた。月光に照らされたヤシの木を背景にした狭いバルコニーで、ドミニクが椅子から乗り出してキスしたとき、彼女は抵抗しなかった。それどころか自分からも寄り添っていき、二人は真っ暗な寝室に移った。彼の手を感じたとき身体に電気が走り、心はすくんだ。だがブラウスが脱がされ、ブラがはずされて、肌と肌が触れ合ったとき、ドミニクは何も言わなかった。一瞬たりともためらわなかった。暗闇でキスを続け、彼の身体は音のない音楽にあわせて彼女の身体と一緒にゆっくりと踊った。ほかのことはいっさいどうでもいいというように。朝になって目覚めたとき、ドミニクはまだ隣にいて、彼女の髪の毛やうなじをそっともてあそんでいた。

「……でも、彼は気にしませんでした」C・Jは続けた。「何も言わなかったんです。わたし、彼が傷跡を感じているのを知っていたので、交通事故にあったって言ってしまった。思わず、口をついて出たのです」

「で、彼はどう答えましたか?」

「いまでも痛むかって聞きました。触られたら痛いか、って。痛くはないと答えました。でも、誰かとこうなるのはほんとうに久しぶりだからって。彼はまたわたしを愛しはじめて。とてもゆっくり、とてもやさしく……」C・Jの声が尾を引いて消えた。

「こんなことはお話しするべきじゃないですね。こんなプライベートなこと。それに、先生は彼とも知り合いだし。でも、ここではすべてを知っているのはあなただけなんです、グレッグ――チェンバース先生。わたし、彼を好きになりました。前から好きだったんでしょうね。この関係に未来があると考えるのは愚かなのでしょうか」

「その答えを出せるのはあなただけですよ、C・J」

「レイプのことも彼には話せないんです。彼はキューピッドのことを知りません。いろんな秘密がありすぎて、いろんな嘘が……」

「証拠排除の申し立てはどうなんですか？　あなたのレイプのことも記されていると言いませんでしたか？　申し立てが行われれば、彼にもわかってしまうでしょう？」

「ええ、ルビオがよこした最初のコピーにはレイプのことが詳しく書かれていました。でも刑務所の外で話をしたあと、彼女は考え直したようです。いまのところは、ですが。一週間後に実際に提出された申立書には、レイプのことは記載されていませんでした。チャスケル判事が次の火曜日の午前中に申し立てについて審理することになっています。なんと、ハロウィーンの日なんですよ。もちろん、ルビオが不意打ちでバントリングを証人として呼ぶこともありえます。そうなったら、レイプのことは世界中に知れるし、もちろんドミニクにもわかってしまいます」

「その可能性については、どう思いますか。そうなってもコントロールできると？」

「何もかもコントロールしきれなくなるでしょうね。でも、この事件から下りるわけにはいきません。下りるものですか。そうなったら、世界中の人が見ている前でわたしは破綻してしまう。だから……先生がいてくださって、支えていただけたらと思います。もし彼が証言したら、わたしはまた発狂してしまうかもしれない」

「いてほしいなら行きますよ」

C・Jはほっとした。これで、世界が自分のうえに崩れてきたとき、少なくとも一人は味方がいるわけだ。「早めにいらしたほうがいいかも——傍聴券はとりあいでしょうから。CBSは前夜から泊まり込むんだそうです」

チェンバースは笑った。

C・Jはひとり言のように続けた。「ルビオも、あのきれいな顔の奥に良心をもっていたのかもしれない。あるいは依頼人がレイプについて言ったのは嘘だと考えたか。それとも、弁論戦術として得策ではないと考えたのか。火曜日にならないとわかりませんが」

チェンバースは膝に肘をついて両手を組み合わせ、顎を乗せた。「セラピーを再開する気になってくれてよかったと思いますよ、C・J。ほんとうに、よかった。また水曜日の夕方ということにしましょう。とにかく今度の事件が続いているあいだは毎週のほうがいいですね。自覚している以上にストレスが大きいでしょうから」

C・Jは微笑んだ。「わたし、またおかしくなりそうに見えますか？ 目を剝いて錯乱しそうに？ わたしの言うことは、法律の専門家でない人には辻褄があわないですか？」

「いまは、そういうことはおいておきましょう。今度のことを話し合える人はほかにいないでしょうから、それを考えても、セラピーは毎週のほうがいい。あなたがまた『おかしくなる』と考えているわけではありませんからね」

C・Jは不安そうにうなずいた。またおかしくなりかけたら、自分で気づくだろうか？　それとも誰かに指摘されるまでわからないのか？

「すみません」低い声でC・Jは言った。「春にあんなふうにセラピーをやめてしまって――ちゃんと先生にお話ししておくべきでしたけど。わたし、一人でやっていけるかどうか、知りたかったんです……」

「もう、いいですよ。わかってますから。大切なのは、助力が必要だとあなたが気づいてくれたこと、今度のことを一人で切り抜けようと思わないことです。ところで」チェンバースは気まずい話はできるだけ早く切り上げようと話題を変えた。「事件のほうは、ほかにどういう展開になっていますか？」

「なんとか落ち着いています。連邦政府機関はちょっとおとなしくなりました。たぶんド・ラ・フローズは申し立ての結果がどう出るか見てるんでしょうね。わたしが負けたら、ざまあみろというわけで、さっそうと起訴状を手に登場しようというんでしょう。わたしが勝てば、それでも登場するかもしれませんけどね。要するに、政治的な風向きしだいなんです。

バントリングの医療記録をニューヨークの例の医者から入手しました」C・Jは続けた。「診断書だけですけれどね。判事室で記録に目を通したチャスケルは、バントリングが心神喪失を申し立てていない以上、関係があるのは診断書だけだと言いました。判事の言葉に従って診断書を証拠として提出します。それでアンナ・プラドとの関連が、それに監察医がハロペリドールを検出したほかの六人の被害者との関連が裏づけられます。医者はバントリングに一日二〇ミリグラムを処方していたんです」

「それはまたずいぶん大量だな。バントリングはまだその医者の患者なんですか?」

「ええ、ファインバーグという医師ですが。ときどき診察を受けていたようです。三カ月ごとに処方箋をもらう程度に」

「で、診断はどういうことでした?」

C・Jは最後のタバコをもみ消し、力ない吐息をついて立ち上がった。「境界性人格障害で極度の暴力的非社会的傾向を有する。つまり完璧な社会病質者ですよね。そんなこと、診断書を見るまでもないですが」

57

ハロウィーンの朝はやけに暑かった。二日前から熱気をはらんだ前線がマイアミ付近に居座り、気温は三十度を超え、湿度は九五パーセントに達したうえに、午後には激しい夕立がやってくる。ドミニクがグレアム・ビルの外に立ったとき、スーツの下に着たドレスシャツはべったりと汗ではりついていた。午前十時十五分、あやういところで間に合った。

彼はその朝開かれたキューピッド事件に関するブラック地域部長とFDLE長官との会議を早々に切り上げた。彼女のそばにいてやらなければならない、と思ったからだ。頼まれたわけではないし、たぶん彼女は決して頼みはしないだろうが、それでも今日は一緒にいるべきだと考えた。バントリングの名前が出るだけで彼女が不安そうになり、バントリングと同席しなければならないときには異様に緊張するのを、いやというほど見てきた。そんなとき彼女の目には恐怖がみなぎり、身体が震えるのをどうすることもできないらしい。今日の証拠排除申し立てに対する準備をしていたこの数日、彼女はますます内にこもりがちだったし、ストレスも並大抵ではないのがわかっていた。しかも彼女はそれについて話すのを避け、こんな重大事件で失敗したらと思うとストレスだってプレッシャーだって感じるわ、と言うばかりだった。失敗したら大変なことになるもの。ドミニクには何が大変なのかわからなかったが、彼女の目にたたえられた恐怖を見れば、ただの殺人事件のストレスでないことはよくわかった。だから、今日は一緒にいてやらなければならない。たとえ当人が反対したとしても、厚かましくて騒々しく腹立たしい記者たち、好奇心満々の野次馬、そして笑顔の陰で彼女の失敗を密かに願っている連中を押し分けて法廷に入る彼女に付き添ってやりたかった。たとえ何もできなくても、言葉にならず見えもしない悪魔と彼女が闘っているあいだ、そばにいてやりたい。

グレアム・ビルのガラスのドアが開いた。彼女はドミニクを見ると足を止めた。サングラスをかけてはいても、驚きの表情を浮かべたのがわかった。彼女はシャープな黒いスーツを着て、ダークブロンドは後ろでゆるくまとめていた。肩に重いブリーフケースをかけ、ファイルボックスを三つも載せたカートを引いている。

「そのファイルを運んであげようと思って」ややあって、ドミニクが言った。

「ブラックと会議があるんだと思っていたわ」彼女はゆっくりと応じた。

「あった。でも、こっちのほうが大切だと思ったから」

二人ともまだ、この新しい関係に慣れていなかった。昨夜も一緒に過ごしたのだが、こうして顔をあわせるとなんだか気恥ずかしかった。二人の関係がどこへ向かっているのか、それどころか、どこへ向かいたいと思っているのかも、ドミニクには判然としなかった。いまわかっているのは、彼女が人目を気にしていることだった。一緒にいるのがはた目にどう見えるか。それで二人並んで通りを渡り、黙々と裁判所へ向かうあいだ、カートを引いたドミニクは彼女とのあいだに適切な距離をおくように努めた。

58

ヴィクター・チャヴェスは落ち着かなかった。落ち着かないどころか、裁判所のなかにハゲタカのように群がって骨から落ちたおこぼれを狙い、肉片が手に入ったら巣に戻ってむさぼろうという記者たちにむかっ腹を立てていた。こいつら、今度の事件で誰かがへまをしないか、そうしたら特ダネだと待ち構えていやがる。チャヴェスは第二‐八法廷の外のベンチに座り、出番が来て呼ばれるのを待っていた。ここには誰もがやってきていた。誰もが見ていた。上司の巡査部長、警部補、全署員。

証言をするのは初めてではなかった。それどころか重罪裁判にかかわるのは三度目だし、証人席でうまく受け答えはできると思う。もちろんキューピッド事件のような大事件は初めてだ。それに、もちろん他の事件では今度のようなどじは踏んでいなかった。今回は馬鹿馬鹿しい証拠排除申し立てのための弁護側証人として呼ばれている。彼がやった車両停止が違法だという。捜索が違法だという。トランクに女の子の死体を積んでマイアミを走ってやがったやつの車を止めたら、それが違法だってのか？　いったい、どういうことなんだよ？

リベロ巡査部長はあれ以来、事実上片時も彼から目を離さなかった。いまじゃ仕事中に小便するのもいちいち報告しなきゃならない。そうやって監視されるのは頭にくる。だが今日の証言で、証拠排除の申し立てという重要な審理で、記者やカメラの前でどじったら、もっと大変なことになるのはわかっていた。クビが飛ぶだけじゃすまない。こっちが犯罪捜査の対象になる。当然あの狂人は無罪放免だ。だから話すべきことを一言残らず記憶に叩き込んでおかなければならない。

問題はそれだった。検察官が言ったとおりに、検察官が言った順序どおりに、しちめんどくさい細かいことを覚えておくこと。だから嘘を言うのは大変なのよ、と母親がよく言ってたっけ。前に何を言ったか、忘れちゃうんだから。とくに、あの晩何があったのか、どうやってコーズウェーでキューピッドを捕まえたのかと、さんざん聞かれてきている。警察のなかだけじゃない。誰でも彼でも、どこに行っても聞く。ビルのなかで会うやつ。高校時代の友だち。通りで出会う知らない人間。ビーチの女の子たち。プールの女の子たち。バーの女の子たち。パトロールで会う女の子たち。彼は有名人だった。キューピッドを捕まえた警官だ。巡査部長には法廷以外では口を閉じていろと命じられたが、女の子たちが話を聞きたいとせがむのは巡査部長じゃないからな。このおれ、ヴィクター・チャヴェスだ。まだ見習中だというのに、事実上一人で、直感を働かせてアメリカでも最悪の連続殺人犯を捕まえたのはおれなんだ。

だが、今日はいよいよ正念場だ。細かいところまでうまくしゃべらなければならない。一言もたがわず。言うべき台詞は、彼の頭のなかではもつれたテープのようにごっちゃになっていた。

ＭＢＰＤの制服を着てベンチに座ったチャヴェスは、汗びっしょりの手を握りしめて、早くそのときが来ればいいと願っていた。そのときマホガニーのドアが開いて、廷吏がしかつめらしい大きな声で彼の名を呼んだ。

59

C・Jが法廷に入っていったとき、真っ赤なジャンプスーツを着たバントリングはすでに被告席にルビオと並んで座っていた。裁判長席の前を通って検察席に着き、ドミニクに手伝ってもらってファイルを広げる自分の一挙手一投足を追うバントリングの目を、C・Jは感じた。そちらを見なくても、にやにや笑っているのがわかる。ありありと感じるのだ。仕事に集中するのよ。集中するの。ほかの裁判のときと同じに。

ドミニクはマニーやジミー・フルトンと一緒に検察席の後ろの傍聴席の最前列に座った。遅れてきたクリス・マスターソンとエディ・ボウマンはバッジを見せながら人ごみを分けて、後ろのほうの列のグレッグ・チェンバースの横に腰を下ろした。反対側にはあいかわらず黒いスーツを着て、黒いサングラスを胸ポケットに入れたカーメディとスティーヴンスのブルース・ブラザース、それからバンドリーダー格のグラッカーがいた。ド・ラ・フローズの姿は見えなかったが、きっと来ているはずだ。あるいは連邦検事補を二人、代理として差し向けたか。その二人はC・Jが失敗したときに備えて、それぞれ連邦検事の起訴状を用意しているに違いない。いつものようにすべてのテレビ局が取材に来ていて、法廷中にカメラが設置されていた。全国の主要新聞すべての記者も来ている。法廷は立錐《りっすい》の余地もなかった。

ルビオは入ってきたC・Jのほうへ顔をあげず、うつむいて書類を読み続けていた。ルビオが今日何を主張するつもりなのか、C・Jはまだ知らなかったから、心臓が咽喉につきあげてくるような恐怖を感じた。判事控え室へ通じるドアが大きく開き、廷吏のハンクが急いで声をあげた。「開廷します。担当判事はレオポルド・チャスケル三世です。着席して、静粛にしてください。携帯電話、ポケットベルのスイッチは切ってください」

裁判長席に着いたチャスケル判事は、固唾をのむ人々へのスピーチや挨拶で無駄な時間を費やさなかった。つめかけている傍聴人に気づいているそぶりすらない。判事の経験十年、それ以外に検察官として二十年の経験をもっているチャスケル判事はあらゆることを見てきたし、新聞で自分の名前が報道されてももう興奮を感じなかった。苛立たしい仕事の一部というだけだ。判事はルビオのほうを向いて単刀直入に始めた。

「ミズ・ルビオ、今日は州対ウィリアム・バントリング裁判の車両停止とその後の捜索に関する証拠排除の申し立ての審理を行います。申立書は読みましたから、さっそくお手並みを見せてもらいましょうか。最初の証人を呼んでください」

60

被告人側の証拠排除の申し立てだったから、立証責任は被告人側にあった。車両停止が違法に行われたことを被告人側が証明しなければならない。検察官側は車両停止が適法に行われたことを証明する必要はない。そして車両停止が違法であることを証明するには、もちろんそれを目撃した証人の証言を聞く必要がある。ルビオの最初の証人はマイアミ・ビーチ市警のヴィクター・チャヴェス巡査だった。

チャヴェスは観音扉から静かに入ってきて、判事に一礼し、裁判長席の隣の証人席に着いた。彼が制服のネクタイを調《ととの》えてせきばらいすると、法廷は静かになった。

いじっていた書類を揃えてメモをとったルビオは、じりじりするような何秒かののちにようやくバントリングと並んだ席から立ち上がり、証人席に近づいた。ヴィクター・チャヴェスの腹に冷たい恐怖がつきあげ、ふいに口がからからに乾いたのはそのときだった。そのとき彼は自分がとんでもないへまをしたことを悟った。

数週間前、彼は兄とサウス・ビーチに繰り出した。じつはクリーヴランダーへ、つまりいちばん最近に発見されたキューピッド事件の被害者モーガン・ウェバーが失踪したそのクラブへ出かけたのだ。チャヴェスが、キューピッドを捕まえた警官が来ていると知れ渡ると、いつものように女性たちが群がってきて顚末を知りたがった。ねえ、いま銃をもってるの？　どこに？　パトカーのなか、見せてくれる？　まったく信じられないくらいだった。兄にも分けてやれるくらい女の子たちが押し寄せるのだ。その晩も例外ではなかった。

腰を下ろすやいなや、ぴっちりしたピンクのシャツを着たかわいい赤毛と黒っぽい髪の友だちがやってきて彼の横に座り、ねえ、ほんとうにキューピッドを捕まえたの、と聞いた。彼はクリーヴランダーに行く前に何杯か飲んでいたし、さらにグラスを重ねたから、気づかないうちにすっかりいい気分になっていた。記憶が正しければ、兄のほうもすでにへべれけで、ろくすっぽ歩けないような状態だった。その赤毛がまたノリがよくて、彼の一言一言にきゃあきゃあと感心してくれた。今夜も簡単に女の子をひっかけられるぜ、と彼は思った。

いま硬い木の椅子に座って、法廷中の人々の視線を浴び、カメラの放列を前にして、彼はとんでもないへまをしたことを悟った。額からこめかみに大粒の汗が転がり落ちる。汗が首筋に滴るのを感じ、乾いた唇をこすりあわせた。

地味なグレーのスーツを着て目の前に立っている弁護人、きゃしゃな身体で両腕を組んでいる女性は、クリーヴランダーにいた赤毛の友だちだった。

彼女がすべてを聞いていたのを、チャヴェスは知っていた。

61

おれは何を言っただろう？　何を言ったんだ？　いろんな話が浮かんでは消えていく。山ほどの話。だがどの話をしゃべったんだ？　どの話を聞かれたんだ？　あの晩はしこたま呑んでいて、うちに帰り着いたときには自分の名前だってわからないくらいだった。

「姓名をどうぞ」弁護人が始めた。

「マイアミ・ビーチ市警のヴィクター・チャヴェスです」彼は口ごもった。気を楽にしろ。楽にするんだ。落ち着け。

「マイアミ・ビーチ市警の警察官になってから、どれくらいですか？」

「ええと、二月からです。二〇〇〇年の二月」

「手短にいきましょう、チャヴェス巡査。わたしの依頼人のミスター・ウィリアム・バントリングが逮捕された二〇〇〇年九月十九日に、あなたは三時から十一時の勤務に就いていた。そうですね？」

「はい。はい、そうです」

「バントリングの車両を停止させたのはあなただった。そうですね？」

「はい」

「あなたはどういうわけで、ミスター・バントリングの車両を停止させたのですか？」

チャヴェスは間抜け面であたりを見回した。物陰から誰か駆け寄って正しい答えを耳打ちしてくれないかとでも思っているのか。

「言葉を変えましょう。あの晩、何があったのですか、チャヴェス巡査？」

チャヴェスは膝の報告書に目を落としたが、ルビオが押し止めた。「あなた自身の言葉で覚えているとおりに話してくださいませんか」

C・Jが立ち上がった。「異議あり。証人は記憶を新たにするために書類を見ることを許されております」

チャスケル判事は身を乗り出して、渋い顔でチャヴェスを見下ろした。「証人はまだ記憶を新たにする必要があるとは言っておりませんな、ミズ・タウンゼンド。それに警察官としての短いキャリアのなかで最も印象的な晩だったはずだから、証人はあの晩の出来事を細かく覚えているのではありませんか。まず書類を見ないで話してもらって、ようすを見ようではありませんか」

C・Jはチャヴェスのすがるような目を避けながら、ゆっくりと吐息をついた。

「自分はパトロール中でした。ワシントン・アヴェニューを下っていたとき、あの車、いやナンバーTTR-L57のジャガーが高速で南のコーズウェーに向かって通り過ぎていくのを見ました。それで、自分は追跡しました。観察しながら、コーズウェーをしばらく追っていきました。それから彼が危険な車線変更をし——信号を出さずにです——尾灯が一つ消えているのに気づきました。それで速度を上げて追いました。ヘラルドのビルの前で追いつき、免許証を求めると、彼は免許証を渡しました。なんだかびくびくしていて、その、汗ばんで、落ち着かないようすでした。免許証を受け取ってパトカーに戻るとき、壊れた尾灯を調べようとして、バンパーに目がとまりました。その、血みたいなものが見えたのはそのときです。バンパーについていました。免許証を返すときに、車内でマリファナが匂っていると思いました。彼に、バントリングに、トランクを見てもいいかと聞くと、彼は消えちまえと言いました。それでK9ユニットと応援を呼びました。MBPDのボーチャンプが警察犬のブッチを連れて来まして、ブッチはトランクを嗅ぐときゃんきゃん大騒ぎして。あ、その、トランクに不審物があると知らせました。それで開けたところ、女性被害者の死体を発見したのです」

「パトロール勤務は一人ですか、それとも誰か一緒に?」

「あの晩は一人でパトロールしていました」

「あなたが気づいたとき、ミスター・バントリングはどれくらいの速度を出していましたか?」

「ええと、制限時速五〇キロの地域で時速六、七〇キロくらい出ていました」

「あなたはレーダー装置で速度測定をしたのですか?」

「いや」

「するとあなたは被告人の車を追跡し、自分の車の速度計を見て、彼が時速六、七〇キロで走っていたと判断したのですか?」

「いや」チャヴェスはいたたまれなくなったように、もぞもぞと動いた。

「それでは最初にその速度違反に気づいたとき、あなたはどこにいたのですか、チャヴェス巡査? 新しいジャガーが制限速度を一〇キロ以上も超えてワシントンをジグザグ走行していたときですが」

「自分は六番ストリートにいました。六番とワシントンの角です」

「どっちの方向を向いていました?」

「車は東のほうを向いていました。自分は車には乗っていませんでした」

「パトカーに乗っていなかったんですか? それをはっきりさせることにしましょう。あなたはレーダーを使っていなかったし、パトカーで被告人を追ってもいなかったし、それどころかパトカーに乗ってもいなくて、制限速度を超えたジャガーが走り過ぎるのを見たときには、街角に立っていたんですね?」

「そうです」

「で、あなたの目で、警察学校を出てまだ八カ月しかたっていないあなたの目で見て、黒いジャガーが制限速度を一〇キロ以上超えて走っていると判断することができたのですか?」

「そう、そうです。できました。彼は交通量の多い通りを縫うように車線変更して走ってたんです。危険な走行をしていました」マニュアルどおりだ。

「そのとき、あなたはパトカーを下りて何をしていたのですか？」

「二人の少年が罵り合っているのを止めていました」

「それであなたは怪我人が出るかもしれない喧嘩をほうっておいて、パトカーに飛び乗り、ワシントン・アヴェニューを反対方向に通り過ぎた車を追いかけた、そうなのですか？」

「自分は、あの、被告人をコーズウェーに追っていきました」

「どうやってワシントン・アヴェニューに戻って、被告人をコーズウェーまで追ったのですか？」

「六番ストリートからコリンズへ、それから五番ストリートを通ってワシントンからコーズウェーに行きました」

「すると、まず六番ストリートを下ったんですね。それでは高速で走る被告人の車を見失ったんではありませんか？」

チャヴェスはうなずいた。

「マイクに向かって返事をしてください。チャヴェス巡査。法廷の記録係はあなたがうなずいただけでは記録をとれませんから」

「はい、そのとおりです。見失いました。でも、また発見したんです、すぐに。同じナンバーTTR-L57の車をコーズウェーで見つけました」チャヴェスはこの質問に明らかに動揺し、そればかりでなくルアド・ルビオに強烈な反感を抱いていた。彼の返事はそっけなくぶっきらぼうだった。

「そのときも、スピードを出していましたか?」

「ああ、はい。出していました。自分の記憶では八〇キロのところを九〇キロ以上出してました」

「だが、あなたはすぐには停止させなかった、そうですね?」

「はい」

「どれくらい走ってから、マイアミ市民にとって危険な走行をしている車両を停止させる必要があると決意したんですか?」

「三キロくらいです。ヘラルドの前で停めました。うちの管轄区域から出る前です」

「ふうむ。彼はすぐに停まりましたか?」

「はい」

「逃げようとはしなかった?」

「しません」

「でもあなたは車両を停めたとき、彼はなんだかびくびくしていて、汗ばんで、落ち着かないようすだった、と言いましたね?」

「ええ」

「いまのあなたのように、ですか、チャヴェス巡査?」

廷内に忍び笑いが広がった。

「異議あり」C・Jが立ち上がった。

「認めます。ミズ・ルビオ、先を続けてください」チャスケル判事が応じた。

「それであなたは三キロ追跡してからとつぜん壊れていると気づいた尾灯を調べようと、バンパーのそばで立ち止まったのですね？」

「そうです。コーズウェーで追いついたとき、尾灯が壊れているのに気づいたんです」

「そのとき、バンパーに血がついているのを見た？」

「はい、血のように見えました。黒っぽいものです。その後、血液だと判明しました。被害者の血液です」

「それは夜の何時ごろでしたか？」

「午後八時二十分ごろです」

「あなたは懐中電灯をもっていたのですか？」

「いや、もってませんでした。パトカーに置いてありました」

「それで夜の八時二十分に、忙しく車が行き交っている交通量の多い道路の真ん中で、被告人の車のバンパーに黒っぽいものがついているのを見て、血液に違いないと考えたというのですか？」

「そうです。コーズウェーの街灯やそばのビルの明かりがありました。ちゃんと見えたんです。黒っぽくてべとべとしたもの。血液のように見えました」

「それからミスター・バントリングに近づき、免許証を返したのですね？」

「そうです」

「あなたは銃を抜いていましたか？」

「いや」

「あなたは血液を見たのでしょう。被告人はびくびくと落ち着かないようすだったと言ったんですよ。何か怪しいと考えたのに、それでも銃は抜かなかったのですか？」

「はい、そのときは抜きませんでした。でも、トランクで女性の死体を発見したときには抜きました」

「あなたはもうトランクに死体があったと証言しました。それも何度もです。でも、いまはそれを問題にしているのではないんですよ」

チャヴェスはもっとていねいに答えようとした。「自分は車に乗っているミスター・バントリングに近寄りましたが、そのとき、車のなかからマリファナの匂いがしていました」

「車はその晩、徹底的に捜索された、そうでしたね、チャヴェス巡査？」

「はい」

「でも車からマリファナは発見されなかったんですね？」

「彼は絶対にマリファナを吸ってたんです。たぶん自分が免許証を返す前に、食っちまったかどうかしたんでしょう」チャヴェスは弁護人の質問に答えている自分がまるっきり馬鹿に見えるのを感じて苛立っていた。

ルアド・ルビオはしばらくこの新人警官を見つめていた。それから向きを変えてC・Jを正面から見つめながら、次の質問を放った。

「ほんとうは、トランクで何が発見されると思っていたのですか、チャヴェス巡査?」

「麻薬か、武器か――はっきりとはわかりません。でもブッチは何か怪しいと知ってた。前足でトランクをぶっ壊しそうな勢いでした」

「あなたが発見を予想していたのはそれですか? 麻薬だったんですか?」

C・Jは両手がむずむずするのを感じた。

「いや。自分は速度違反だから車を停めたんです。道路交通法違反です。だが追加的な事実から、トランクに違法な物質が隠されているのではないかと疑いを抱きました。そして警察犬がそれを確認しました」

「ここはひとつ率直に話そうじゃありませんか、チャヴェス巡査。あなたはワシントン・アヴェニューを走り過ぎるジャガーを見たときから、麻薬を運んでいると思っていたのではありませんか?」

「異議あり」C・Jが言った。「その質問に証人はすでに答えています」

「却下します。証人は答えてください」チャスケル判事が指示した。

チャヴェスはバーで赤毛に何を話したか思い出したが、もう手遅れだった。彼は追い詰められていた。警察官としての将来がこの答えにかかっている。「いや。速度違反で停めました」

「どうして喧嘩をほうっておいてパトカーに乗り、速度違反の車を追いかけようと思ったのですか? 車のトランクにいったい何があると直感したんですか? そのトランクに何があると言われたんですか？」

ルビオは匿名の通報のことを知っている。C・Jはぱっと立ち上がった。「異議あり！ 証人はすでに答えています！」

「却下します。はっきりさせましょう、ミズ・ルビオ」

「彼は速度制限に違反していた。そうです。ほかには何もありません」チャヴェスは引き下がらなかった。これは水掛け論だった。弁護人が証拠を握っていない限りは。「たまたまトランクを見ることになった、そうしたらあなたの依頼人は死体を運んでたんですよ」

「くそったれの嘘つきめが」バントリングがふいに大きな声をあげた。

ルアド・ルビオはチャヴェスから目を離して、依頼人を振り向いた。

「ミスター・バントリング、証言の妨害をしないでください。そのような言葉は当法廷では赦されません」チャスケル判事が厳しく注意した。チャスケルは最初の審問の際のバントリングのふるまいを聞いており、自分の法廷では絶対にそんなまねをさせないと決意していた。

バントリングは足の鎖をじゃらじゃら言わせながら立ち上がった。「申し訳ありません、裁判長。だが、証人は嘘つきです。みんな嘘だ。見りゃわかるじゃないですか」

「いい加減にしなさい、ミスター・バントリング。着席しなさい」

「言わせてください、裁判長」バントリングはC・Jのほうへ目をやって、にやにや笑った。

「この法廷が知るべきことはほかにもあるんですよ」

C・Jはまた法廷がぐるぐると回転しはじめたのを感じた。もっていたペンを固く握りしめ、バントリングから目をそらして裁判長を見つめた。ついにそのときが来たのだ。世界ががらがらと崩れるときが。この大勢の人々の前で事件を暴露され非難されたらどんな気がするか？　彼女は固唾をのんでバントリングの次の言葉を待った。

「法廷が知るべきことは、あなたの弁護人から聞きます。着席しなさい。しないなら、法廷から退去させますぞ。ミズ・ルビオ、ほかに質問はありますか？」

ルアド・ルビオは依頼人が二人の屈強な係官に押さえられて着席するのを見ていた。バントリングはそのあいだもずっと検察官から目を離さず、彫りの深いハンサムな顔に侮蔑と激しい憎悪を浮かべている。彼はC・Jとの心理ゲームをネコがネズミをいたぶるように楽しんでいた。おまえが他人に知られたくないことを、おれは知ってるんだよ。ルビオはバントリングにそんなゲームをさせておくつもりはなかった。とにかく今日はさせない。自分がいるときには。

「それだけです、裁判長」ルビオはとうとつに質問を打ち切って、席に座った。

62

C・Jは審問が終わってからも長いあいだ検察席から立たず、傍聴席が空になるのを待った。隣の弁護席でブリーフケースを片付けているルビオと一瞬目があったが、気持ちの通い合いはまるでなかった。不満そうな依頼人が厳重警備の刑務所に戻るために係官に連れ出されるのと同時に、ルビオもそそくさと法廷を出ていった。

チャヴェスは大間抜けだった。見え透いた嘘をつく大馬鹿者だ。ルビオはチャヴェスを追い詰めていた。それなのに、ふいに追及をやめた。なぜなのか？　ルビオは匿名の通報のことを知っている。どうして知ったのか？　それにレイプ事件。法廷でルビオはあの事件に関するバントリングの主張にまったく触れなかった。バントリングが自分で道をつけ、ルビオを力ずくで押し出したも同然だったのに。ただの戦略なのか、それとももっとほかに何かあるのか？

C・Jは罪悪感が大きくふくらむのを感じて落ち着かなかった。今回の事件まではルビオに好意をもっていたのだ。この何年かに二つの殺人事件でルビオと対決したが、ルビオはいつも正攻法をとった。ほかの多くの弁護人のような泣き落としや破廉恥《はれんち》な手段は使わなかった。それに今日、ルビオが追及を手控えたのをC・Jは知っていた。そのことがひっかかった。だがDCJでの会見以来、ルビオには警戒心を覚えていたから、今回の裁判から自分を引きずりおろそうと考え、もっと効果的な時期を狙って例の情報を破裂させる気ではないかとも疑った。陪審員の宣誓が終わって、ダブル・ジェパディ、つまり同じ事件で二度裁判を受けることはないという憲法の定めの対象となることが決まってから、と思っているのかもしれない。そうなってからルビオが法廷で例の事件を明るみに出し、判事が検察側の手続きミスによる審理無効を宣言すれば、バントリングは二度と裁かれることはない。二度と再び法廷に引き出されることはなく、自由の身となる。C・Jは刑務所での会見を思い浮かべた。あのとき、廉潔な弁護士だと思っていたルビオはテーブルをはさんで向かい合った被害者に致命的な銃弾を撃ち込み、そのあいだウィリアム・バントリングはルビオの隣でさもうれしげににやにや笑っていた。ルビオはあのときまでに依頼人がふつうではないことを知っていたはずだ。バントリングはそれだけのことを告白し、警察の捜査記録という証拠も見せていた。それなのにルビオは自らバントリングの駒となり、手先となった。鍵をかけた部屋で犯人とC・Jを対決させるように計らった。それも演出効果を狙ってのことだ。申し立てを通すためだ。そう考えてきて、C・Jの罪悪感は吹っ飛んだ。

バントリングが連れ出され、記者たちの関心が外の捜査本部のメンバーやFBIの捜査官たちに集中して初めて、C・Jはやっとしばらくは息がつけるようになったと感じた。それからどれくらいたったのか、空っぽの法廷で隣にドミニクが座っているのに気づいた。

「お手柄だ」ドミニクが静かに言った。

「わたしは何もしてやしないわ」

「証拠排除の申し立てには勝ったよ。それで充分じゃないか。ビーチ市警の小生意気な坊やの手柄じゃない。陪審員の前で証言する前に、誰かがあいつを教育してやる必要がありそうだな」

「教育がうまくいかないのよ。わたしがやってみたんだけれど。巡査部長もね」

「それじゃ、マニーにやらせるか。マニーの説教は威力があるからな」ドミニクは言葉を切ってC・Jと視線をあわせようとしたが、彼女はテーブルの書類を見つめたままだった。「心配しているのはよくわかる。だが、この事件は手堅いよ。いくらチャヴェスがどじだって、だいじょうぶだよ」

「そうだといいけれど」

「それにバントリングも自分の首を絞めてるし。あいつが黙らないと、チャスケル判事はキューピッドを通りの向こうに監禁したまま、テレビ電話で裁判を続けると言いだすんじゃないかな」

C・Jは黙っていた。

「きみの陳述もよかった」

「ありがとう。とにかく終わったわね」

「そうだね。まったく大変な騒ぎだった。そうそう、ハッピー・ハロウィーン。オフィスまで送ろうか」

「もう、みんないなくなったかしら」

「ほとんどね。残っているのはマニーと捜査員たちだけだろう。それにきみの秘書」

「マリソルが来ていたの？」

「きみの応援に、だろう」

「さあ、どうかしら」

「審問の終わりまでいたよ。いま、マニーと外で話している。なかなかおもしろい格好をしているよね」

「いつもよ。そうね、送ってもらおうかな」

ドミニクはテーブルのファイルをカートに重ねて載せた。片手でカートを引き、もう一方の手で重いC・Jのブリーフケースを下げる。二人は法廷を出てロビーへ向かった。

「今夜、夕食を一緒にどう？」ドミニクが誘った。

「いいわね、すてき」このときのC・Jにはほんの少しのためらいもなかった。

63

ルアド・ルビオはデスクのいちばん下の引き出しを開け、有利な評決を勝ち取ったときや被告人が無罪になったときのお祝い用のシーヴァス・リーガルの琥珀色の瓶を取り出した。だが、今日は祝杯ではなかった。気持ちを引き立て、ささくれだった全身の神経を鎮めるためだ。酒をグラスに注いだルビオは、デスクに広げてある陰惨な現場写真を見つめた。惨殺されたアンナ・プラドの血まみれの死体が、依頼人の新しいジャガーのトランクから恐怖に満ちた目を見開いてこちらを見上げている。

ルビオは自己嫌悪にかられていた。法廷で言ったことのために、自分がいやになっていた。もう少しで言いかけたことのために。言わなかったことのために。勝者は誰もいない。今日は勝利を祝える者は誰もいない。

自分の依頼人がレイプ犯であることはわかっていた。胸の悪くなるようなサディスティックで残虐なレイプ犯。依頼人がかつて検察官をレイプしたこと、そして自分の犯罪行為にも被害者の人生をめちゃくちゃにしたことにもまったく後悔の念を抱いていないことを知っていた。それにルビオはほかにもレイプの被害者がいるのではないかと疑っていた。当人は認めていないが。とにかく、まだ認めてはいない。ウィリアム・バントリングは彼女に「知らせるべき」だと思ったことだけを認める。もっともそれは少しも意外ではなかった。たいていの依頼人は同じことをする。

彼は殺人者なのか？

最初に彼の依頼を引き受けたときだったら、きっぱりとノーと言ったはずだ。これはでっちあげ、間違い、冤罪《えんざい》に違いない。彼がキューピッドのはずはないと思った。彼には完全に翻弄《ほんろう》された。こんなことはめったにない。刑事弁護士なら、ほとんどの依頼者が自分の弁護人にさえ隠し事をし、嘘をつくことをよく知っている。だがウィリアム・バントリングはおおかたの依頼人とは違っていた。彼はビジネスマンとして成功していたし、ハンサムで、魅力的で、真面目だった。逮捕のずっと前からルビオとは知り合いで、土曜日の朝一緒にサウス・ビーチでジョギングし、週末には本屋のカフェでカプチーノを飲む仲だった。ルビオは彼の言葉をまるごと信じた。そしていま、騙されたことを悟っていた。口のうまい異常者に完璧に騙されていた。いちばん参っているのは、そのことだった。

それに前から尊敬し、好意を抱いていた検察官、C・J・タウンゼンド。彼女はいままでは汚い政治取引もしないし、検事局の体面を守るためだけの悪質な司法取引もしなかった。C・Jが嘘をついていることをルビオは知っていた。その動機は無理もないにしても、やっぱり褒められたことではない。ルビオは依頼人の自宅と車を捜索した警察の証拠品リストを調べていた。令状によって押収された証拠品の箱の中身も見た。だが何もなかった。依頼人の言葉によればあるはずのものがなかった。これもおかしい。いまルビオは自分の人を見る目が信じられなくなっていた。

一杯目を飲み干したルビオは、まだ目の前の悲惨な写真を見つめていた。アンナ・プラドにとっての正義はどこにあるのか？　自分が全力を尽くして弁護すると誓った依頼人にとっての正義はどこにあるのか？　だいたい、いまさら正義に意味があるのか？

今日、弁護人としてルビオはボールを落としてしまった。あの嘘つき警官を追い詰めたのに、そこで立ち止まってしまった。依頼人がレイプ犯だということを知っていたから、あの瞬間、法廷で被害者を見つめる彼の目に後悔も哀れみもなく、ただ憎悪と呪わしさだけがあふれていたから、できるものなら彼がまた同じ犯罪を繰り返すことがわかっていたからだ。自分が自由にしてやって、彼がまたどこかの女性を餌食にする。それが堪えられなかった。ルビオは自分が暮らし、働き、遊ぶキューバ人社会で、女性の権利擁護のチャンピオンだった。それどころか、DVの被害にあったヒスパニック系移民女性を援護するラ・ルチャの会長でもある。いっぽうでは女性の味方だといい、その舌の根も乾かないうちに残虐なレイプ犯を自由の身にするために力を尽くす。そんなことができるだろうか。被害者がどれほどの打撃と被害を受けているのかを自分の目で見ているのに。次の被害者に彼が何をするかがわかっているのに。

ルビオは二杯目のスコッチを呑み干した。二杯目はさっきよりなめらかに咽喉を通る。ずっと呑みやすかった。さっきほど咽喉に焼けつかない。今度の影絵芝居での自分の役割にも同じことが言えるのかもしれないとルビオは思った。依頼人を死刑執行室へと誘う行程は一歩進むたびに楽になるのかもしれない。そして、ついに注射針が刺されるのを見るときには、それほど焼けつくような思いはしなくてすむかもしれない。依頼人殺害の共犯者になっても。

なぜなら、ルビオは依頼人がほんとうに殺人犯だとは信じていなかった。それに自分が彼を自由の身にできること、今日にもそうできることを知っていた。九月十九日にマイアミ・ビーチ市警にかかった匿名の奇妙な通報のことをルビオは知っていた。先月酔っ払ったあの馬鹿な警官が女の子に色目を使いたいばかりに、クリーヴランダーでルビオと修習生にぺらぺらしゃべったのだ。法廷ではべつのことを主張するが、じつはジャガーを停止させたほんとうの理由をルビオは知っている。彼はバーでしゃべったことを否定できると思っているかもしれない。否定すればすむと思っているのかもしれない。だが、そうはいかないのだ、そうじゃないか？

ルビオはマイアミ・ビーチ市警から取り寄せたカセットテープを手に載せた。表には二〇〇〇年九月十九日午後八時十二分、九一一と記されている。この種のテープは三十日たつと消去される。幸い彼女は二十九日目にテープを手に入れたのだった。

スコッチには魔法のような効き目があり、少しくらくらしてきたルビオは苦痛を感じなくなった。なおもアンナ・プラドの写真を見つめたまま、彼女は三杯目を注いだ。

今度の酒はさらさらと咽喉を通っていった。

64

彼は満員の法廷にいて、眼前で繰り広げられる光景を見ていた。予想していたよりもはるかにおもしろかった。それぞれの役者がぶつかりあい、からみあう。昂る感情。張り詰めた緊張感。傍聴人は爪を嚙み、息を殺し、言葉の応酬をポップコーンを味わうように味わい、そばにいる彼を見ながら、彼の隣で安手な観光客のように写真を撮りあう。彼は群集のなかに溶け込んでいた。群集の一人になりきっていた。彼が仕掛けたゲームはじつに快調に脇筋へ展開していき、いったいこれからどうなるのかと、観客をとらえて放さない。

だが、これだけでは物足りなかった。自分を抑えてもう何カ月かたち、これ以上は我慢できなくなっていた。彼は砂漠で水を求める者のような気持ちだった。満たされない渇きが生命を求めていた。死を求めていた。

せっかく始まったドラマをだいなしにしてはならない。冤罪かもなどという疑問を呼び起こしてはならない。警察が好んで彼の〝手口〟と呼ぶものから離れなければならなかった。またブロンドのメギツネを選んだら、どこで狩りをしようと疑惑を招くだろう。もちろんこれまでとは違って次の女性は決して見つからないようにすることもできる。彼女の身体に何がなされるか、それはとても言葉にならない。死の前に彼女の心がどんな目にあうか、誰も思い及ばない。どんな恐怖が用意されているかを知ったら、誰だってウィリアム・バントリングなんか臆病なウサギにすぎないと考えるに違いない。

そうだ。今度はダークヘアの美女だ。黒檀《こくたん》のような黒髪に雪のように白い肌、そして薔薇のように真っ赤な唇。彼の玩具となる白雪姫。白雪姫のハート、心臓が欲しい。

警察にキューピッドと呼ばれている殺人者は、大勢の傍聴人たちとともに立ち上がり、一緒に廊下からエスカレーターへ、そして暑いマイアミの陽光のなかへ出ると、次の恋人を探しに街へ消えていった。

第三部

65

C・Jはピックル・バレルの下の階で、カフェオレを前に座っているマニーとドミニクを見つけた。セルフサービスのコーヒーメーカーから注いだコーヒーカップを手に、彼女も椅子を引き出して腰を下ろした。

「判事のところの中間報告会議はどうだった?」ドミニクが聞いた。十二月十三日、バントリング事件についてチャスケル判事に報告をする期日だった。この期日には弁護側と検察側が裁判を指揮する判事と会って、手続きの状況、有罪答弁をするかどうか、それに次の週の審理予定を決める話し合いをする。

「訴訟手続き延期の要請はなかったわ。どうやら月曜日には陪審員の選択をすることになりそう」

「へえ、ほんとかね?」マニーだった。「あの狂人め、休み前に裁判に入れないように、山ほどの理由をひねりだすものとばっかり思ってたがな。まあ、いいじゃないか。さっさと料理してやるにこしたこたぁない」

「正直言うと、ぼくも意外だったな」ドミニクが慎重な言い方をした。「第一級殺人事件の裁判で準備期間がわずか二カ月。それも弁護人の訴訟手続き延期が幅をきかし、判事が弱気なこのマイアミでだよ。証言録取もなし、証拠品開示もなし、だろ？　裁判地変更の申し立てすらないんだろうか？　これがあとになって問題を起こすということはないのかなあ、C・J？」

「つまり控訴審でってこと？　ないわ。裁判を急いでいるのはルビオじゃなくてバントリングなのよ。それにマイアミでの裁判を望んでいるのもバントリングじゃないのかしら。住民の平均年齢が六十五歳なんていう北部の郡だったら、警察官の言うことは絶対ですものね。それから弁護人の効果的な援助が受けられないというケースにも該当しないし。チャスケル判事はこの事件で、証拠品開示の権利をバントリングは知っていること、充分承知のうえでその権利の放棄に同意したこと、したがって有罪判決を受けたときの控訴理由にはできないことを、進行状況記録に逐一、記録している。『だって、裁判長、誰も教えてくれなかったんです！』なんて弁明は通らないのよ。どっちにしてもチャスケル判事はわたしに、全面的に彼の権利を尊重するように求めているわ。こんな裁判が差し戻しになってはかなわないと思ってるんでしょうね。ルビオはバントリングの依頼を受けたあと一件も新規事件を引き受けていない。彼女は評判のいい弁護士で、第一級殺人事件の裁判で六回、勝っているのよ。だからやらなければならないことはちゃんと知っていて、急いでもいないと思うの。前にも証拠品開示を要求しなかったことがあるし、それを戦術の一つにしている弁護人もときどきいるしね。『そっちの証拠は見せなくていいですよ、その代わりにこっちの手の内も明かしません』ってわけ。ルビオも隠し玉を用意しているのかもしれない。そうじゃないといいんだけど」

「バントリングはなんで、そう急いでいるんだろう？　裁判で無罪になって、クリスマスのショッピングができると本気で思ってるんだろうか？」マニーが聞いた。

「向こうが早いほうがいいというなら、けっこうじゃないか。こんな事件がぐずぐず引き延ばされるのはまっぴらだよ。証人は証言内容を忘れてしまうわ、証拠はどっかへ行ってしまうわ、ろくでもないことが起こるに決まってるものな」ドミニクが言った。

「そうね、わたしもそう思う」C・Jがうなずいた。「だけど、訴訟手続きが延期になれば助かることが一つある、つまり時間の余裕ができるでしょ」C・Jは思わせぶりに言葉を切った。「今朝、ティグラーから電話があったわ。ド・ラ・フローズがシバン殺しと窃盗事件を、来週大陪審にかけるそうよ。もしこっちがプラド事件で敗訴したら、その場から有無を言わせずバントリングを連邦裁判所にかっさらっていくつもりなのよ。そうしたら向こうが一つ一つの事件で順番にバントリングを裁いているあいだ、わたしたちは指をくわえて待ってなきゃならない」

「そうなれば、やつは充分に時間をかけて世間の注目を集め、希望どおり連邦判事の職を手に入れる」ドミニクが言った。

「そのとおり」とC・J。

「それじゃこっちも先手を打って、ほかの殺人事件も起訴すりゃいいじゃないですかね、検察官?」マニーが尋ねた。「それなら時間は充分にあるから、あわてなくてもすむじゃないですか。そっちの裁判は来週からってわけじゃない」

「だけどモーガン・ウェバーの現場で発見された釣り糸以外には、ほかの被害者とバントリングを結ぶ物理的証拠がないのよ。あの釣り糸だけじゃ、証拠としては不充分なの。それに、まだプラド事件で有罪を勝ち取ったわけじゃないし」C・Jはドミニクのほうを向いた。「だから、心臓が必要なの。彼のトロフィーを見つけてほしいのよ」

「だけど、心臓が見つからなくても有罪に持ち込めるって言ってたじゃないですか?」マニーが言った。

「そうよ。だけど証拠品排除申し立ての審理のとき、ヴィクター・チャヴェスの証言を聞いたでしょう。彼の証言はあいまいでインチキ臭くて横柄だったわ」

「バカヤローだ」マニーが口を挟んだ。

「そうなの。証人としては最低。だけど彼の証言は省くわけにはいかない。もし、陪審員が彼に反感をもって、冤罪だというバントリングの弁明を信じたら大変なことになるのよ。プラド事件でバントリングが無罪になれば、ウィリアムズ・ルールで、プラド事件の判決を証拠として提出することもできなくなる。判事はプラド事件の事実そのものすら、次の裁判の陪審員の耳に入れさせてくれない。そうなるとこっちには決め手が何もないのよ」

「C・J、われわれはあらゆるところを探したんだよ」とドミニク。「三百人の証人から話を聞き、何百もの証拠を洗った。もう、ほかにどこを探していいのかわからないな」

「ニューヨークの精神科医が知ってるんじゃないかな。そのドクター・ファインバーグとかいうのと、話してみましたか？」マニーが聞いた。

「いいえ。バントリングは心神喪失の申し立てをしないことになったそうよ、ルビオがそう言っていたわ。だからこっちは診療記録を見ることができないの。州が依頼する精神科医にバントリングを診察させることもできない。こっちは両手を縛られたも同然で、バントリングがかかりつけの精神科医に話したことはすべて守秘義務で守られているから、聞き出しようがないのよ。たとえバントリングが医者のうちの庭に被害者たちの心臓を埋めたとしたって、医者は話してはくれないわ」

「ボウマンが言ったとおりで、ジェフリー・ダーマーのまねをして食っちまったとしたら、どうするんですか？」マニーが言った。「見つかりっこないですよ」

「いや、おれはそうは思わないな、マニー。C・Jの言うとおりだ。前にも連続殺人事件を扱ったことがある。やつらはいつも、トロフィーをとっておく。今度の事件ではそれが心臓だと考えればぴったりくる。やつは探させたいんだと思うよ。バントリングはわれわれをからかって、さあ、見つけてみろと挑戦している。あれだけ念入りに心臓を抉り出して世間を恐怖に陥れたんだ。心臓を発見させ、もう一度、その恐怖を味わわせたいと思ってるに違いない」

「もういっぺん、すべての証拠を見直してちょうだい。記録を調べて。何か見落としがあるかもしれない」C・Jが言った。「なにげない倉庫のレシートとか、ロッカーのキーとか。見当がつかないけど、でもやってみて。裁判はたぶん三週間ぐらいだと思う。もし有罪判決を勝ち取れれば、どんな判事だって、ほかの殺人事件の裁判が終わるまでは連邦裁判所にバントリングを引き渡したりはしないわよ」

「裁判は三週間か」マニーがため息をついた。「さて、ハッピー・ニューイヤーといけるかねえ。このクリスマスには、おれたち誰も北極へお出かけってわけにはいかなそうだな。どんなにお利口さんにしててもさ」

66

マニーはC・Jがオフィスに戻るまで待ってから言った。「あの検察官、おれは好きだよ。だけど、いまごろになってもまだ心臓を見つけられると考えるなんて、頭がおかしいんじゃないかね。バントリングが冷凍庫にでもしまってりゃともかく、いまごろは腐ってるだろうよ」

「そうか、じゃ冷凍庫を探そうじゃないか」

「あんたも手のつけられない楽観論者だよなあ。ところで、検察官とはいつからそういう仲なんだね？」マニーはペストリーを食べながら、からかうような目を向けた。

ドミニクはふうっと息を吐いた。「そういう仲っていうのかどうか。そんなに見え見えか？」

「おれにはな。仲間じゃないか。それにおれは女性の心を読むのが好きなんだよ、ドミニク。検察官はあんたに気があると見た」

「ほう、わかるのか？」

「ああ。で、あんたも検察官に気がある。いつからなんだ」

「二カ月くらいかな」

「で?」

「で、それだけさ。わからんよ。おれは彼女が好きだし、彼女もおれに好意をもっている。だが、彼女はある程度以上はおれを近づけようとしない。膠着《こうちゃく》状態ってところかな」

「女性ってのはめんどくさいよな。つきあいたがるだろ。つきあいたい、つきあいたい。だからつきあうと、今度はつきあいたくないわときやがる。それで、おれは三度結婚したんだろうな、ドミニク。いまだに女性ってのが理解しきれんよ。だが、いくらこりごりだと思っても、いい女に会うとまたくらっときてしまうんだよな。ピカディーヨみたいなもんだよ。必ず消化不良を起こすのに、なんでまた食っちまうんだろと自分でも思う」

「彼女は秘密にしておきたがっている。だからここだけの話にしといてくれないか。あんたの鋭い勘はしまっといてくれよ。人に疑われているとわかったら、彼女は困るだろう。ティグラーや記者たちのことを心配しているんだ」

「いいとも、秘密は守る。ただし、パトカーのなかでキスなんかするなよ」

「ところで、彼女の言うとおりだとおれは思うんだ、マニー。確かにそうだよ」ドミニクは口に出していいのか、それとも自分の胸にしまっておくべきか迷っているように、ゆっくりと言いだした。誰か聞いていないかとあたりを見回したが、ピックル・バレルは閑散としていて、カフェテリアの奥まった一画にいるのは二人だけだった。ドミニクは低い声で続けた。「捜査報告や写真を見ながらずっと考えていたんだよ、マニー。何か見落としている気がして、ずっと探しているんだ。どうして物理的な証拠が何も残っていないんだ？　キューピッドが見つけられたくないと考えたからか？　そうじゃない。それでは話があわない。もしそうだったら、やつは死体だって見つからないようにしたはずだ。やつの頭が切れすぎるんだと思うんだよ、マニー。やつは被害者の女性たちについて、そうとう危ない橋を渡っている。警備員や友だちのいる目の前でクラブから連れ出している。時間をかけて殺害し、現場の舞台を設定し、死体をもてあそび、死ぬ瞬間まで芝居がかった場面をつくっている。すべてが周到に計算され、コントロールされているんだ。

やつは自分がしたことを見せつけたいんだよ、マニー。例のミヴァクロンという薬を使って被害者を殺害する前に何をしたかを、おれたちに知らせたがっている。おれたちに恐怖を味わわせ、驚かせ、なんと利口なやつなんだと感心させたがっている。こんなに残虐でおおっぴらな犯罪を犯しているのに、それでも捕まえられないだろう、ってさ。いつ、どうやって犠牲者を殺害するか、いつどんなふうに死体を発見させるか、すべて計画しているんだ。被害者の指の位置までもな」

「わかったよ。やつは利口だ。すべてを計画した。どうやって死体を発見させるかまでもだ。だが、それでどうだって言うんだね？　話はどこへつながるんだい？」

「マリリン・シバンのことを考えてみろよ。旧軍事施設で見つかっただろう。やつは警察があそこを訓練に使うのを知っていたんだと思うんだ。警官が発見するのを知っていた。あの現場は、よっぽど気の強いやつでも警察官志望を考え直すほど凄惨だった。ニコレット・トレンスは廃屋で子どもたちが見つけた。あの廃屋はたまたま麻薬取締法違反でサウス・フロリダIMPACTとコーラル・ゲーブルズ市警の没収対象になっていた。それからハンナ・コードヴァは廃屋になったサトウキビ工場で発見されたが、あそこは四週間前に税関がヘロインがあるって通報にもとづいて手入れをした場所だった。クリスタル・ピアスはつぶれたスーパーマーケットで発見されたが、あれは六カ月足らず前に三重殺人があった場所だ。所轄はマイアミ・デード郡警察。ほとんどすべての現場が、警察か法執行機関、捜査本部になんらかの関係がある場所なんだよ」

「すると何かい、ドミニク？　あんたはバントリングが模倣犯だと言うのか？　『おれは冤罪だ！』ってやつのたわごとを信じるのかね？　警察と関係がある場所だなんて、そんなの偶然だよ。ACLUのセンチメンタリストに言わせりゃ、マイアミの人間は全部、一生に一度は警察の捜索を受けるんだそうだ。それに連邦捜査局は麻薬探しとなりゃゴキブリみたいにどこでも這いまわる。確かに死体はぞっとしない場所で見つかってるが、だいたい死体なんてあんまり上品な場所では見つからないもんだぜ、ドミニク」

「バントリングが模倣犯だと考えているわけじゃないんだ。マニー。やつは本物の犯罪者だろう。上半身の切り傷もほかの被害者と同じ位置だったし、同じ形だった。アンナ・プラドの体内からはほかの被害者と同じ薬物が発見された。模倣犯ならああはいかなかっただろうし、薬物のこともわからなかったはずだよ。だが、警察とのつながりが何かあるという気がする」

「バントリングが警官志望だったのにおれたちが気づかなかったとか、飼いネコが警官に殺されたとか、かい？　まあ、警官が憎まれる理由はいくらでもあるがねえ、ドミニク。おれたちはいつだって、スケープゴートさ」

ドミニクはうなずいて、ゆっくりとコーヒーを飲んでから、続けた。「そうかもしれない。アンナ・プラドについては、バントリングにはほかの目論見があったんだと思う。だが、その前に捕まって邪魔されたんだろう。その目論見がなんだったのかがわかれば、やつのトロフィーがどこにあるのか見当がつくかもしれないな」

マニーは首を振った。「どうかねえ、ドミニク。警察とのつながりなあ。そんなものがあったとして、バントリングはどうして手入れのこと、捜索のこと、訓練のこと、いまあんたが言ったようなことを知ったんだ？」

ドミニクは答えなかった。

マニーは友人の考えを読み取って、低く口笛を吹いた。「おいおい、冗談じゃないぜ、ドミニク。あんたはべつの人間がいると考えているんだ、違うかい？　やつには共犯者がいて、いまごろ腹を抱えて大笑いしていると思っているんじゃないのか。で、そいつはおれたちの仲間だと」

67

五日。C・Jがこの仕事に就いて以来、最大の裁判まであと五日しかなかった。一年以上も前からこの事件とともに暮らし、呼吸し、寝てきたし、法律家としてほぼ可能な限りの準備をしてきた。証人についても、証拠についても、被害者についても熟知している。何から何まで。始めから終わりまで。捜査本部に配属されてからほとんど毎日、頭のなかで冒頭陳述のリハーサルをしてきた。新しい事実が加わるたび、新しい死体が発見されるたびに冒頭陳述を修正し、ついに九月に糾弾すべき相手の氏名をそこに加えた。満員の法廷で、怒りと復讐心に燃える陪審員の前でつるし上げるべき相手。

だが、非難されるべき被告人が非難する側にまわるかもしれなかった。満員の法廷でバントリングを前にしてから六週間、彼が立ち上がって彼女を指差し、世論という法廷で、仲間の前で彼女をつるし上げようとしてから六週間。あのときはたまたまチャスケル判事に制止され、弁護人になだめられて、炎が燃え上がったものの爆発にはいたらなかった。あれから六週間、彼は沈黙しており、C・Jはいつチャスケル判事の部屋から電話がかかるか、メールルームに新たな中立書が配達されるか、いつ新聞の一面に記事が躍るかと、毎日不安に苛まれていた。検察官はキューピッドにレイプされていた！　検察官の復讐の企てが明るみに！　いつまでバントリングは黙っていられるだろう？　陪審員選定のための予備質問までか？　冒頭陳述まで？　チャヴェスの証言まで？　ドミニクの証言まで？　監察医の証言まで？　最終論告まで？　それとも、ビッグバンはバントリング自身が証人席に着くときに起こるのか？　自分が訴えられている罪状を否定するのではなく、訴えている相手を非難する気なのか。法廷では毎日、永遠にも思える時が刻まれていき、C・Jの頭のなかで圧力が高まっていき、毎日バントリングの視線を感じ、唇を長いピンクの舌でなめまわす彼を見ているうちに胸はじりじりとつぶれていき、ついにはストレスで心臓が破裂する。そうなるのではないかとC・Jは思っていた。

それこそバントリングの思う壺であることもわかっていた。ハンサムな顔に白々しい笑みを浮かべて、彼は真っ暗な穴の上に秘密を吊り下げて見せ、C・Jは冷や汗にびっしょり濡れながら、その秘密を奪い返そうとする。この点では彼のほうが完全に支配権を握っており、そのことを心ゆくまで楽しんでいるのだ。彼は刑務所の独房にいながら、C・Jには見ることも聞くこともできない鉄格子と鋼鉄のドアの奥からこの心理ゲームを展開している。

なんとしてでもこの裁判に勝たなければならなかった。負ければバントリングは釈放される。すぐにではないかもしれない。たぶん連邦検事がホッブス法に従って窃盗で裁こうとするだろう。だが殺人と同じで、窃盗とバントリングを結びつける物的証拠はない。やがて彼が自由の身になれば、C・Jは彼の所在を知ることができなくなる。同じマンションの隣人として現れるか、法廷のエスカレーターに乗り合わせるか、夕食をとるレストラン、ランチをとる食堂で出会うかするまでは。ニューヨークのころと同じように、彼はどこにでも現れることができるし、現れるだろう。今回違うのは、たとえ出会っても彼女には何もできないことだ。にぎやかな通りで、隣り合わせたバスのなかで、彼がドアを押さえてみせるレストランで、彼がいなくなるまで悲鳴をあげ続けることはできるだろう。だが誰にも何もできはしない。彼が再び彼女に手を上げるまでは。そして、そのときでは手遅れなのだ。

薄暗いオフィスでC・Jは灰色に光るコンピュータのディスプレーに目を凝らして、予備質問の最終案の文言を読んだ。陪審員選出のときに候補に聞こうと考えている質問だ。オフィスに夜一人でいるときには、通りの向こうにいる隣人の詮索好きで執拗な目から身を守るためにブラインドを下ろしておいた。デスクに広げてあるのは冒頭陳述の三つの原稿だ。いつ火山が爆発して溶岩が流れ出すかによって、それぞれ違う原稿になっている。それに、いつドミニクと捜査本部が彼女の望む追加的な証拠を発見できるかでも違ってくる。答えはどこかにあるはずだとC・Jは確信していた。それをつきとめるまでは手を引くつもりはないが……。

もし、バントリングが殺人犯でなかったら？

もちろん、そんなことは信じない。だが、もしそうだとしたら？　被害者たちの心臓も追加的な証拠も見つからないのは、見つかるはずがないからだとしたら？　誰かべつに犯人がいるのだとしたら？　通りの向こうにいる悪魔を閉じ込めようとC・Jが苦労しているあいだに、ナイフを研ぎ、暗い路地で次のチャンスを狙っている誰かがいるとしたら？　もしまた犯人が誰かを襲い、それなのに捜査の目が向けられていないために、誰も気づかなかったとしたら？　そんなことは考えたくない、そんなあやういゲームはしたくない、とC・Jは思った。いままで集めたすべての証拠は疑いの余地なくバントリングを指しているではないか。ただ一つをのぞいて。

C・Jはしばらくためらってから、手にしたカセットテープをファイルキャビネットの上のカセットデッキに差し込んだ。

「九一一番です。何がありましたか？」

「車だ。最新型の黒いジャガーXJ8で、いまリンカーン・ロードからワシントン・アヴェニューを南に向かっている。車のトランクに二キロのコカインを入れて、空港へ行こうとしている。マッカーサーを通ってマイアミ国際空港に行くはずだ。ワシントンで見失ったときのために言っておく」

「あなたの名前は？　どこから電話しているのですか？」

電話は切れて、機械音だけがする。

このテープのコピーをMBPDから取り寄せて以来、もう少なくとも三十回は聞いていた。受話器を布で包んでいるようなくぐもった声だ。だが、響きのいい男性の声であることは間違いなかった。あわてたり急いでいるようすのない落ち着いた声。背景にかすかに音楽が聞こえている。オペラのようだった。

どうしてあの車が麻薬を運んでいるなどというインチキな通報をしたのだろう。あのジャガーが警察に停められてトランクが捜索されることを、誰が望んだのか？　バントリングに走行を邪魔されて怒ったドライバーか？　深い響きのある落ち着いた声は怒っているようでも、動転しているようでもない。自動車から携帯電話でかけているようには聞こえなかった。バントリングが違法な薬物を使用しているとか、まして売買しているという証拠はまったくない。

誰がトランクを捜索させようとしたのか？

唯一考えられる解答を思い浮かべるとき、C・Jは背筋が寒くなるのを覚えた。

それは、警察が発見する陰惨な荷物が何かを知っている人間のはずだ。

68

ドアを開けると、香ばしいレモン・ペッパー・チキンと熱々のバターミルク・ビスケットの香りがふわっと漂った。匂いのもとを求めて走ってきたルーシーが両脚のあいだをくぐりぬけて飛び出そうとするのを、C・Jは足をつかんで引き戻した。ティビー二世はご馳走を携えてきた当人を見つけ、ドミニクのふくらはぎに愛想よく身体をこすりつけながら、一週間も食べ物を見たことがないような哀れっぽい鳴き声をあげている。

「夕食持参なのね」

「だって食べ物がなくちゃ集会は開けないだろう」入ってきながらドミニクが言った。「だけど、あんまり期待しないように。パブリックスのだから。だけど、寄り道してビスケットを調達してきたよ」彼は後ろ手にもっていた茶色の紙袋に入ったボトルを出してC・Jに渡した。「それにケンドール・ジャクソンのシャルドネがなければ、すばらしい夕食は始まらないだろ?」

それからドミニクは身体を屈めてルーシーの頭をなでた。「やあ、ルーシーお嬢さん！　ママはいつから食べさせてくれなかったんだい？　お土産をもってきてやったよ！」ティビーの鳴き声が大きくなった。「おまえもか、ブルータス？　ああ、きみにもお土産があるよ、ティビー。あたりまえじゃないか」背中にもっていたもう一つのパブリックスの袋を出してみせると、そのなかには料理したトリのレバーが入っていた。ルーシーは大喜びで吼え、ティビーはドミニクの頭にとびつきそうになる。「さあ、ボウルを出してやろう」

C・Jはキッチンでロースト・チキンとビスケット、それにワイングラスを並べながら、その光景を眺めた。「あと二十分は吼えるのをやめないわよ。今夜はもう一度、散歩に連れていかなくちゃならないわね」

「いいじゃないか。あとでぼくが連れてってやる」ドミニクはキッチンに入ってきて、テーブルをセッティングしているC・Jの背後にまわり、ワインに手を伸ばした。「開けようか」振り返ったC・Jの顔がすぐそばにあった。テーブルによりかかるようなかたちになったC・Jに、彼はそっと唇を重ねた。二人の両手がからみあい、まさぐりあう。「食事なんてあとでいいよね？」ドミニクが低い声でつぶやく。

「わかったわ、カサノヴァさん。だからワインを開けて、力のあるところを見せてちょうだい」

「お安いご用だ」だがドミニクは動かなかった。C・Jはドミニクの身体とテーブルのあいだに挟まれている。ドミニクはそのままC・Jの背後に手をまわして、ワインとコルク抜きを探った。それからまた唇を重ね、舌をからませる。C・Jはポロシャツを着た彼の胸を両手でなであげ、固く引きしまった胸や盛り上がった肩、筋肉の線をたどって、両手を彼の首にまわした。シルクの薄いブラウスの背中にワインの瓶があたって、生地が身体に張りつき、ほてった身体にボトルの冷たさがつたわってくる。ぽんとコルクが抜けたが、重なった唇は離れなかった。ドミニクはボトルをテーブルに置いて、C・Jのブラウスの背中に、湿って冷たい両手を入れた。ひんやりした手がブラジャーのストラップから肩に達する。やさしく肩をもむドミニク。C・Jは胸がときめくのを感じた。彼は手を下ろしてブラジャーの留め金をはずし、乳房へ両手をすべらせる。邪魔なブラジャーを緩め、固くなった乳房を愛撫すると、C・Jの胸が大きく波打ち、呼吸が荒くなった。

ドミニクは醜く盛り上がった傷跡にはかまわず、片手でC・Jの腹部をなで、パンツのボタンを探った。唇が重なったまま動けないでいるうちに、たちまちドミニクはボタンをはずし、ジッパーを引き下ろして、パンティの脇に手を入れた。その手を待ち受けていたように、C・Jの身体は温かく湿っている。C・Jの黒いパンツがキッチンの床に落ちた。ドミニクは一度も手を離さないまま、軽々とC・Jを抱え上げた。ズボンのなかで固くなった彼自身がC・Jに押しつけられる。

これからどうなるのかを悟って、C・Jはむりやり唇をもぎ放した。目を開くとキッチンの天井のトラックライトがまぶしい。

「ドミニク、寝室に行きましょう」囁いたが、ドミニクの手はますます動きを速め、C・Jの身体のなかにたまらない興奮がつきあげてくる。

「ここでいいじゃないか。君を見ていたいんだ、C・J。きみはほんとうに美しい」ドミニクは彼女の耳たぶに舌を這わせながら囁き返した。もう一方の手がブラウスのボタンをはずしかけている。

「いや、いや。寝室で。お願いよ、ドミニク」触れられて全身に興奮が走り、身体が細かく震えだす。絶頂に達するのもそう遠いことではなさそうだった。

「見ていたいんだよ。きみの身体が好きだ。二人のすることを見ていたい」ドミニクが押し下げたC・Jのパンティが床に落ちた。あとは薄いブラウスが身体をおおっているだけ。それもボタンは全部はずされている。

「いや」C・Jは首を振った。「お願い」

ドミニクはわずかに身体を離して、C・Jの瞳を見つめた。そのあとは一言も言わずにやさしくC・Jを抱き上げ、廊下の先の真っ暗な寝室へと運んでいった。すべてを照らし出す明るいキッチンをあとにして。

69

二人は同じセットの二本のスプーンのように重なり合い、暗いなかで横たわっていた。目覚まし時計の赤い光が、まどろむC・Jにほんのりと当たっているのを眺めながら、ドミニクは根元がブロンドになりかかっているC・Jのうなじの髪をもてあそんだ。愛し合ったあと、C・Jはいつものように暗い部屋で手早くTシャツを着て、それからベッドに戻ってきた。そのTシャツの下に手を差し入れると、温かな背中、きゃしゃな骨格とそれを包む筋肉、柔らかな肌が手に触れた。彼は抱かれて眠るC・Jを見つめた。息をするたびに胸が静かに上下している。

よくあることだが、ドミニクのなかでまたナタリーの思い出が甦り、時計の明かりのなかで眠っている彼女の肩から背中に広がる長い黒髪がありありと見える気がした。ナタリー。昔のフィアンセ、そしてC・Jのほかにもう一人だけ、熱い想いを抱き、一緒にいたいと願ったことのある女性。ただそばにいて眠る彼女を見ていたかった。彼女が遠くなり、ついに決定的に失われたときの激しい痛みを、いまもドミニクは忘れていなかった。彼の悲しみは激しかった。彼女とともに自分の一部も死んだと感じた。誰かが彼の胸に風穴を開け、心臓を引きちぎっていったも同然だった。彼女の死を経験してから、ドミニクは愛する者を失った苦しみを語る被害者の親族の気持ちが理解できるようになった。あまりに激しく深い痛みは、見るものの聞くものすべてを変え、あらゆる人間関係を変える。魂を変えてしまうのだ。愛する者の死を味わった者だけが知る残酷な秘密、それが彼も被害者クラブの一員である証《あかし》だった。時は必ずしもすべての傷を癒してくれるわけではない。

二度とあんな苦しみを味わうのはごめんだった。朝目覚めて、壁にかかった絵、一緒に買ったサイドテーブル、好みのマグなどに二人の幸せな思い出がこもっているマンションを見回すときの、胸が張り裂けるような辛さはいまも忘れられない。苦しみの日々が続いて、やがて彼のどこかが麻痺した。もう決して女性と親しくなるまいと彼は決意した。思い出は遠く深くしまいこんだのに、何かの拍子にふっとこぼれ出て、いやおうなしに考えさせずにはおかない。目の前で冷たく生気が失せていく前のナタリーの明るい顔、やさしい微笑みが目に浮かぶ。

C・Jと身体を触れ合わせて横たわり、彼女の髪の匂いを嗅いでいるうちに、ドミニクはたまらなくなった。頭では慎重にしたほうがいいとわかっていても、もっと彼女に近づきたい、彼女のすべてを、この謎めいて美しい、しかも苦しみを抱えているらしい女性のすべてを知りたいという思いはどうにも抑えられなかった。

うなじにキスすると、C・Jが身じろぎして身体をすり寄せた。「何時かしら？」眠そうに尋ねる。

「十二時。一時間ぐらい眠っていたよ」

「いびきをかかなかったのならいいんだけど」

「今夜はだいじょうぶ」

C・Jは向き直って、頭をドミニクの胸にもたせかけた。「すっごく、おなかが空いちゃった」そう言って、閉じた寝室のドアに目をやった。ドアの下のすきまから光が洩れて入ってくる。マンションのなかは不気味なほど静まり返っていた。「チキン、まだあるかしら」

「チキン・レバーをやってなかったからね。チキンが残っているかどうか、怪しいな」

「まるでB級ホラー映画ね」C・Jはのんきそうにつぶやいた。「セクシーな女子学生がボーイフレンドといちゃついたあと、ビールをとってきてって頼むの。ところがキッチンでは飢えたペットが待ちかまえていて、誰も生きて戻れない」

「ドアを閉めておいてよかった。さもないと、まるまるしたネコがぼくの銃を構えて入ってきて、もっと食べ物をよこせと要求したかもしれないよ。彼が親分に決まってる」

「冷凍のピザがあったと思うわ。それにスープもあるかも。そんなところかな」

二人はそのまま暗がりで横になっていたが、少ししてドミニクが口を開いた。「C・Jって何のイニシャル？」とうとつな質問だった。「いままで聞いたことがなかったな」

C・Jは一瞬緊張したが、気をゆるしていたので思わず答えていた。「クローイよ」聞こえるかどうかというほどかすかな声だった。「クローイ・ジョアンナ」

「クローイ。いい名前だ。かわいい。どうしてその名前を使わないの?」

「その名前で呼ばないで、お願いよ」

「きみがいやなら呼ばない。でもわけを知りたいよ」

「いまは話したくないの。わたしだけのことよ」C・Jは寝返りを打ってドミニクから離れた。

少し待って、ドミニクはため息とともに尋ねた。「どうしてそんなに秘密主義なんだろう。どうしてぼくを遠ざけるのかな?」

「その名前で呼ばれたのは昔のわたし。昔のことには触れたくないわ」

「だが、それもきみの一部だろう」それからドミニクは低い声で付け加えた。「ぼくもきみの一部になりたいんだよ、C・J」

「過去のわたしといまのわたしは違うわ。わたしがあげられるのは、いまのわたしだけよ、ドミニク」C・Jは身体を固くしてベッドに起き上がった。

ドミニクも起き上がり、ズボンをはいた。「いいよ、わかったよ。いつか、きみがその気になったときでいい」あきらめのにじんだ声だった。「オムレツをつくってあげようか? 卵はある?」

ややあって、C・Jが話しはじめた。「ねえ。話しておきたいことがあるの。悪くとらないでね」彼女はドミニクに背を向けて、ベッドのはしに腰を下ろしていた。「二、三日のうちに裁判が始まるわ。裁判のあいだはわたしたち、会わないほうがいいと思うのよ。どちらにもマスコミやボスたちの目が集中するに決まっているし、一緒にいたら、わたし、あなたへの気持ちがどうしたって顔に出てしまうもの。だから、距離をおいておくべきだと思うの」

その言葉を聞いて、ドミニクはいきなり横っつらを張られた気がした。「C・J、お互いの気持ちを人に知られたからって、それがどうだっていうんだい？　べつにかまわないじゃないか？」

「わたしは、かまうわ。今度の事件を危険にさらすことはできないのよ、ドミニク。そんなことは絶対にできない。したことの報いを受けさせて、バントリングには消えてもらわなくちゃならない」

「そりゃ、ぼくだってそう思っているよ、C・J。あいつは消えるさ、約束する」ドミニクはC・Jの隣に腰を下ろした。「ぼくたちはできるだけのことをしている。大事件を解決したんだ。きみは凄腕の検察官だ。彼の運命はもう決まったも同然だよ」ドミニクはC・Jの顔を自分に向けさせて、その目をのぞきこんだ。「どうしてあいつのことがそんなに不安なの？　あいつは、ほかに何をしたんだ、え、C・J？　お願いだ、話してくれ」

ついにC・Jが話してくれる、そうドミニクは思った。彼女の唇は震え、言葉もなく涙が頬をつたわって流れた。だが、彼女は気を取り直した。「いいえ」決然と手の甲で涙をぬぐい、C・Jは言った。「あなたのことは大好きよ、ほんとよ、ドミニク。あなたが思っている以上に。でも、今度の裁判のあいだは離れている必要があるの。わたし、全体を見通せる位置にいなくてはならないし、あなたにも理解してほしいの。お願いよ」

ドミニクはシャツを取って頭からかぶった。彼が無言のまま身支度をしているあいだ、C・Jは背中を向けたままだった。寝室のドアが開いて、明かりが流れ込んだ。ドミニクの言葉はよそよそしく、冷ややかだった。「いや、理解してほしいなんて言わないでくれ。ぼくには理解できない」

それから彼はリビングのコーヒーテーブルにあった銃とキーをつかみ、マンションを出ていった。

70

判事控え室に通じるドアが大きく開いて、黒いローブを翻しながら入ってきたチャスケル判事が足早に裁判長席に着いた。

「起立！　開廷します！　審理指揮はレオポルド・チャスケル三世裁判長です」廷吏のハンクが素《す》っ頓狂《とんきょう》な声をあげた。

ざわざわしていた法廷が静まり、判事はてきぱきとメガネをかけて書記のジャニンが裁判長席に用意しておいた陪審員候補者名簿を眺めたが、不審そうに眉をひそめた。陪審席は空っぽで、ロープを張ってある法廷右側の傍聴席にも誰もいない。陪審員選出のための予備質問のあいだ、陪審員候補が座る席だ。もちろん左側の席には裁判オタクや報道陣がひしめいている。

十二月十八日月曜日午前九時十分だった。

「おはよう、みなさん。遅刻をお詫びします。判事のクリスマス朝食会があって、出席しなければならなかったのです。それが理由です」判事は一段高い裁判長席からメガネごしに、正面に座っている書記のジャニンを見下ろした。「クリスマスといえば、たとえシーズン中であっても法廷では帽子をとってください」判事の言葉は書記の頭にのっている赤と白のサンタクロース風の帽子に向けられていた。ジャニンはおとなしく帽子をとってデスクにおいた。判事はせきばらいした。「では始めます。フロリダ州対――」そこで彼は言葉を切り、法廷を見回した。「被告人はどこにいますか？」眉間に皺を寄せて判事は問いただした。

「DCJから来る途中です。ただいまこちらへ向かっております」ハンクが答えた。

「もう来ているはずではありませんか。わたしは九時と言ったはずですぞ、ハンク。九時十五分ではない。遅刻が許されるのは判事だけです」

「はい、申し訳ありません。今朝は被告人を連行するのに少々手間取ったようでありまして」ハンクが答えた。「被告人が協力的でなかったものですから」

チャスケル判事は苛立ちをあらわにして、首を振った。「陪審員候補の目の前で、被告人が係官にひきずられてくるのはよくない。陪審員候補者に予断を与えます。被告人が到着してから、候補者を入れてください。階下で待っている候補者は何人ですか、ハンク？」

「二百人です」

「二百人？　クリスマス間近のこの時期に？　それはけっこう。では最初の五十人から始め、ようすを見ることにしましょう。それから本件の陪審員を選出する前に、ミスター・バントリングに話しておきたいことがあります」判事はメガネごしにルビオを見下ろした。「ミズ・ルビオ、あなたの依頼人は法廷のなかでも外でも面倒を引き起こすので有名らしい」

自分がいないところでの依頼人の行動も自分の責任だとでもいうように、ルビオは恥じ入った表情を浮かべた。ハロウィーンの法廷のあとC・Jがルビオと顔をあわせたのは、先週の中間報告会議が初めてだったが、あの日の判事室と同じように、今日もルビオが自分の顔をまともに見ようとしないのにC・Jは気づいた。「申し訳ありません、裁判長——」ルビオが言いかけたとき、陪審席のドアが音をたてて開いた。大男の係官が三人、足に鎖をつけ手錠をはめられたウィリアム・バントリングを連れて入ってきた。バントリングは高価なイタリア製のチャコールグレーのスーツに真っ白なシャツ、これもデザイナー・ブランドのライトグレーのシルクのタイをつけていた。一〇キロ以上は減ったかとC・Jが思ったほど痩せたにもかかわらず、バントリングはりゅうとしていたが、顔の左側が赤くはれ上がっている。係官が隣にバントリングを座らせたとき、ルビオがこころもち椅子を引き離したのにC・Jは気づいた。

「手錠はまだとらないように。ミスター・バントリングに話しておきたいことがあります」判事が厳しいおももちで言い渡した。「今日はなぜ出廷が遅れたのですか？」

「被告人が騒ぎを起こしましたので、裁判長」係官の一人が答えた。「持ち込んだ宝飾品を全部身につけなければ法廷に出ないと騒いで暴れたのです。われわれを泥棒呼ばわりいたしました。それで拘束して、房から引き出さなければなりませんでした」

「どうして宝飾品をつけてはいけないのですか？」

「保安上のリスクがあるためです」

「時計がリスクですか？　馬鹿馬鹿しい規制はやめようではないですか。法廷で被告人が宝飾品をつけることを許可します」

チャスケル判事は目を薄く開いてバントリングを眺めた。「さて、ミスター・バントリング、よく聞きなさい。あなたは本法廷でも騒ぎを起こしたし、ほかでも問題を起こしていると聞いている。いまここで警告しておくが、わたしは寛容でもないし辛抱強くもない。スリーストライク、それでアウトです。あなたはすでにストライクを二つとられている。適切なふるまいができないなら、赤いジャンプスーツを着せ、拘束して猿ぐつわをかませたうえで毎日法廷にひきずりださせますぞ。わかりましたか?」

バントリングは冷ややかな目で挑むように判事を見つめながらうなずいた。「はい、裁判長」

「よろしい。ほかに何かありますか。それとも陪審員選出に入りますか?」バントリングは視線をC・Jに向けた。さあ秘密をあばくぞと脅しをちらつかせる顔だ。

チャスケル判事は少し待ってから、続けた。「ではほかに何もないようですから、開始しましょう。ミスター・バントリングの手錠と足鎖をはずしてください。ハンク、最初の幸運な五十人を呼び入れなさい。今週中に陪審員選出をすませましょう。クリスマス休みまでひきずってもしかたがない」

胸がつまり、頭がくらくらして法廷が回転しているような気分にもかかわらず、C・Jはバントリングの視線を真っ向から受け止めてにらみ返した。バントリングはピンクの舌の先をわずかにのぞかせて、口のすみから上唇をなめてみせ、したり顔にゆっくりと笑みを浮かべた。法廷の明るい照明を受けて唇がてらてら光っている。

C・Jはそれを見て、彼が世界に向かって沈黙を破る日は今日ではないと気づいた。どうだ、いつだかわかるまいと焦らせ、のたうちまわらせる気なのだ。秘密を致命的な武器のようにもてあそび、最も効果的な時を選んで、迅速かつ確実に急所を狙う魂胆でいる。

その瞬間が来たとき、C・Jには飛んでくる弾丸すら見えないだろう。

71

女性五人男性七人の陪審員は、金曜日の午後二時四十二分に宣誓を行った。法廷が早めのクリスマス休暇に入る十八分前だった。フロリダでは陪審員は隔離されないから、全員、家族のもとへ帰宅することを許された。バントリング事件の陪審員はヒスパニック系四人、アフリカ系アメリカ人二人、白人六人という構成だった。年齢でいえば二十四歳のダイビング・インストラクターから七十六歳の退職経理係まで。全員がマイアミに住んでおり、また一人残らずキューピッド事件について見聞きしていたにもかかわらず、被告人が有罪か無罪かについては予断をもっていないと述べ、検察と弁護側両者の言い分を公平に聞くと誓った。

C・Jがブリーフケースとファイルを片付けて通りを渡って戻るころには、裁判所にはまったく人気がなくなっていた。報道陣でさえさっさと引き揚げた。陪審員選出手続きは退屈で単調だったからだ。

閑散としているのは検事局も同じだった。ティグラーは三時ちょうどにオフィスを閉めたが、ほとんどの人たちは昼にはすでに帰宅していた。C・Jはどの囲いにも人気がない大部屋の秘書室を通り抜けた。色とりどりのボール紙でクリスマスの飾りつけがしてあり、くず籠には赤や白や緑の包み紙があふれている。いつもは階下の倉庫からファイルを運んでくるのに使う大きなカートがコピー機のそばに置きっぱなしになっていて、飲みかけのソーダが入った使い捨てのプラスチックコップや食べ残しのつまみが載った紙皿が山になっている。C・Jが参加しそこねたクリスマス・パーティの残骸だ。重大犯罪担当の検察官たちも権利がなくなる前に溜まった休暇を消化しようと、早いのは月曜日から二週間の休暇に入っていて、そちらのオフィスも暗くがらんとしている。

裁判が始まって一週間だというのに、もう受信ボックスにうずたかくたまった郵便物に目を通した。二時間後、C・Jは冒頭陳述の原稿を完成するのに必要なファイルをまとめ、ほかのファイルはキャビネットにしまった。椅子にかけてあったコートとハンドバッグ、ブリーフケース、カートを手に、ゆっくりとエレベーターホールに向かう。感謝祭とクリスマス、それに新年の休暇中は一年でいちばん自殺者が多いと聞いたことがある。一年のうちで最もすばらしい時期であると同時に、最も孤独な時期だからだ。

C・Jはロビーから暗くなった駐車場へ出ながら、コートのボタンを手早くとめた。サンシャイン・ステートのさらに南とはいえ、前線がやってきてマイアミ・リバーから十二月の風が吹きつければ夜気は冷たい。

みんな休暇のために計画をたてている。友人と過ごそうとか、愛する者と過ごそうとか。だが、C・Jには何もない。休暇を一緒に過ごしたい相手は誰もいない。今年もまた、この何年ものクリスマスと同じように過ぎていくだろう――クリスマスや新年の喜びも、みなぎる平和も、温かな人類愛もなく、安っぽいクリスマスカードに記されている楽しみや安らぎとはまったく無縁のまま。もちろん二日だけ西海岸に飛ぶ気になれば、カリフォルニアには両親がいる。だが、両親と顔をあわせれば必ず辛いいやな記憶が甦り、心を開いた会話を邪魔する。暗い話はすまいと決意している母親は、一週間一緒にいても天気とミュージカルのことしか口にしない。父親は悲しげにC・Jを見つめる。いつまた正気を失うかとはらはらしているのだろうとC・Jは思う。一年に一度、夏に一週間。それが限度で、それ以上は耐えられなかった。ましして、この季節は無理だった。クリスマスのディナー、それだけでもだめ。バントリングは温かな親子関係すら奪ったのだ。今年もうちでルーシーとティビーを相手に自家製の七面鳥料理で過ごすのだろう。ただ、今年はジェームズ・スチュワートの「素晴らしき哉《かな》、人生!」をビデオで見ることはないはずだった。代わりに一人でキッチンのテーブルに向かい、冒頭陳述の原稿を何度も書き直し、直接尋問の準備をし、論告原稿に手を入れるのだ。なんとか殺人者の息の根をとめるために。

この前ドミニクの姿を見て声を聞いてから、ちょうど一週間がたっていた。彼はどんなクリスマスを過ごすのだろう。家族と一緒？　友だちと？　それとも一人？　そのときC・Jは自分がドミニクについてほとんど知らないこと、でも知りたいと一度は思っていたことに気づいた。この事件が終わって、またやり直せるのなら、どんなにうれしいだろう。だが、心の奥ではそれは不可能だとわかっていた。彼が出ていき、C・Jが引きとめようとはしなかったあのときのドミニクの言葉には、決定的な響きがあった。

これもまた大きな善のための犠牲。だが、この犠牲は小さくはなかった。

ジープにファイルとブリーフケースを積み、温かな明かりがともったグレアム・ビルのロビーにいる警備員に手を振って、なにごともありませんと合図した。それからフォート・ローダーデールへ、一人用の七面鳥料理へと車を出したが、見知った顔が物陰から黙ってじっと見つめていることには気づきもしなかった。

その人物はじっと見つめていた。そして待っていた。

72

「もしわたしが黙って座ったままでいたら、ここに座って一言も発しないとしたら——みなさんは被告人が有罪だと考えるでしょう。法律では彼は無罪だと推定されると教えられていても」ルビオは着席したまま、冒頭陳述を始めた。顔は裁判長のほうへ向けているが、陪審員に向かって自分の心のうちを語りかけているようだ。

C・Jは自席へ戻ったところだった。自分としては固唾をのむ傍聴人と取材のカメラを前に、要点を押さえて力強く、あいまいさを残さない冒頭陳述をしたと考えていた。今度はルビオの番だ。

ルビオはしばしの間をおいてから、ようやく陪審員のほうへ、不信と失望の表情をこもごも浮かべている陪審員のほうへ向き直った。「みなさんはいま、殺人鬼を見る目でわたしの依頼人を見ています。先ほど検察官がありありと描き出して見せた血なまぐさい凄惨なシーンに恐怖を感じてぞっとしていらっしゃるに違いありません。アンナ・プラドは若くて美しい女性だった、その彼女が狂人に惨殺された。それは疑問の余地がありません。そしてみなさんは被告人が有罪だと考えている。検察官の言葉だけで、その結論を出すには充分だとでもいうように。そしてみなさんは、ウィリアム・バントリングの姿を見るだけで恐怖を感じてぞっとするはずだと思っている。常識で考えれば、このハンサムで教養のある、成功したビジネスマンにそんなことを感じるはずはないのですが」ルビオはさりげなくバントリングの肩に手を置き、あなたの味方よと伝えるようにその肩を軽くもんだ。それから、ルビオは首を振った。

「しかしみなさん、検察官の冒頭陳述は何も証明していません。証拠も何ひとつありません。事実でもありません。推定です。推測です。あてずっぽうです。検察官が提示したいと考える証拠や事実ではありません。証拠や事実になってほしい、なんとかつなぎあわせれば恐るべき鎖となるはずだ、なってほしいと考える事実にすぎません。検察官はみなさんに、自分がすでに出しているのと同じ結論を出せと強要したいのです。つまりわたしの依頼人は第一級殺人罪で有罪だという結論です。だがみなさん、気をつけてください。ものごとは見かけどおりとは限りません。事実は——どれほど憎むべき血なまぐさい事実であろうとも——つなぎあわせたからといって、鎖ができるとは限らないのです」

ルビオは立ち上がり、陪審員の前に立って一人一人の顔を見ていった。陪審員の何人かは目をそむけた。いまルビオが非難したとおりすでに結論を出していたと、先週金曜日の誓いに反して予断をもったと気づいて恥ずかしかったのだ。

「映画のプロデューサーはみんな同じ目標をもっています。最終的な目標はみなさんに映画を見たいと思わせることです。何百万ドルもの予算をかけて、何カ月もかかってつくった映画です。だからみなさんが映画館に足を運ぶより前に、すばらしい映画だと売り込みたいのです。二分間の予告編を見て感動してもらいたい、映画を見てもいないのに、友だちや家族に『すごい映画だよ！』と触れまわってほしいのです。ポスターやTシャツやグッズを買ってもらいたい、そして映画館の椅子に座る前から、最優秀主演女優賞男優賞に一票入れてもらいたいのです。映画を見てもいないのに乗せられる人はたくさんいます。二分間の予告編に興奮し、映画もすごいんだと思い込むのです。きっとすばらしいぞ。オスカーで『最優秀作品賞』だぞ、と。今日、ミズ・タウンゼンドも立派な仕事をしました。彼女は予告編に、アクションと血と凄惨なディテールと特殊効果をたっぷりと盛り込みました。なるほどすばらしく見えます。すばらしく聞こえます。しかしご注意申し上げますが、みなさん、まだチケットを買わないでください。なぜなら、才能豊かなプロデューサーがすごいシーンをつないでわくわくする予告編をつくったからといって」ルビオはここで演出効果たっぷりにC・Jを振り返ってみせた。「それだけでいい映画ができるわけではないし、残虐な事実をつなぎあわせたからといって、被告人の有罪が証明されるわけでもないからです。いくら特殊効果を駆使してみなさんを脅かしてみせても、駄作は駄作なのです。

わたしの依頼人は無実です。彼は殺人鬼ではありません。連続殺人者ではないのです。彼はいままで交通違反すら犯したことのない、成功した有能なビジネスマンです。

アリバイはどうか？　監察医によれば被告人の家の小屋でアンナ・プラドが切り刻まれたと

いう時刻に、ミスター・バントリングは自宅にいもしませんでした。被告人はそれを証明してみせます。法律によれば、被告人側には立証責任はないのですが。

凶器はどうか？　ミスター・バントリングは優れた剝製技術をもっていることで知られており、彼の作品は地域の博物館や展示会に出品されています。小屋で発見されたメスは、じつは剝製をつくるためのもので、殺人の凶器ではありません。メスについていたという極小の血のしみは野生動物のもので、人間のものではありません。被告人はそれを証明してみせます。法律によれば、被告人側には立証責任はないのですが。

血液はどうか？　ミズ・タウンゼンドが冒頭陳述で生々しく描いて見せた血液、小屋のあちこちでルミノール反応を起こしたという血液は、これも野生動物のもので人間のものではありません。いいですか、三つですよ」ルビオは指を三本上げて見せた。陪審員一人一人の顔を見ながら、その前をゆっくりと歩き、かたときも彼らの関心をそらさない。「DNA鑑定でアンナ・プラドの血液と一致したという小屋の小さな血痕は三つです。検察側はアンナ・プラドの大動脈が切り裂かれて小屋中に血がほとばしったと言う。だが、発見されたのはごく小さな血痕が三つです。みなさん、一年以上も追い続けた連続殺人犯キューピッドの名前と顔をつきとめようと、FDLEの特別捜査官が必死に捜索して、ようやく発見したのがわずか三つの小さな血痕なのです。キューピッドの顔と名前をつきとめることに、プロとしてのすべてをかけた捜査官が、ですよ。

車のトランクはどうか？　あのジャガーは九月十九日にミスター・バントリングが引き取る

まで、二日前から修理工場に置きっぱなしになっていました。被告人の手を離れていたのです。彼はあの晩、出張の予定があったので、トランクを見もせずに、オーバーナイト・バッグを後部座席に放り込んで空港に向かいました。被告人はそれを証明してみせます。法律によれば、被告人側には立証責任はないのですが。

よろしいですか。アンナ・プラドの死体からは指紋一つ、毛髪一本、繊維もすり傷もしみも、ミスター・バントリングと彼女の死を結びつける証拠は何一つ発見されていないのです。さらに、被告人は本法廷でほかの女性たちの殺人で裁かれてはいませんし、ほかの犯罪で起訴されてもいませんが、念のために申し上げれば、それらの被害者とミスター・バントリングを結びつける証拠もまったく何一つないのです。指紋も毛髪も繊維もしみもすり傷も、何一つないのです。DNAもありません。それらの被害者についても、物理的証拠はかけらもないのです。まったくありません」

「異議あり」C・Jが立ち上がった。「ほかの事件の捜査事実は本裁判には提出されていません。無関係です」

「認めます」

だが、取り返しのつかない失点だった。ルビオは陪審員に、バントリングとほかの被害者を結びつける証拠は何一つないことを知らせてしまった。証拠はゼロ。

ルビオは先ほど彼女の鋭い視線を避けて目をそらした一人の女性の目を見た。その女性はいちいちルビオの言葉に小さくうなずきながら、好奇の目をウィリアム・バントリングに向けていた。C・Jには彼女の心のなかの声が聞こえる気がした。この人は連続殺人者のようには見えないわ。バントリングはその女性にかすかに微笑みかけ、女性も微笑み返してから、おずおずと目をそらした。

「恐るべき鎖と思われたものは、じつはさほどでもない、そうではありませんか、みなさん？映画はたいしたことはない。だから、特殊効果や血なまぐさいシーン、そして『マイアミ・ヘラルド』の一面に躍る禍々しい連続殺人者という言葉に幻惑されないでください。陪審員として誓ったことを思い出してください……この映画のチケットはまだ買わないでください」

その言葉を最後にルビオは腰を下ろした。聴衆は茫然とし、法廷は静まり返っていた。ルビオの依頼人は感謝をこめて彼女の手を握り、見事な空涙を浮かべてみせた。

C・Jはこの裁判の前途がとんでもなく多難であることを悟った。

73

「なんてことだね。どうしてわからなかったのだ、C・J？」ティグラーは頭のてっぺんに神経質に手をやりながら、C・Jのオフィスをいらいらと歩きまわった。「こっちはまるで、初めて模擬法廷を経験するロースクールの幼稚な学生みたいに見えたではないか！」

「ジェリー、こちらにはわからなかったんです。被告人は証拠開示を求めませんでした。こちらはすべてを押さえたつもりだったんですが、どうもそうではなかったようです」

「被告人の車は殺人前の二日間、修理工場にあったという。それなのにいいかね、特別捜査本部は経験豊かな刑事ぞろいのはずなのに、誰かが教えてくれなければ、そのことに気づきもしなかったというのか？」ティグラーは真っ赤になっていた。こんなに怒ったティグラーを見るのは初めてだった。

「運転する前、車が修理工場に入っていたからって、それで無実ということにはなりません。トランクに女性の死体を積んで車を走らせていたのは事実なんですから」

「もちろん、そうだ。だが、血に飢えた検察官がきちんとした詰めの捜査もせずに連続殺人者を捕まえたと騒ぎ、恐怖に怯える世間にスケープゴートを投げ出してみせたというふうに見えるぞ。こっちはど素人のように見える。わたしは素人みたいに見えるのはごめんだ。選挙をひかえてるんだぞ」

「なんとかします。ジェリー。十分後にアルヴァレス捜査官とファルコネッティ捜査官が来るはずです。なんとかします」

「そうしてほしいな、C・J。なにしろFBIまでがあいつから手を引いてしまったんだ。トム・ド・ラ・フローズは、ニュースを聞いて起訴を引っ込めたよ。無実の人間を状況証拠だけで起訴したりしないように、もう少ししっかりした捜査が必要だと考えたんだろうよ」ティグラーは足を止めて、両手をズボンにこすりつけた。「くそっ。まるで馬鹿をさらしたじゃないか」

「なんとかします、ジェリー」

「この事件ではきみを信じていたんだぞ、C・J。うまくやってほしい。わたしが言いたいのはそれだけだ」ティグラーは汗に濡れた頭に載っている部分鬘を直し、ドアのノブに手をかけた。「それに無実の人間に薬物注射をしたりすることのないよう、しっかり仕事をすることだ」

ティグラーが出ていき、ばたんと大きな音をたててドアが閉まった。数秒後、軽いノックの音がしてまたドアが開き、マニーが顔をのぞかせた。

「おたくのボス、すげえ顔をしてましたぜ。卒倒でもしそうな感じだった」

「わたしもそんな気分よ」

マニーが入ってきて、数秒遅れてドミニクが続いた。三人はしばらく顔を見合わせていた。

「いったい、どういうことなの?」C・Jが両手をデスクについて、ほとほと参ったという声を出した。「どうして修理工場のことがわからなかったの? アンナ・プラドの死体発見までの十時間から十四時間、彼はどこにいたの?」

「C・J、われわれは一度もやつと話をしていない、それは知ってるじゃないですか。やつはコーズウェーにいるときから、弁護士を呼べと叫んでいた。それに証拠開示もなかった」ドミニクが自制しようと苦労しているのがよくわかる低い声で答えた。「われわれは三百人に聞き込みをした。だが九月十八日も十九日も、やつと一緒にいた人間は誰もいなかった。それにジャガーが修理工場にあったなんて考える理由はまったくなかった――ぴかぴかの新車なんですからね」

「何もかも計画的だったのよ。ここまで引っ張ってきて、陪審員の前でわたしたちに馬鹿面をさらけださせようという。予想しておくべきだったわ。だってルビオは前にも同じ手口を使ったんだもの――裁判での不意打ち。ただ、今回だけはそうではないと思っていた。リスクが大きすぎますからね。それに証拠だって充分で……」

「弁護人はわれわれが証拠をでっちあげて逮捕したと非難したんですよ。そんなことを言われて、どんな気分がすると思いますか、C・J?」ドミニクの怒りが爆発し、大声になった。

「いいですか、あいつを鉄格子に閉じ込めようと必死になってるのは、あんただけじゃないいんだ」

　マニーが彼としてはせいいっぱいのやさしい声で、その場をなだめようとした。「検察官、おれたちは全力を尽くしてます。半径一〇キロ以内のすべての修理工場で聞き込みをして――」

「なら半径二〇キロにして。どうしても、その修理工場を見つけなくちゃならないのよ。誰かが何かを見ていないか、調べてちょうだい」

「いいっすよ。二〇キロにしましょう。もう一度、調べ直し、証人からも話を聞きなおします。マイアミ中のやつの知り合いにあたりましょう……」

「急いでちょうだい。チャスケル判事は裁判をどんどん進める気よ。朝早くから夜遅くまでね。時間がないのよ」

「それじゃ、向こうの出方を見るしかないんじゃないですか？」ドミニクが言った。

「向こうの出方がわかったときは手遅れかもしれないのよ、ドミニク。陪審員がこっちには言うほどのしっかりした証拠がないと考えたら、それどころか何か隠していると思われたら、無罪を評決するでしょう。でも、それじゃいけないの！　絶対に彼を無罪にしちゃいけないのよ！」Ｃ・Ｊはまた、何年ものセラピーでやっと張り合わせた自分の脆弱《ぜいじゃく》な表面が小さくひび割れ、割れ目が四方八方に広がっていくのを感じていた。両手を髪のなかに突っ込んで破裂しそうな考えをまとめようとする。そんなＣ・Ｊをドミニクはじっと見つめていた。

　彼女は自分をさらけだしかけている。自分の目の前でコントロールを失いかけている。

「すべての記録を見直す必要があるわ。すべてよ。向こうの隠し玉が何なのか、見つけなくてはならない。それも向こうが手の内を明かす前に」C・Jは言ったが、ほとんど自分に言い聞かせているのだった。

デスクから顔をあげたC・Jは、自分をじっと見ている二人を見返した。しんとした沈黙が広がった。

「わからない？　彼はすべてを計画していたのよ」ついに震えを帯びたかすれ声でC・Jが言った。「わたしたちは奇襲攻撃を受けたんだわ。わたしとしたことが、まったく気づかなかった……」

74

「タップス」の音楽の着信メロディが鳴りだした。カウチで眠り込んでいたドミニクははっと目覚めた。「ミッドナイト・ラン」はとっくに終わって、テレビでは完璧な脱毛剤を謳《うた》ったコマーシャルが流れていた。彼は携帯電話を見つめ、何回か瞬きして夢でないことを確かめた。

「ファルコネッティ」携帯電話を取って答える。

「DRって何者?」いきなり詰問する声がした。

「なんだって? C・J、きみなのか?」ドミニクは目をこすって時計を探した。「いま、何時だい?」

「一時。DRって誰。DRって何?」

「なんの話だい? いま、どこにいる?」

「オフィスよ。いままで四時間かかって、捜索令状で押収したバントリングの手帳や仕事のスケジュールを全部、調べなおしていたんだけど、DRというイニシャルが一九九九年と今年、あっちこっちに出てくるの。イニシャルだけで、ほかには何も書いてないんだけど、でもアンナ・プラドが失踪した前日にも、それからバントリングが逮捕された日の前日にも、DRという書き込みがあるのよ。気づいてた？」

「そりゃ、もちろん調べている。同じイニシャルの関係者全員に会って話を聞いたよ。だが、何も出てこなかった。そのDRというのが誰なのか、何なのか、どこかの場所なのか、ぜんぜんわからない」

「少なくとも三つの事件で同じことが起こってるわ。被害者が行方不明になる二日から一週間前に、DRという書き込みがある。いったい、これはどういうこと？」

「いろいろ考えられるさ。なんでもないかもしれないし。わからんね。どうしたんだい、マニーは留守だったの？」

「え、なんのこと？」

「きみから電話があったのはほぼ二週間ぶりだし、連絡があるときはマニーに電話しているのを知っていた。だから、マニーが留守だったのかなと思って」ドミニクの皮肉に答えはなかった。

「DRというのが見逃していた鍵かもしれないって、ふと思いついたのよ」C・Jはドミニクの言葉は故意に無視して続けた。「まだ調べていない場所があるのかもしれない。彼が出かけた場所、彼が隠した——」

「その話はもうすんでいるんじゃないのかな。きみは藁《わら》をもつかみたいのだろうが、しかしいまさら」

再び、受話器の向こうは沈黙した。これで電話を切ってしまっても不思議はない、とドミニクは思った。ところが電話は切れず、意外なことに穏やかな声が聞こえてきた。「昨日のことはごめんなさい。あなたがたに八つ当たりしちゃいけなかったわ。ルビオがいったい何をたくらんでいるのか、不安でたまらないせいね」

「いいかい、やつは異常者だ。それはみんな知っている。ぼくたちをきりきり舞いさせるのがうれしいんだ。愉快でたまらないんだよ。だから証拠開示を求めなかった。こっちを出し抜いて、鼻を明かせたいんだ。もし無実なら、最初からすべてを話して無実を証明するはずじゃないか。すべて、やつにとってはゲームなんだよ、C・J、それを忘れてはいけない。やつの思惑に乗せられて振り回されてはいけない。それがやつの目的なんだから」

「今日のあなたの証言はよかったわ。直接尋問でも反対尋問でも。そのことを伝えたかったのだけれど、すぐに帰ってしまったんで。ルビオはあなたを揺さぶれなかったわね」

「反対尋問は厳しかったね。確かに。だが、彼女はぼくがこの事件を解決できないとクビが飛ぶと焦りまくっているという印象を与えたんじゃないかな。どうだろう、正直言ってそれほど焦っているように見えた？」

「いいえ、そんなことはないわ。だって、あなたを証人に呼んだのは、このわたしよ」

ドミニクは笑った。「陪審員はルビオに乗せられたと思う？」

「いいえ。あなたはとてもうまく答えてくれた」

「チャヴェスはどうだった？」弁護側でも検察側でも、証人になる可能性のある者はほかの証言に影響されてはならないので、裁判中、法廷にいることはできないのだ。

「証拠排除の審理のときと同じね。ルビオに締め上げられて、ちょっと傲慢さが薄れたわ。今回のほうが証言はずっとましになっていたけれど、でも、練習を積んでいるのが見え見えだったから、結局こっちの得点は上がらなかった」

「陪審員はどう感じただろう？」

「証人は記憶があやふやか、さもなければ馬鹿者か。両方だと思ったかもね。二人の角突き合いはすごかったわよ。ルビオとチャヴェスはまるで学校の舞踏会で張り合う学生みたいだった。なにしろ最初から喧嘩腰なんだから」

C・Jは、ルビオが前回と同じようにチャヴェスを危険水域にまで追い詰め、新人警官がジャガーを停止させたのにはべつの動機があったのではないかとほのめかしたことは、ドミニクに告げなかった。それにルビオの次の質問を待つあいだ、C・Jが手にも唇にも冷や汗をびっしょりかき、心臓が爆発しそうだったことも。次にすべてに止めをさす質問が来るのではないかと、どんなにはらはらしたことか。

匿名の通報。ルビオはほんとうにあのことを知っているのか、それともはったりをかましているだけか？　彼女はその事実を利用するのか？　彼女も九一一番の録音テープを入手しているのか？　それどころか通報者を割り出しているのではないか？　あのかすれ声が弁護側証人として登場し、テレビの法廷物のクライマックスのように、爆弾証言ですべてをぶち壊してしまうのではないか？

　だが今度もルビオは強情なチャヴェスをある程度追い込んだところで、とつぜん引き下がり、陪審員に新人警官は何か隠しているようだと思わせただけだった。C・Jは胸を押しつぶしそうな重荷が軽くなったのを感じたのだが。

「こっちの証人は、あとどれくらい残っているの？」

「監察医、鑑識、ポルノテープのことでマスターソン。そうね、あと二日か三日かな。年が明けてからになるかもしれないけれど、あの判事のことだから、わからないわね。明日で結審かもしれない」

「いくらチャスケルだって、それほど急ぎはしないだろう。確かにふつうの裁判官なら一カ月以上かかるところを一週間で進めているがね。しかし、第一級殺人だよ。開廷は何時？」

「八時。昨日も今日も九時過ぎまでかかったわ。陪審員はうんざりしている。せっかくの休暇シーズンがだいなしだもの。陪審員はわたしのせいだと思って恨んでいるんじゃないかしら。一年でもいちばんすばらしいシーズンを選んで殺人事件の裁判をさせているのは、わたしじゃないんだけど」

「クリスマスはどんなふうだった？」やわらかな話題になって、以前のような親しみが戻ってきた。ドミニクはC・Jを想って胸が痛くなった。

「まあまあね」嘘だった。「ティビーが毛玉をくれたわ。大きな毛玉。そっちはどうだった？」

「楽しかったよ」嘘だった。「マニーは何もくれなかったがね。本人はキスマークをもらっていたな。クリスマスだからね、彼もきっと二つくらい誰かにやったんだろうよ」

「ほんと？　まさか、あなたじゃないでしょうね」

「よしてくれ。だけど、きみの秘書は今週タートルネックを着てくると思うな」

「おやおや。男性ってほんとにわかってないのね」

「そりゃ、わかってないさ」

答えはなかったが、受話器の向こうでC・Jがべそをかいているのではないかとドミニクは思った。

「ティグラーは機嫌を直した？」ドミニクは沈黙を破って聞いた。あんな軽口を言うのではなかったと後悔していた。

「いいえ。裁判で勝つまではだめね。その日が来るかどうか、だんだん心もとなくなってきたわ」

C・Jの声は震えていた。先日、ドミニクとマニーをオフィスに呼びつけたときと同じ、不安に満ちた声だ。「きみはよくがんばっているよ」ドミニクはやさしく言った。「だいじょうぶ？　なんだったら、ぼくがそっちへ――」

だが、ドミニクが次に何を言うか予想したC・Jは、急いでさえぎった。「悪かったわね。起こしてしまって」涙がこみあげてきて、声がつまった。「もう寝てね。おやすみなさい」

電話は切れた。C・Jが泣いていたのをドミニクは知っていた。ろくでもない都会の真ん中にあるがらんとした暗いオフィスで、ひとりぼっちで泣いている。ドミニクはカウチから立ち上がり、マンションのなかを歩きはじめた。目はすっかり冴えていた。

C・Jは危ない瀬戸際に近づいている。この数カ月の、この数日の彼女の声を聞けば、目を見れば、いやというほどよくわかった。ちょっとでもよろめいたら、ちょっとでも足を滑らせたら……。

ドミニクはリビングの窓からC・Jがひとりで不安を抱えている中心街のほうを眺めた。彼女が倒れたとき、その場にいて抱きとめてやりたい。ドミニクが願うのはそれだけだった。

75

DR。殴り書きのイニシャルはバントリングの手帳のあちこちに見つかった。何曜日かも何時かも、決まっていない。昼もあれば夜もある。最後の記入はアンナ・プラドがバントリングの車のトランクで発見された日の前日。これはいったい何を意味するのか。場所？　人？　出来事？　思いつき？　それとも無関係な何か？

考えすぎて頭ががんがんしてきた。C・Jは冷えたコーヒーをすすったが、なおもあきらめず、帰ろうとはしなかった。これ以上オフィスにいるなら、もう帰宅したってしかたがない。裁判は午前八時に始まるし、もう二時半だ。デスクいっぱいに書類が広がっていた。仕事の記録、日記、手帳、アドレス帳、銀行の出入金報告書、納税通知書、バントリングの自宅と車から押収され、トミー・タンが捜査本部に提出した書類だ。ウィリアム・バントリングについて知るべきことのすべてが、開いた本のように目の前にある。人には強迫観念のように見えるだろうとわかっていた。ごく些細な、ごくプライベートな、たぶん証拠としてはなんの価値もないような小さなことまで搾り出そうとしている。だいたいこの帳簿や日記や記録やレシートの類《たぐい》は、すでにベテラン捜査員が訓練された目でくまなく調べあげたはずだ。それでもC・Jは調べずにはいられなかった。バントリングが毎日をどう送っていたのか、どうやってあたりまえの人間らしく暮らしていたのか。もしかしたら、もしかしたら、どこかに捜査員が見逃した何かがあるかもしれない……。

ジャガーの後部座席にあったオーバーナイト・バッグから押収された手帳にアドレス帳があった。C・Jはアドレス帳をめくった。手ずれのした黒いコーチのアドレス帳には名刺のほか、名前や電話番号をメモした小さなマッチ、カクテル・ナプキンなどが入れてあった。C・Jはバントリングの読みにくい殴り書きを一つ一つ丹念に見ていった。なんでもいい、何かわからないか。何を探しているのか自分にもわからない。いつか筆記文字の専門家が、サインを見れば正気の人間と狂気の人間を見分けられると言っていた。この黒い小さな手帳のバントリングの文字を専門家が見たらなんと言うだろう。

何百もの名前があり、なかにはファーストネームと電話番号だけのものもあった。ほとんどは女性だ。出会った女性すべての名前を記しているに違いない。そう思われるくらい、すさまじい数だった。聞き取り調査に出てきた名前もある。見覚えのない名前もある。たくさんの女性の名前を見ているうちに、C・Jはとつぜんぞっとして、急いでLの欄をめくった。不気味なバントリングの悪筆で自分の名前が記入されているのではないかと思ったのだ。目を凝らしたが、ラーソンという名はなかった。つぎに彼女はCの欄を開いたが、そこに狂気の殴り書きがあるのではないかとどきどきしていた。お楽しみならクローイ！ ニューヨーク、ベイサイド、ロッキーヒル・ロード、２０２の18、ＩＢ。Ｃの項目を一つ一つ確かめながら、心臓が爆発しそうに動悸していた。だが彼女の名はなかった。Ｃ・Ｊは止めていた息をゆっくりと吐き出した。

だが安堵も束の間だった。Ｃ・Ｊの目に、バントリングの黒い手帳に書かれたある名前が飛び込んできた。ほとんど判読できないような小さな走り書き。あまりに意外な、そこにあるはずがないと思われる名前だった。見たくなかった、見なければよかったと思う名前。

チェンバース、Ｇ
フロリダ、コーラル・ゲーブルズ、アルメリア・ストリート２２

76

グレッグ・チェンバース。どうしてチェンバースの名前がバントリングの手帳にあるのか？　どうして二人は知り合いになったのか？　いや、二人はほんとうに知り合いなのか？　それともバントリングはどこかでグレッグを精神科医として推薦され、覚えのために書いておいたのか？

C・Jは立ち上がってオフィスを歩きまわった。頭がくらくらしている。もし二人が知り合いだとしたら、どうしてグレッグは話してくれなかったのだろう？　話してくれるはずではないか。必ず話すはずだ。グレッグはバントリングが自分のことを知っているなんて、気づいていないのかもしれない。バントリングの手帳に自分の名があるとは夢にも思っていないのだろう。アドレス帳は明らかに長年使われている。もう何年も前に記入したのかもしれない。ずっと以前にチェンバースの名を聞いたか、知り合ってもとうに忘れていたか。手帳の自分の名を見たらグレッグも仰天するだろう。きっとそうだ。

だが歩きまわり、頭のなかを飛びまわる思考になんとか筋道をつけようと努力しているうちに、C・Jはなじみの妄想狂の指がそっと首筋を這い上がってきて、自分の脳をつかんで絞め上げるのを感じた。もしも、もしも、という言葉がなかに入れてくれとがんがん扉を叩く。もしも、二人が知り合いだったら？　もしも、二人が友人だったら？　もしも、二人にそれ以上の共通点があったら？　C・Jはすべてを押し流す恐怖が甦ってくるのと闘っていた。刑務所にいてさえ、バントリングはこうして自分を怯えさせることができるという恐怖。何年も前に囁かれた彼の言葉が真実になる恐怖。

おれはいつでもおまえを見ているんだ、クローイ。いつもな。おれから逃れることはできない。いつだっておまえを見ているからな。

彼がどこにでも現れ、自分を見つめ、自分の頭に異常な考えを吹き込むという恐怖。

C・Jはデスクに広げられた書類、冷えたコーヒーのカップ、ブラインドを下ろした暗いオフィス、デスクランプとコンピュータ・ディスプレーの画面だけがほのかに明るい室内を見つめた。午前三時。八時には出廷しなければならない。九月以来、一晩に四時間以上眠ったことはほとんどなかった。

結論を急ぎすぎているわ。冷静に考えていない。この事件でくたくたになっているからよ。バントリングのためにくたくたただからよ。彼は生きながらにわたしを食い尽くそうとしている。そんなことをさせていいの？

肉体的な病気でも精神的な病気でも、どんな病気でもストレスは大きな要因だ。この前、精神が不安定になったのもストレスのせいだとわかっていた。またコントロールできないほどひどくなる前に、人生が狂いだす前に、抑えなければいけない。人間関係、仕事——すべてがこの前のように崩壊しかかっている。また前と同じことになりかけている。また同じ体験をするのかと思うと、言いようのない恐怖に襲われた。

C・Jはタバコをもみ消し、ブリーフケースに必要書類をしまい、アドレス帳もなかに入れた。階下に電話して警備員を起こし、エレベーターに向かう。

逃れなければならなかった。とにかくしばらくは場所を変えたい。考える必要があった。休む必要があると自分に言い聞かせた。

すべてがコントロールを失って崩壊する前に。

このあいだのようなことになる前に。

77

エステルが大きなストローバッグに荷物をしまって帰り支度をしていたとき、C・Jが頭上のガラスをこつこつと叩いた。今年もあと三日という木曜日の午後七時過ぎだった。

「ああ、ミズ・タウンゼンド」驚いて顔をあげたエステルは、爪を赤く塗った手で胸を押さえた。「びっくりしましたわ。おいでになったのに気づきませんでした」

「ごめんなさい、エステル。チェンバース先生はいらっしゃる？」

「はい」エステルはあわてて予約簿をめくった。「でも、いまは患者さんが来ています」C・Jを見上げたエステルは心配そうに眉をひそめた。「すみませんが、今夜は予約は入っていませんよね」

C・Jはエステルが思い切って聞きたくてたまらないのを知っていた。あなた、だいじょうぶですか？　具合が悪そうですよ。チャスケル判事ですら、今日は裁判のあいまに彼女をわきへ呼んで、だいじょうぶかと尋ねたくらいだった。もうコンシーラーでは目の下の隈は隠せなくなっていた。もともと細いのにこの一週間だけで二、三キロも体重が減ったし、青白い額に不安が深い皺を刻んでいる。睡眠不足のせいです、とみんなには言ってある。ほんとうのことを言ったって誰も信じてくれるはずはないからだ。ほんとうはまた発狂しそうなんです、なんて言えない。数日もしたら精神病院行きかもしれないんです。だから急いでチケットを買って。だがエステルは毎日、そんな患者を見ているので、質問は差し控えた。

「予約はないの、エステル。でもお仕事がすんだところで、どうしてもチェンバース先生と話したいことがあるんです。とても重要なことなの。先生はわかってくださるわ」

「そうですか。でも、患者さんがいるあいだは邪魔をしたくないんですけれど」エステルは待合室の時計を見上げた。「それに、わたしはもう帰らないといけないんです。夫と夕食の約束があるので」

「いいわよ、エステル。先生が終わるまでここで待っているから。どうしても今夜中に話したいの」

「そうなんですか」エステルは声を落とした。「事件のことですね？　毎晩、テレビで拝見してます。十一時のニュースでは必ず真っ先に報道されますものね」

「とにかく先生に話があるの」

エステルはちょっと考えていた。「ええ、お友だちですし。先生も気になさらないでしょう。そこにおかけになったら？　今日の患者さんはこれでおしまいなんです。七時半には終わると思います。先生が帰る前にお会いになったらいいわ」

「そうするわ。ありがとう、エステル」

エステルはストローバッグとジャケットを手にして、待合室に出てきた。「いつもだったら、わたしも残るんですけど。でも今日はフランクの上司ご夫妻とのディナーなんですよ。遅れるわけにはいかなくて」

「いいのよ。かまわないわ」

エステルは戸口で立ち止まった。声をいっそうひそめている。「ほんとうに彼がやったんでしょうかね、ミズ・タウンゼンド？　ほんとなんでしょうか？」

「犯人だと思わなければ、起訴はしないわ」それどころか、エステル、わたしは彼が犯罪者であることを知っているの。でも、ほんとうに殺人者かどうかは前ほど確信がなくなった。

「まったく、人は見かけによらないですよねえ？」エステルは首を振ってみせた。「それじゃ、おやすみなさい、ミズ・タウンゼンド」

「ほんとよね」C・Jは出ていくエステルにつぶやいた。数分、誰もいない待合室に座って考えをまとめようとしたが、この晩はうまくいかなかった。前夜遅くの発見以後、初めてグレッグ・チェンバースに会う。どう言えば、どんなふうに切り出せばいいのだろう。妄想に狂っていると思われたくなかったが、きっとそう見えてしまうという気もした。

受付のドアが少し開いていた。エステルが出ていくときに、きちんと閉めていかなかったのだろう。C・Jは立ち上がって、古い『エンターテインメント・ウィークリー』を汗ばんだ手でまるめてうろうろと歩いた。いつもエステルが座っている受付の窓口で立ち止まり、廊下の奥をのぞくと、医師の診察室のドアは固く閉まっていた。面談では秘密も語られるのだ。エステルのデスクに目を落としたとき、五分前にエステルがめくっていた予約簿が開きっぱなしになっているのが見えた。もしも、という言葉が再び頭に浮かび、答えを要求する。

C・Jはそっと開いたドアに近寄り、耳をすました。何も聞こえない。ドアをもう少し開けてのぞく。医師の診察室はまだ閉まっていた。待合室の時計を見上げる。七時二十二分。

ろくに考えずにドアを開いて、健康な人の領域に踏み込み、エステルのデスクに近づいた。予約簿は十二月二十五日月曜日から二十九日金曜日までのページが開いていた。二〇〇〇年の最後のページだ。C・Jはおそるおそるページに触れ、それから鉛筆で十一月、十月と見出しに書かれたページを急いで繰って過去へ遡り、九月十八日月曜日から二十二日金曜日までの週のところで手をとめた。

月曜日の予約欄に慎重に目を通す。そこにあった。九月十八日の欄の最後の記入。アンナ・プラドの遺体が発見される前日だ。

最悪の、最も考えがたい恐怖をその目で確かめてぎょっとしたC・Jは、呼吸がとまるのを感じた。

鉛筆で記されているその晩七時の予約患者、それはB・バントリングだった。

78

C・Jは前夜メモしたバントリングの手帳の七つの日付を調べた。全部、一致していた。同じ日、同じ時刻、同じ名前。B・バントリング。

偶然ではなかった。DR。これで辻褄があう。DR……ドクター。チェンバースが彼の主治医だった。チェンバースはバントリングの主治医だったのだ。

C・Jは予約簿が載ったデスクから、終始自分の目の前にあった真実から後ずさりした。くらくらして、部屋が回転し、吐き気がした。これはどういうこと？ どうしてこんなことが？ チェンバースは二人を治療していた。彼はレイプ犯人を治療していた。いつからなの？ 何年も前から？ 記憶がハリケーンに見舞われたローロデックスのように頭のなかで回りだした。ここでバントリングに会ったことがあるだろうか？ 医師の診察を待つあいだに、この待合室で隣り合って座り、微笑み交わし、雑誌を交換し、天気の話をしたのだろうか？ チェンバースは何を知っているの？ バントリングは医師に何を話したのだ？ バントリングは何を知っているの？ チェンバースはバントリングと何を語り合ったのか？ 前夜、まさかありえない、妄想だと切り捨てた考えが再び襲ってきて、頭のなかに腰を据えた。空気がどんよりと重くなって呼吸できない。

こんなことはありえない。二度とあってはいけない。ああ、神さま、もういやです。一人の人間が人生で耐えられることには限りがある。もう限界です。もう、おしまいです。逃げなければならなかった。考えなければならなかった。後ずさりしたらエステルの椅子にぶつかり、椅子がどすんと壁に当たって、かけてあった額が落ちる音がした。あわてて開いたドアから飛び出し、待合室の椅子のハンドバッグをつかんだ。背後で「なんの騒ぎだね、エステル？」という声が聞こえ、廊下の奥のドアが開く気配がしたが、もうどうでもよかった。C・Jは重いオークのドアを開けて外へ飛び出し、赤、白、黄色の花が咲く手入れの行き届いた花壇に縁取られた赤褐色の簡易レンガの小道を走った。こぎれいで安全なコーラル・ゲーブルズのアルメリア・ストリートにある美しいスペイン風の建物から、C・Jは逃げた。この十年、現実と取り組むための助けが欲しいときに頼ってきた親切で理解のある医師から逃げた。指導や助言を求め、心を凍りつかせる恐怖を振り払うためにすがってきた医師だった。だが、いま彼女は全力で逃げた。ジープに飛び乗り、飛び出してきた自転車を轢きそうになって罵声を浴びながら、スピードを上げた。

チェンバース医師がさっきの騒ぎは何事かと、もう誰もいない待合室に出てきたのは、C・Jがドルフィン・エクスプレスウェーに向かって走り去ったあとだった。

79

「胸郭の最初の創傷は胸骨から始まり、垂直に胸部を下りて臍に達しています。傷口はきれいで、組織の挫滅《ざめつ》はありませんでした」

ジョー・ニールソンは陪審員の前に置かれたプラスチック製のマネキンを使って説明しながら、無意識にぴくりと身体を痙攣《けいれん》させ、手にもった棒がかすかに揺れた。「第二の創傷は乳房の下に水平に、ちょうど右の乳房から始まって左の乳房までまっすぐについていました。こちらも傷口は一つで、組織の挫滅のないきれいなものでした」

「その創傷はどんな器具でつけられたものだと思われますか」C・Jは尋ねた。法廷は静まり返り、一語一語に聞き入っている。

「メスでしょう。創洞は深くて皮膚と脂肪組織そして筋肉の三層を通って骨に達していました。組織の挫滅や圧痕は見られませんでした。被告人の住まいから押収された五番のメスとミズ・プラドの胸の創傷を比較してみましたところ、創傷の深さ、幅が一致しました。ぴったりと」

マネキンの隣に置いた掲示板に二枚の拡大写真が並べて貼ってある。一枚はバントリングの住居から押収されたメスで、五十倍に拡大されている。もう一つはアンナ・プラドの胸の傷のクローズアップ写真で、これも五十倍に拡大されていた。

「創傷を受けたあと、胸部を支えて心臓と肺を守っている胸骨が折られて、押し開かれています」

「胸骨をへし折った器具が何だか、おわかりですか？」

「わかりません。ボルトカッターのようなものではないでしょうか」

「その時点で、アンナはまだ生きていたのでしょうか？」

「はい。心臓が鼓動を止めたときをもって、死亡とします。そのときに呼吸を含めて身体のほかの機能も停止し、身体は息を引き取った瞬間と同じ状態にとどまります。だから最後に食べたものは何かや、どんな毒物が血液や肝臓に残っているかがわかるのです。ミズ・プラドの胸骨がへし折られて肺臓が空気と外圧にさらされ、そのために肺虚脱が起こったはずです。肺臓から空気が抜ければ酸素は心臓や脳に送られなくなり、二分から五分で窒息死します。だが解剖時、ミズ・プラドの左肺にはまだ空気が残っていました。したがって死因は窒息ではないことがわかります。そう、そのときはまだ、彼女は生きていたはずで——」

ふいに悲鳴があがり、嗚咽《おえつ》が続いた。アンナの母親だった。彼女は家族に抱きかかえられながら泣きじゃくり、叫んだ。「けだもの！　けだもの！」

「静粛に！」チャスケル判事が真っ赤になって押し止めた。「ハンク、この証人の証言のあいだ、ミセス・プラドを外の廊下へお連れしなさい。お気の毒ですがミセス・プラド、当法廷ではそのような騒ぎを赦してはおけません」

「あいつはわたしの娘を奪ったんですよ！」ミセス・プラドは陪審員の注視のなかで家族に連れ出されながら、なおも叫んだ。「あのひとでなしは、わたしのかわいい娘を奪って切り刻んだんです！　そして、そこでにやにや笑っているのよ！」ドアが閉じて泣き声が閉め出された。

「陪審員はいまの出来事を無視してください」異議を申し立てようとルビオが立ち上がったとき、判事が注意した。十二人の陪審員はみな、明らかに取り乱したようすのウィリアム・バントリングのほうを見た。バントリングは両手に埋めた顔を左右に揺すっている。

ミセス・プラドの悲痛な泣き声が廊下をエスカレーターのほうへ遠ざかっていくあいだ、気まずい沈黙が数分続いた。

「それではミズ・タウンゼンド、続けてください」チャスケル判事が指示した。

「死因は何だったのですか、先生？」

「心臓に血液を送っている動脈、つまり大動脈の切断です。胸骨をへし折られた直後、肺虚脱が起こる前に大動脈が切断され、心筋が切除されています。それで即死したのです」監察医が手に持った棒で掲示板に貼られたもう一枚の写真を指した。それは監察医事務所のストレッチャーに横たわっているアンナ・プラドの灰色の裸体の写真で、棒の先は心臓があった場所に開いた黒い穴を示していた。

「そのときは意識があったのでしょうか？」

「それはわかりません。だが先ほども言いましたとおり、遺体から発見されたミヴァキュリウム・クロライドでは意識は失いません。ただ身体が麻痺するだけなのです。骨格筋を弛緩させる働きがありますから、ふつうは襲われたときに自然な防衛反応として起こるショック状態を遅らせるか、妨げたと考えられます。そうしたことから考えて、心臓が切り取られたとき、たぶん彼女は意識があった可能性が大きいと思われます」廷内が球場のようにどよめいた。

「ありがとうございました、ニールソン先生。尋問を終わります」

「ミズ・ルビオ、反対尋問はありますか？」

「二つほど。先生、ミズ・プラドの死体の創傷は五番のメスでつけられたものと一致すると証言なさいましたが、そうなのですか？」

「はい」

「それは五番のメスならどれでも同じですね。そうではありませんか？　ミスター・バントリングの住まいで発見された特定のメスというわけではありませんね」

「はい。五番のメスならどれでも同じです」

「で、五番のメスというのはそうめずらしいものではないのでしょう？　そうではありませんか？」

「それどころか、ごく一般的に使われている。とくに医者や剝製製作者には。

「剝製製作者のことは知りませんが、医者はよく使います。どんな医療器具店でも手に入ります」

「ありがとうございました。先生」ルビオは法廷を横切って自席に戻ったが、そこで振り返った。「そうそう」彼女はいま思いついたというように言った。「ところで、凶器とされるそのメスを検査と比較のために先生のところへ届けたのは誰ですか？　刑事のどなたでしょう？」

「FDLEのドミニク・ファルコネッティ捜査官です」

「なるほど」ルビオはいかにも仔細ありげに言って、腰を下ろした。「尋問を終わります」

「検察官、再尋問はありますか？」判事が尋ねた。

十二月二十九日金曜日、六時十分になっていた。二〇〇〇年の仕事納めの日だ。今朝法廷に入ってきたとき、C・Jは世界がぐらぐらと揺れてひび割れ、いまにも崩壊しそうだと感じていた。また眠れぬ夜を過ごしたために、眼窩は落ち窪み、額の皺はさらに深くなっていた。それでも法廷にやってきたのはそうするしかなかったからで、没収試合にすることはどうしてもできなかった。

たったいまの反対尋問でもそうだったように、すべてが皮肉られ、あてこすられ、すべての証人が疑われていた。答えはさらに疑問を呼ぶ。絶対であったはずのものがどっちつかずになった。もはや現実感をもつものは何もなく、確かなものは何もなかった。C・Jはもう私生活でも仕事のうえでも、誰についても何事についても支配権を失っていた。検察側の証人が弁護側に有利な証言をする。味方であるはずの医師が敵を助ける。信頼していた相手はスパイかもしれない。表面をおおったひび割れは深くなり、無数の方向に広がっていく。あのときと同じように。

「いいえ、裁判長。ありません」C・Jは答えた。ジョー・ニールソンは最後の検察側証人で、アンナ・プラドの苦悶の最期を痛ましく生々しく語って終わった。「検察側の証人尋問を終わります」

「よろしい。ホリデーシーズンの週末に入りますから、ちょうど区切りもいい」そう言ったチャスケル判事は陪審員を解放する前に定例の訓戒をひとくさり述べた。

C・Jはルビオの隣に座っているバントリングを見やった。彼はまだ陪審員向けに顔を両手に埋めたままで、頭がゆっくりと揺れていた。そのときになってC・Jは、なぜ彼の頭が揺れているのか気づいた。

バントリングは笑っていた。

80

「彼女に電話をしてみたか、ドミニク?」マニーが聞いた。金色に光る大晦日のパーティ用の帽子が危なっかしくかしいでいる。マニーはすっかりできあがっていたし、会場のほとんど全員がご機嫌になっていた。

「ああ。だが留守番電話になっている。ちょっと心配なんだよ、マニー」

「わかってるって、アミーゴ。もう一杯、ビールを飲めよ。マリ!」マニーはエディ・ボウマンの家のリビングの反対側に向かって怒鳴った。リビングはぴかぴかの帽子をかぶってプラスチックのシャンペングラスを手にした警察官や犯罪分析官、捜査官、刑事などの客でごった返していた。「ドミニクにビールをもってきてやれよ!」

女性どうし六人ほどでしゃべっていたマリソルが顔を上げた。頭のてっぺんから爪先まで紫色のスパンコールがびっしりついていて、真ん中のあたりだけが思わせぶりにカットされているという衣装のマリソルは不機嫌な視線をマニーに向けて、ちっちと小さく舌打ちしてみせた。

「わかった、わかったよ。どうぞ、ドミニクにビールをもってきてやってください」マニーはドミニクを振り返った。「これだからな。一度寝ただけで、もうお行儀よくしろと叱られるんだぜ。また独り身に戻りたいよ。あんたもそのままでいたほうがいいかもしれんぞ」

「酒はもういらないよ、マニー。そろそろ帰るから」

「よせよ、もうすぐ年が変わるんだ。いま帰ることたあないだろう。彼女は留守かもしれない。週末はどこかに出かけてるんじゃないかね」

「そうかもしれない。だが、車はマンションにあるんだ」

「おいおい、それじゃストーカーじゃないか。マンションのそばを車でうろうろするなんてさ」

「心配なんだよ、マニー。彼女は尋常じゃなかった。げっそり痩せたじゃないか。ろくに食べてないし、寝ていないのに違いない。誰かが電話をくれと言づけても、連絡をよこさない。おまえにさえ何も言ってこない。バントリングってやつに取り憑《つ》かれているよ。しかも、やつのほうが勝っている。何かがあるんだ。おまえも彼女とは長年のつきあいだ。あんな彼女を見たことがあるかい？」

「いや、ないな。おれだって心配は心配だよ。今度の事件がきつすぎたんじゃないか。だから週末はどこかでのんびりしているのかもしれん」マニーは言葉を切り、ビールをあおってから続けた。「誰かと一緒かもしれんぞ、ドミニク」

「それなら、おれはおとなしく引き下がるよ。だが誰かと一緒だとは思えない。彼女は何かを抱え込んでいる。それが大きすぎて、自分ではどうにもならなくなっているのに、誰とも分かち合おうとしないんだ。誰も踏み込ませない。そのために押しつぶされて、壊れかかっている。彼女の目を見ると、よくわかるんだよ。目を合わせてくれたときには、だがね」

「まあ、検察側の証人尋問も終わったしな。あと、どれくらいかかるだろう？　数日か？」

「弁護側の証人尋問だけだからな」

「それが問題なんだよな。あの変態野郎が何を言いだすか、誰にもわからない。だいたい、やつが証言するかどうかだってわからないんだろう。修理工場はまだ見つからないのか？」

「見つからない。すべてをチェックしたんだがね。今朝もエディが手がかりを追ったが、何も出てこなかった。とにかく、バントリングの出方を待つしかないらしい。そこからやり直しさ」

「あの弁護士も腹が立つよな」マニーは声をオクターブ上げた。「『わたしたちは動物の血液であることを証明してみせます。わたしたちは、彼がトランクに何が入っていたかを知らなかったことを証明してみせます。被告人側には立証責任はないのですが』まったく、頭にくるぜ。ルミノール反応じゃ血液型まではわからない。小屋中に血液が飛び散っていたってことがわかるだけだ。それしか、わからん。彼女もそれを知っていて、ねじまげていやがる。鳥の血液だっていうバントリングの主張だってそうじゃないか。弁護人はそんなこと立証できないぜ。血が間歇泉みたいに天井まで噴き上げるなんて、いったいどんな鳥なんだよ？　だがルビオにはそんなことはどうだっていいんだ。彼女は陪審員の金玉をつかんでひきずりまわしていやがる」

「ほかに何かをつかんでいるか、だな」

マニーは嫌悪をあらわにして首を振った。「聞いたかい？　チャスケルの書記が言うには、前列のあの陪審員はバントリングに色目を使ってるそうだ。死体が切り刻まれていたってニールソンが証言したあとでさえ、だぜ。女って生き物は理解不能だよな、まったく」

その言葉が合図だったように、キッチンから二杯のビールを運んできたマリソルが二人のそばに現れた。「はい、マニー」マリソルは甘ったるく言いながら、マニーにビールを渡した。

「どうぞ、って言ってお利口さんだったからね」

「さて、マニー。おれは帰るよ。明日はまたやらなくちゃならんことがある。二人ばかり、もう一度会っておきたい人間がいるんだ。今週バントリングがショーを始める前に答えが見つかるかもしれないんでね」

「新年にかい？」

「忙しくしてるほうがいいのさ。気が紛れるよ」

「明日、彼女にもう一度電話してみろよ。がんばれよ。もう少しだからな」

「電話するってだれに？」マリソルがマニーに低声で聞いた。

ドミニクは客たちに挨拶しながら戸口に向かった。

「五、四、三、二、一……ハッピー・ニューイヤー！」背後のテレビから聞こえるディック・

クラークのカウントダウンに、部屋が割れんばかりの歓声があがり、口笛やら笛の音やらで沸きかえった。「二〇〇一年がすばらしい年になりますように!」スピーカーから〈蛍の光〉が大音響で流れる。

「いやいや、そうはならんと思うよ、ディック」ドミニクはドアを閉めながらそうひとりごち、外の道へ出ていった。「そうはとても思えん」

81

ルアド・ルビオは火曜日の午前九時に弁護側の証人尋問を始めた。最初の証人はノース・マイアミ・ビーチにあるルーイ修理工場の持ち主で、次がアメリカ剝製協会会長、そしてアルバート・アインシュタイン医科大学の病理学部長だった。C・Jはたった一日でこの裁判に合理的な疑いの山が築かれるのを目の当たりにした。

バントリングのジャガーは十八日月曜日から十九日火曜日までずっと修理工場に入っていた。バントリングが取りに来たのが火曜日の午後七時十五分くらいだという。ルーイは車が一晩、警備のない駐車場に置いてあり、昼間も十人以上の従業員が近づくことができたと証言した。それに、十八日にバントリングが預けにきたあと、誰もトランクのなかを見ていない。その必要はなかった。

ウィリアム・バントリングは剝製作りで有名で、アメリカ剝製協会南東支部では何度もその名を認められていた。五番のメスは剝製作りによく使われる。ふつうは動物が死んでから剝製にするが、とくに目の〝表情をリアルに〟するため、生きている動物を使うこともある。ルミノール反応が出た血液はそれで説明できるだろう。

バントリングの小屋で発見された五番のメスの血痕は小さすぎて、正確なDNA鑑定はできなかった。だがその血液は動物、たぶん鳥のものだと思われるという検査結果が出ている。メスについていた血の赤血球には核があったが、人間の赤血球には核はない。アンナの血液型と一致したというメスの汚れは故意に〝つけられた〟もののように思われるし、小屋の床で発見された三つの血痕も同様である。アルバート・アインシュタイン医科大学の病理学部長はそう述べた。

C・Jは、探せばどんな証言だってしてくれる証人がいて、充分に料金をはずめば、どれほど確固たる証拠にも反駁《はんばく》してくれることを知っていた。ティーンエージャーの冷血な殺人をプロレスのせいにする心理学者。酔っ払い運転のせいではなく心臓発作で死んだのだと主張する医師。それなりの金を積めば、どんな弁論にもどんな法理論にも証人は見つかる。だが目の前で検察の主張が一つ一つ揺さぶられるのを見るのは……そしてバントリングのにやにや笑いがますます自信ありげになり、弁護側の証言のたびに陪審員が思わずうなずき、五番目の陪審員がますます頻繁にバントリングに色っぽい視線を投げかけ、以前は恐怖をたたえていたその目に欲望がむきだしになっているのを見るのは……どれもこれも耐えがたかった。C・Jは自分の反対尋問では太刀打ちできないこと、自分の声が証言のたびにますます絶望の色を濃くしていることを知っていた。彼女が反対尋問の準備をしていないこと、どの証人の登場も意外で、不意打ちであるのが歴然としていること、陪審員の自分への信頼が地に落ちていることを知っていた。

週末は一睡もできなかった。レイプの悪夢の代わりに、バントリング釈放の悪夢がつきまとった。法廷であの道化師のマスクが歪んだ真っ赤な微笑を浮かべて、哄笑する。哄笑が響くなかで、廷吏のハンクが手錠と足の鎖をはずし、彼を自由にする。彼は彼女のほうへ近づいてくる。全員が見ている前で。みんながいる。ドミニク、マニー、ルビオ、両親、マイケル、チャスケル判事、グレッグ・チェンバース、ジェリー・ティグラー、トム・ド・ラ・フローズ。全員が見ている前で彼は検察席にとびかかり、彼女の口にパンティを押し込んで、手にしたぴかぴか光るのこぎり刃のナイフでブラウスのボタンを切り取る。

自分が目も当てられないほどやつれているのを、C・Jは承知していた。生気のない青白い顔、目の隈はどうにも隠しようがないし、爪はつけ爪もできないほど嚙み切られている。スーツはいい加減な店のマネキンが着ているようにだらりと身体にひっかかっていた。

とにかく今日をしのぐこと、そうすれば明日はもう少しましになる、と彼女は自分に言い聞かせたが、じつは逆であるのも知っていた。いったん落ち目になるととめどがない。バントリングが無罪になれば、彼女はおしまいだ。すべてが終わる。それももう時間の問題だろう。

六時十五分前、チャスケル判事が閉廷を宣言した。「ミズ・ルビオ、弁護側はあと何人、証人を呼ぶつもりですか。それを聞いておくと、予定がたてやすいのですが」

「あと二、三人です、裁判長」

「被告人は証言しますか？」

「そのご質問には、まだ答える用意がないのです、裁判長。まだ決めておりません」

「もし被告人が証言するなら、明日の午後はいかがですか？」

「けっこうです、裁判長。もちろん、検察側の反対尋問にもよりますが」ルビオはC・Jのほうを見た。

「成り行きを見るということでいかがでしょうか、裁判長。反対尋問にどれくらいかかるかわかりません。被告人が証言するなら、検察側としては準備時間がいるかもしれません」C・Jは疲れた声で答えた。被告人が証言すれば、わたしは資格を剝奪されるかもしれません、裁判長。そうして、糊のきいた白衣を着た人々が迎えにくるでしょう。

「わかりました。だが、審理は順調に進んでいます。最終弁論を木曜日にして、そのあと、もちろん検察側から追加の時間の要請がなければですが、金曜日の午前に陪審員への説示に関する協議をして、金曜日の午後までに陪審員の説示を行いましょう。評決が早ければ、週末までには決着がつきます」

週末までには決着がつきます。そして、すべてが終わるのよ。そういうこと。週末までには。ドルフィンズのプレーオフ・ビッドまで、そしてココナツ・グローヴ・アート・フェスティヴァルまでに。

週末までに、運命が決するだろう。

82

C・Jはまたもブラインドを下ろしたオフィスにいた。音量をしぼった小さなポータブル・テレビではチャンネル7のニュースキャスターがしゃべっていて、デスクには山のような書類、そして冷えたスープのボウルと五杯目のコーヒーカップ。もちろんキューピッド事件の裁判は六時半のニュースのトップ項目で、そのあとにサウス・フロリダの老人たちから大金を騙し取ったインチキ投資会社の摘発、フォート・ローダーデールで失踪した癲癇《てんかん》の持病がある学生のニュースが報じられていた。C・Jは家に帰りたくなかった。オフィスにもいたくなかった。だがどこにも逃げ場はない。それが問題だった。少なくとも週末までは。週末までには決着がつく。

入り口で静かなノックの音がして、答える前にドアがゆっくりと開いた。また頭にきたジェリー・ティグラーだろう。それとも心配したドミニク・ファルコネッティとマニー・アルヴァレスか。この一週間、彼らの電話から逃げ続けてきたし。まさか訪れたのがグレゴリー・チェンバースだとは予想しなかった。

「入っていいかな?」チェンバースは問いかけたが、答えを待たずにオフィスを見回しながら入ってきた。

椅子にかけたままC・Jは背中をこわばらせて首を振ったが、なぜか声が出てこなかった。チェンバースはC・Jの前に腰を下ろした。

「具合はどう?」チェンバースは眉を曇らせて心配そうに尋ねた。「下で性犯罪者矯正シンポジウムがあったのでね、ちょっと寄ってみようと思って。ここのところ二回、予約時間に来なかったから心配していた。なにしろ、ストレスが大きいだろうし」

「わたしは元気です。元気ですわ」C・Jはなおも首を振りながら言った。「お帰りになってください」やっと言えたのはそれだけだった。

「元気そうには見えないな、C・J。具合が悪そうだ。テレビでも見るがね、あなたのことがとても心配なんだ」

「わたしのことが心配? わたしのことが心配なんですか?」C・Jは怒りをこらえきれなくなった。それに苦痛と戸惑いと。「わたしはあなたに助けを求めたんですよ、グレッグ——チェンバース先生——あなたを医者として、友人として信頼していたのに、あなたはずっと前からわたしを騙して、裏切っていたんだわ!」

驚き、傷ついた表情がグレッグ・チェンバースの顔に広がった。「いったいなんのことです、C・J?」

「わたし、行ったんです。あなたのオフィスへ！」C・Jは叫んだ。

「ああ、エステルから先週、あなたが来たと聞いた」なおも戸惑いの表情を浮かべながら、医師は答えた。「だがわたしが出てみたら、あなたはもういなかった。そういう行動が、わたしには心配なんだ――」

C・Jは涙で声をつまらせながら、医師の言葉をさえぎった。もう、涙を抑えられなかった。「わたしは見たのよ、あそこで。あなたのオフィスで、あなたの予約簿を」

「わたしの予約簿を見たって、C・J？　いったいどんな権利があって――」

「あなたは、彼を治療してたじゃないですか！　バントリングを、あいつを。だけど、あなたは何も言わなかった。彼がわたしをレイプしたのを知っていて、わたしを馬鹿にしてたんでしょう」

非難を浴びて、グレッグ・チェンバースは衝撃に顔を曇らせた。「知らなかったんだ、C・J。まあ、聞きなさい。彼はわたしの患者だった。ウィリアム・バントリング、確かにそうだが――」

「でも、あなたは何も言わなかった！　どうしてですか？　どうして話してくれなかったんですか？」

「わたしには謝る理由も説明する義務もない。だが、長年の友人として、ある程度の説明はしよう。友だちとしてね」チェンバースの声には怒りがこもっていた。彼は怒りを抑えているようだったが、語調は厳しく、C・Jはふいに自分が小さく頼りなくなったように感じた。気持ちが萎《な》えていた。「検察官なんだから当然ご存じだろうが、わたしは誰を治療しているかを吹聴することはできない。誰かがわたしの患者だという事実そのものが守秘義務の対象なんだ。わたしは決して、そのことを明かさない。絶対に。誓約しているんだ。患者当人の了解なしには誰にも何も話さない。明らかな利益相反がある場合以外は話さない。そして利益相反はなかった。

あなたがやってきて、キューピッド事件で逮捕された人物があなたをレイプした犯人だと言うまで、わたしはあなたがたの関係をまったく知らなかった。そしてそのときにはバントリングとわたしの関係は明らかに終わっていた。彼は逮捕されたんだから。もちろん、バントリングとの面談で語られたことを話す気はない。だから、聞かないでもらいたい。ただ、わたしは患者を裏切ったことはない、そのことだけは知っておいてほしい。決して裏切ってはいない。冷たいようだが、C・J、なんの話し合いもなしに、わたしが医師として誠実でなかったといきなり攻撃し非難するのは、非常に失敬だし、無礼だ。わたしは困難な立場ではあったが、倫理的に正しい行動をした。

今日寄ってみたのは、あなたがどうしているかと心配で、力になれるのではないかと思ったからだ。だが、もうそんなことはやめたほうがよさそうだな。ただし医師として、ほかの誰かのもとでセラピーを続けるよう勧めたい。あなたの精神状態はどうみてもふつうではない」チェンバースは立ち上がった。

ふいにC・Jはわけのわからない恥ずかしさに打ちのめされた。考えが混乱し、ぶつかりあって、どう考えていいかわからなかった。「わたし、どうしたらいいのかわからないんです」C・Jは低い声でつぶやいた。「誰を信じたらいいのか、何を信じたらいいのか、すべてが崩壊しかかっているのに、わたしにはどうすることもできない。もう何も現実とは思えない。何が現実なのかもうわからないんです、チェンバース先生」涙があふれてきた。涙なんかとっくに涸《か》れたと思っていたのに。

だが、遅すぎた。グレッグ・チェンバースは怒っていた。言ってしまったことは取り返しがつかない。「わたしは、この事件は自分に近すぎるから引き受けないほうがいいと警告した。その距離感のなさのせいで、あなたのものごとを見る目、人間関係を見る目が歪んでいるのかもしれない。だから間違った人間とつきあうのだろう。信頼できない人間と。ストレスと混乱のなかでの決断は間違っていることが多い」

「ドミニク？　ドミニクのことを言ってるんですか？」

「わたしは何カ月か前と同じ助言をしているだけだ。距離をおいたほうがよく見える。そうすべきだ、とね。セラピーを続けなさい、そうすればわかるだろう。では、失礼」

チェンバースが出ていって、ドアは鈍い音をたてて閉まり、C・Jはまたオフィスに一人取り残された。

彼女は両手に顔を埋めてすすり泣いた。自分をおおっていた殻がストレスで砕け散り、この十年かけて築きなおしたすべてがひび割れ、崩れかけていた。

だからC・Jは背後のテレビに映し出された二十一歳のフロリダ・アトランティック大学の

学生ジュリー・ラ・トリアンカの写真に気づかなかったし、目のぱっちりした元気のいいニュースキャスターが、ダークヘアの美人女子大生が大晦日にフォート・ローダーデールのクラブから〝謎〟の失踪をしたと告げているのも聞いていなかった。

83

グレッグ・チェンバースが出ていって二十分後、デスクの直通電話が鳴った。初めはほうっておいたのだが、あんまりしつこく鳴り続けるので、十回目で受話器をとり、手の甲で涙をぬぐった。

「検事局、タウンゼンドです」

「C・J、ぼくだ。ドミニク」背後でパトカーのサイレンが、それも何台もの音が聞こえ、大勢の叫び声と混ざり合っていた。

「ドミニク、いまは都合が悪いの。わたしのほうから――」

「いや、それじゃだめだ。それにとてもいいニュースなんだ。信じてほしい。見つけたんだよ。すぐにこっちへ来てくれ」

「なんですって？　なんのこと？」

「いま、キーラーゴにあるトレーラー・ハウスにいる。国道1号線をちょっとはずれたところだ。このトレーラー・ハウスはヴァイオラ・トラウンというバントリングの死んだ伯母の持ち物だった。心臓を見つけたんだよ。全部ある。キッチンの冷凍庫に入れてあった。それに写真も見つけたよ、C・J。被害者たちの写真が山ほど、黒い部屋でストレッチャーに乗せられて痛めつけられている写真。殺害の最中の写真まである。殺人フィルムだ。たぶん彼の小屋だろう。何もかもここに隠してあったんだよ」

「どうやって見つけたの——?」胸がどきどきしていた。安堵と興奮と恐怖とパニック。あらゆる感情が一気に押し寄せて爆発しそうだった。

「モンロー郡の判事が出したバントリングの勾引状があった。ほんの数週間前に出されたものだ。だから、いままで見つからなかったんだよ。理由は民事的法廷侮辱罪。バントリングは伯母が生きているあいだ財産を管理していたが、伯母の死後六十日以内に出すべき会計報告か何かを提出しなかったらしい。それで判事が勾引状を出した。たぶん、ビル・バントリングがマイアミの殺人事件で裁判を受けているウィリアム・バントリングと同一人物だと気づかなかったんだろうな。トレーラー・ハウスのことを知って、マニーと来てみたんだ。トレーラー・パークの所有者が入れてくれた。ものすごかったよ。写真は心臓と一緒に冷凍庫に入れてあった。心配しなくていい。手続きはきちんと踏んだ。トレーラー・ハウスは地代滞納で没収される予定で、地主が占有権を証明する書類などすべてを揃えていた。しかしこれ以上捜査を進めるには令状が必要だ。ここでへまはしたくないんだよ」

「ほんとなのね」C・Jは息を弾ませていた。「わかった。すぐに行きます」

「これでやつもおしまいだよ、Ｃ・Ｊ」ドミニクの声は興奮にかすれていた。「ぼくらが勝ったんだ」

84

水曜日の朝、C・Jが検察側の証人尋問を再開すると述べたとき、五番の陪審員はもう微笑んではおらず、ウィリアム・バントリングも笑ってはいなかった。そして、ドミニク・ファルコネッティ特別捜査官が再び証人席に座って二時間の証言を終えた昼には、陪審員の誰一人としてバントリングのほうを見ようとせず、法廷は冷え冷えとした重苦しい空気に包まれていた。午前の証言が終わったときには、ヴァイオラ・トラウンの冷凍庫に入っていた陰惨な写真に続いて透明な証拠品袋に入れられたアンナ・プラドの心臓の実物を見せられて、男性陪審員二人が泣きだし、女性陪審員三人が嘔吐した。嘔吐した陪審員の一人は五番の女性だった。もしかしたら数カ月後には自分もバントリングの収集写真の一つに収められていたかもしれない、とぞっとしたのだろう。アンナ・プラドの母親はまたもヒステリックに泣き喚いて法廷の外に連れ出されたが、今回はチャスケル判事は審理を続けることなく、昼の休廷を宣言した。流れは明らかに変化していた。

昼の休憩時間に、ドミニクはウィリアム・ルーパート・バントリングを十件の第一級殺人罪で追加送検し、十枚の逮捕状がデード郡刑務所に送達された。この裁判の陪審員が無罪を評決することはまずありそうもなかった。ルビオは被告人の最初の審問の権利を放棄し、その日の午後遅くにはチャスケル判事に被告人自身は証言をしないと申し出た。バントリングの狡猾なにやにや笑いは消えて、神経質で反抗的な表情を浮かべた血の気のない青白い顔がぴくぴく痙攣していた。被告席のルビオとバントリングが激しい調子でメモを走り書きしてやりとりする音が聞こえた。

最終弁論は金曜日の午後だったが、ルビオの主張には冒頭陳述のときのようなバントリングの無罪に対する確信が欠けていた。陪審員説示に関する協議のあと、二人の予備陪審員は退出を命じられた。二人は廊下でたちまちMSNBC、CNN、フォックス・ニュースの記者に取り囲まれて、取材攻めにあった。残った十二人の陪審員は法律について説示を受けた。そして四時二十七分、陪審員は被告人の運命について評議するために法廷を出た。

それから一時間もたたない五時十九分、判事室のドアがノックされ、ハンクが判事にメモを届けた。

陪審員が評決に達したのだった。

85

「これはみなさん全員の評決ですか？」法廷に戻ってきた人々が急ぎ着席するなかで、チャスケル判事は老眼鏡ごしに陪審員長を見つめた。誰も第一級殺人事件の評決がこれほど早く出るとは思っていなかった。とくにC・Jはオフィスで評決を待つために戻る途中で、一階に下りて自動販売機でコーヒーを買うのがやっとだった。そこでエディ・ボウマンがエスカレーターに飛び乗りながら陪審員が戻ったと叫んだのを聞いたのだ。

眉を寄せて評決を読む判事の顔にはなんの表情も現れていなかった。法廷は検察官、弁護士、記者、傍聴人、被害者の家族で満員で、びりびりするような興奮がみなぎっていた。

「はい、裁判長、そうです」不安そうに返事をした陪審員長は、マイアミ・ビーチに住む四十代のゴミ回収業者だった。彼は自分の息遣いからわずかな表情の変化まで記録しようとしているカメラやマイクを無視しようと懸命で、上唇に小さな汗の玉が浮かんだのを手の甲でぬぐった。

「よろしい。ではご着席ください。被告人は起立しなさい」チャスケル判事は評決文を畳み、裁判長席のテーブルごしに書記のジャニンに渡した。陪審員長はスポットライトから逃れて明らかにほっとしたようすを見せ、ほかの十一人と一緒の席に座った。陪審員は全員落ち着かなく裁判長席を見つめ、ウィリアム・バントリングのほうはちらりとも見ようとしなかった。

「書記は評決を読み上げてください」背もたれの高い革の椅子に座ったチャスケル判事は身を乗り出し、テーブルの上の小槌をしっかりと握った。

「われわれフロリダ州マイアミ・デード郡の陪審員は、本日二〇〇一年一月五日、被告人ウィリアム・ルーパート・バントリングを第一級殺人で有罪と評決しました」

有罪。第一級殺人で有罪。法廷に押し殺した泣き声が響いた。ミセス・プラドだろうとC・Jは思った。

「静粛に、全員着席していてください」判事の厳しい声が、焦り、興奮し、ざわざわとざわめく法廷に響き渡った。「ミズ・ルビオ、陪審員の評決を個々に確認しますか？」

「はい、お願いします。裁判長」ルビオは一瞬ためらったあとで、被告席のテーブルに両手をついて身体を支えながら答えた。バントリングは評決が聞こえなかったかのように、裁判長を凝視し続けている。

「陪審員のみなさん、評決がみなさんの真意かどうかを一人一人確認します。一番の方、あなたの評決は？」

「有罪です」ケンドール在住の引退事務員は涙ながらに答えた。

「二番の方？」

「有罪です」

陪審員は順番に答えていった。目を赤く泣き腫らした者、ほっとした表情の者、嫌悪と怒りをあらわに答えた者。

十二番目の陪審員が被告人は有罪という評決を繰り返したあと、法廷は沸き返る騒ぎになった。ミセス・プラドは号泣し、キューピッド事件のほかの被害者の遺族は歓声をあげ、記者はニュースを知らせに廊下に飛び出し、C・Jは頭を垂れて、もう存在するとは思っていなかった神に無言で感謝の祈りを捧げた。

これで終わった。ついに終わったのだ。

86

そのときだった。ウィリアム・ルーパート・バントリングが叫びだした。

彼とルビオと三人でDCJの鍵のかかった部屋に閉じ込められていたときと同じ、血も凍るような怒りの叫びだった。興奮にざわめいていた法廷はたちまち静まり返り、全員の視線とカメラがバントリングに集中した。

バントリングは頭を激しく左右に振りながら、髪をかきむしっていた。顔は真っ赤に紅潮して、怒りに目をむき、口からはぞっとするような甲高い悲鳴が間断なく飛び出してくる。彼はC・Jを指差して、にらみつけていた。

「このくそったれの売女《ばいた》！」バントリングは喚いた。「あのとき殺しておくんだった、このアマ！　てめえなんか、あのとき殺しておけばよかったんだ！　覚えていろ、絶対にこのままじゃすまさないからな！」

「静粛に、静粛にしなさい！　ただちに静粛にしなさい！」チャスケル判事もバントリングと同じくらい真っ赤になっていた。「ミスター・バントリング、聞こえないのですか？　静粛に！」

ルビオがバントリングの腕をつかんで黙らせようとしたが、その手を荒々しく振り払われて吹っ飛び、椅子の手すりにぶつかりそうになった。「汚い手で触るんじゃねえ、この裏切り女！　おまえはあいつと組んでたんだな——やっとわかったぞ！」

「ミスター・バントリング、法廷でこれ以上の騒ぎは赦しません。黙らないなら、猿ぐつわをはめますぞ！」判事はハンクを見た。「陪審員を退出させなさい、ハンク！　すぐに！」ハンクはぽかんと口を開けて立ったままバントリングの狂態を見つめている陪審員をせきたてて、防音装置が施された陪審員室へ連れていった。

バントリングは裁判長のほうへ向き直った。「裁判長、弁護人を取り換えます。すぐにべつの弁護士をつけてください」

「ミスター・バントリング、あなたはたったいま第一級殺人事件で有罪になりました。控訴審では、あなたの資力の範囲内で自由に弁護士を選ぶことができます。もし、弁護士に依頼する金がないのであれば、裁判所が弁護人を選定します。だがいまはほかの弁護人を頼むことはできません」

「裁判長、あんたはわかってないんだ！　おれは無実だ。やってない！　あいつらはそれを知っているんだ」

「落ち着きなさい。冷静になりなさい」

「おれはあの検察官を昔、レイプした。ニューヨークのマンションで、うんといたぶってレイプした。だからあいつは今度の殺人事件の罪をおれに着せたんだ！　裁判のやり直しをしてくれ！　べつの弁護士をつけてくれ！」

チャスケル判事はまた眉をひそめた。「ミスター・バントリング、時と場所をわきまえなさい。それにあなたの主張はじつに馬鹿馬鹿しく聞こえる。言いたいことがあるなら、控訴審の際に弁護士に言えばよろしい」

「本人に聞いてくれ！　あいつはしゃべるはずだ！　自分がレイプされたと！　その犯人がおれだということも、あいつは知ってるんだ！　弁護士も知ってる。彼女も知ってるくせに、ミズ・タウンゼンドに同情した。哀れなクローイに同情したんだろう。だから、ちゃんと弁護をしなかった。この裁判は無効だ！」

「ミズ・タウンゼンド？　ミズ……ルビオ？　被告人が言っていることがわかりますか？」チャスケル判事は当惑のおももちだった。

ついにそのときが来たのだ。C・Jが恐れ続けた瞬間だ。いつかその日が来るとわかってはいたが、まさか今日とは思っていなかった。すべてが崩壊するとき、どんな気分がするだろう……。

C・Jはごくりと唾をのみ込んで立ち上がり、判事と向かい合った。「裁判長」彼女はのろのろと言いだした。「じつはわたしは何年か前、ニューヨークで法律を学んでいたころ、暴力的なレイプの被害にあいました」

法廷中が息をのみ、どよめいた。「そんな！」声が聞こえた。さらに「なんてこった！」また「聞いたか？」今夜のCNNヘッドライン・ニュース。マイアミからお送りしております。キューピッド殺人事件の法廷で検察官が驚くべき告白をしました！

C・Jはせきばらいし、せいいっぱい声を張って続けた。「裁判長、被告人は明らかに古い警察調書及び公開資料からそのことを知り、犯人が逮捕されていないことに気づいたようであります。検察官不適任と冤罪を申し立てて法廷を愚弄し、審理を妨害しようとして、自分が犯人であると主張したのです。しかし裁判長、誓って申し上げますが、それは事実ではありません。ミスター・バントリングはわたしを襲ってレイプした犯人ではなく、事前の会見でわたしはそのことを弁護人に伝えました。弁護人もまた当法廷における被告人の申し立てにはなんの利益もないと考えたものと信じます」

チャスケル判事は啞然としてC・Jを見つめていた。彼は自分が置かれた立場が気に入らなかった。完璧に審理を指揮し、控訴審でも決して覆ることのない評決にいたったと思ったのに、なぜこのような展開になるのか。「わたしにはまったく初耳ですな。いまになって、わたしの耳に入るというのはどういうことですか？」判事はルビオを見た。「ミズ・ルビオ、この件でご意見は？」

ルアド・ルビオは一度もC・Jに目をやらず、まっすぐ判事を見つめた。「裁判長、わたしは依頼人と話をし、ミズ・タウンゼンドの事件に関する警察調書も読みました。またミズ・タウンゼンド自身とも話し合いました」わずかに間をおいて、ルビオは続けた。「依頼人のミズ・タウンゼンドに対する申し立てにはなんの利益もないと考えますし、依頼人の主張は支持いたしかねます」

チャスケル判事は黙って次の言葉と行動を思案した。法廷は水を打ったように静まり返っている。ついに判事が口を切った。真摯《しんし》な口調ではあったが、その言葉は裁判記録を意識して慎重に選ばれていた。「ミズ・タウンゼンド、本日、この法廷であなたがきわめて私的な事柄を明かすことを余儀なくされたことを遺憾《いかん》に思います。本法廷を傍聴し、その情報を入手した報道関係者が、プライバシーに配慮し、しかるべき節度をもって情報を取り扱うことを希望するのみであります」

「そんなふざけたことがあるか!」バントリングが被告席のテーブルを両手で突き倒し、ルビオの書類があたりに散乱した。「どいつもこいつもふざけやがって! おまえらみんな、このインチキな女に同情して、おれを殺そうってのか!」三人の係官が暴れるバントリングを背後からはがいじめにした。手錠をかけられ、足鎖をつけられながらも、バントリングは目に憎悪をみなぎらせ、口から泡を噴いてC・Jに唸りかかった。

チャスケル判事が怒鳴るように声を張り上げた。「控訴審の弁護士には言いたいことを言えばよろしい。だが本法廷ではこれで決着しました。ハンク、被告人に猿ぐつわをしなさい」

「おまえはインチキな売女だ、クローイ! これですむと思うな! いいか、まだ終わらないぞ!」バントリングが絶叫した。

そのとき廷吏がバントリングの口にテープを貼り、声は消えた。

87

C・Jは帰宅できなかった。マスコミは慎重に隠してきた住所を探り出したらしく、ポート・ロイヤルの駐車場に取材陣が待ち構えていた。警備員に賄賂《わいろ》をつかませて目をつぶらせ、チャンネル7の取材チームが明るいブルーのトラックを乗り入れたのだろう。それでC・Jはその夜十時半になってもオフィスにいた。マスコミがあきらめて駐車場からトラックを撤退させ、マンションのドアの前からマイクを持ち去るまで、数日間泊まっていられるホテルを探そうと電話をかけ続けていたので、そっと名前を呼ばれて初めて、暗い戸口に立っている人影に気づいた。

「C・J？」

また地方検事かと思って目をあげたが、そこにいたのはドミニクだった。

「あら」そう言うのがやっとだった。ドミニクは評決が読み上げられたとき、法廷にいたのだ。

「何をしているんだ？」

「じつは、数日泊まれるホテルを探しているのよ。ミセス・クロンズビーが――仕事で留守のあいだルーシーとティビーの世話を頼んでいる一〇一六号室のおばあちゃまなんだけど、しばらく〝雲隠れ〟してたほうがいいって教えてくれたの。どうも、すごい騒ぎらしくって」C・Jはドミニクを見られなかった。

　入ってきたドミニクはデスクの横へ回って腰をかけた。彼が自分を見ていること、標本を調べるように観察していることを感じて、C・Jはさっさと帰ってくれないかと思った。

「自動車事故だって言ったよね。あの傷は自動車事故のせいだって。そうだったの？」

　C・Jは震える唇を強く嚙んだ。「違うわ」

「どうして、話してくれなかった？」

「知られたくなかったから。誰にも知られたくなかったからよ。それなのに、皮肉よね。わたしのレイプ事件が世界中でトップニュースになるなんて。たぶん、たったいま二十四カ国語くらいに翻訳されているわね」C・Jは髪に手を入れて頭を抱えた。「あなたに知られたくなかった。それだけよ」

「知られたら、ぼくたちの関係が変わるとでも思った？　そういうこと？」

「わたし、憐れみはいらないの、ドミニク。憐れみなんかいらない」

「憐れみじゃないよ、C・J。絶対にそんなものじゃない。ぼくがそれほど底の浅い人間だと思っているのかい？」

「あなたがどうってことじゃないの、わかるでしょう。過去なのよ。わたしの過去。わたしはいまでも毎日、必死になってその過去と取り組んでいる。今日だけが特別じゃないのよ」

「ぼくを閉め出さないでほしい」

「わたしは子どもを産めないのよ、ドミニク。さあ、これでわかったでしょ。あなたは気にしないかもしれない。でも、わたしは気にする。気にせずにはいられないもの。ね、もうわかったでしょ、これで」

長い沈黙が続いた。壁の安物の時計がチクタクと時を刻み、どちらもものを言わなかった。やがてドミニクが低い声で沈黙を破った。「あいつだったの？　バントリングだったのかい？」

何時間かのうちにはマスコミがC・Jのレイプ事件の詳細を調べあげて、事細かに報道するだろう。ドミニクはマニーがバントリングのクローゼットで道化師のマスクを見つけたと携帯電話で言っていたのを思い出した。それから捜査本部の会議室で一人で証拠品を見ていたC・Jを驚かせたこと。すべては目の前にあったのだ。どこに目を向けるかさえわかっていれば。

C・Jは答えるまでに長い時間をかけた。涙があふれ、熱い流れとなってとめどなく頬を伝う。C・Jは顔をあげて、問いかけるドミニクの探るような茶色の瞳を見つめ、意を決した低い声で答えた。「いいえ、違う。彼じゃないわ」

ドミニクはC・Jを見つめた。日焼けした美しい顔。栗色がかったブロンドは子どものそれのように根元のほうが明るい。深いエメラルド色の瞳は疲れてやつれ、濃い隈に縁取られている。ドミニクはふと、あんな傷を負わせるなんて、バントリングは彼女にどんなことをしたのかと思った。野蛮な怪物におしひしがれて傷つけられ、この顔、彼が愛しはじめたこの顔が歪み、悲鳴をあげて泣いている。彼じゃないというのは嘘だとドミニクは知っていた。だが、どうでもよかった。

「電話帳をしまえよ」

「え?」

「電話帳をしまって、受話器を置くんだ」

「どうして?」

「きみはぼくのうちに来るからさ。うちへ連れて帰る」

ドミニクはC・Jの手を取って椅子から立たせた。それから両腕で抱きしめて、頭のてっぺんに口づけした。胸に顔をおしつけてすすり泣く声を聞きながら、彼はC・Jの髪をやさしくなでた。二度と放すものかと思いながら。

88

キューピッド事件の記事は二日もたつと二面に移り、一週間後には夜のニュースでも取り上げられなくなった。マスコミはべつの悲劇的な殺人や火事や洪水にとびついていった。C・Jのレイプの痛ましい詳細や、報復が動機かといった憶測も初めは一面で報じられたが、じきに論説に世論が反映され、今度はレイプ被害者のプライバシーの権利が取りざたされて、マスコミが悪役にまわった。

C・Jはゆっくりと考えをまとめ、そのあいだにマスコミの関心が鎮静化するのを待とうと、休暇をとった。ほかの十件の第一級殺人に関するバントリングの起訴はあまり騒がれることもなく平穏に行われ、マスコミはこれを報じたが、意外なことに検察官レイプ事件には一、二の記事が触れただけだった。どちらにしても、あまり関係はなくなっていた。ほかの事件はローズ・ハリスの担当になった。もう一度だけ、最終審問に立ち会う必要があった。もう一度だけ怪物と向かい合い、飢えたマスコミを相手にする。それで彼女の仕事は終わる。

マイアミでの騒ぎが鎮まるまでの数日を、C・Jはキー・ウェストでドミニクと一緒に過ごした。静かな心安らぐ時間だった。ワインのボトルを前に、すばらしい夕日を眺めながらとりとめなくおしゃべりをする。それだけでよかった。こんな安らぎを得たことが自分でも驚きだった。自分のなかの孤独な寂しい部分をついに誰かと分かち合える安堵感。この十二年間閉じ込めて鍵をかけてきた部分を分かち合えるうれしさ。ドミニクも彼女もそのことには――レイプ事件には――触れなかったが、彼が知っていて、それでもかまわず自分を愛してくれると思っていられるのは、C・Jにとっては人生を根本から変える経験だった。そのことにC・Jは昂揚感を覚え、彼への愛はいっそう深くなった。

刑の宣告手続きは六週間後に始まった。チャスケル判事の指示でバントリングは猿ぐつわをされ、手錠と足鎖をしたまま出廷した。もちろん判事は事前にバントリングが拘禁具なしでも自制していられるかどうかを確認する聴取を行ったが、最初の四分間にバントリングは判事も検察官もくたばりやがれと罵った。そこで判事は猿ぐつわと足鎖をつけることを指示した。すでに見るべきでない騒ぎを見せられた陪審員が、すべての審理が終わったいま、またも有害かつ暴力的な狂態を見せられる事態だけは避けたかったのだ。被告人側には反論の機会を与えたのだし、弁護人自身が被告人の突飛な非難を否定した。あとは第三地区控訴裁判所が被告人の強引な申し立てを聞いて判断すればいい。陪審員が刑を宣告したあとは、問題はチャスケル判事の手から控訴裁判所に移る。

死刑判決に相当する罪状の場合には、刑の宣告手続きはミニ裁判のかたちになり、検察側と被告人側の両方が立証と陳述を許される。しかし被告人が有罪か無罪かはもう決定の対象ではない。死刑を科すか科さないか、問題はそれだけだ。C・Jは三日にわたって死刑を求刑する論告を行った。陪審員はヴァイオラ・トラウンのトレーラーから発見されたほかの証拠についても聞かされた。アンナ・プラドの心臓以外の十個の心臓の現場写真も見た。陰惨な他のトロフィーの写真とともに冷凍庫で発見されたものだ。拉致されて同じように胸を十文字に切り裂かれて心臓を取り出されて発見されたほかの十人の被害者についても聞かされた。これらの証拠は有罪か無罪かを審理する裁判では提出できなかったが、論告求刑では使うことができた。そのあいだ反抗的なバントリングは口にテープを貼られてルアド・ルビオの隣に座っていた。四日目、検察側の論告が終了し、被告人側の陳述が始まる前に、チャスケル判事が法廷から陪審員を退席させた。

「ミズ・ルビオ、被告人側は証人を呼ぶ予定ですか?」

「はい、裁判長、一人だけ。ミスター・バントリングは一人だけ証人を呼ぶことを求めています。被告人自ら弁明したいと考えています」

チャスケル判事はゆっくりと息を吐いた。「よろしい。彼にはその権利があります。まず彼がルールに従うかどうかを見ることにしましょう。ハンク、テープをはずしなさい」

C・Jは胸が爆発しそうなほど高鳴るのを感じた。落ち着くのよ。狂人のたわごとよ。証拠は何もない。手は打ってある。左手を見ると、ドミニクが法廷の後ろのほうからこちらを見ていた。彼はうなずいてみせた。だいじょうぶ、うまくいくよ、という合図だ。

判事はメガネごしに上目遣いでバントリングを見つめた。目を細めて慎重に相手を見定めている。「ミスター・バントリング、弁護人はあなたが自ら弁明したい旨を申し出ました。あなたにはその権利があります。しかしながら、法廷を混乱に陥れるような証言をする権利はありませんし、冷静に証言できないのであれば、許可しません」判事は厳しく言い渡した。「そのことをわきまえたうえで、二度と不適切な騒ぎは起こさないと、評決が行われた法廷でのような態度はとらないと約束できますか？　その約束ができるならば、もちろん本法廷はあなたの証言を許可します。だが、わたしの法廷で二度とあのような騒ぎは許しませんぞ。騒ぎを起こさないと約束できないのなら、証言は許されませんし、猿ぐつわをしておかなければならない。どうですか、ミスター・バントリング？」

「不適切な騒ぎだと？」バントリングは叫んだ。「てめえも、このインチキ法廷も、くたばりやがれ。おれは無実だ。あのくそったれ女にはめられたんだ！」

テープが貼りなおされた。

陪審員が一致した量刑勧告を出すのに二十五分とかからなかった。死刑。

一日も裁判を引き延ばす理由はなかった。チャスケル判事はただちにバントリングに薬物注射による死刑を宣告した。それからバントリングを連れ出すように指示して閉廷を宣言し、すぐに裁判長席から下りた。バントリングはテープの下から悲鳴をあげながら、三人の係官に引きずり出された。報道陣はニュースを報告し、出てきた陪審員をインタビューしようと廊下に飛び出した。ドミニク、マニー、クリス・マスターソン、エディ・ボウマンは全員それぞれ違うテレビ局につかまって、生中継のインタビューを受けた。法廷に残っているのはフロリダ州対ウィリアム・ルーパート・バントリングの裁判の膨大な書類を片付けている書記とC・J、ルアド・ルビオだけだった。

ルビオは金属のカートに二箱の書類を危なっかしく積んで法廷を出る間際、検察席のC・Jに近づいてきた。ルビオがC・Jの顔をまともに見るのは、あのDCJの対決以来、初めてだった。

C・Jは手を差し出した。和平のしるしだ。「お疲れさまでした、ルアド」

ルビオはC・Jの手もねぎらいの言葉も無視した。

「ほかの十人の殺人事件はあなたが担当するのですか、C・J?」

「いいえ。そうはならないと思います」

「それは、そのほうがいいでしょうね」

C・Jは皮肉を無視してルビオに背を向け、ブリーフケースの片付けにかかった。

「この事件ではいろいろとひっかかることがあったわ、C・J。一部はわたしの責任かもしれないし、その責任は甘んじて受けます。目的のために手段を選ばなくていいのか、わたしにはわからない。わからないのよ」ルビオはもう一度目に焼きつけておこうというように、空っぽになった法廷を見回した。「でも一つだけ、どうしても気にかかってならないことがある。きっと、あなたもそうなのではないかしら」

C・Jは書類を見つめ、ルビオも自分の良心の痛みもさっさと消えてくれればいいのに、と願った。

「最終弁論の直前、まさにクライマックスというときに、ファルコネッティ捜査官はとつぜんウィリアム・バントリングの亡くなった伯母のトレーラー・ハウスを発見した。バントリングの過去は汚れたフライパンの上のスチールたわしのように徹底的に調べられていたというのに。なんて都合がいいんでしょうね、C・J。裁判が終わるほんの数時間前に親戚が見つかるなんて。何カ月も調べていたときは見つからなかったのに。まったく名捜査官だこと。裁判も終わりにさしかかっているときに、バントリングの犯罪歴をもう一度調べてみようと思いつくなんて、なんと頭がいいんでしょう。すばらしい捜査力なのか、それとも奇妙な偶然なのかしら？　もしかしたら、彼もまた匿名の通報者に教えてもらったのかもしれないわね。真相はきっと誰にもわからないんでしょうけど」

C・Jが書類から顔をあげると、じっとこちらを見つめているルビオと目があった。そう、わたしは知っていたのよ、わかった？　ずっと知っていたの。

それだけでルビオは背を向け、被告席と検察席のあいだを通り、空っぽの裁判長席と陪審席、そして傍聴席を通り抜けて、戸口へ向かった。戸口に達したとき、彼女は立ち止まって最後の言葉を投げた。

「正義の女神は目が見えないというわね、C・J。でも、それは見ないことを選んだから、という場合もあるんじゃないかしら。わたしはそう思う。そのことを覚えておいて」

89

「わたし、謝らなければなりません」C・Jは言った。「じつは謝るべき人は何人かいるのですが、真っ先に先生に謝りたかったんです」

彼女が立っているのはブルーと黄色の待合室、〝援助を必要とする者〟の場所で、グレッグ・チェンバースは受付窓口の反対側にいた。四角い防弾ガラスがはまった窓が二人を隔てているので、C・Jはインターフォンに向かってぎこちなくしゃべっていた。「それに」とこわばった微笑みを浮かべて続けた。「水曜日の夜は予約してありましたし」

チェンバースはC・Jを見て驚いたようだった。驚きはしたが衝撃は受けていない、という感じだった。彼はうなずき、ドアの鍵がはずれる音がした。C・Jがドアを開けるのをチェンバースは向こう側で待っていた。

「チェンバース先生、わたし、早まった結論を出してしまいました。そんなことはしてはいけなかった。あなたはこの十年、医師であるばかりでなく、友人でもありましたし――」

「いいんですよ、C・J。謝る必要はない。謝ってくれてうれしいですがね。さあ、お入りなさい。ちょうど帰ろうとしていたところだ」

彼はC・Jをオフィスに案内して、明かりをつけた。「おかけなさい。こちらこそ申し訳ない。あなたのオフィスで話して以来だな。じつは今夜来るとは思っていなかった。あなたの予約時間にはスター・アイランドの鬱っぽい奥さんを入れてしまってね。ちょうどいま、メルセデスで帰ったところ。フォージで夕食だそうだ」

「あいかわらず、コミュニティのために役立ってくださっているのね」C・Jは微笑み返した。「一度に一時間ずつ」

思っていたほど気まずくはなかった。

「今日の刑の言い渡しを聞いたよ。とうとうやったんだな。で、これからの裁判もあなたが？」

「いいえ。わたしはもう終わりです。ほかの十件はローズ・ハリスが担当します。もうヒロインを演じるのはたくさん」

「それじゃ、あなたがやりぬいたことをお祝いしよう。こういうときのために、シャンペンのボトルが冷蔵庫にある。患者が目覚ましい回復をみせたときや、セラピーが終了したとき、ドルフィンズのシーズン・チケットが手に入ったときなんかのためにね。あなたのためにも、一本用意しておいた、いつか開ける日が来るんじゃないかと思って。今日はちょうどいい。あなたはやりぬいた。終わったのだから」C・Jが前からやさしそうだと思っていた目でチェンバースは言い、それから急に真面目になった。「今日は医師としてではなく、友人としてシャンペンを開けよう、いいかい?」

C・Jは微笑んでうなずいた。チェンバースの言葉の意味はわかっていた。前回会ったときのやりとりからみて、今後も医師と患者でいるわけにはいかない。どちらにとってもよいことではなかった。「タバコを吸わせてもらえるなら。だって嗜癖《しへき》は一度にひとつしかやめられませんもの。かかりつけの精神科医をあきらめるのは、とても辛いわ」

チェンバースは声をあげて笑った。「チーズとクラッカーもあるはずだな。飲む前にもってこよう」

「どうぞ、おかまいなく」

「いや、すぐだから」彼は立ち上がって、C・Jの背後のミニバーに近づいた。「あのマスコミの騒ぎをどうやってかわしたのかな、C・J?」

「じつは隠れていました。ドミニクのところに。騒ぎが鎮まってから、自宅に戻ったの。あっという間だった。世論は味方してくれたみたい。バントリングは狂った悪者で、わたしはスケープゴート」チェンバースの前でバントリングの名前を口にするのは妙な感じだった。言葉に注意しなければ、とC・Jは自戒した。いまは医師としてではなく友人として話していると言っても、バントリングの主治医だった事実は変えられない。どちらもそうしたいのはやまやまだとしても。「ティグラーはわたしを昇給させてくれて、三週間の休みをくれたんですよ。仕事から離れられてうれしかったわ」シャンペンの栓が抜ける大きな音がした。

「ファルコネッティ捜査官とはまだ続いているの?」

「ええ。一時は遠ざかってたけれど。彼とのつきあいは、わたしにとってはよいことだと思うんです」

「たいしたものはないが」チェンバースは言いながら、シャンペンとグラス二つにカナッペの載った盆を、ウィングチェアに挟まれたコーヒーテーブルに置いた。「これは先週末にエステルの誕生パーティをしたときの残りものでね」彼はC・Jと向かい合って座った。「彼が事件を解決した、そうだったよね？　流れを変えたというのかな」

「ええ、彼は優秀な捜査官です。トロフィーを見つけてくれたわ。それに写真も。ほんとうに凄惨だった。わたしの経験したなかでも最悪」

「そうだろうな」

「彼が発見してくれなかったらどうなっていたかと考えると、ぞっとします」

「あるいはどこを探すべきかを知らなかったら、かな。あの会議のあと、彼と話してよかった。そうでないと、手がかりがなかっただろうし」

「手がかり？　なんの？」説明できない不安が湧き上がった。

「どこを探すべきか。彼にほかの犯罪歴を調べてみるべきだと言ったんだ。だって何が出てくるかわからないからね。シャンペンは？」

C・Jの頭のなかに疑問が渦巻いた。答えを知りたいのかどうか、自分でもわからない疑問だ。法廷でルビオが言い捨てた言葉が甦った。「あの晩のことは、ほんとうに申し訳ありませんでした」C・Jは話題を変えて時間を稼ごうと、のろのろと言いだした。頭のなかを走りまわっている考えをつかまなければ。「すっかり参ってたんです。裁判の行方は絶望的だったし。言ってはならないことを言ってしまったみたい」

「大変なストレスだっただろうから」

「そうなんです」

チェンバースはシャンペンを注ぎなさいと身振りで示した。C・Jは背筋に感じる冷たいものをどうしても振り払えなかった。何かがおかしい。

「当時のわたしの難しい立場を理解してもらいたいな、C・J。バントリングが患者だったことやなんかね」彼は言った。「そして、いまあなたがわたしを追い込んでいるもっと難しい立場も」

C・Jは首を振って、モエのロゼの冷えた瓶を分厚い鉛入りクリスタルでできた美しいアンティークのバケツから取り上げた。バケツの底の氷の上に暗赤色のものが載っている。

「難しい立場だ。なにしろ、あなたを欲望のまま存分にファックしてやりたいと思っているのだから」チェンバースが言った。

オフィスの静寂を貫いて悲鳴があがり、何度も何度も壁にこだました。チェンバースはウィングチェアに座って気楽そうに足を組み、楽しげな笑みを浮かべてC・Jを見ていた。

恐怖が明らかになるまで、脳が理解しがたいことをのみ込むまで、そしてショックで失神しそうになるまでに、しばらく間があった。しばらくしてようやく、C・Jは自分が見つめている暗赤色のものが人間の心臓で、響き続けているのが自分の悲鳴だと気づいた。

90

椅子から飛び上がったとき、C・Jはシャンペンの瓶をつかんでいた。椅子は音をたててひっくり返った。ドア！　逃げなくちゃ！　閉じたドアに無我夢中で走ったが、チェンバースが背後からジャケットをつかんで引き戻そうとした。振り返りざま、彼の顔めがけてシャンペンの瓶を振りかぶった。

チェンバースも素早かった。右腕をあげて瓶を避ける。瓶ががしっと当たったとき、うめき声が聞こえた。瓶は砕けてシャンペンがあたりに飛び散り、C・Jの顔や髪に降りかかった。もう一度ドアに走り寄ろうとしたが、チェンバースはまだジャケットをつかんでいて引っ張った。必死でもがいて袖から腕を抜き取ると、主を失ったジャケットだけがチェンバースの手に残った。C・Jの手がドアのノブにかかった。ドアを引いて開け、廊下へ飛び出して、いつもはエステルがいる受付オフィスに駆け込んだ。待合室に通じるドアを開けようとしたとき、後ろからチェンバースがのしかかるのを感じた。耳に荒い息が聞こえ、両肩をつかまれてひきずり戻された。ドアのノブにかけた手が滑り、C・Jはメキシコ・タイルのうえに仰向けに倒れた。

頭をタイルに激しく打ちつけ、爆発するような鋭い痛みが足に走った。一瞬くらっとしてあたりが遠くなり、身体の下になった足がずきずきと痛んだ。最初は倒れたときに打ったか、骨が折れたのだと思った。

チェンバースがかたわらにしゃがんで、荒い呼吸を整えながら、床に転がったC・Jを見ている。彼はにやにや笑っていた。なぜ、笑っているの？

足を見下ろした。ナイフで刺されたのだと思い、血が床にほとばしって灰色の漆喰の目地《めじ》を伝って流れているのを予想した。だが代わりに見えたのは太腿に刺さった、空になった注射器だった。部屋がぐらぐらと揺れだし、頭がぼんやりしてきた。何かにつかまろうとしたが、両腕はだらりと下がったままだ。冷たい床に長く伸びた身体がとつぜんひどく重くなって、たまらない疲労感に襲われた。チェンバースは壁によりかかって座り、じっとC・Jを見ている。

そのにやにや笑っている顔がだんだんぼやけていく。瞬きのたびにゆっくりと点滅する頭上の蛍光灯がまぶしい。C・Jは何か言おうとしたが、言葉にならなかった。舌がもつれて重い。最後に聞こえたのは受付の天井から聞こえているバッハだった。クラシック音楽。患者をおとなしくさせるための音楽。

そして、あたりは真っ暗になった。

91

C・Jはゆっくりと目を開いた。オフィスのぎらぎらした蛍光灯が目に入るものと思ったが、代わりに見えたのは自分の姿だった。オリーブグリーンのスーツを着たまま、ストレッチャーに横たわり、両手を両脇に縛りつけられ、両足もストレッチャーに縛られた彼女自身がこっちを見つめていた。瞬きしたC・Jは鏡だと気づいた。仰向けに寝かせられて、天井の鏡を見上げているのだった。鏡のまわりは予想したとおりのぎらぎらする蛍光灯で、どこからどこまでも真っ黒に塗られた小部屋を照らしている。振り返ることはできなかったが、部屋は縦三・五メートル横四メートルあまりでどこにも窓が見えなかった。ストレッチャーを見下ろすように三脚とカメラがセットされている。モーツァルトの〈ハレルヤ〉が静かに流れていた。

身体が重く、手足が自分のものではないような感じだった。指を動かそうと思っても、動いたのかどうかわからない。感覚がまるでない。瞼が開いたり閉じたりするのもひどくのろのろしていて、そのたびに目の焦点をあわせるのに苦労した。髪からシャンペンの匂いがしている。声を出そうとしたが、舌がいうことをきかず、せきこむようなこもった音が出ただけだった。

頭を右側に向けると、すみに立っているチェンバースの背中が見えた。鼻歌まじりで何かしている。水が流れる音、軽い金属がぶつかりあう音が聞こえた。その音は耳にがんがん響いて、それから遠くなった。がんがん響いて遠くなる。頭痛の波のように。

チェンバースは振り向いて首をかしげ、眉をひそめた。「きみはそうとう耐性が強いらしい。まだ数時間は気がつかないはずだったのに」

C・Jはまた何か言おうとしたが、言葉にならないうめき声が出ただけだった。チェンバースの背後に金属製のカートが見える。白い布がかかっていて、銀色の鋭利な機器がぎらぎらする蛍光灯の明かりを受けて光っている。ボルトカッターもあるのにC・Jは気づいた。

「使用期限が過ぎていたのかもしれんな。まあいい。きみはここにいる。大事なのはそれだけだ。気分はどうかね、C・J?」チェンバースはペンライトで彼女の目を照らした。瞼が反射的に閉じようとする。「悪くないようだな。話そうとしなくていい。聞いたってどうせわからないから」チェンバースは腕のストラップをはずして、手首を握り、脈をとった。「きみは眠っているはずなんだ。昏睡状態のはずなのに、こんなに速く脈打っている。なんと、しぶといお嬢さんじゃないかね」

チェンバースは彼女の腕を放し、ばさっと音をたててストレッチャーに落ちるのを眺めた。彼の腕にも包帯が巻いてある。シャンペンの瓶を叩きつけたことを思い出した。

「抵抗しないほうがいい。ストレスになる。ストレスがかかれば鼓動が早くなり、血流が増える。正直なところ、そうなると面倒なんでね。いや、きみの血を浴びるのはいやじゃないが、あとの掃除のこともある」

C・Jは頭を動かそうともがいた。

「ほう、理解したようだな？　どうだ、わかったかね？」チェンバースは笑いながら彼女に与えた恐怖がしみこんでいくようすを眺めた。薬物を注射されていても、彼女は必死に頭を働かせようとしている。「わたしが家伝の秘密のレシピを明かすなんて考えないほうがいい。最後の瞬間に詳しく告白して、すべてを明らかにするなんて思わないことだ。わたしはそんなことはしない。きみは疑問を抱いたまま、あの世にいかなくてはならんだろうよ」チェンバースはため息をついて、C・Jの髪に触れた。「わたしは紳士で、紳士はブロンドが好きだ。そう言えば充分だろう。昔からそうだったよ、C・J。十年前にきみに会ったときから、きみのことは心に止めておいた。美しいC・J・タウンゼンド、優秀な検察官、美しさを見せまい、気づかれまいと苦労して、一日一日を生きるのに苦闘している。抱いていた暗い悲しい秘密をたった一人にだけ打ち明けた。かかりつけの精神科医に。悲しい孤独な人生を送り、記憶と悪夢に苛まれて眠れず、誰かと出会って孤独や悲しみから抜け出ることもできない。トラウマ後スト《PT》レス障害《SD》という都合のいい診断名がある。クリスマスやヴァレンタインデーのように辛い記憶が呼び覚まされる時期には鬱病。どうだい、聞き覚えがあるだろう、C・J？　納得がいったかね？　一時間七五ドル、警察関係者の割引、セラピーは何カ月だったかな？　何年続いたかな？　ほんの二言三言で、きみをあやつれる。簡単さ」

チェンバースはなおもC・Jの髪をなで、汗に濡れた顔からかき上げた。のしかかって顔を近づけた彼の、かつてC・Jがやさしいと思った青い瞳には憐れみが浮かんでいた。それと軽蔑か？

「さあ、きみの気分を軽くしてあげよう、C・J」彼は耳に囁いた。「きみはぜんぜん精神病なんかではなかった。ごく平均的な人間だ。スター・アイランドの平均的な主婦、贅沢な生活に飽き飽きした女性と同じ程度だ。ただ、人生なんてろくでもないものだと気づくのに時間がかかり、不運にもわたしに助けを求めただけのことだ」

後ろにさがったチェンバースが上着のポケットから注射器と小さな瓶を取り出すのが見えた。「さて、わたしは最後の瞬間に自分の卑怯なふるまいを告白したりしないと約束した。だが、きみとバントリングはケーススタディとしては完璧だったと言っておかなければならんだろうね。偉大な作業仮説だよ。レイプの被害者と犯人。立場が逆になったとき、何が起こるか？　訴えられる者が訴える立場にまわったらどうなるか？　機会を与えられたとき、彼女はどの道を選ぶか？　倫理的な道か、正義の道か？　彼女はどこまで復讐するだろう？　それはどんな意味をもつのか？　ウィリアム坊やは情熱の犯罪をどこまで償わさせられるか？　生命をもって借りを返すのか？

正直に言うが、きみを見ているのはじつに楽しかったね。ウィリアム坊やがあっけにとられているのを見るのもじつにおもしろかった。彼の唯一の問題は彼自身をパンツのなかにしまっておけないこと、それにもちろん怒りを抑えられないことだけだ」チェンバースはガラス瓶の透明な液体を注射器に移しながら、C・Jの腹部のほうへうなずいてみせた。「きみが眠っているあいだに、彼の仕事ぶりを見せてもらったよ。きみの言うとおりだった。ひどいものだ」チェンバースの唇は嫌悪に歪んだ。「それでも逃げられると彼はうぬぼれていたな。きみを見くびっていたらしい。

彼を無罪放免にしてやりたい気持ちはあった。わたしのトロフィーをとっておいてね。全部だからな。そして刑務所の扉が開き、彼がバス代五ドルを渡されて解き放たれたとき、きみがどうするかを見ていようかとも思ったよ。きみはパパのサタデーナイト・スペシャルを手に、ありったけの鉛の玉をぶちこもうと物陰に潜んで待ちかまえているだろうか？

だが、こっちのほうがハッピーエンドにふさわしいと考えたのだ。これからきみは自分が無実の人間を死刑にしたことを悟ったうえで、造物主のもとへ行く。神さまにどう説明するかね。チャンスがあったら同じことをするかな？　ううむ……そう、もしかしたらバントリングは控訴審で勝つかもしれないな。そうすれば無罪放免だ。それも皮肉ではないか？　きみは死んで、彼は生きている。生きて、あの大きな醜いナイフでもっと大勢の女性を襲うのだ」

C・Jは何か言ったが、その絶望的な言葉は不明確で理解不能だった。

「ああ、C・J、そう怯えなくてもいい。しばらく一人にするだけだ。必ず戻ってくる。次にはどんなことが起こるか考えながら待っているといい。さて、仕事をしなければならん。午前九時の予約の患者がじりじりしてわたしを待っているだろう。強迫性障害の患者でね。エステルは交通渋滞に巻き込まれたんだそうだ。だからオフィスに行かなくてはならない」チェンバースは注射針を彼女の腕につきたてた。

「これでいい気分になれる。聞いているはずだな。ハロペリドールのことは？　さあ、ゆっくりお休み、またあとで会おう。写真を撮って、楽しく過ごそうな」

キーがじゃらじゃらする音がして、ドアがきしんで開いた。

黒い部屋がまたぼやけて、目の焦点があわなくなった。瞼が下りてきて、握りしめていた拳が力なく開くのを感じた。重さがなくなった身体が墜落していく。底なしの奈落へどこまでも墜落していく。

「またあとで」それが彼女に聞こえた最後の言葉だった。

92

ドミニクは電話の向こうでようやく相手が出たとき、はっとした。聞こえてきたのはいつもどおりの彼女の声だった。だが少しして、それがまたも留守番電話の声だと気づいたとき不安でいてもたってもいられなくなった。

彼女はどこへ消えたのだ？　いったい、どこにいるのだ？　昨晩は夕食の約束をすっぽかし、今朝は出勤していない。マンションにもいないし、刑の宣告のための審問以後、誰にも連絡がない。

またも二人の関係が不安になったのか？　それで一人になりたいと、彼にも黙って逃げ出したのか？

ドミニクは不吉な考えを振り払えなかった。何かとんでもないことが起こっているという陰鬱な直感。彼はC・Jが心配で一睡もできなかった。事故か？　だが、病院にあたっても何も見つからなかったし、どこからもなんの報告もなかった。

彼女が失踪して二十四時間以上がたっていた。彼はもう待てなかった。携帯電話でFDLEに電話し、C・Jの車を緊急手配して、シグナル8に報告させるよう指示した。行方不明者、事件に巻き込まれた恐れあり。

93

C・Jはまた目を開けたが、今度は何もかもが真っ黒だった。わたしは死んだの？　そうなの？

頭を片方に、次に反対側に動かしてみた。どこにも明かりはない。死んだのかもしれない。そのとき頰が冷たいストレッチャーに触れ、部屋が黒く塗ってあって、窓もなかったことを思い出した。彼が明かりを消していったのだ。

何時間たったのだろう？　何日たったのか？　彼はまだいるのだろうか？　この瞬間、部屋にいて自分を見ているのか？　指を動かそうとしたが、重すぎた。爪先を動かそうとしたが、動いたのかどうかわからなかった。口が渇き、薬の効果で舌が異物のようだった。どのくらいの薬を打たれたのか？

グレッグ・チェンバース。キューピッド。優秀な精神科医。信頼してきた友人。連続殺人者。なぜ？　どうして？　筋が通らない。C・Jの長年のセラピーは彼にとってはゲームだったのか。愉快なおもしろいゲーム。レイプの後遺症に苦しむ彼女を眺める。それから歪んだウィリアム・バントリングに出会い、二人をチェスのポーンのように闘わせてみる。死のゲームをさせる。

部屋は手術室のように冷え冷えとしていた。身震いが出て、歯ががちがち鳴った。チェンバースが何者か、何をしたのか、彼女は知っていた。そこで、彼の言葉を思い出した。

抵抗しないほうがいい。……正直なところ、そうなると面倒なんでね。

シャンペンのバケツにあったのは誰の心臓なのだろう？　キューピッド事件の十一人の被害者の心臓はすべて発見され、DNA鑑定で確認された。C・Jが心臓を見たということは、ほかにも被害者があるという意味だ。C・Jが死ねばまた心臓が増えるが、誰も鑑定してはくれないだろう。誰も探してはくれない。連続殺人者の恐怖はとうぶん世間には知られないだろう。あるいは永遠に。

チェンバースは彼女を殺そうとしている。どうやって殺すのか、彼女にはわかっていた。彼女自身が医学用語を使ってありありと説明できる。十一回も彼の仕事ぶりを見、監察医の言葉を聞き、解剖報告を読み、トロフィーの陰惨な写真を目にしてきた。

チェンバースが自分に見させておくことを彼女は知っていた。アンナ・プラドの瞼に残っていた粘着テープを思い出した。粘着テープを貼って目を開かせておき、天井の全身が映る鏡で見せておくつもりだ。この黒い部屋、死の部屋で。悲鳴をあげても誰にも聞こえない部屋で。

嗚咽がこみあげた。叫びたかったが、叫べなかった。無力感にひしがれた頰を涙が流れ、首筋を伝って、ストレッチャーに水溜まりをつくった。

そのとき、部屋のすみの金属製のカートと、ぴかぴかの鋭利な器具を思い出した。ジョー・ニールソンの顔が浮かんだ。手にもった棒でマネキンの胸部を指していたニールソンの言葉が甦った。

「メスでしょう。創洞は深くて皮膚と脂肪組織そして筋肉の三層を通って骨に達していました」

最期がどうなるかを彼女は知っていた。どう感じるかまで知っていた。

いつ、自分に死が訪れるのだろう？　もう彼はここにいて、暗闇のなかでひっそりと自分を見ているのだろうか？　自分が泣くのを見、嗚咽を聞いているのか？　自分がもがくのを見ながら、ストレスで動悸があまり速くならないといいが、と考えているのか。

暗闇のなかで、彼女は待つしかなかった。待っているしか。

94

「お邪魔をしてすみません、チェンバース先生。でも、会いたいという方が来てますので」いきなりエステルの声がデスクのインターフォンから響いた。グレゴリー・チェンバースはインターフォンを見つめた。「FDLEのファルコネッティ特別捜査官なんです」

「そうか。待合室で待っていただきなさい。いま、こちらをすませるから」チェンバースはエステルに答え、最後の患者を診ながら記したメモをテープレコーダーに読み上げる作業を終えた。

エステルはデスクから、いかにも心配そうな顔をしたドミニク・ファルコネッティを見上げた。裁判中にテレビで何度か見たことがあるが、いつも落ち着いて自信ありげだったのに。今日の彼はひどく不安そうだった。きっとあのニュースのせいだとエステルは思った。「ファルコネッティ捜査官、先生はもう少しでおすみになるそうです。おかけになってお待ちください」エステルは待合室の革の椅子のほうへうなずいてみせた。

「ありがとう」ドミニクが言った。

窓口から椅子のほうへ歩いていくドミニクを、エステルは興味津々で見ていた。彼は腰を下ろさなかった。待合室を見回し、二度も腕時計に目をやった。

ドアが開き、チェンバース医師が受付に出てきた。彼はエステルのそばを通り過ぎて待合室へのドアを開いた。「ファルコネッティ捜査官、どうぞ」彼はオフィスのほうへ誘った。

ドミニクはチェンバースについて受付のデスクのそばを通り、メキシコ・タイルを張った廊下を抜けてやわらかな黄色とブルーのオフィスへ入った。「どんなご用かな、ドミニク？」チェンバースはドアを閉めながら聞いた。

「もう聞いてらっしゃるでしょうが――」ドミニクが言いかけた。

「C・J・タウンゼンドのこと？　もちろん聞いている。二日前から報道されていたね。何かわかった？」

「いや、何もわかりません。それでうかがったんです」ドミニクはちょっとためらってから続けた。「ご存じかどうか知りませんが、ぼくたちはつきあっていました。彼女はあなたと会っていたと言いました。医師としてです。そのことを念頭においたうえで、いくつかお尋ねしたいんです」

「ドミニク、もちろんできるだけはお手伝いするよ。しかし、C・Jとどんな話をしたかは聞かないでくれ。それは話せないし、話すつもりもない」

「それはわかっています。だが、教えていただきたいんです。最後に会ったのはいつですか?」

グレッグ・チェンバースはしばらく相手を観察した。こういう会見があるかもしれないとは予測していた。だが、優秀な特別捜査官が自分の疑問に対する答えを知っていたら、あるいは疑いだけでも抱いていたら、二日前に医師のもとを訪れていたはずだ。彼が特別患者のリストのこともほかのことも知らないのは明白だった。明らかにC・Jはすべてを話したわけではないらしい。「裁判のあとは会っていない。もう何週間になるかな」

「話もしていませんか?」

「いや。あれ以来はね。もう、わたしの患者ではないんだ。もっと力になれるといいんだが」

チェンバースは肩をすくめた。

「わかります。何かお考えはありませんか? 彼女の行く先とか? 誰か一緒にいそうな人間は? あるいは彼女が怖がっていた人間とか?」

まったくわかっていないのは明らかだった。何もわかっていない。そもそも行方不明者なのか家出人なのかも見当がついていないのだ。愛する者は自分から去ったのかもしれないと考えて優秀な刑事が悩んでいるのは、見るも哀れだった。誰かと一緒にいなくなったのかもしれない、自分は彼女をぜんぜんわかっていなかったのかもしれない、と苦しんでいる。

「いや、ドミニク。そっちの方面でもお役に立てそうもないな。ただ……」彼は思わせぶりに口を閉ざしてから、ゆっくりと続けた。「C・JにはC・Jの考えがある。可能性があるかというなら、彼女が息をつきたくてどこかへ行ったという可能性があることは否定できないな」

チェンバースはドミニクの目をまっすぐに見た。医師の目はドミニクが求めていて、しかし知りたくない答えを表情豊かに伝えていた。

ドミニクはのろのろとうなずいた。それから名刺を差し出して言った。「そうですか、ありがとう。もし彼女から連絡があったら、電話してくれませんか。裏に自宅の番号を書いておきました。携帯電話で二十四時間何曜日でも連絡がつくはずですが、万一の場合に備えて……」

「わかった。役に立てなくてすまないね」

ドミニクはうなだれ、肩を落として廊下へ出ていった。昔ながらのじつにわかりやすいボディランゲージだ。チェンバースが見送っていると、彼はエステルがいる受付へのドアを開けながらかすかに自分にうなずいていた。医師が言ったことも言わなかったことも、彼はみんなすなおに受け止めたのだ。医師がほのめかしたことも、すべてを。

医師が観察しているのも知らず、ドミニク・ファルコネッティ特別捜査官は重いオークのドアを開け、車に乗って走り去った。

95

ドアが開いて、部屋がいきなり明るくなった。じゃらじゃらと鍵の音が背後で聞こえた。

チェンバースは部屋のすみのシンクに行って、背中を向けて両手を洗いはじめた。シンクの横には器具を置いた金属製のカートがある。サイズ順にならべたメス、ハサミ、ボルトカッター、針、テープ、点滴のセット、剃刀、点滴用のバッグ。彼はシンクにかがみこんで、少なくとも五分はかけて外科医のように念入りに両手を洗い、ペーパータオルで慎重に拭いた。シンクの下の戸棚の引き出しから消毒済みのゴム手袋を取り出して、ていねいにはめる。

「遅くなってすまなかった」チェンバースは声をかけた。「面談がなかなか終わらなくてね。きみは自分が問題を抱えていると思っているが、向こうの話を聞かせたかったよ。統合失調症の十七歳の患者が母親をナイフで脅すご時世だからね。考えられるかい？　自分の母親だよ」

彼は三脚に近づいてカメラをのぞき、目を見開いて天井を見つめているC・Jの顔に焦点をあわせてシャッターを押した。「確かにきみは写真うつりがいい。じつに美しい顔立ちをしている」さらにシャッターを押してから、今度はストレッチャー全体が入るように調節した。

金属製のカートのところへ戻ったチェンバースはふと立ち止まって、考えているようだった。それからシンクの下に手を入れて緑色の手術衣を取り出した。部屋のすみに金属製の椅子があった。彼は上着を脱いできちんと椅子の背にかけ、次にネクタイをはずし、ドレスシャツとズボンを脱いで、全部をきちんと畳んで椅子に載せた。代わりに手術衣をつけながら、ぶつぶつとつぶやいている。「きみの友人が今朝、オフィスに来たよ」彼はそう言って、靴の上にミントカラーの綿のオーバーシューズを履いた。「ドミニクだよ。何か知らないかと聞きに来たのさ。きみがどこに行ったのか、誰かと一緒か、知らないだろうかって。わたしの意見を聞かせてやったら、とても悲しそうだった。ほんとうに悲しそうだったよ」

チェンバースは金属製のカートを押してきて、C・Jの右側に置いた。カートから手術用のキャップを取り上げて頭にかぶる。「わたしは最初に外科医の研修を受けたんだ」彼はC・Jの右腕を見下ろして眉をひそめた。腕は縛られていなかった。注射をしたあと、縛るのを忘れたのだ。その手を取り上げて放すと、どさっとストレッチャーに落ちた。

C・Jは何か言ったが、何を言ったのかわからなかった。言葉にならないうめきだろう。片方の目から流れた涙が髪を濡らした。

悲しいことだった。この美しい標本、このすばらしい作業。終わったときは喜びを感じるだろう、自分の仮説が証明されたという誇りを感じるだろう、とチェンバースは思っていた。だが、ついにバントリングに死刑が宣告され、ゲームが終了して、最後のプレイが始まったとき、そう、そのとき彼は悲しかった。この実験を最初から企画したのは彼だ。三年前にバントリングが不幸なことに誰にも話せない山ほどの問題を抱えて、彼のオフィスにやってきたとき。チェンバースはバントリングが怒りを爆発させ、喚きたてるのを聞いてやった。長年のあいだに出会った女性たちにしてきたひどいことを語るのを聞いてやった。そして知ったのだ。偶然というものはめったにないが、それでもこの世に起こりうるものだと。そのときアメリカ精神医学会会員、医学博士グレゴリー・チェンバースは、現代精神医学史上、最も驚くべき実験をする最も驚くべき材料を手に入れたと気づいたのだった。鬱状態のC・Jや自己愛的精神病質者バントリングの治療を始めるはるか以前から死をもてあそんでいたとはいえ、彼の努力はまだまだ未熟だった。ほかの者たちの失踪は事件にもならなかった。彼らの死は無意味で、重みがなかった。だが今回の実験は、そう、今回の実験は壮大な交響楽だった。彼はその実験を決意した瞬間の興奮を、そして哀れな愛らしいニコレットの胸を切り開いたときにその顔に浮かんだ表情を見たときのスリルを覚えていた。彼女は自分がどれほど重要な役割を演じたかを知らなかった。彼女は第一号だったのだ。この秘めやかな研究の最初の標本だ。

その実験がいよいよ終わることになって、彼は悲しかった。今回の偉大な実験、壮大な偉業を世界に発表できないのがわかっていたからだ。仲間たちは彼の偉業を知らない。実験の経過と結果を発表して同時代の仲間と検討しあうことはできない。世間にとって彼はありふれた精神科医の一人にすぎないのだ。

「ほらほら、泣くのはよしなさい」チェンバースはなだめた。「ちっとも痛くないからね、と言ってやりたいところだが、残念ながらそうはいかんだろうな。きみも知っているとおり、まず点滴だ」チェンバースは後ろを向いて注射器と腕に巻くゴムバンドを取り出した。

突然、彼は振り返り、C・Jの右手首をつかんで激しくストレッチャーに打ちつけた。さらにのしかかって、一〇センチくらいまで顔を近づけ、弱々しく天井を見上げているC・Jのうつろな目をのぞきこんだ。

「しかし、作業を始める前に」チェンバースは上から笑いかけた。「いい子だから、メスを返しなさい」

96

どうだ、わかったか。油断などするものか。もちろん、彼は部屋に入ってきたときから、メスがなくなっているのに気づいていた。気づかないほど愚かだとでも思ったのか？　古典的な過ち、彼女よりずっと頭のいい人間でもしてきた過ちだ。あわてたあまり、彼女は相手をみくびった。相手を愚かだと見誤った。

チェス試合の勝利は、複雑で一見無意味な手を重ねていって、相手を逃れようのない罠に追い詰めたときに訪れる。茫然とした愚かな対戦相手に、その瞬間までこちらのクイーンに対する手を考えていた相手に、チェックメートと囁くとき、勝利のスリルを味わうことができる。

このゲームも同じで、相手の力量が高ければ高いほど、感じるスリルは味わい深い。彼は部屋を歩きまわり、布石し、罠を仕掛けた。彼女の美しい顔に茫然とした表情が浮かぶのを見る楽しみにわくわくしながら。

チェンバースは緊縛がほどけている彼女の手首を見た。生命をかけた絶望的な最後の反撃を試みようとする緊張に、握った手が細かく震えている。さらに恐怖に見開かれた彼女の目を見つめた。彼女が心のなかでポーンを動かす時間を与える。次の瞬間、彼は電光のようにとびかかった。いよいよチェックメート、彼女の反撃がくじかれる一瞬だ。

C・Jは固く拳を握っていた。指の間から赤い血が滴り、手首をつたってストレッチャーへと落ちていく。彼は両手で力いっぱい彼女の拳をこじ開けた。抵抗のうめき声があがる。こじ開けた手には五番のメスがあり、さっき固く握ったときに切れた掌の深い傷口が見えた。彼は親がやんちゃな子どもから玩具を取り上げるようにメスを取り上げた。

敗北を悟ったC・Jはゆっくりと首を振り、涙をあふれさせた。最後の努力が水泡に帰した。彼女にそれだけの力が残っていたことが、チェンバースをおもしろがらせた。なかなか手ごわい敵だ——たぶん誰よりも手ごわいだろう。だが気の毒なことにこのわたしに太刀打ちできるほどではない。

いきなり彼の耳に悲鳴が響き、次にC・Jのもつれていないはっきりした言葉が飛び込んできた。そのとき初めて、チェンバースはハロペリルドールの効き目がほとんど消えていたことに気づいた。予想外だった。熱い焼けつくような痛みが彼の首を貫き、温かい血がほとばしって、緑色の手術衣がじわじわと暗赤色に変化していく。

楽しみが驚きに変わり、チェンバースは怒りに顔を黒ずませて涙をほとばしらせながら叫んでいるC・Jを見つめた。のろのろと両手を首にあてて押さえたが、小さな穴から噴き出る血は容赦なく指のあいだから流れて落ちる。身体が自らの血に染まるのが見え、C・Jに向かって話しかけようとしたのに、聞こえるのは言葉にならない自分のうめき声だけだった。わが生命が身体から流れ出て、靴に滴り落ち、静かに床に広がっていく。

チェンバースはC・Jにつかみかかり、押し倒し、首をねじきってやろうとした。だが手はC・Jに届かず、よろよろとあとずさった彼は背中が壁にあたるのを感じた。C・Jはストレッチャーの上に起き上がっていて、その目には憎悪が燃えていた。彼女の左手にはもう一本のメスが握られていて、そこから赤い血がストレッチャーに滴っている。彼の血だ。

そのとき、彼は恐怖を感じた。自分もまた、最も古典的な過ちを犯したのに気づいたからだ。

彼はC・Jをみくびっていた。

97

チャンスは一度しかない、とわかっていた。彼を充分に引き寄せたところで、目か耳か首に刃をつきたてるしかない。自分の力が限られているのもわかっていた。腕にはまだ力が入らない。

彼は緑色の手術衣を着て、鼻歌まじりに近づいてきた。隣に立ち、自分を見下ろして眉をひそめる。何かまずい、と彼女は感じた。親指に力をこめて、固くメスを握る。ストレッチャーが同じ位置に戻っていなかったのか？　器具のカートがずれていたのか？　真っ暗闇のなかでは、部屋がどうなっていて、何がどこに置いてあったのかを確認することはできなかった。

彼は近づく。だが、まだ遠すぎる。彼が紛失物に気づいているのは確かだ。紐。縛られていない彼女の手。部屋の凍りつくような寒さにもかかわらず、汗がにじむ。ふいに彼はC・Jの手をつかみ、ストレッチャーにどさっと打ちつけた。手が落ちるのを意識し、できるだけ自然に、だが握ったメスを放さずに落とそうと努めた。放しちゃいけない。何があっても、放しちゃいけない。彼は満足したようで、背後のカートのほうへ向き直った。さあ、点滴をもってもう少しC・Jは心のなかで安堵のため息をついた。もっと、そばへ。さあ、点滴をもってもう少しそばへ寄りなさい。もう少し。

とつぜん彼がとびかかってC・Jの手をつかみ、カートにぶつけて拳を開かせようとした。いやいや、放しちゃいけない！　拳を握りしめると、刃が皮膚から腱、筋肉を切り裂いた。それでも放さなかった。最後の指がむりやりこじ開けられるまで。また奪われてしまった。彼はにやにや笑いながら、どうだというようにC・Jを見下ろした。その手に乗るものか。C・Jの顔に涙があふれて流れた。ああ、神さま、これで最期なんてあんまりです。

さあ、もっと近づくのよ、この人殺し。わたしにはまだ、最後の手が残っている。おまえがわたしを永遠に眠らせる前の最後の一撃。どうぞ、うまくいきますように。もうこれしかチャンスはない。

悦に入った彼の笑顔が目の前にあった。ゴムのチューブと注射器をもっている。

「地獄へ行け！」C・Jは叫んだ。

チェンバースの耳元で思い切り叫んだ。密かに紐を緩めた左手に隠し持っていた三番のメス。それをあらん限りの力でチェンバースの首に叩きこんだ。噴水のように血がほとばしった。勝ち誇った笑みを浮かべてC・Jを見ていた彼の目が、ショックで大きく見開かれた。

彼はよろよろと後ずさりし、両手を首にあてた。金属製のカートにぶちあたり、カートは壁まで滑っていった。手術用の器具が冷たい黒いタイルに音をたてて散乱した。彼は左手を首にあてたまま、右手をC・Jのほうへ伸ばした。だが、ショックで目を見開いたまま、壁際にがくんとくずおれた。

あたり一面、血だらけだった。頸動脈が切れたに違いない。緑色の手術衣は血でぐっしょり濡れていた。彼はまだC・Jを見つめていたが、その顔は怒りに歪んでいた。呼吸が苦しいらしく、言葉が咽喉につまる。

C・Jはストレッチャーから床に転がり落ちた。わき腹を激しく打ちつけ、骨が折れたかと思った。まだ足に力が入らない。強力なハロペリドールのせいで、足は空気の入っていないゴムのチューブのようだった。彼女は両手を使って彼がさっき入ってきた黒いドアに這っていき、のびあがって頭上のノブをつかんだ。その間、片時もチェンバースから目を放さなかった。わき腹の痛みは激しく、息をするのがやっとだった。

チェンバースの首からほとばしる血が彼女のほうへも広がってきて、黒い床が不気味にてらてらと光る。C・Jは助けを呼ぼうとしたが、弱々しくかすれた声はどこにも届きそうになかった。そのとき、また彼が言葉にならないうめき声をあげた。何かをつかもうと片手をじりじりと動かしている。

ここから出なければ。助けを求めなければ。ノブをまわしたがドアは開かなかった。さっき鍵がじゃらじゃら音をたてていたのを思い出した。

二人は鍵のかかった部屋に閉じ込められていた。

98

鍵。鍵はどこ！　椅子にかかっている上着のポケットだ。彼が座り込んでいる壁際。彼の片手はまだカニのように床を這っている。大きく見開いた目は瞬きをしない。だが、それでも指を動かしている。死んでいるようなのに。ショック状態で、内臓が機能を止めかけているのかもしれない。C・Jは血の海となった床を這って、椅子に近づいた。上着がかかっている。わき腹の痛みは耐えがたかった。動くたびに激痛が走って息ができない。

上着を引きずりおろし、チェンバースから目を放さずに、夢中でポケットを探った。床のいたるところがまだ温かい彼の血で濡れている。胸ポケット、ない。内ポケット、ない。左のポケット、あった。リングのキーホルダーがじゃらじゃらと音をたてた。それを引っ張り出し、またドアへ這い戻る。足は感覚を取り戻してじんじん痺れていたが、まだ力は入らない。

いきなり足首をつかまれて、引き戻された。悲鳴をあげて、無力な足で蹴り放そうとした。振り返ると、首から離れたもう一方の手が注射器を握っているのが見えた。

「いや！　いや！」絶叫した。「いや！　やめて！」ぬるぬる滑るタイルの上で、何か身体を支えるものがないかと探した。だが血溜まりのなかをじりじりと引き戻されていく。注射器、透明な液体に満たされた注射器、その鋭い先から毒液の滴がこぼれ出る。彼はC・Jを引き寄せながら、注射器で腿を狙っていた。あれだけのミヴァクロンを薄めもせずに直接に注射されたら生命はない。両手を振りまわして必死に手がかりを探した。なんでもいい、引き戻されていく身体を支えるもの。だが、何も見つからず、注射針はいっそう近づき、あと十数センチまで来た。自分の死を悟っているに違いない彼の顔に勝利の表情が浮かぶ。二人ともここで死ぬと考えているのだ。

そのとき、C・Jの手が何かにあたった。床に落ちていた冷たい金属。ハサミだ。彼女はそれをつかみ、せいいっぱいの力をこめて振り向くと、彼に向かっていった。振り上げて下ろしたハサミは彼の胸に命中した。足首をつかんでいた手からすっと力が抜け、床に落ちた。注射器も血の海に転がった。彼の目はまだ見開かれていたが、勝利の表情はなかった。

C・Jはドアに這い戻り、頭上のノブを探った。ノブをつかんで身体を引き上げ、鍵穴を見つける。メスの傷で血まみれになった右手がノブから滑り、のめって転んだ彼女は顎を床に激しく打ちつけた。頭を激痛の衝撃波が襲い、あたりが暗くなる。

だめ、だめ。起き上がるのよ！　ここで気絶してはいけない！　ここではだめ、いまはだめ！

頭を振って霧を振り払い、またノブをつかんで身体を引き上げ、鍵穴を探った。キーホルダーがじゃらじゃらと音をたて、彼女は震える手で一本一本試した。右手の痛みは激しく、指が思うように動かない。三本目の鍵が鍵穴に滑り込み、かちりと音がした。ノブを回してドアを少し引いたところで、また床に崩れ落ちた。小さく開いたドアの隙間に指を入れて引っ張り、やっとカーペット敷きの暗い廊下に転がり出た。大きな柱時計の音がチクタクとどこかから聞こえる。

ここはどこなのだろう？　いったい、どこなの？　ここには、さらにどんな驚きが用意されているのか？

もう一度だけ、振り返った。彼は壁際にうずくまって動かず、生気を失った目がうつろに大きく開いていた。C・Jは電話を探そうと廊下を這っていった。廊下はほとんどさっきの部屋と変わらないくらい暗かった。窓も明かりもない。

電話を見つけるのよ。警察は発信元をたどれる。わたしがどこにいるかわかるはず。彼の自宅かもしれない。どこなのかわからないけれど。

ほとんど息ができなくなっていた。空気が重く、痛みで気が遠くなりそうだ。だめ、ここで気絶してはだめよ、クローイ！

三メートルくらい先に木製の階段があった。手すりにつかまって滑り降りて、冷たいタイルの床にたどり着いた。下は上より明るく、窓があった。窓の外は暗かった。夜なのだ。木製のブラインドごしにほのかな街灯の光が差し込んでいる。薄い黄色とブルーの廊下をたどっていくと、エステルと家族の写真がたくさん載っている木製のアンティークのデスクに電話があった。

C・Jは自分がどこにいるのか、ずっとどこにいたのかに気づいた。アルメリア・ストリートのスペイン風の瀟洒《しょうしゃ》な家、かかりつけの精神科医の心地よいオフィス。彼女はメキシコ・タイルの冷たい床に泣きながら横たわり、警察が来るのを待った。

99

「検察官、あんたはまったく運がいい。現場はまるでできの悪いホラー映画の一場面みたいでしたよ。どこもかしこも血まみれで」マニーが言いながら、部屋に入ってきた。服はよれよれで、どす黒い顔をしている。片手でエキゾチックな南国の花の籠を抱えていた。もう一方の手にはペストリーの皿。「花は本部の連中からですよ。なんとボウマンまでが一口乗ったんですぜ。ペストリーはおれから。外の医者がカフェオレはまだだめだって言うんで、ミルクで食ってもらわんとなりませんがね」

「運がいいですって?」ベッドのC・Jは顔をしかめた。「わたしが運がいいなら、あなた、宝くじを買ってらっしゃいよ。わたしはやめておくけど」呼吸するだけでも痛い。話すのはもっと辛かった。「ありがとう。きれいね」

「そりゃ、いまはひどいありさまですけどね、とにかく生きてるじゃないですか。愛想のいい先生はそうはいかなかったですからね。いま、やつのオフィスから戻ってきたんです。やつの胸への一撃はお見事でしたよ、検察官。首のほうはもっと見事だったですけどね。あんたを怒らせるのはやめますよ、おっかねえもの。それで、医者はなんと言ってます？ また仕事に戻りますか？ それとも事情聴取を電話ですませてくれるべつの検事補を探さないといけないですかね？」

「肋骨が三本折れている。右手の腱は切断されて重傷。それと脳震盪《のうしんとう》に肺虚脱。だが、元気になるよ」ベッド際の安楽椅子からドミニクが言った。C・Jが運び込まれて以来、彼は一晩中つきっきりだった。

「花はここに置いときますよ。誰かさんが贈った四十本の薔薇の横にね。いったい、誰なんすかね？」マニーは笑って、ドミニクを意味ありげに見た。「あんたもひどい顔してるなあ、ドミニク。だが、あんたには立派な理由はないけどな」それからまたC・Jを見たマニーの表情がやさしくなった。ごつい顔に隠された気遣いがC・Jにはわかった。「無事でほんとによかった。心配しましたよ、検察官。ほんと、気が気じゃなかった」

「何がわかった――」言いかけて、C・Jはうっと息をのんだ。

「しゃべんなさんな。痛々しくていけないや」マニーのぶっきらぼうな言葉をまた聞けるのがうれしかった。「正直なところ、あんまりないんですよ。愛想のいい先生んとこの死の部屋は、器具から輸液まで揃ってて、まるでERの手術室でしたがね。でもそれだけです。あんたが見たっていう心臓は見つからなかった。クリスタルのアイス・ペールはきれいなものでした。オフィスにも住居にも死体はなし。いま、徹底的に捜索してますがね。ぴっかぴかでやがる。指紋も血液もぜんぜんなし。もちろん、悪魔の医者の血はいたるところに飛び散り、流れてましたよ。おれたちが見つけたとき、あいつは自分の血の海に浸ってた。だけどあの部屋にほかの人間の血があっても、見つからんだろうなあ。フォート・ローダーデールの警察が、女子学生が失踪したラス・オラスのクラブに行ってますが、いまのシーズンは観光客だらけで、やつを見たって人間は誰もいないんです」

「たぶん、何も見つからないんじゃないかな、C・J」ドミニクが静かに言った。

「なぜ？　わたしの幻覚だったって言うの？」

すべてが見えてきた。見えすぎたかもしれなかった。チェンバースなら警察と関係がある。コンサルタントとして警察の秘密事項にも通じている。インサイド情報だ。どこに目を向ければいいのか、それさえわかれば。もちろん、すべての作用には反作用がある。一つの理論をあまり突きつめると、見えないほうがいいことまで明るみに出て、反作用が致命的になるかもしれない。慎重なドミニクはこの理論を突きつめる気はなかった。ほうっておいたほうがいいこともあるのだ。

「いや。たぶん、きみが見たと思うように彼が仕向けたんじゃないかな。彼はきみに偏執的な関心をもっていた。模倣犯になろうとしたのだろう。われわれはその説をとっているんだよ」

マニーもうなずいた。「おれたちは真犯人の異常者を刑務所に放り込んだ。今度のやつは犯行の途中だったんです。さて、もう行くか。チェンバースの家にいるボウマンが寝てるといけないんでね。通報があったとき、ボウマンは独身男のパーティをやってたんですよ。で、ヌードのお姉ちゃんといちゃつく順番がきたちょうどそのとき、彼を引きずり出したってわけで。いまごろへとへとになってますよ。じゃ、あとでまた電話して状況を知らせますから」マニーは戸口で振り返った。「無事に戻ってきてくれて、ほんとにうれしいですよ、検察官。ほんと、うれしいです」

ドアが閉じて、二人だけになった。ドミニクがベッドのC・Jの手をとった。「元気になるよ。だいじょうぶ、元気になるさ」その声に安堵がこもっているのをC・Jは感じた。それに不安も。

「彼、やったの？」嗚咽がこみあげて、それしか言えなかった。ドミニクの顔も見られない。ただ天井を見上げていた。

「その痕跡はなかった」C・Jが何を考えているか、ドミニクにはよくわかった。レイプ検査のキットはきれいだった。

C・Jはうなずいた。涙が頬を伝った。彼女はドミニクの手を握りしめた。

自分もあそこにいた。あのとき、彼女は頭の上にいたのだ。怪物のくもの巣に生け捕られていたのに、自分は気づかなかった。気づかずに出てきてしまった。もう少しで、考えるのも恐ろしいことが起ころうとしていたのに。またもや。

「今度はだいじょうぶだよ、C・J。きっとだ。約束する」ドミニクはC・Jの手を取り上げて、強く口づけした。もう一方の手はやさしく彼女の頬をなでていた。彼も声をつまらせていたが、その言葉には自信と力がこもっていた。「ぼくは決して約束を破らない」

エピローグ

二〇〇一年十一月

第五 - 三号法廷のドアが開いた。廊下には被害者と被告人双方の家族がどちらも戸惑い疲れた顔で、予定表の順番にしたがって呼ばれるのを待っていた。休日の前日に仕事をするはめになっていつもにまして不機嫌なカッツ判事が開廷を宣言し、午前の最初の審問に入って、目にもとまらぬ速さでつぎつぎに正義を執行し、保釈あるいは保釈却下を宣告しはじめた。

C・Jはカッツ判事の猛烈な仕事ぶりを聞きながら、法廷の外に出てドアを閉めた。「保釈は却下! 今回も、今後も認めん!」判事は怒鳴った。「あんた、彼を愛しているなら、刑務所に面会に行きなさい。それから、今度野球のバットに自分から頭をぶつけたんですなんて言うなら、眼科医に視力をチェックしてもらうこと!」ドアが閉じる前にそれだけ聞こえてきた。こうしてまた、同じような天国の一日が過ぎていく。

地方検事局法務部長のポール・マイヤーが重々しい顔で廊下の壁によりかかって、C・Jを待っていた。生真面目で陰気な表情だ。

「C・J」彼は身を起こして、人ごみのなかを近づいてきた。「今朝は保釈の審理があると聞いたのでね。話がある。この話が洩れて、電話が鳴りだす前に話しておきたい」

C・Jはどきっとした。これで週末にかけての四日間の逃避行はお流れだろう。法務部長じきじきのお出ましとあればよいことのはずがない。「何があったのですか、ポール?」

「バントリングの控訴審だよ。今朝、知らせがあった。州司法長官事務所からファックスで送ってもらったんだ。向こうは第三地区控訴裁判所からファックスをもらったばかりだった。真っ先にわたしからきみに知らせようと思ってね。きっとマスコミから電話が殺到するだろうから」

ああ、とうとう来たのね。どこかに新しい住まいを探したほうがいい。彼が自由の身になったから。

ここ一年ほど忘れていた悪夢がまた甦ろうとしていた。胃のあたりが締めつけられるようで、口がからからに渇いた。C・Jはのろのろとうなずいた。「それで?」そう聞くのがやっとだった。

「それで? われわれが勝ったんだよ。すべての争点でね」マイヤーはようやく笑顔になった。「裁判所は全員一致で一審判決を支持した。これが判決だ」彼は書類の束を見せた。「あとでコピーを取らせるよ。とにかく彼を訴追したきみに利益相反はないと判断された。また彼が、その、きみを襲った犯人であるという主張は、『ご都合主義で根拠がなく、証拠もない』と述べている。もし彼の主張を認めるなら、そうそう、ここだ。読むよ。『ほかの被告人も揃って、裁判の行方をねじまげるために担当検察官あるいは判事の過去をほじくり返そうとし、収拾がつかなくなる恐れがある。今回の裁判で都合よくも公訴時効後に申し立てられたように、単なる主張をもって利益相反あるいは忌避の根拠とするならば、被告人は具体的な根拠のない一方的な主張をするだけで、裁判所を選んで渡り歩くのみならず、検察官をも漁《あさ》ることができることになる』」マイヤーは読んでごらんと、その部分を手で示した。

「さらに共同謀議の申し立ても、弁論の不備の申し立ても否定された。ルビオは適切な弁護を行ったのであり、被告人自身が証言するかしないかという判断は当人が行ったものであることが明確に記録されている、とね。

最後に、これがいちばん重要なのだが、新しい証拠が発見されたから再審を求めるという主張も却下された。そこのところはこうだ。この春にチャスケル判事がバントリングの再審請求を審理しているし、控訴審でも再審請求の根拠があるとは認めない。チェンバースがきみを襲った事件、あの事件そのものは新しい証拠にはあたらない。それにこの夏の裁判でも陪審員はバントリングの主張を認めず、十件の殺人事件で有罪を評決していると指摘した。これで終わりだ。判決はそれだけ。判決文はおしまいだ。きみは安心していいんだよ、C・J」

「次はどうなりますか?」C・Jの胸はどきんどきんと鼓動していた。

「フロリダの最高裁だね。だが、心配はいらないだろう。第三控訴裁判所の判決は非常にしっかりしたものだ。そのあとは、そうだな、連邦裁判所に訴え、最後は連邦最高裁だな」

C・Jはマイヤーの言葉が何を意味するかを考えながらうなずいた。驚いたことに罪悪感はなかったし、後悔もなかった。気持ちは平静だった。

「死刑執行までにはまだ八年から十年かかるかもしれない。フロリダの司法システムを考えればね。もっと長くかかる可能性もある。われわれが見届けることはないかもしれないな」

「わたしは見届けます」C・Jは淡々と言い切った。

「そう、幸運を祈るよ。わたしはそのころ、ささやかな年金暮らしをして、キーズの沖で釣りでも楽しんでいるだろうな。あと六年だからね。魚だけが相手だよ。家内だって連れていくのはごめんだ。さて、もう行かなくはならん。今日中にコピーを届けよう。感謝祭にはどこかへ出かけるのかな?」

「ええ。じつは今日午後の遅いフライトで出かけます。カリフォルニアの両親のところへ二、三日行ってこようと思いまして」これもC・Jが修復を望んでいる人間関係の一つだ。修復できると彼女は思っていた。

「そう、じゃ、このニュースはちょうどよかったな。楽しい旅行をしてくるといい」マイヤーはざわざわした人ごみを抜けてエレベーターのほうへ立ち去った。たぶん引退後の楽しみや七面鳥料理のことでも考えているのだろう。

ええ、見届けますとも、ポール。いつかその日が来たら。約束どおりその場で一部始終を見届けてやります。正義が実行されるのを確かめるために。

エレベーターに乗り込んだマイヤーが手を振って、ドアが閉まった。C・Jは腕時計を見た。そろそろ十二時。自宅へ戻って荷造りをしなければならない。エレベーターで一階に下り、ピックル・バレルの前を通り過ぎた。休暇のシーズンだったから、店はいつもほどは混んでいなかった。ほとんどの弁護士や検察官、判事は、午前中の予定を終えたら早めに休みに入るのだ。

C・Jはガラスのドアを押し開けて、コンクリートの階段を下りた。裁判所の裏口は十三番ストリートとDCJに通じている。警備上の理由から、立ち入りできるのは警察関係者の車だけだ。すぐ前に州警察の車が停まっていた。

階段の前のグラン・プリの運転席でC・Jを待っていたドミニクは、近づく彼女を見て助手席の窓を開けて声をかけた。「やあ、美しいレディ、乗っていきませんか?」

「知らない人の車に乗ってはいけません、ってママに言われているの」C・Jは微笑んだ。「ここで何をしているの?　うちで待っててくれるんだと思っていたわ」

「そのつもりだった。だけど、早めにここから救い出してあげようと思ってね。機内用の缶入りブラディマリーで、一足先に宴会を始めるというのはどう?」

C・Jは助手席のドアを開けて車に乗り込んだ。ドミニクが座席の背に手を伸ばし、やさしく彼女を引き寄せた。温かな唇が重なった。

「そうね」ようやく唇が離れたところで、C・Jが言った。「それがいいわ。来てくれてよかった。いますぐにでも冷たい南国風の飲み物がほしいわね。『さあ休暇だぞ』って飲み物。荷造りはすんだ？」

「ああ。全部、後ろに積んである。きみは？」

「もちろんまだよ。でも手伝ってくれるわね。そうはかからないと思うの」

「じゃ、行こうか。そんなしょうもないファイルは置いておいで。きみのうちまで車でついて行くよ。そのあとは二人っきりだ」

「それと、うちの両親。忘れないで。両親に会ってもらうのよ」

「楽しみにしているよ」ドミニクは真剣に言った。

C・Jは微笑み、もう一度やさしくキスしてから車を下りた。しょうもないファイルは片付けて、早めの休暇の始まりだ。サンフランシスコ行きの便は五時半に出発する。乗り遅れないようにしなくちゃ。

訳者あとがき

蒸し暑い六月の夜、マンションの生垣に潜む一人の男。遠くマンハッタンの空は嵐をはらんで、ときおり稲光が走る。男はすっぽりと道化師のマスクをかぶっている。美しい獲物が帰宅するのを待っているのだ……

この導入部からもう、ぞくぞくしてくる。この本はとにかく怖い。何も知らずに、ボーイフレンドと「オペラ座の怪人」を見て、しゃれたレストランで食事をして、でも、ちょっぴり思い通りにいかないことがあって、苛々しながら戻ってくる主人公を待ち構えている恐怖、惨劇。読む者をこれでもかというほど怖がらせて、だがグロテスクなスプラッターにはならない著者の筆力はみごとだ。

この本は三度怖かったなあ、というのが、校正を読み終わったときの気持ちだった。最初が、こんな本があるのですが、と原書を見せていただいたとき。もちろん、このときがいちばん怖かった。なにしろ英語だから読み飛ばすのがむずかしい。根性なしのミステリ好きとしては、怖い本やすごくおもしろいのに続けて読む時間をとれない本の場合は、ずるをして読み飛ばし、要点を押さえる。なるほど、そういう展開なのね、と納得して一休み。あとはゆっくりと舌なめずりをしながら読む。ところがこの本は、ストーリーもなかなか込み入っているし、伏線もきちんと張ってある。斜め読みして、はいわかりました、というわけにはいかない。怖さと先を知りたい気持ちとでじりじりしながら読みました。ほんと、怖かった。

二度目は翻訳をしているとき。翻訳なんて作業をしながら怖がれるかとお思いになるかもしれないが、怖いものは怖い。いまかかっている本、怖いの、ほんと、怖いんだよう、なんて喜んでるんだか愚痴ってるんだかわからないことを言いつつ、仕事をした。

そして校正のとき。半分は読者の気持ちになっているのだろうが、やっぱり怖かった。

前述のとおり、物語はニューヨークで始まる。美人で才能もある法学部の学生クローイは司法試験を目前にして、自宅アパートで襲われる。犯人はクローイをレイプしたうえに、おまえのことはなんでも知っていると脅した。ボーイフレンドのこと、行きつけのジムのこと、両親のこと、犯人は自分が知っているクローイのプライバシーとナイフを凶器に、クローイの心身を深く傷つけて去った。

十二年の歳月が流れ、クローイは名前を変えて、フロリダで検事補になっている。フロリダではかつてのクローイのような若いブロンド美人ばかりを狙う猟奇連続殺人事件が起こっていた。犯人は何日も被害者をいたぶり、激しい暴行を加えたあと、生きたまま心臓を抉り出す。さらに、捜査官たちに挑戦するかのように、被害者の死体にこれみよがしなポーズをとらせて置き去りにする。まるで、展示物のように。心臓《ハート》を奪っていくこの犯人を世間はキューピッドと呼んだ。何人目かの被害者をトランクに押し込んで走っていた男が逮捕され、彼の声を法廷で聞いたクローイは失神しかける。それは一度たりとも忘れたことのない、いまもなお悪夢のなかで響くレイプ犯の声だった……

本書の原題は *Retribution* という。ただの復讐とは少し意味合いが違うようだ。因果応報の応報、悪業に対する報いを指す。悪をなしたものは、当然、その報いを受けなければならない。だが、現実は必ずしもそうは運ばない。かつて自分を襲った犯人が、奇しくもいま自分に訴追される立場になった。被害者が加害者を訴追したらどうなるか。検察官として冷静に正義を追求できるのか、それとも彼女を動かすのは個人的な憎悪か。そして彼女は報復を遂げることができるのか。その報復は果たして正義なのか。それが本書の大きなテーマになっている。

主人公のクローイと同じく、著者のジリアン・ホフマンもニューヨークのロースクールを出て、検事局に入り、さらにフロリダに移ってジャネット・リノのもとで検事補の仕事をしたあと、法執行局のリーガル・アドバイザーを務めた。クローイが住むアパートは著者自身が住んでいたところだし、父に名づけられたビーニーという愛称も著者自身のものだという。レイプ事件は別として、ヒロインには著者自身が色濃く投影され、それが物語にもヒロインにも臨場感と生命力を与えているのである。著者は司法官としてのさまざまな体験から、正義とは何なのか、被害者はどうすれば救われ、再起できるのか、それとも再起は不可能なのか、深く考えさせられた、とインタビューで語っている。たとえ犯人が逮捕されて、裁判にかけられ、有罪を宣告されたとしても、それで被害者が救われるとは限らない。被害者が受けた傷はそう簡単には癒えない。しかも、たとえば本書のクローイの場合のように、犯人が明らかになっても、事件は時効にかかってしまっているかもしれない。なんとか裁判にかけられても、裁判上の手続きに不備があれば被告人は釈放されてしまう。たしかに事件が起こって、犯人が逮捕されて、はいめでたしめでたしというわけにはいかないのが現実だろう。大勢の子どもを殺した犯人が死刑になったとしても、遺族の心が休まるはずはない。最近は被害者の側の権利や気持ちを重視すべきだという風潮が日本でも起こっているが、この本も無残な事件の重さ、辛さ、根深さを考えさせる。

著者はジョン・グリシャム、トマス・ハリス、ジェイムズ・パタースンが好きで、この三人のスタイルを組み合わせたと語っている。このインタビュー記事を読んで腑に落ちた。この本をなんと紹介したらいいのかなと考え、法廷もので、サスペンス・スリラーで、警察小説で、しかも女性心理を描いた小説でもあるなあ、と思っていたからだ。裁判の展開のおもしろさ、事件の進展のスリルや、捜査官の群像の楽しさもさることながら、予想もしなかった事件に遭遇して世の中に対する信頼を失い、自信を失い、それでも必死にたちあがろうとするクローイに、ついついい感情移入してしまう。レイプ事件のあと、長い時間をかけてやっと克服したと思ったトラウマがまた血を噴く苦しさ。誰も頼ることのできない孤独感。この裁判の検察官としては自分がいちばん適任だ、自分のために、そして大勢の被害者のために、また、もし犯人が社会に戻ったら必ず生まれるはずの犠牲者を出さないためにも、自分ががんばらなければならない、がんばろうと思いつつ、次第次第にやつれていくクローイ。そして最後に彼女を襲うもっと大きな恐怖。クローイと一緒になって味わう怖さといったら、これはもうはんぱじゃない。本書の編集担当者と、これ怖いですねえ、ほんと怖いですよねえ、と言い合ってきたが、今度は読者のみなさまに本書の怖さを堪能していただきたい。本書はジリアン・ホフマンの第一作だが、第一作でこれだけの作品をものした著者の次作が楽しみである。

二〇〇四年九月

報復

著者 ジリアン・ホフマン

訳者 吉田利子《よしだとしこ》

2004年11月20日 初版第1刷発行
2004年12月22日 第5刷発行

発行人 三浦圭一

発行所 株式会社ソニー・マガジンズ
〒102-8679 東京都千代田区五番町5-1
電話 03-3234-5811(営業) 03-3234-7375(お客様相談係)
http://www.villagebooks.jp

印刷所 中央精版印刷株式会社

ブックデザイン 鈴木成一デザイン室

 ISBN4-7897-2416-6 Printed in Japan